Kerry Lonsdale
Alles, was wir waren

amazon crossing

Das Buch

Die Hochzeit mit ihrer großen Jugendliebe sollte der schönste Tag in Aimees Leben werden. Aber statt mit James vor dem Altar steht sie nun allein an seinem Grab. Von einer Reise nach Mexiko ist er nicht zu ihr zurückgekehrt. Er galt nach einem Bootsunfall als verschollen, bis seine sterblichen Überreste angespült wurden. Jeder Moment ohne ihn schmerzt und die Vergangenheit gibt keine Ruhe. Eine geheimnisvolle Fremde behauptet, James würde noch leben, Aimee erhält Hinweise aus Mexiko, die das Unmögliche zu bestätigen scheinen. War es wirklich James, den sie begraben haben? Aimee muss herausfinden, was mit ihm wirklich passiert ist. Dann erst wird sie die Kraft für einen neuen Anfang aufbringen. Mit oder ohne James …

Die Autorin

Kerry Lonsdale glaubt, dass das Leben viel aufregender ist, wenn es Ecken und Kanten hat. Deshalb genießt sie es auch, ihre Protagonisten unerwarteten Hindernissen und schwierigen Situationen auszusetzen. Sie ist Mitbegründerin der Women's Fiction Writers Association, einer international aktiven Online-Community von Schriftstellern. Die Autorin lebt mit ihrem Mann und zwei Kindern im sonnigen Kalifornien und schreibt inzwischen an ihrem dritten Roman.

Kerry Lonsdale

Alles, was wir waren

Roman

Aus dem Amerikanischen
von Birgit Kirberg

amazon crossing

Die amerikanische Ausgabe erschien 2016 unter dem Titel »Everything We Keep« bei Lake Union Publishing, Seattle.

Deutsche Erstveröffentlichung bei
AmazonCrossing, Amazon Media E.U. S. à r. l.
5 Rue Plaetis, L-2338, Luxembourg
Mai 2017

Umschlaggestaltung: semper smile, München, www.sempersmile.de
Umschlagmotiv: © Anne Koch / Getty
Originaldesign: LEADesign
Lektorat: Ute-Christine Geiler, Birte Lilienthal, Agentur Libelli GmbH
Printed in Germany
By Amazon Distribution GmbH
Amazonstraße 1
04347 Leipzig, Germany

ISBN: 978-1-542-04600-8

www.amazon.de/amazoncrossing

Für Henry, der fünftausend Meilen weit gereist ist, um mich zu finden.

I love you.

Teil eins

Kapitel 1

Juli, Los Gatos, Kalifornien

Am Tag unserer Hochzeit kam mein Verlobter James in einem Sarg in die Kirche.

Jahrelang hatte ich davon geträumt und mir ausgemalt, wie er am Altar stehen und auf mich warten würde, mit diesem ganz besonderen Lächeln, das allein mir vorbehalten war. Nie verfehlte es seine Wirkung, er versetzte mich damit jedes Mal in einen inneren Aufruhr. Doch anstatt meinem besten Freund, meiner ersten und einzigen Liebe, durch den Mittelgang des Kirchenschiffs entgegenzuschreiten, war ich zu seiner Beerdigung hier.

Meine Eltern saßen neben mir in der kleinen Kirche, in der all seine Freunde und Verwandten versammelt waren. Ursprünglich hatten wir sie zu unserer Hochzeit eingeladen. Stattdessen waren sie jetzt da, um einem Mann das letzte Geleit zu geben, der viel zu früh und damit viel zu jung gestorben war – er war gerade neunundzwanzig Jahre alt geworden.

Und nun war er tot und würde nie wieder zu mir zurückkehren.

Langsam rollte mir eine Träne über die Wange. Ich fing sie mit meinem völlig durchweichten Taschentuch auf.

»Hier, Aimee.« Mom reichte mir ein frisches, das ich sogleich in der Faust zerknüllte.

»D-danke«, brachte ich mit erstickter Stimme heraus.

»Ist sie das?«, hörte ich jemanden hinter mir flüstern und merkte, wie sich alles in mir zusammenzog.

»Ja, das ist James' Verlobte«, tuschelte es zurück.

»Die arme Kleine. Sie sieht noch so jung aus. Wie lange waren sie denn schon verlobt?«

»Das weiß ich nicht, aber sie kennen sich, seit sie Kinder waren.«

Ein erstaunter Seufzer folgte. »Eine Sandkastenfreundschaft, wie tragisch.«

»Ich habe gehört, es soll Wochen gedauert haben, bis die Leiche gefunden wurde. Stell dir das vor! Nicht zu wissen, wo er ist …«

Ich stöhnte auf, und meine Unterlippe begann, unkontrolliert zu zittern.

»Also bitte, etwas mehr Respekt, ja?«, zischte Dad den beiden Frauen hinter uns zu. Im Stehen drückte er sich an Mom und mir vorbei, stieß dabei gegen unsere Knie und setzte sich schließlich so hin, dass ich links und rechts von meinen Eltern eingerahmt war. Er zog mich eng an sich, um mich mit seinem Körper gegen den geflüsterten Tratsch und die neugierigen Blicke der Leute abzuschirmen.

Die Orgel brauste auf, und die Trauerfeier fing an. Alle standen auf, auch ich erhob mich mühsam von meinem Platz. Mir tat alles weh, und ich fühlte mich wie eine alte Frau. Halt suchend griff ich nach der Bank vor mir, sonst wäre ich zurück auf meinen Platz gefallen.

Im nächsten Augenblick drehten sich alle Köpfe zum hinteren Teil der Kirche um, wo die Männer standen, die sich gerade James' Sarg auf die Schultern hoben. Sein Leichnam war in einem zu schlechten Zustand gewesen, um ihn in einem offenen Sarg aufzubahren. Während ich zusah, wie die Sargträger langsam hinter dem Priester herschritten, kam es mir vor, als trügen sie mehr als nur James' sterbliche Überreste.

All unsere Träume und Hoffnungen, unsere Pläne für eine gemeinsame Zukunft – all das schien ebenfalls auf den Schultern dieser Männer zu liegen: James' Plan, demnächst in der Stadt eine Kunstgalerie zu eröffnen, sobald er aus dem Familiengeschäft ausgestiegen war, mein Traum vom eigenen Restaurant, das ich aufmachen wollte, wenn meine Eltern sich zur Ruhe setzten, unser Kind, ein kleiner Junge, den ich mir von James gewünscht hatte und der uns vertrauensvoll an den Händen hielt.

All das sollte hier und heute begraben werden.

Ein Schluchzer löste sich aus meiner Brust und hallte laut durch das Kirchenschiff, lauter als die Orgel mit ihren allmählich ersterbenden Tönen.

»Ich halte das nicht aus«, flüsterte ich mit gepresster Stimme.

Der Verlust von James. Die mitleidigen Blicke, die ich in meinem Rücken spürte und denen ich, vorn in der zweiten Reihe stehend, gnadenlos ausgeliefert war. Die stickige Luft, eine schale Mischung aus Schweiß und Weihrauch, durchzogen vom süßlichen, sirupartigen Duft der kunstvoll in der kleinen Missionskirche arrangierten Orchideensträuße.

Die Blumen waren für unsere Hochzeit bestellt gewesen, aber James' Mutter Claire Donato hatte sie stattdessen einfach zur Beerdigung kommen lassen. Dieselbe Kirche, dieselben Blumen, nur leider die falsche Feier.

Mein Magen zog sich zusammen. Ich presste mir die Hand vor den Mund und versuchte, an Dad vorbei zum Mittelgang zu gelangen. Aber Mom griff nach meinem Arm und hielt mich fest, dann hakte sie sich bei mir unter. Ich legte den Kopf an ihre Schulter.

»Ist ja gut, ist ja gut«, versuchte sie mich zu beruhigen. Doch ich konnte nicht aufhören zu weinen.

Die Sargträger luden den Sarg auf einem eisernen Gestell ab. Thomas, James' Bruder, schlüpfte in die erste Reihe und setzte sich neben Claire in ihrem schwarzen Kostüm. Das silbergraue Haar hatte sie zu einem festen Knoten zusammengebunden, was ihre ohnehin schon strenge Erscheinung noch unterstrich.

Phil, ein Cousin von James, drängte sich ebenfalls in die Bank und nahm auf der anderen Seite neben Claire Platz. Dann wandte er sich um, sah mich an und verbeugte sich knapp in meine Richtung.

Ich schluckte und wich zurück, sodass ich mit den Beinen gegen die hölzerne Bank stieß.

Claire drehte sich zu mir um. »Aimee.«

»Hallo, Claire«, erwiderte ich leise.

Seit der Nachricht von James' Tod hatten wir kaum ein Wort miteinander gewechselt. Sie hatte mir deutlich zu verstehen gegeben, dass meine Anwesenheit sie zu sehr an das erinnerte, was sie gerade verloren hatte – ihren jüngsten Sohn. Wahrscheinlich war es für uns beide besser, wenn ich Abstand hielt.

Die Trauerfeier folgte ihrem festgelegten Ritual, mit geistlichen Liedern und Texten. Mit halbem Ohr hörte ich die Ansprachen, bekam aber kaum etwas mit von dem, was gesagt wurde. Als die Zeremonie vorüber war, schlüpfte ich durch eine Seitentür nach draußen, noch ehe mich jemand ansprechen konnte. Die Beileidsbekundungen, die ich schon vorher erhalten hatte, würden noch für mindestens zwei weitere Leben reichen.

Bald darauf strömten auch die anderen Trauergäste auf den Kirchhof. Ich sah den Leichenwagen vorfahren, während ich, in der Hoffnung, unbemerkt davonzukommen, durch den überdachten Durchgang lief. Als ich kurz zurückschaute, fiel mein Blick auf Thomas.

Durch den Bogengang kam er auf mich zu und umarmte mich. Der raue Stoff seiner Anzugjacke kratzte an meiner Wange. Wie ähnlich er James sah, das gleiche dunkle Haar, die dunklen Augen und die olivfarbene Haut. Aber er war etwas breiter gebaut als James und ein gutes Stück älter, und er fühlte sich vollkommen anders an.

»Schön, dass du hier bist«, begrüßte er mich. Dabei spürte ich seinen Atem in meinem Haar.

»Fast wäre ich nicht gekommen.«

»Ich weiß.«

Er zog mich fort von den Leuten, die sich uns immer weiter näherten, und schließlich blieben wir unter dem blühenden Trompetenbaum am Ende des Bogengangs stehen. Lavendelblüten wiegten sich im schwachen Sommerwind. Der Küstennebel, der Los Gatos noch am Morgen eingehüllt hatte, war mit der aufgehenden Sonne verschwunden. Es war ein drückend heißer Tag.

Thomas lehnte sich ein wenig zurück und hielt mich ein Stück von sich weg. »Wie kommst du zurecht?«

Wortlos schüttelte ich den Kopf, dabei presste ich krampfhaft meine Zunge gegen den Gaumen, um nicht schon wieder loszuheulen. Dann befreite ich mich aus Thomas' Armen. »Ich muss los.«

»Wir müssen alle los. Ich nehme dich mit, bringe dich zum Friedhof und dann später zum Empfang.«

Noch einmal schüttelte ich den Kopf. Er war in Begleitung von Claire und Phil in der Kirche gewesen.

Thomas seufzte. »Du kommst also nicht mit?«

»Nur zur Beisetzung.« Nervös spielte ich mit dem Band meines Wickelkleids herum. Ich war mit meinen Eltern hergekommen und wollte auch mit ihnen zurückfahren. »Für den

Empfang ist deine Mutter zuständig, sie und ihre Freunde und Verwandten.«

»Das sind doch auch James' und deine Freunde.«

»Ja, ich weiß, aber …«

»Wie du willst.« Mit der linken Hand griff er in die Innentasche seines Jacketts und nahm ein zusammengefaltetes Stück Papier heraus. »Wer weiß, wann ich dich wiedersehe.«

»Ich habe nicht vor, wegzuziehen, nur weil James …«

Ich schluckte und betrachtete angestrengt die Spitzen meiner Schuhe. Es waren die schwarzen mit den Keilabsätzen, nicht die weißen, vorne ausgeschnittenen Satinpumps, die ich eigentlich an diesem Tag hätte tragen sollen. »Du kannst mich gerne anrufen oder mich besuchen«, bot ich ihm an.

»In nächster Zeit bin ich viel unterwegs.«

Fragend schaute ich ihn an. »So?«

»Hier, das ist für dich.«

Ich entfaltete das Papier, das er mir gegeben hatte, und erstarrte. Ein auf meinen Namen ausgestellter Scheck von Thomas über eine unglaublich hohe Summe.

»Was …?« Meine Finger zitterten, als ich begriff, um wie viel Geld es sich handelte: zweihundertsiebenundzwanzigtausend Dollar.

»James hat vorgehabt, nach der Hochzeit sein Testament zu ändern, aber er …« Thomas rieb sich das Kinn und ließ dann die Hand sinken. »Noch bin ich sein Erbe. Ich habe sein Vermögen noch nicht von der Bank erhalten, aber das hier ist die Summe, die du bekommen hättest, mit Ausnahme der Anteile an Donato Enterprises. Die hätte er dir nicht hinterlassen können.«

»Aber das kann ich doch nicht annehmen.« Entschieden hielt ich ihm den Scheck hin.

Thomas vergrub seine Hände in den Hosentaschen. »Natürlich kannst du das. Ihr hättet heute geheiratet, und dann hätte sowieso alles dir gehört.«

Noch einmal blickte ich auf den Scheck. Was für eine Menge Geld!

»Deine Eltern wollen sich doch bald zur Ruhe setzen, richtig? Du kannst ihnen das Restaurant abkaufen oder deinen eigenen Laden eröffnen. James hat davon gesprochen, dass du das gerne tun würdest.«

»Das war noch längst nicht entschieden.«

»Du könntest verreisen, die Welt kennenlernen. Wie alt bist du? Sechsundzwanzig? Du hast noch dein ganzes Leben vor dir. Tu, was dich glücklich macht.« Er lächelte angespannt und sah an mir vorbei auf den Kirchhof. »Ich muss jetzt gehen. Pass auf dich auf, okay?« Damit küsste er mich auf die Wange.

Ich spürte die leichte Berührung seiner Lippen, hörte aber kaum hin. Der Lärm auf dem Kirchhof war lauter geworden, doch ich war in Gedanken weit weg. *Tu, was dich glücklich macht.* Was auch immer das sein sollte. Für mich gab es das nicht mehr.

Als ich aufschaute, um mich von Thomas zu verabschieden, war er schon verschwunden. Ich blickte mich um und entdeckte ihn auf der anderen Seite des Hofs im Gespräch mit seiner Mutter und seinem Cousin.

Phil legte den Kopf schief und spähte in meine Richtung, als hätte er meinen Blick gespürt. Mit einstudierter Geste zog er eine Augenbraue in die Höhe. Ich schluckte. Dann beugte er sich kurz zu Claire hinüber, um ihr etwas ins Ohr zu flüstern, und schließlich kam er zu mir.

Ich konnte die Spannung in der Luft fast schmecken. Und plötzlich hörte ich James' Stimme, wie ein Echo aus alten Zeiten: *Lass uns gehen.*

Schnell steckte ich den Scheck in meine Handtasche und wandte mich in Richtung Parkplatz. Mit jedem Schritt entfernte ich mich ein Stückchen weiter von meiner Vergangenheit und bewegte mich auf eine ungewisse Zukunft zu, aber ich hatte keine Ahnung, wie ich hier wegkommen sollte – ohne Auto.

An der Straßenecke machte ich halt und überlegte, ob ich umkehren und meine Eltern auf dem Friedhof suchen sollte, doch in dem Moment kam eine ältere Frau mit kurz geschnittenem blonden Haar auf mich zu. »Ms Tierney?«

Mit einer knappen Geste wehrte ich sie ab. Auf keinen Fall wollte ich jetzt mit Beileidsbezeugungen belästigt werden.

»Bitte, es ist wichtig.«

Als ich den seltsamen Unterton in ihrer Stimme hörte, zögerte ich. »Kennen wir uns?«

»Ich bin eine Freundin.«

»Eine Freundin von James?«

»Ihre Freundin. Mein Name ist Lacy.« Damit streckte sie mir ihre Hand hin.

Unsicher blickte ich auf den Arm, der zwischen uns in der Luft hing, dann schaute ich ihr ins Gesicht. »Es tut mir leid, sind wir uns schon einmal begegnet?«

»Ich bin wegen James hier.« Sie ließ den Arm sinken und sah sich nervös um. »Ich habe Informationen über seinen Unfall.«

Schon wieder kamen mir die Tränen. Ich rang nach Luft. Meine Brust war wie zugeschnürt vom vielen Weinen der vergangenen Wochen. Nur vier Tage, hatte James geschworen, eine kleine Geschäftsreise. Ein Flug nach Mexiko, um mit einem Kunden angeln zu gehen, ein paar Vertragsverhandlungen bei einem Dinner und dann zurück nach Hause.

Der Kapitän des Fischerboots hatte gesagt, James habe seine Angelschnur ausgeworfen, er selbst sei nur kurz nach hinten gegangen, um nach dem Motor zu schauen, und als er zurückkam, sei James nicht mehr da gewesen. Einfach so. Verschwunden.

Das war vor zwei Monaten gewesen.

James hatte wochenlang als vermisst gegolten, und schließlich hieß es, er sei tot. Dann, so hatte Thomas berichtet, war James' Leiche eines Tages an den Strand gespült worden.

Lacy wusste wahrscheinlich noch nicht, dass man die Leiche inzwischen gefunden hatte. Der Fall war abgeschlossen.

»Sie kommen zu spät. Er ist …«

»Er lebt. James ist am Leben.«

Verblüfft starrte ich sie an. Was glaubte diese Frau, wer sie war? Ich zeigte auf den Leichenwagen. »Schauen Sie doch …«

Sie sah sich um, und wir beobachteten gemeinsam, wie der Fahrer die Heckklappe zuschlug und seitlich am Auto vorbei nach vorn ging, um sich ans Steuer zu setzen. Dann klappte die Tür zu, und der Wagen rollte langsam vom Parkplatz in Richtung Friedhof.

Mit einem Gefühl befremdlicher Genugtuung musterte ich sie, doch die Frau hielt ihren Blick fest auf die schwarze Limousine geheftet und sagte leise: »Ich frage mich, was wohl in dem Sarg sein mag.«

* * *

»Warten Sie!« Lacy lief hinter mir her, während ich mir zwischen den parkenden Autos hindurch meinen Weg über den Parkplatz suchte. »Bitte warten Sie!«

»Gehen Sie bitte.«

Tränen brannten mir in den Augen, mein Hals war rau, und ich fürchtete, mich jeden Moment zu übergeben. Es sah aus, als würde Lacy nicht lockerlassen. Verzweifelt schaute ich zur Straße hinüber. Bis zu mir nach Hause war es höchstens ein Kilometer, vielleicht konnte ich zu Fuß gehen?

Ein galliger Geschmack stieg mir in der Kehle hoch. O nein!

»Lassen Sie mich wenigstens erklären …«, bat Lacy eindringlich.

»Nicht … jetzt.« Krampfhaft presste ich mir die Hand vor den Mund, trat hinter einen Lastwagen und beugte den Oberkörper nach vorn. Eine heiße Welle durchlief meinen Körper. Ich spürte, wie mir der Schweiß ausbrach und sich unter meinen Achseln und zwischen den Brüsten sammelte. Mein Magen war in hellem Aufruhr, und dann brach es aus mir heraus.

Alles, was ich bisher sorgsam zurückgehalten hatte, bahnte sich einen Weg nach draußen und landete zusammen mit meinem Mageninhalt auf dem Pflaster vor meinen Füßen. Die Sprachnachricht von James, auf die ich so sehnsüchtig gewartet hatte. Die einsamen, langen Nächte, in denen ich zu erfahren gehofft hatte, dass er noch am Leben war. Dann der Anruf von Thomas, den ich mehr als alles andere gefürchtet hatte und in dem er mir mitteilte, dass James tot sei.

Und schließlich noch Claire mit ihrem Wunsch, die Beerdigung am Tag unserer geplanten Hochzeit stattfinden zu lassen. Sie hatte die Kirche bereits gebucht, und all ihre Verwandten hatten schon ihre Fahrkarten gekauft, um zu unserer Hochzeit zu kommen. Warum sollte man ihnen zumuten, ihre Reise zu verschieben und die Tickets zu stornieren?

Eine zweite Welle stieg in mir auf. Ich würgte, bis mein Kopf zu zerspringen drohte und mein Magen völlig entleert war. Dann fing ich an zu weinen. Herzzerreißendes Schluchzen schüttelte mich, und meine Tränen vermischten sich mit den sauren Speiseresten auf dem Asphalt.

In einem versteckten Winkel meines Hirns wurde mir klar, dass ich am Ende meiner Kräfte angelangt war. Hätte ich mit dem Zusammenbruch nicht warten können, bis ich wieder zu Hause war? Mit James' Kopfkissen in den Armen, anstatt hier, auf diesem Parkplatz, mit all den Leuten in nur dreißig Metern Entfernung und einer fremden Frau, die mich einfach nicht in Ruhe ließ?

Erschöpft lehnte ich mich gegen den Lastwagen und setzte mich auf die Stoßstange. Lacy hielt mir eine Flasche Wasser hin. »Trinken Sie einen Schluck, es ist ganz frisch.«

»Danke.«

Meine Hände zitterten, und es gelang mir nicht, die Flasche aufzumachen, deshalb nahm Lacy sie und öffnete den Schraubdeckel. Ich trank die halbe Flasche in einem Zug leer, dann holte ich tief Luft.

Lacy zerrte ein paar Taschentücher aus ihrer Umhängetasche. »Hier.« Sie sah zu, wie ich mir die Lippen abwischte und die Nase putzte, dabei spielte sie mit dem Schulterriemen ihrer Tasche. »Besser?«

»Nein.« Ich stand auf und wandte mich zum Gehen.

Wieder verschwand Lacys Arm in ihrer riesigen Tasche, sie kramte eine Weile herum und brachte dann eine kleine Visitenkarte zum Vorschein. »Ich muss mit Ihnen reden.«

»Ich habe kein Interesse an dem, was Sie mir verkaufen wollen.«

Sie wurde rot vor Ärger. »Ich habe nichts zu verkaufen. Da ist etwas …« Sie brach ab und schaute suchend auf den Parkplatz hinter uns, bevor sie mich wieder ansah.

Ich blinzelte erschrocken, als mich der durchdringende Blick aus ihren lavendelblauen Augen traf. Eine plötzliche Ahnung durchzuckte mich. Sie wusste wirklich etwas.

»Ich verkaufe überhaupt nichts, und es tut mir leid, *wie* ich es Ihnen gesagt habe. Aber es ist die Wahrheit. Kommen Sie zu mir – so bald wie möglich.« Sie griff nach meiner freien Hand und drückte mir die Karte hinein. Dann drehte sie sich um und verschwand hinter dem Lastwagen.

Schritte näherten sich, ich hörte das Klacken von Absätzen auf dem Pflaster. »Da bist du ja.« Nadia war völlig außer Atem. »Wir haben dich überall gesucht. Deine Eltern machen sich Sorgen.«

Ihre vollen rotbraunen Haare lagen in einer weichen Wolke auf ihren Schultern. Der Knoten hatte sich gelöst, wahrscheinlich vom schnellen Laufen, während sie nach mir gesucht hatte.

Im nächsten Augenblick tauchte Kristen neben ihr auf, ebenfalls heftig nach Luft ringend. Eine Laufmasche in ihrer hauchdünnen Strumpfhose zog sich über die Wade nach oben.

Die beiden hätten heute meine Brautjungfern sein sollen.

»Was tust du hier?«, fragte Kristen mit hoher, vom schnellen Laufen leicht atemloser Stimme.

»Ich habe …« Wie sollte ich ihr erklären, dass ich mich hier versteckt hatte, vor einer fremden Frau, die mich verfolgte und vor deren Augen ich mich übergeben hatte?

»Was hast du?«, hakte sie ungeduldig nach. Nadia gab ihr einen kleinen Stoß und zeigte auf den Boden vor meinen Füßen. Kristen verzog das Gesicht, als sie die halbflüssige Masse auf dem Asphalt entdeckte, die aussah, als sei sie aus einem umgestoßenen Farbtopf ausgelaufen. »Oh, Aimee«, rief sie aus.

Meine Wangen brannten, und ich zog hilflos die Schultern hoch. Dann schaute ich auf die Visitenkarte in meiner Hand:

LACY SAUNDERS

PARAPSYCHOLOGISCHE BERATUNG. COACHING – PROFILING

TODESFÄLLE, VERMISSTE PERSONEN, UNGEKLÄRTE VERBRECHEN

BEI MIR FINDEN SIE ANTWORT AUF IHRE FRAGEN.

Ein Schauder erfasste mich. Verzweifelt blickte ich in die Richtung, in die Lacy verschwunden war. Doch sie war nicht mehr zu sehen.

»Was ist das?«, fragte Nadia.

Ich hielt ihr die Karte hin, und sie verdrehte die Augen. »Oje, da sind schon die ersten Spinner.«

»Wer?« Kristen spähte neugierig über Nadias Schulter.

Schnell faltete Nadia die Karte in der Mitte zusammen und steckte sie in ihre Handtasche. »Sei nicht blöd, Aimee. Diese Leute wollen dich nur ausnutzen.«

»Wer will sie ausnutzen?«, fragte Kristen noch einmal. »Von wem ist diese Karte?«

»Gar nichts, das ist Zeitverschwendung.«

Da musste ich Nadia recht geben. Lacy schien völlig übergeschnappt zu sein. Wie konnte sie es wagen, mich so zu bedrängen? Wahrscheinlich studierte sie regelmäßig die Todesanzeigen, um sich mit zweifelhafter Absicht auf Begräbnissen herumzutreiben.

Kristen hakte mich unter. »Komm jetzt, Liebes. Wir fahren zusammen auf den Friedhof. Lass uns deine Eltern suchen und sie fragen, ob sie mit uns kommen wollen. Nick wartet schon am Auto.«

Nick, Kristens Mann, James' bester Freund. James …

Widerstandslos ließ ich mich von Kristen mitziehen. »Ich wollte eigentlich zu Fuß nach Hause gehen.«

Sie beäugte meine hohen Keilabsätze und zog die Augenbrauen hoch: »Ja sicher, zu Fuß.«

* * *

Nach der Beerdigung setzte Nick uns bei mir zu Hause ab. Kristen und Nadia gingen mit mir hinein, ich blieb in der Tür zum Wohnbereich unseres kleinen Bungalows stehen und sah mich um. Links von mir standen die beiden karamellfarbenen Ledersessel und die Couch aus helllila Chenille. Ein Flachbildfernseher war in ein Möbel aus Walnussholz eingepasst, die Schranktüren standen noch halb offen vom letzten Mal, als ich ihn benutzt hatte – wann auch immer das gewesen sein mochte. Drei von James' gerahmten Bildern hingen an der Wand über dem Sideboard in der Diele, gleich neben der Eingangstür.

Alles war an seinem Platz – bis auf den Mann, der hierhergehörte.

Ich ließ meine Schlüssel und die Tasche auf das Sideboard fallen.

Nadia ging durch den Essbereich in die Küche. Das Klacken ihrer Absätze auf dem Hartholzboden hallte durch das ganze Haus. »Möchtest du etwas trinken?«

»Einen Tee bitte.« Ich streifte mir die Schuhe ab und streckte und spreizte meine Zehen.

Nadia holte den Mixer aus dem Schrank, nahm ein paar Eiswürfel aus dem Tiefkühlfach und warf sie in den Glasbehälter. Es knisterte, als das Eis mit dem warmen Glas in Berührung kam.

»Wie wär's mit etwas Stärkerem?«

Ich zuckte die Achseln. »Okay. Wie du meinst.«

Kristen schaute zu mir herüber. Sie hatte sich die Schuhe ausgezogen und saß mit untergeschlagenen Beinen auf dem Ledersessel vor dem Kamin. Als ich mich ins Schlafzimmer zurückzog, spürte ich ihren Blick im Rücken.

Ich ging geradewegs zum Kleiderschrank, den ich mir mit James geteilt hatte, und öffnete ihn. Meine Sachen hingen noch immer neben seinen grauen, schwarzen und dunkelblauen Anzügen, einige mit feinen Nadelstreifen – alles von bester Qualität. Superkraftanzüge hatte er sie immer genannt. Was für ein Unterschied zu den Karohemden und den Jeans, die er zu Hause getragen hatte!

Wenn man in seinen Kleiderschrank schaute, hätte man meinen können, die Sachen hätten zwei verschiedenen Menschen gehört. Tatsächlich hatte ich selbst manchmal das Gefühl gehabt, mit zwei sehr unterschiedlichen Männern zusammenzuleben. Der Mann, der für Donato Enterprises arbeitete, war förmlich und wohlerzogen und stand in krassem Kontrast zu dem künstlerischen Freigeist, der mit hochgekrempelten Ärmeln und Farbspritzern auf den Unterarmen herumlief.

Und ich liebte sie beide.

Ich vergrub mein Gesicht in den Ärmeln seines blauen Lieblingshemds und atmete den Duft ein: eine Mischung aus Sandelholz und Ambra, sein Rasierwasser, gemischt mit einem Hauch von Terpentin, das er immer zum Auswaschen seiner Pinsel benutzte. Dieses Hemd hatte er getragen, als er das letzte Mal hier an einem seiner Bilder gearbeitet hatte. Ich schloss die Augen und sah seine muskulösen Schultern vor mir, wie sie sich beim Pinselausdrücken unter dem ausgeblichenen blauen Stoff bewegten.

»Möchtest du reden?«, hörte ich Kristen leise hinter mir fragen.

Ich schüttelte den Kopf, öffnete den Knoten des Wickelbands, das mein Kleid zusammenhielt, und schlug es auseinander. Der weiche Stoff glitt an mir herab und fiel zu Boden. Mit einem kurzen Griff in den Schrank nahm ich James' Hemd und meine alte Jogginghose, die mich schon seit meiner Schulzeit begleitete. Eine wohlige Wärme umgab mich, als ich das Hemd glatt zupfte. Als ich den weichen Stoff auf meinem Rücken spürte, fühlte es sich an wie eine sanfte Umarmung von James.

Ich werde dich nie vergessen, Aimee.

Mein Herz zog sich zusammen, und ein Schluchzer raubte mir den Atem.

Hinter mir hörte ich die Holzdielen knarren, dann folgte ein leises Geräusch von meinem Bett her. Ich machte den Schrank wieder zu und sah Kristen, wie sie mit dem Rücken am Kopfende saß. Sie hatte sich ein Kissen quer über den Schoß gelegt. Es war James' Kopfkissen.

Mit hängenden Schultern flüsterte ich: »Er fehlt mir so.«

»Das weiß ich.« Sie klopfte auf den freien Platz neben sich.

Unbeholfen krabbelte ich quer über die Matratze und lehnte meinen Kopf an ihre Schulter, worauf sie ihre Wange an mein Haar schmiegte. So hatten wir schon beieinandergesessen, als wir fünf Jahre alt gewesen waren und uns, eng aneinandergekuschelt, gegenseitig unsere kleinen Geheimnisse anvertraut hatten.

Auch während der letzten zwei Monate hatten wir häufig so gesessen. Kristen war zwei Jahre älter als ich, und sie hatte mir in meinem Einzelkinddasein immer die fehlende Schwester ersetzt. Sie legte mir den Arm um die Schultern. »Mit der Zeit wird es leichter werden, das verspreche ich dir.«

Und wieder liefen die Tränen. Kristen langte nach den Taschentüchern auf dem Nachttisch. Ich zog eins aus der Packung und putzte mir die Nase. Zärtlich strich sie mir die Haare aus dem Gesicht, dann nahm sie selbst ein Tuch, um sich die Augen zu wischen. Ein kleines tränenschweres Auflachen, dann lächelte sie mich an. »O Mann, wir sind ganz schön durch den Wind, was?«

Schließlich gingen wir zurück zu Nadia in die Küche, tranken ein paar Margaritas und tauschten Erinnerungen an unsere gemeinsame Kindheit und Jugend mit James aus. Mehrere Stunden und zahlreiche Cocktails später plumpste Nadia auf die Couch und fing augenblicklich an, leise zu schnarchen. Kristen war schon in meinem Bett eingeschlafen.

Ich fühlte mich allein in dem dunklen Haus, nur ein kleines Licht schimmerte von den Kerzen herüber, die Kristen angezündet hatte. Vorsichtig hob ich Nadias Füße an, setzte mich aufs Sofa und nahm ihre Füße auf den Schoß. Es war zehn Uhr abends. In diesem Augenblick hätte ich eigentlich auf unserer Hochzeitsfeier in James' Armen zu unserem Lieblingslied »Two of Us« über die Tanzfläche schweben sollen.

Mit einem verschlafenen Laut versuchte Nadia sich auf der engen Couch umzudrehen. Noch immer im Halbschlaf stand sie auf und schlurfte ins Gästezimmer, die Sofadecke hinter sich herziehend.

Ich setzte mich auf den frei gewordenen Platz und ließ meine Gedanken schweifen. Ich dachte an James und daran, warum er ausgerechnet zu diesem Zeitpunkt nach Mexiko gefahren war. Warum hatte er nicht abgewartet oder seinem Bruder diesen Kunden überlassen? Thomas war doch der Geschäftsführer von Donato Enterprises, und es war seine Aufgabe, die Möbelimport- und -exportgeschäfte des Unternehmens abzuwickeln.

James war als kaufmännischer Direktor für die Finanzen der Firma zuständig gewesen, nicht aber für das Aushandeln von Verträgen. Und doch hatte er darauf bestanden, dass er der Einzige wäre, der diesen besonderen Kunden betreuen konnte. Einen Tag nachdem ich unsere Hochzeitseinladungen verschickt hatte, war er abgereist.

Mir wurden die Augenlider schwer, und ich döste ein, doch in meinem Kopf kreisten die Gedanken unablässig weiter. Ich träumte von der Frau auf dem Parkplatz. Sie war von Kopf bis Fuß in Schwarz gekleidet, und in ihrem Blick war ein irisierendes Flackern. Sie hielt ihre erhobenen Arme über eine liegende Gestalt und bewegte die Lippen. Die Melodie ihres Gesangs versetzte die Luft um sie herum sowie den ihr zu Füßen liegenden Körper in Bewegung. Diesen Körper, der jetzt von selbst anfing, sich zu regen. In dem Augenblick merkte ich, dass es nicht irgendein Körper war, nicht irgendein Mensch: Es war James. Und Lacy brachte ihn von den Toten zu mir zurück.

Kapitel 2

»Was tust du denn hier?«

Dads kräftiger Bariton dröhnte mir in den Ohren. Ich schreckte auf und starrte ihn an. Er starrte zurück. Seine sommersprossigen Arme hingen zu beiden Seiten seines kräftigen Oberkörpers herab. Die Tür, die die Küche des *Old Irish Goat* vom Gastraum trennte, schwang mit lautem Quietschen hinter ihm hin und her.

Es war Montag, zwei Tage nach James' Beerdigung, und ich war wie an jedem Morgen, seit ich im Pub meiner Eltern arbeitete, um fünf Uhr aufgestanden. Und wie jeden Morgen, seitdem James verschwunden war, hatte ich mich aus dem Bett gequält, mich ins Badezimmer geschleppt und mir dann eine Tasse Kaffee eingegossen, ohne mich daran zu erinnern, die Kaffeemaschine am Abend zuvor befüllt zu haben.

Dann war ich zu meinem Auto gegangen, einem knallig orangefarbenen New Beetle, um damit in den Edel-Pub zu fahren, den meine Eltern noch vor meiner Geburt gekauft hatten. Ich war quasi dort aufgewachsen. Unzählige Male hatte ich die Fußböden gewischt und die Regale aufgefüllt, bis ich eines Tages endlich auch in der Küche arbeiten durfte, an der Seite meiner Mutter, der Küchenchefin, und ihres Souschefs namens

Dale, mit dem sie hier gemeinsam das Zepter schwang.

Von Dale erhielt ich eine umfassende Ausbildung als Patissière und Dessertköchin, anschließend hatte ich mich auf das Brotbacken spezialisiert. Nachdem ich an der Gastronomiefachschule in San Francisco meinen Abschluss gemacht hatte, übernahm ich den Posten als Moms Souschefin, weil Dale einen Job in einem alteingesessenen Restaurant in Cambridge, Massachusetts, angeboten bekommen hatte. Das war die Chance seines Lebens gewesen, hatte er mir erklärt.

Als ich mich endlich in meiner gewohnten Umgebung mit dem großen Industrieherd aus Edelstahl, den glänzenden Regalen, Kühlkammern und Tiefkühlschränken, inmitten blitzsauberer Töpfe und Teller wiederfand, war mir, als würde ich den Tag erst jetzt wirklich beginnen.

Neonröhren summten über mir wie ein Bienenschwarm, aus dem Radio drangen gedämpft die Stimmen einer Morgen-Show. Es war so leise eingestellt, dass ich nicht viel von dem verstand, was geredet wurde, aber der Klang der Stimmen war angenehm und beruhigend. Alles war vertraut und wie immer. Ein ganz normaler Morgen – und doch war überhaupt nichts normal.

Dad sah mich misstrauisch an, mein Schweigen war ihm offenbar nicht geheuer. Ich stand vor dem riesigen Backtisch inmitten runder Teigfladen, die dort zum Gehen lagen, beide Fäuste in die unter einer dünnen Mehlschicht wartende Teigmasse gestemmt. Mehl bedeckte auch die gesamte Arbeitsfläche.

»Wie spät ist es?«, murmelte ich.

Dad kam einen Schritt weiter auf mich zu. »Gleich neun.«

Vor drei Stunden hatte ich das Haus verlassen.

Eine Abfolge von Bildern spulte sich in meinem Kopf ab: das Auto auf dem Parkplatz abstellen, die Alarmanlage des Restaurants ausschalten, alle Arbeitsgeräte vorbereiten, die Zutaten aus den Schränken holen. So viele Erinnerungen an so viele Tagesanfänge mit den immer gleichen Abläufen.

Als ich meine Hände aus dem feuchten Teig zog, gab es ein schmatzendes Geräusch. Klebrige Teigfetzen hingen an meinen Fingern und hatten sich unter den Nägeln festgesetzt. Obwohl ich die Handflächen kräftig aneinanderrieb, war es mir unmöglich, die zähe Masse loszuwerden.

Normalerweise liebte ich diese einsamen Morgenstunden, ja, ich sehnte die stille Zeit herbei, in der ich allein war mit dem Teig. Ich mochte die rhythmische Arbeit des Knetens, die ich schon als Kind geliebt hatte, als Mom mir in unserer kleinen Küche zu Hause das Brotbacken beigebracht hatte. Bei dieser monotonen Tätigkeit konnte ich normalerweise meine Gedanken schweifen lassen und in aller Ruhe darüber nachdenken, was mich am kommenden Tag erwartete. Es war die Zeit, um Pläne für die Zukunft zu schmieden und über Vergangenes nachzusinnen.

Doch heute funktionierte das nicht. Der Teig klebte an mir wie zäher Kaugummi unter einer Schuhsohle. Es war lästig. So unwillkommen wie der Gedanke daran, dass all die Stunden, die ich mit der Planung meiner Zukunft zugebracht hatte, vergeblich gewesen waren. Für mich gab es keine Zukunft mehr.

Mit aller Kraft rieb ich meine Hände aneinander und mühte mich, den Teig mit den Fingernägeln abzukratzen.

Dad tauchte mit einem nassen Küchenhandtuch neben mir auf und fing an, meine Hände zu säubern, mit zärtlichen Berührungen und voll väterlicher Sorge. Dabei gab er acht, um meine Haut nicht unnötig zu strapazieren, und fuhr sanft über die roten Kratzspuren, die meine eigenen groben Versuche auf meinen Handrücken hinterlassen hatten. Seine Behutsamkeit machte mich nur noch wütender, ich wollte von ihm nicht behandelt werden, als stünde ich kurz vor einem Zusammenbruch. Mit einem Ruck entzog ich ihm meine Hände und nahm ihm das Handtuch weg, um selbst kräftig an mir herumzuschrubben.

»Geh nach Hause, Aimee.«

»Um was zu tun?«, fragte ich und warf das Handtuch auf die Arbeitsplatte.

Dad antwortete nicht. Stumm sah er mir zu, wie ich den Teig zu Kugeln formte und zusammen mit mehreren Brotlaiben auf ein großes Blech legte. Dann schob ich das Blech in ein bereitstehendes Rollregal und fuhr es beiseite, um später alles zu backen.

Mom kam vom Einkaufen und betrat mit zwei großen Papiertüten die Küche. Ihr gut geschnittenes Haar war flott in Form geföhnt und gab den Blick frei auf zwei silberne Ohrringe rechts und links von ihrem Gesicht. Sie musterte Dad prüfend, bevor sie sich lächelnd mir zuwandte. »Ich habe deinen Wagen draußen stehen sehen. Warum bist du hier?«

»Ich backe Brot. Ich tue genau das, was ich immer tue, jeden Morgen, fünf Tage die Woche.« Der bissige Unterton in meiner Stimme war mir selbst unangenehm.

»Ich habe ihr schon gesagt, dass sie nach Hause gehen soll«, erklärte Dad.

»Dad hat recht, du solltest dich lieber ausruhen.«

»Ich muss arbeiten«, gab ich zurück und schnappte mir einen Holzlöffel. »Ihr braucht mich hier, und wir brauchen Brot zum Mittag- und Abendessen.«

Die beiden wechselten einen Blick.

»Was ist denn?«, fragte ich.

»Ich habe Margie angerufen.«

Mom zeigte ein breites Lächeln, das ihre weißen Zähne enthüllte. Margies Hilfe nahm sie nur in Ausnahmefällen in Anspruch, wenn ich krank war zum Beispiel oder wenn wir eine große Gesellschaft zu bewirten hatten. Margie hatte eine eigene Bäckerei in der Nähe und belieferte viele Restaurants in unserer Gegend.

Ich atmete tief ein und bemerkte den warmen Duft frisch gebackenen Brots. Brot, das ich nicht gebacken hatte. Misstrauisch schaute ich auf die Papiertüten, die Mom mitgebracht hatte: MARGIE'S BAKERY & ARTISAN BREADS stand darauf.

»Unsere Gäste lieben mein Brot, Mom«, beschwerte ich mich, »du kannst doch nicht einfach woanders Brot kaufen und mich … abschieben!«

»Wir wollen dich doch nicht abschieben«, widersprach Dad.

Nervös schlug ich mir mit dem Kochlöffel gegen die Oberschenkel. Vielleicht hätte ich das nicht so sagen sollen.

Mom versuchte, mich zu beschwichtigen. »Es ist nicht, wie du denkst. Wir haben uns nur an Margie gewandt, weil wir dachten, du bräuchtest ein bisschen Zeit.«

»Aber das tue ich nicht.« Mom schürzte die Lippen, und ich brummte: »Wie lange?«

Die beiden wechselten erneut einen Blick, woraufhin Mom ihre Hand ausstreckte und mich am Arm fasste. »So lange, wie du brauchst.«

»Es wird ein paar Veränderungen geben …«

»Nicht jetzt, Hugh«, unterbrach ihn Mom.

»Was für Veränderungen?« Irritiert sah ich Dad an. Der kratzte sich am Kinn und schaute weg. »Was verheimlicht ihr mir?«

»Gar nichts, Liebes«, gab Mom zurück.

»Sag es ihr, Cathy. Früher oder später wird sie es sowieso erfahren.«

Wieder war da dieser stumme Austausch zwischen Mom und Dad. »Dein Vater und ich, wir gehen in den Ruhestand.«

Mit einem Knall haute ich den Löffel auf die Tischplatte. »Ihr wollt euch zurückziehen? Jetzt?« Zornig blitzte ich die beiden an. »Mein Gott, James ist gerade unter der Erde. Ich kann das Restaurant jetzt nicht übernehmen. Ich kann das *Irish Goat* nicht allein weiterführen.«

»Das ist auch nicht nötig. Wir haben das Restaurant verkauft«, erklärte Dad.

Der Löffel fiel klappernd zu Boden. »Ihr habt was?«

Mom seufzte und sah verlegen aus.

»In drei Monaten müsste die Sache unter Dach und Fach sein«, fügte Dad hinzu.

Mom krauste die Stirn. »Hugh!«

»Habe ich etwas Falsches gesagt?«

»Allerdings. Wir hatten ausgemacht, sie schonend vorzubereiten.«

Argwöhnisch schaute ich vom einen zum anderen und wartete darauf, dass sie mir mitteilten, das sei alles nur ein Scherz. Doch sie erwiderten meinen Blick mit einer Mischung aus Scham und Mitgefühl.

»Warum habt ihr das nicht vorher mit mir besprochen?«, fragte ich.

Mom seufzte. »Du weißt, wie oft wir kämpfen mussten, um weitermachen zu können. Und dann ist völlig unerwartet dieser Mann aufgetaucht und hat angeboten, uns das Restaurant abzukaufen. Er hat große Pläne für den Laden.«

»Ich habe auch große Pläne gehabt! Warum habt ihr nicht … Ach, zum Teufel.« Ich rieb mir die Schläfen. »Warum wolltet ihr nicht, dass ich es euch abkaufe?«

»Und dir unsere Schulden aufhalsen?« Mom schüttelte den Kopf. »Das wäre nicht fair gewesen.«

»Das wäre nicht so schlimm gewesen, damit wäre ich schon fertiggeworden.«

Die Gedanken überstürzten sich in meinem Kopf. Ich hatte keine großen Ersparnisse, und unser gemeinsames Bankkonto hatten wir benutzt, um die Miete und alle laufenden Kosten zu bezahlen, aber James' Zahlungen hatten natürlich in dem Moment aufgehört, als man ihn für tot erklärt hatte.

Das Geld von seinem persönlichen Konto war an Thomas

gegangen, der mir am Tag von James' Beerdigung den Scheck über die gesamte Summe ausgehändigt hatte. Diesen Scheck konnte ich unmöglich einlösen. Ich hatte einfach nicht das Gefühl, dass mir dieses Geld zustand.

Vielleicht könnte ich das Haus beleihen oder es verkaufen und vorübergehend wieder bei meinen Eltern einziehen?

»Das *Goat* steckte schon viel zu tief drin, als dass man es noch hätte retten können.« Dads Worte unterbrachen meinen Gedankengang. Er hielt den Blick gesenkt und atmete schwer. Zuerst dachte ich, es sei die Enttäuschung, doch als er mich ansah, erkannte ich, dass er sich schämte. »Du hättest jeden Cent dreimal umdrehen müssen, nur um das Mehl zum Brotbacken zu bezahlen. Das Letzte, was Mom und ich uns für dich wünschen, ist, dass du im Bankrott endest.«

»Bankrott?«, fragte ich entsetzt.

Mom nickte langsam, und ihre Augen schimmerten verdächtig. »Wir haben schon eine Hypothek auf das Geschäft aufgenommen und eine zweite auf das Haus, und trotzdem reicht es vorne und hinten nicht. Wir schulden sogar schon einigen Lieferanten die Zahlung. Zwar sind alle sehr verständnisvoll und großzügig mit uns, niemand verlangt Zinsen für die Außenstände, aber wir müssen das alles irgendwie begleichen. Der neue Besitzer hat uns angeboten, alle Schulden zu übernehmen, bis auf die Hypothek auf das Haus.«

»Ich hatte keine Ahnung, dass es so schlimm ist«, sagte ich fassungslos.

Dad legte den Arm um meine Mutter. »Seit der Neueröffnung der Shopping-Mall gegenüber, mit den beiden Restaurantketten, sind uns die Kunden weggeblieben.«

»Aber ich habe doch so viele gute Ideen, wie wir sie wieder zurückholen könnten. Ich wollte unser Abendmenü erweitern, den Essbereich umbauen und das ganze Lokal heller gestalten, mit Livemusik am Donnerstag und samstagabends …«

»All das hatten wir uns auch überlegt, aber es reicht nicht, um alle Schulden zurückzuzahlen und endlich Gewinn zu machen.«

Verzweifelt zerknüllte ich den Stoff meiner Schürze in den Händen. Es war mehr als wahrscheinlich, dass der Käufer ein Spekulant war, der mit dem Gebäude ein gutes Geschäft machen würde. Es musste doch einen Weg geben, um das *Irish Goat* zu behalten. Ich hatte James verloren, nun konnte ich nicht zu allem Überfluss auch noch den Pub verlieren. Tausend Erinnerungen hingen in diesen Räumen, Erinnerungen, die sich in die Wände eingebrannt hatten wie der Duft von gerösteten Rosmarinkartoffeln und Kalbsbraten mit Whiskeysoße.

»Hätte ich nur früher davon gewusst. Ich hätte euch doch helfen können.«

»Wir wollten es dir schon längst sagen, aber …« Dad kratzte sich am Kopf. »Na ja, dann ist James gestorben, und es war einfach kein guter Zeitpunkt, um mit dir darüber zu reden. Eltern wollen ihren eigenen Kindern schließlich nicht solche Sorgen bereiten. Und du warst ohnehin schon so ein … na ja …«

Emotionales Krisengebiet.

Schließlich ließ ich die arme Schürze los und strich den Stoff mit energischen Handbewegungen wieder glatt. Ich fühlte mich unruhig, so ohne Ziel und Aufgabe. Wie sollte ich jetzt noch einen Sinn und eine Richtung für mein Leben finden? Ich war am Boden zerstört.

»Aber was soll ich denn jetzt machen? Außer dem *Irish Goat* habe ich nichts mehr im Leben. Ich kenne doch nichts anderes.« Die Angst vor der Ungewissheit ließ meine Stimme zittern.

Mom fasste mich an den Händen. »Sieh es als eine großartige Chance. Du kannst etwas Neues ausprobieren.«

»Zum Beispiel?« Ich entzog ihr meine Hände und band mir die Schürze ab. Die Reichweite dieser Neuigkeiten schien endlich bei mir anzukommen.

Mom wechselte einen Blick mit Dad. »Nun, dein Vater und ich, wir haben gedacht, dass jetzt genau der richtige Zeitpunkt für dich wäre, um herauszufinden, wer du bist und was du tun willst.«

Ich riss die Augen auf. »Wie meinst du das: der richtige Zeitpunkt? Weil das *Goat* verkauft ist oder weil James tot ist?«

Dad räusperte sich. »Ein bisschen von beidem.«

Entgeistert starrte ich die beiden an.

»Wie alt warst du, als ihr euch kennengelernt habt, James und du? Acht? Seitdem seid ihr immer unzertrennlich gewesen.«

»Wollt ihr damit sagen, ich sei zu sehr von James abhängig gewesen?«

»Nein, nicht direkt«, versuchte es Dad.

»Ja«, erklärte Mom.

Es verschlug mir die Sprache.

»Sieh mal, Aimee, wir alle vermissen James. Für deinen Vater und mich ist es, als hätten wir unseren eigenen Sohn verloren. Aber jetzt bist du zum ersten Mal in deinem Erwachsenenleben auf dich allein gestellt. Du hast eine abgeschlossene Ausbildung und jede Menge Berufserfahrung. Damit stehen dir alle Möglichkeiten offen. Such dir ein eigenes Restaurant, wenn das wirklich dein Wunsch ist.«

Wie sollte ich jetzt darüber nachdenken, mir von der Pike auf ein eigenes Restaurant aufzubauen, wo ich die Nachricht vom *Goat* kaum fassen konnte? Ich knüllte die Schürze zusammen und schleuderte sie auf den Tresen. Eine Mehlwolke wirbelte auf und sank langsam zu Boden. Ich schnappte mir meine Handtasche und die Schlüssel.

Dad verzog besorgt das Gesicht. »Wo willst du hin?«

»Weg. Nach Hause.« Doch gleich darauf schüttelte ich den Kopf. »Irgendwohin.«

Ich war vollkommen durcheinander, unfähig, einen klaren Gedanken zu fassen. Ein tonnenschweres Gewicht lag auf meiner Brust und schnürte mir die Luft ab. Die Wände schienen auf einmal immer näher zu rücken. Schnell eilte ich aus der Küche nach draußen.

Mom lief hinter mir her auf den Parkplatz. Ungeschickt fummelte ich mit den Schlüsseln herum, bis sie schließlich auf den Boden fielen. Ich ließ den Kopf sinken und versuchte, meinen Atem unter Kontrolle zu bekommen. Meine Schultern bebten, und ein wildes Schluchzen bahnte sich seinen Weg ins Freie.

Da spürte ich Moms Arm an meinem Rücken. Sie drückte mich an sich, und endlich konnte ich mein Gesicht an ihren Hals legen und den Tränen freien Lauf lassen. Mit beiden Händen klammerte ich mich an sie, bis das Weinen schließlich nachließ.

Mom wiegte mich in ihren Armen und strich mir übers Haar, ohne mich am Weinen zu hindern – im Gegenteil: Mit sanfter Stimme forderte sie mich auf, meinen Kummer rauszulassen.

»Wie soll ich das nur alles schaffen?«

»Du wirst einen Weg finden«, antwortete sie.

»Ich weiß nicht, was ich tun soll.«

»Dir wird schon etwas einfallen.«

»Aber ich bin so allein.«

Mom machte sich ein Stückchen weit von mir los, lehnte sich zurück und streichelte mein Gesicht, dann wischte sie mir mit den Daumen die Tränen weg. »Du bist nicht allein, Liebes. Wir sind hier und für dich da. Ruf uns an. Wir helfen dir, wobei auch immer. Von uns bekommst du Referenzen für einen neuen Job und jederzeit eine Schulter zum Ausweinen.«

So dankbar ich für ihr Angebot war, war es doch nicht das, was ich hören wollte. Noch nicht.

* * *

Als ich James zum ersten Mal begegnete, war ich acht Jahre alt. Seine Familie war gerade von New York nach Los Gatos gezogen, und er war der neue Nachbar von Nick, der zwei Häuserblocks entfernt von dem Haus wohnte, in dem ich mit meinen Eltern Catherine und Hugh Tierney lebte. An einem schönen Samstagmorgen im Sommer brachten Nick und Kristen James mit zu uns, um ihn mir vorzustellen.

Komischerweise kann ich mich an alle Einzelheiten dieses Tages erinnern, mehr als an irgendetwas anderes aus der Zeit, angefangen bei der Art, wie James sich mit der Hand die Haare aus dem Gesicht strich, woran man sehen konnte, dass er ziemlich nervös war und andererseits darauf brannte, neue Freunde zu finden.

Er trug sein Haar länger als die anderen Jungen an meiner Schule, und ich konnte den Blick nicht von seinen kräftigen dunkelbraunen Locken wenden, die sich unter seiner Baseballcap um seine Ohrläppchen kringelten. Er fuhr sich immer wieder mit den Fingern durch das widerspenstige Haar, als wollte er es unbedingt unter Kontrolle bekommen.

Wie fast jeden Samstag hing überall in unserer Straße der Duft von frisch geschnittenem Gras. Bei den Nachbarn liefen die Sprinkler auf Hochtouren. Das Geräusch bildete eine beruhigende Hintergrundmusik. Jedes Mal, wenn Dad den Motor seines Rasenmähers abstellte, konnte ich das leise Rieseln des Wassers hören.

Wie so oft im Sommer hatte ich auch an diesem Samstagmorgen meinen Limonadenstand aufgebaut, um mir ein bisschen Geld zu verdienen. Ich sparte auf einen Beutel »Magic Memory Dust«, das Zauberpulver aus dem Spielzeuggeschäft unten in der Straße. Der Verkäufer im Laden hatte gesagt, wenn ich mir jeden Abend vor dem Schlafengehen eine Prise davon auf den Kopf streuen würde, könnte ich nie mehr vergessen, wo ich meine Schuhe hingestellt hatte oder zu wann ich die Hausaufgaben aufhatte. Nachdem ich das erfahren hatte, wollte ich unbedingt ein Tütchen von diesem Zauberstaub haben.

Aber jener Samstagmorgen war anders als alle anderen, und das nicht nur, weil Nick und Kristen mit ihrem neuen Freund vorbeikamen. Robbie, der Junge von gegenüber, und sein Cousin Frankie hatten zugesehen, während ich meinen Stand aufbaute. Robbie allein war schon ein ausgemachter Rüpel, aber zu zweit bildeten die beiden ein unüberwindliches, haareziehendes, ewig ärgerndes, Spielzeug zerstörendes Team, gegen das niemand ankam und das unweigerlich Geschrei und zornige Tränen auslöste.

Die zwei hatten gerade ein Glas Limonade von mir ergaunert und hielten mir ein paar armselige Münzen hin, die ich allerdings unbedingt haben wollte, mehr noch, als ich mir wünschte, sie würden endlich abhauen, und dann standen plötzlich Kristen und Nick vor mir.

»Hi, Aimee«, begrüßte mich Kristen und wies mit einer Handbewegung auf den neuen Jungen, der neben Nick stand. »Das hier ist James.«

Ich schenkte Robbie seine Limonade ein und lächelte James zu. »Hallo.«

Er grinste und hob kurz die Hand.

»Ach, sieh mal an, wen haben wir denn da?«, höhnte Robbie. »Icky Nicky und Sissy Pissy. Ist das deine neue Freundin?«, fragte er James und zeigte mit dem Kinn auf mich.

James spannte alle Muskeln, und Nick machte einen drohenden Schritt auf Robbie zu. »Hau ab, du Blödmann.«

»Argh!«, heulte Frankie auf und ließ seinen Becher fallen. Mit großer Geste griff er sich an den Hals und taumelte. »Sie hat mich vergiftet! Hilfe, ich sterbe!«

»Hört auf mit dem Quatsch!« Mir war das Ganze sehr peinlich, und ich warf James einen erschrockenen Blick zu. Der starrte Frankie grimmig an.

»Lass mich mal probieren.« Robbie kippte die Limonade in einem Zug herunter, dann fiel ihm der Becher aus der Hand.

»O nein! Die war *wirklich* vergiftet!« Er sank vornüber auf den Tisch. Aus den umgekippten Plastikbechern tropfte es auf den Boden. »Frankie, sie hat uns umgebracht.«

»Nein, das stimmt nicht!« Ich versuchte, Robbie wegzuschubsen, doch er rührte sich nicht vom Fleck. »Hau ab!«

»Na, wird's bald?« Kristen zerrte an Robbies Arm.

»Leb wohl, du schnöde Welt.«

Damit rollte Robbie sich auf die Seite und riss Kristen mit sich. Sie fiel mit voller Wucht auf den Bürgersteig und brach prompt in Tränen aus. Als sie versuchte aufzustehen, zog Frankie sie zurück auf den Boden.

Nick boxte direkt vor Frankies Nase in die Luft. »Mach die Fliege!«

Mit weit aufgerissenen Augen rannte Frankie über die Straße und verschwand durch Robbies weit offen stehendes Garagentor.

Der Tisch krachte unter Robbies Gewicht zusammen, er griff nach meiner Bluse, hielt sich daran fest, riss mich zu Boden und landete schließlich auf mir. Meine Rippen taten höllisch weh, und mein Rücken pochte schmerzhaft.

Mit einem kräftigen Ruck zog James Robbie vom Boden hoch, der mit erhobenen Fäusten zum Stehen kam. Sofort versetzte er James einen Hieb auf den Mund, worauf dessen Lippe anfing zu bluten. James holte aus und traf mit seiner linken Faust Robbies Auge. Der brach in Tränen aus und rannte, so schnell er konnte, nach Hause.

Mühsam versuchte ich aufzustehen. James half mir dabei, und ich klopfte mir den Staub ab. Dabei musterte er mich von oben bis unten.

»Einen netten linken Haken hast du da«, hörte ich plötzlich Dads Stimme hinter mir. »Das sollte genügen, um Robbie und seinen feigen Cousin für eine Weile auf der anderen Straßenseite zu halten.«

Ich betrachtete das Desaster auf dem Bürgersteig und stöhnte. Kristen putzte sich die Nase und schniefte. Sie hatte sich die Knie aufgeschlagen, Blut lief ihr am einen Schienbein herunter.

»Oh, dein schöner Limonadenstand!«, jammerte sie.

Mein Kinn zitterte. »Jetzt werde ich mir nie den ›Magic Memory Dust‹ kaufen können.«

James sah mich merkwürdig an.

»Kristen, komm rein, und lass dir von meiner Frau die Knie verbinden«, bot Dad an.

»Nein danke, ich will lieber nach Hause«, lehnte sie ab und betastete vorsichtig ihre Schrammen.

»Na komm, ich begleite dich.« Nick fasste Kristen am Arm. »Wir treffen uns später«, fügte er an James gewandt hinzu.

Als die beiden weg waren, schaute mein Vater James an und fragte: »Wie heißt du, mein Junge?«

»James, Sir.« Er wischte sich die Hände an seinem T-Shirt ab und hielt meinem Dad die rechte Hand hin. »James Donato.«

Sie schüttelten einander die Hände. »Nett, dich kennenzulernen, James. Komm rein, dann kannst du dich ein bisschen frisch machen.«

James warf mir einen kurzen Blick zu. »Ja, Sir. Danke.«

»Aimee, bringst du James in die Küche? Ich sage deiner Mutter Bescheid, dass wir Heftpflaster brauchen.«

Während Mom nach Verbandszeug und Salbe suchte, hatte James' Lippe aufgehört zu bluten, aber sie war geschwollen. Er saß auf einem Küchenstuhl und hielt sich einen Beutel Tiefkühlerbsen ans Gesicht.

Währenddessen löcherte ich ihn mit Fragen. Ich wollte alles von ihm wissen. Ja, er würde in dieselbe Schule gehen wie ich. Ja, er spielte gerne Fußball. Nein, er hatte noch nie vorher ein anderes Kind verprügelt. Ja, seine Hand tat ihm weh von dem Schlag.

Er hielt zweimal fünf Finger in die Höhe, dann noch einmal einen, um mir zu zeigen, dass er elf Jahre alt war, nachdem ich ihn danach gefragt hatte.

»Hast du Schwestern?«

Er schüttelte den Kopf.

»Brüder?«

Zuerst hielt er zwei Finger hoch, dann schüttelte er noch heftiger den Kopf und streckte statt zwei Fingern nur noch einen in die Luft.

Ich lachte. »Robbie hat wohl etwas zu fest zugeschlagen, wenn du nicht einmal mehr weißt, wie viele Brüder du hast, was?«

Er runzelte die Stirn. »Ich habe einen Bruder. Und Robbie haut zu wie ein kleines Baby.«

Ich lachte noch mehr und schlug mir die Hände vor den Mund, um mein Kichern zu unterdrücken, denn ich wollte nicht, dass er glaubte, ich würde ihn wegen seines Rechenfehlers auslachen. Dabei lachte ich nur über Robbies komischen Gesichtsausdruck, nachdem James ihn vermöbelt hatte. Noch nie hatte ich Robbie so schnell rennen sehen.

James schaute sich neugierig in der Küche um. Im Backofen duftete der Apfelkuchen, den Mom für ihren Spieleabend gebacken hatte. Aus dem kleinen Radio, das Dad mit nach draußen genommen hatte, drang klassische Musik bis zu uns in die Küche. James rutschte auf seinem Stuhl herum. »Es ist schön hier bei euch.«

»Ich würde auch gerne einmal euer Haus sehen.«

Ich hoffte so sehr, er würde mein Freund werden, denn ich mochte ihn wirklich gern. Er hatte ein wunderschönes Lächeln und war sehr mutig, denn er hatte Robbie verprügelt – das hatte ich schon längst tun wollen, mich aber nie getraut, weil Robbie viel größer war als ich.

»Bei euch ist es schöner.« Sein Blick kehrte zu mir zurück. »Was ist denn ›Magic Memory Dust‹? Das klingt spannend.«

Meine Wangen brannten, als ich daran dachte, wie James mich angesehen hatte, als ich vorher wegen des Zauberstaubs herumgejammert hatte. Als wir jetzt nebeneinandersaßen, die Arme auf die Tischplatte gestützt, erklärte ich es ihm und hielt dabei den Kopf gesenkt, weil es mir peinlich war.

Die gebräunte Haut auf seinem Unterarm sah toll aus neben meiner eigenen, hellen. Die Sache mit dem Zauberstaub schien mir plötzlich nicht mehr so wichtig. »Das ist auch egal. Mein Limonadenstand ist jedenfalls hin, und ich werde wohl nie so viel Geld zusammenbekommen, wie ich brauche.«

James streckte seine Hand über den Tisch und zog die Zuckerdose zu sich heran. Dann nahm er ein paar Zuckerkrümel zwischen zwei Finger und hielt mir die Hand über den Kopf.

Ich sah zu ihm auf. »Was hast du vor?«

»Mach die Augen zu.«

»Warum?«

»Vertrau mir. Mach die Augen zu.«

Ich tat es und hörte ein Knistern über meinem Kopf. In meinem Haar raschelte es, und ich spürte ein Kitzeln auf der Kopfhaut. Meine Nase juckte, und es fühlte sich an, als ob Regentropfen auf meinen Wangen landeten, nur dass ich nicht nass wurde. Ich blinzelte und schaute nach oben. Es regnete Zuckerkristalle auf mein Gesicht.

»Was war denn das?«, fragte ich, als er aufhörte und sich die Hände abwischte.

»James' Magic Memory Dust.« Sein unverletzter Mundwinkel zuckte nach oben. »Jetzt wirst du nie mehr vergessen, dass wir uns begegnet sind.«

Ich machte große Augen, und er wurde ein bisschen rot. Schnell drückte er sich wieder die Erbsentüte gegen die Lippe und zuckte vor Schmerz kurz zusammen.

»Ich werde dich nie vergessen«, versprach ich und legte mir zum Schwur eine Hand aufs Herz.

Im Laufe der Jahre hatte James mir ebenfalls Versprechungen gemacht. Es würde niemals etwas anderes geben als uns, wir liebten einander und würden niemals jemand anders lieben. Wir waren zusammen aufgewachsen und hatten uns gegenseitig das Versprechen gegeben, miteinander alt zu werden.

Ich konnte mir nicht vorstellen, jemals etwas anderes zu wollen als das, was wir uns gemeinsam vorgenommen hatten.

Kapitel 3

Nadia und Kristen warteten schon bei mir zu Hause, als ich aus dem Restaurant zurückkehrte. Kristen begrüßte mich: »Wir haben deinen Ersatzschlüssel benutzt, um ins Haus zu kommen. Deine Mutter hat angerufen. Sie meinte, du könntest vielleicht ein bisschen Gesellschaft gebrauchen.« Sie zögerte einen Moment und fügte hinzu: »Sie hat uns das vom *Goat* erzählt. Es tut uns so leid.«

Ich sagte nichts und nickte nur, während ich meine Schlüssel und die Handtasche auf das Sideboard legte.

Kristen sah mich besorgt an. »Bist du wirklich okay?«

Was sollte ich darauf antworten? Nachdem ich das Restaurant verlassen hatte, war ich eine Weile ziellos durch die Stadt gekurvt, hatte an das *Goat* gedacht und an James. Anstatt nach Hause zu fahren, hatte ich den Weg zum Friedhof eingeschlagen, um James' Grab zu besuchen. Er war in der Familiengrabstätte beigesetzt worden, direkt neben seinem Vater Edgar Donato, der Anfang des Jahres an Lungenkrebs gestorben war.

Auf einer flachen Granitplatte stand sein Namenszug: JAMES CHARLES DONATO, darunter waren sein Geburts- und das Sterbedatum eingetragen. Thomas und Claire hatten nicht gewusst, welches der genaue Todestag war, deshalb hatte der zuständige Beamte entschieden, das Datum auf den fünften Tag nach James' Abreise festzulegen. Daraus hatte sich der 20. Mai ergeben – eine schöne runde Zahl.

Vielleicht eine Stunde lang lag ich im feuchten Gras, das Gesicht an den Grabstein gelehnt, und dachte an die Tage vor James' Abreise. Er hatte sich von diesem Trip nach Mexiko nicht abbringen lassen und mir erklärt, *er* müsse hinfahren, nicht Thomas. Ich war dagegen gewesen. Unsere Hochzeit stand vor der Tür, und wir hatten noch so viel zu besprechen und vorzubereiten.

Aber er hatte mich schließlich mit guten Worten und vielen Küssen überredet und versprochen, es würde eine ganz kurze Reise werden. Gleich nach seiner Rückkehr wollte er seinen Job bei Donato Enterprises aufgeben und sich nur noch seiner Kunst widmen. Der Malerei galt seine ganze Leidenschaft, und so gab ich nach.

Im Rückblick war mir klar, dass ich ebenso stur wie er hätte sein sollen und darauf hätte bestehen müssen, dass er zu Hause blieb. Dann wäre er noch am Leben. Wir wären verheiratet und auf Hochzeitsreise auf St. Barts.

Meine Gedanken wanderten zu den Tagen, nachdem wir die Nachricht erhalten hatten, dass James vermisst wurde. Ich war zu Claire gefahren, in der Hoffnung, ein bisschen Zeit mit jemandem zu verbringen, der ebenso sehr wie ich unter James' Verschwinden litt. Ich hätte wissen sollen, dass ich zu viel von ihr erwartete. Claire sorgte sich offenbar mehr wegen der bereits verschickten Hochzeitseinladungen als wegen der Möglichkeit, ihre schlimmsten Befürchtungen bewahrheitet zu sehen. Sie bat mich, unseren Gästen mitzuteilen, dass die Hochzeit eventuell abgesagt werden müsste.

Sorgenvoll saß ich ihr gegenüber auf dem Sofa im Wohnzimmer der Donatos mit den steifen Möbeln. Ich war weit davon entfernt, James und unsere Zukunft aufzugeben.

Der Seidenbezug auf dem Polster fühlte sich durch den dünnen Rockstoff unter meinen Beinen hindurch kalt und abweisend an. Die moderne Einrichtung stammte aus den Beständen von Donato Enterprises. Alle Gegenstände im Raum waren spitz und scharfkantig wie die Knochen in Claires Gesicht. Hier war nirgends Platz für etwas Weiches.

»Ich kann die Leute nicht anrufen, Claire. Noch nicht.«

Wie sollte ich unseren Gästen erklären, unsere Hochzeit müsse verschoben oder gar abgesagt werden? Dadurch würde James' furchtbares Verschwinden erst Wirklichkeit werden.

Claire setzte sich noch gerader hin als sonst: »Das musst du aber …«

Ein Geräusch an der Tür unterbrach uns. Phil kam herein und fixierte mich wie ein Jäger, der durch das Zielfernrohr an seinem Gewehr die Beute beobachtet. Ohne ein Wort setzte er sich neben seine Tante und legte den Arm um sie. Er wirkte viel zu entspannt und gut gelaunt für einen Mann, dessen Cousin möglicherweise gerade ums Leben gekommen war.

Claire tätschelte ihm den Oberschenkel. Wie unbeabsichtigt ließ sie ihre Hand dort liegen, während Phil sie auf die Wange küsste. Mir drehte sich bei dem Anblick fast der Magen um.

»Aimee.« Phil senkte das Kinn.

Nervös rutschte ich auf dem Sofa herum. Wir hatten uns seit dem letzten Sommer nicht mehr gesehen, und ich hatte keine Ahnung gehabt, dass er gerade hier war.

Claire streichelte Phil den Oberschenkel. »Ich wüsste nicht, was ich ohne Phil tun sollte. Dieses Jahr war einfach furchtbar für unsere Familie, und ich bin so dankbar, dass er hier eingezogen ist, um mir Gesellschaft zu leisten. Nur so kann ich den Tag überstehen.«

Misstrauisch blickte ich Claire an. Phil wohnte hier? Ich grub meine Finger in die Kissen. Meine Knie zitterten so sehr, dass ich die Beine fest zusammenpresste, um sie daran zu hindern, doch die Unruhe setzte sich bis in meinen Oberkörper und in die Arme fort, wie ein Wellenschlag im Wasser.

Claire zog die Augenbrauen hoch und sah mich an. »Geht es dir gut?«

Unvermittelt sprang ich auf. »Entschuldige bitte, Claire. Ich muss jetzt gehen.«

Sie erhob sich. »Nun, wenn das so ist. Warte bitte eine Sekunde, ich habe noch etwas für dich.« Damit ließ sie mich mit Phil allein.

Der machte sich nicht die Mühe, aufzustehen, aber ich spürte seine Blicke, die an meinem Körper auf und ab wanderten.

»Es ist lange her, Aimee. Hast du mich vermisst?«

Seine Stimme war nicht mehr als ein Flüstern, doch ich verstand jedes einzelne Wort so deutlich, als hätte er es mir ins Ohr gebrüllt. Regungslos starrte ich auf die Wand hinter seinem Rücken.

Phil holte tief Luft. »Ach ja. Ich habe dich vermisst. Du siehst gut aus … trotz allem.«

Ein leises Geräusch kam vom Sofa, und es hatte den Anschein, als machte er Anstalten, aufzustehen. *Steh nicht auf, bitte, steh nicht auf.*

»Das mit James ist wirklich schade.«

Er klang irgendwie schuldbewusst. Entgeistert starrte ich ihn an.

Phil lachte leise. »Ach, da ist es ja wieder! Wie hat mir dieser Blick gefehlt.«

Er saß da und hatte die Beine übereinandergeschlagen, die Arme lagen nach rechts und links ausgestreckt auf der Sofalehne, sodass sein blendend weißes Oxford-Shirt unter der Anzugjacke hervorlugte. Ich fühlte mich nackt unter seinen gnadenlosen Augen, mit denen er mich immer noch von oben bis unten musterte. Ein Glück nur, dass er mich nicht mit seinen Blicken allein versengen konnte – sonst hätte ich sicher am ganzen Körper Brandblasen bekommen.

»Du hast hoffentlich Verständnis dafür, dass sich Claire mit so profanen Dingen wie der Hochzeitsfeier beschäftigt. Sie zieht es vor, sich um ihre Gäste Gedanken zu machen, statt sich um James zu sorgen.«

»Es ist für uns alle schwierig.«

Phil legte den Zeigefinger an die Oberlippe. »Ja, also … das kann ich mir denken. Es tut mir leid …«

Ich erstarrte innerlich. Verächtlich sah ich ihn an.

»… das mit James«, fügte er hinzu.

Heiße Wut stieg in mir auf. »Es gibt eine Menge andere Sachen, die dir auch leidtun sollten.«

Claires Absätze klackerten auf dem Flur. Mit einem Aktenordner in der Hand kam sie ins Zimmer und bedeutete mir, ihn zu nehmen.

»Was ist das?«

Der Ordner zitterte leicht in ihrer Hand. »Telefonnummern und E-Mail-Adressen.«

Ich runzelte die Stirn. »Von wem?«

»Von James' Hochzeitsgästen. Die Postadressen hast du ja schon. Jetzt kannst du jeden Einzelnen anrufen oder eine Mail schicken, um zu erklären, was passiert ist. Das geht schneller, als noch einmal Briefe mit der Post zu schicken.«

War das ihr Ernst? Ich überlegte, ob ich es auf eine Diskussion ankommen lassen sollte, andererseits wollte ich nicht mehr länger hierbleiben. Ich bezweifelte, dass Phil seinen Platz an Claires Seite verlassen würde, jedenfalls solange ich hier war.

»Ich kümmere mich darum«, versprach ich. Damit nahm ich ihr den Ordner aus der Hand und verabschiedete mich.

Phil sprang auf. »Ich bringe dich zur Tür.«

»Nein«, erwiderte ich knapp.

Claire sah uns mit großen Augen an. Phil war immer ihr Liebling gewesen, mehr noch als ihre eigenen Söhne. Und sie legte größten Wert auf gute Manieren.

»Nein, vielen Dank«, wiederholte ich so höflich, wie ich konnte. »Ich finde allein hinaus.«

Noch ehe jemand etwas einwenden konnte, war ich verschwunden.

* * *

Kristen drückte meine Hand und holte mich zurück in die Gegenwart. »Komm, setz dich. Ich bringe dir etwas zu trinken.«

Ich folgte ihr in die Küche und ließ mich dort auf einen Stuhl fallen.

»Wir haben etwas zum Mittagessen und noch ein paar andere Sachen eingekauft«, erklärte Nadia und stellte einige Lebensmittel auf den Tresen, der die Küche vom Wohnzimmer trennte. Dann schenkte sie mir ein Glas Limonade ein und schob es zu mir herüber.

Hastig trank ich das Glas leer, wischte mir mit dem Handrücken über den Mund und brach in Tränen aus.

Kristen und Nadia schauten mich hilflos an. Es dauerte einen Moment, aber Kristen erholte sich als Erste. Sie stellte den Krug ab, setzte sich mir gegenüber und hielt mir ein frisches Taschentuch hin. »Das ist alles so schwer für dich, Aimee. Bitte sprich mit uns, sag uns, wie wir dir helfen können. Hat dich irgendetwas besonders stark an James erinnert? Warum bist du so aufgelöst?«

Wegen allem, dachte ich. James. Das Restaurant. Meine Karriere, oder besser: das Fehlen jeglicher Perspektive, wie sich heute Morgen herausgestellt hatte.

Nadia holte Teller aus dem Schrank und machte sich daran, einen Salat vorzubereiten. »Du musst etwas essen. Du siehst schon ganz käsig aus.«

Ich musste trotz der Tränen lachen und hielt mir eine Serviette vor den Mund. »Na, vielen Dank.«

Nadia grinste. »So gefällst du mir schon besser.«

Kristen legte mir eine Hand auf den Arm. »Erzähl uns, was los ist, bitte«, wiederholte sie.

Ich seufzte hinter meiner Serviette und nickte. Natürlich wollte ich ihnen erzählen, was los war, wenn auch nicht alle Einzelheiten. Also trocknete ich mir die Augen und das Gesicht und sagte ihnen etwas ganz anderes. »Irgendwie fühle ich mich schuldig, das ist alles.«

Nadia stellte den Salat auf den Tisch. »Wieso denn das?«

»Ich habe an James gedacht und mir gewünscht, ich hätte mir mehr Mühe gegeben, ihn zum Hierbleiben zu überreden.« Ich nahm meine Gabel und schob damit den Salat auf dem Teller herum. »Dann wären wir jetzt in den Flitterwochen.«

Kristen biss sich auf die Unterlippe und streichelte mir den Arm. »Du hast die schreckliche Angewohnheit, alles in dich hineinzufressen. Das ist nicht gut. Und vor allem solltest du dir keine Vorwürfe machen. Du weißt, wie stur James manchmal war. Auch wenn du ihn noch so sehr bedrängt hättest, wäre er am Ende doch nach Mexiko geflogen. Es gibt also keinen Grund, sich schuldig zu fühlen.«

»Warum nicht?«, widersprach Nadia. »Ein bisschen Schuldgefühl ist ganz okay.«

Kristen sah sie entgeistert an. »Was soll das denn heißen?«

Nadia zuckte die Achseln und stopfte sich ein paar Rucolablätter in den Mund. »Trauerarbeit«, sagte sie und schluckte. »Das gehört dazu, damit sie wieder besser mit ihrem Leben zurechtkommt.«

»Sie hat doch gerade erst angefangen zu trauern«, verteidigte mich Kristen. »James' Beerdigung war vor zwei Tagen.«

Ich hob die Hand. »Hey, Mädels, ich bin hier. Ihr könnt mit mir reden.«

»Faktisch ist er seit fast zwei Monaten tot«, stellte Nadia klar.

Kristen stöhnte. »O Himmel, du bist wirklich unglaublich.« Sie stand auf und trug vor sich hin murmelnd ihren Teller zum Spülbecken.

Nadia verdrehte die Augen, dann warf sie mir einen verständnisvollen Blick zu. »Als mein Vater gegangen ist, habe ich genau dasselbe gemacht. Ich habe *mir* die Schuld gegeben.« Nadia war dreizehn gewesen, als ihr Vater sie und ihre Mutter verlassen hatte.

»Das war, direkt nachdem er mein Make-up gefunden hatte, wisst ihr noch? Er hat mir eine Gardinenpredigt gehalten und mich auf mein Zimmer geschickt, und als ich zum Essen nach unten kam, war er nicht mehr da. Schon wieder war ich ihm gegenüber aufmüpfig gewesen, und deshalb hatte er uns verlassen – das dachte ich jedenfalls. Viel später hat Mom mir verraten, dass Dad damals eine Affäre hatte, und ich glaube heute, er hat nur deshalb mit mir geschimpft, damit ich endlich aus dem Zimmer verschwinde, wo er und Mom gerade wieder einen lautstarken Streit miteinander hatten.«

»Warum hast du mir das nie erzählt?«

»Aus demselben Grund wie du. Ich habe mich schuldig gefühlt, und deshalb konnte ich nicht darüber sprechen. Von Dads Affäre habe ich erst erfahren, als ich mit der Highschool fertig war. Fünf Jahre lang habe ich mir Vorwürfe gemacht.«

Sie griff nach meiner Hand und drückte sie. »Schuldgefühle zu haben ist etwas ganz Normales. Bleib nur nicht so lange darin stecken wie ich damals. Davon kriegst du Depressionen, und an dem, was einmal passiert ist, kannst du sowieso nichts ändern.«

Das war leichter gesagt als getan.

»Aber was soll ich denn jetzt tun?«, fragte ich hilflos.

Sie zog eine Augenbraue hoch. »Wegen James?«

»Nein, wegen der Arbeit. Ich brauche einen neuen Job.«

Ich musste kochen und backen und … kreativ sein. In dem Punkt waren James und ich einander sehr ähnlich gewesen. So wie er malte, um seinen Stress loszuwerden oder neue Strategien zu entwickeln, so musste ich backen. Das war lebenswichtig für mich.

Es juckte mich in den Fingern, in den Regalen nach den Zutaten zu greifen und einen Teig anzurühren. Nicht so etwas wie heute Morgen. Ich war nicht bei der Sache gewesen und hatte viel zu viel Wasser verwendet. Deshalb war er klumpig geworden. Klebrig.

»Du wirst schon einen passenden Job finden. Oder«, sie machte eine Kunstpause, »du könntest reisen.«

»Das hat Thomas auch vorgeschlagen.«

Wegen unserer geplanten Flitterwochen hatte ich mir einen Pass besorgt, aber ich war noch nie ohne James irgendwohin gefahren. Es würde sehr komisch sein, allein zu verreisen. Von uns beiden war er der Spontane gewesen, der immer wieder die einmal eingeschlagenen Wege verließ, um abseits der Hauptstraßen sein Glück zu versuchen. »Man weiß nie, welche Überraschungen dort auf einen warten«, hatte er einmal gesagt.

Nadia lächelte. »Das mag ich an ihm.«

Müde schüttelte ich den Kopf. »Ach nein, keine Reise. Noch nicht.«

»Dann eröffne ein Restaurant.«

»Hat mein Vater dich gebeten, mir das vorzuschlagen?«

Sie lachte. »Nein, aber ich finde, es ist eine großartige Idee.«

»Das hat James auch immer gesagt. Er wollte, dass ich ein Café aufmache. Er hat behauptet, mein Kaffee wäre richtig gut.«

»Du solltest darüber nachdenken.«

Ein eigenes Restaurant zu eröffnen, ohne James im Hintergrund – bei dem Gedanken wurde mir schwindlig. Fragend sah ich zu Kristen hinüber. »Was hältst du davon?«

In gespielter Unschuld hob sie die Hände. »Hallo? Ich bin

vom Team Aimee. Alles, was dich glücklich macht.«

James und das *Goat* hatten das getan.

Nadia trug ihren Teller zum Spülbecken. Kristen spähte in den Kühlschrank und zog ein paar Schranktüren auf. Ich sah den beiden zu, bis mir einfiel, dass Montag war. »Müsst ihr heute nicht arbeiten?«

»Ich habe eine Vertretung, du hast mich also einen vollen Tag lang am Hals.«

Kristen war Grundschullehrerin und das ganze Jahr über mit der Schule beschäftigt. Nur im Sommer hatte sie ein paar Wochen frei, ehe das neue Schuljahr begann. Sie und Nick hatten im letzten Jahr geheiratet und wollten in nächster Zukunft eine Familie gründen. Wir hatten zusammen Pläne geschmiedet, wie wir unsere Kinder gemeinsam großziehen würden.

Das war nun kein Thema mehr.

Nadia stellte ihren Teller in die Spülmaschine und trocknete sich die Hände ab. »Ich habe nur bis zwei Uhr frei.«

Kristen schaute hinter einer Schranktür hervor. »Hast du nicht gesagt, du hättest den ganzen Tag?«

»Auf dem Weg hierher habe ich einen Anruf wegen des Ladenlokals in der Innenstadt bekommen. Der neue Pächter war mit meinem Angebot einverstanden und will so bald wie möglich ein Treffen arrangieren.«

»Die Räume an der North Santa Cruz Avenue?«, fragte ich. »Zwischen dem Tanzstudio und der Weinbar?« Soweit ich wusste, waren dort die einzigen freien Räume in der Gegend. Und ich wusste nur wegen James davon.

»Genau das. Da soll eine Kunstgalerie aufgemacht werden.«

Ich war wie vor den Kopf geschlagen. »Du machst Scherze, oder?«

Nadia sah mich verwundert an. »Äh, nein. Stimmt was nicht?«

»Du willst eine Galerie an genau der Stelle eröffnen, die sich James für seine Galerie ausgesucht hatte?«

Betreten murmelte Nadia: »Das tut mir leid …«

Ich winkte ab. »Schon gut, dafür kannst du ja nichts.«

Kristen machte sich wieder im Kühlschrank zu schaffen. »Wo hast du den Wein hingestellt, Nadia?«

»War da nicht eine Flasche bei den Einkäufen?« Kristen schüttelte den Kopf, und Nadia zuckte die Schultern. »Wahrscheinlich haben wir sie im Laden vergessen.«

»Es müssten noch ein paar Flaschen im Kühlschrank in der Garage sein«, bemerkte ich, noch immer mit emotionsgeladener Stimme. Ich konnte nicht fassen, was ich gerade über die Galerie in der Stadt erfahren hatte. Die Nachricht von der Vermietung führte mir bitter vor Augen, dass dieser Traum nicht mehr in Erfüllung gehen würde.

Kristen schaute mich unsicher von der Seite an, dann ging sie in die Garage und ließ die Tür hinter sich zufallen. Bald darauf kam sie mit einer Flasche Chardonnay zurück. »Wann hast du denn die Garage aufgeräumt?«

»Macht das hier etwa den Eindruck, als hätte ich aufgeräumt?« Mit einer weit ausholenden Geste deutete ich auf den offenen Wohnbereich. Ungeöffnete Post lag auf dem Tresen, ungelesene Zeitungen in einem Stapel auf der Erde. In den Ecken tummelten sich Staubflusen.

»Egal.« Mit einem Plopp entkorkte sie die Flasche und schenkte jedem von uns ein Glas Wein ein. »Die Garage sieht jedenfalls sehr ordentlich aus.«

Während wir unseren Wein tranken, sprachen wir über Nadias neues Designprojekt. Schon kurze Zeit später vibrierte ihr Handy zur Erinnerung an den Termin. Mit einem kurzen Blick auf das Display erklärte sie: »Ich muss leider los. Ich rufe dich morgen an.«

Damit küsste sie mich auf die Wange und griff nach ihrer Tasche. Der Verschluss stieß gegen ihre Stuhllehne, und die

Tasche sprang auf: Lippenstift, Kugelschreiber, Pfefferminzbonbons und zerknüllte Kassenbons landeten auf dem gefliesten Fußboden.

Nadia fluchte, und ich kam ihr zu Hilfe. »Es geht schon«, sagte sie abwehrend und stopfte die Sachen zurück in die Tasche. »Ich muss mich beeilen.« Und schon war sie draußen.

Ich winkte ihr zum Abschied und startete eine Playlist auf der Stereoanlage, während ich mich fragte, wie lange Kristen wohl bleiben würde. Sie schenkte uns in aller Ruhe noch ein Glas Wein ein. Gut, das hieß vermutlich, dass sie noch nicht so bald nach Hause gehen würde.

Wir tanzten und redeten, dann sahen wir uns einen Liebesfilm an, und um zehn Uhr klingelte es an der Tür. Es war Nick, der vorbeikam, um seine Frau abzuholen.

»Ich rufe dich morgen an«, versprach Kristen, als sie vom Sofa aufstand.

Ich brachte sie zur Tür, und sie umarmte mich fest. »Gute Nacht, Süße.«

Nick legte seinen Arm um Kristens Schultern und zog sie an sich. Die beiden passten so gut zueinander. Ich beobachtete, wie er sanft ein paar blonde Haarsträhnen zur Seite schob, die Kristen in die Stirn gefallen waren. Dann küsste er sie zärtlich und schloss einen Moment lang die Augen. Diese Nähe zwischen den beiden zu beobachten machte mir das Herz schwer. Meine Chance mit James war vorüber.

»Wirst du heute Nacht alleine klarkommen?«, fragte Nick.

Was blieb mir anderes übrig?

»Mir geht es gut.«

»Ruf an, wenn du etwas brauchst.«

»Danke.«

Ich machte die Tür zu und schloss von innen ab, und dann hörte ich noch, wie Nicks Auto davonfuhr. Mit dem Rücken an die Tür gelehnt ließ ich mich zu Boden sinken und schloss die Augen. Der Wein hatte mich ein bisschen benebelt. Unterschiedlichste Geräusche und Gerüche drangen in mein nicht mehr ganz waches Hirn. Das gleichmäßige Ticken der Wanduhr, das Summen der Klimaanlage, dazu der Duft von Zitronengras und Kokos, den die brennenden Kerzen verströmten.

Mit einem Ruck öffnete ich die Augen. Die Kerzen – ich sollte sie besser auspusten.

Als ich mich aufrichtete, fiel mein Blick auf ein kleines Stück Papier, das unter einem Küchenstuhl lag. Es war in der Mitte zusammengefaltet und stand auf dem Boden wie ein winzig kleines Zelt. Ich bückte mich, um den Zettel aufzuheben, und faltete ihn auseinander.

Lacy Saunders.

Die Psychotante von James' Beerdigung. Ich hatte sie schon fast vergessen. Die Karte musste vorhin mit all den anderen Sachen aus Nadias Tasche gefallen sein. Ich starrte sie an.

James ist am Leben.

Lacys Stimme hallte in meinem Kopf.

Diese durchgeknallte Spinnerin! Ich warf die Karte auf den Tisch und lief durchs Haus, um alle Kerzen zu löschen, Türen zu schließen und die Lichter auszumachen. Ich schaute auch noch einmal in die Garage, und tatsächlich hatte Kristen das Deckenlicht angelassen. Ich drückte auf den Lichtschalter, dann knipste ich es sofort wieder an.

Hinter meinem VW Beetle war eine große leere Stelle, genau da, wo eigentlich die acht Kisten mit James' in Luftpolsterfolie verpackten Bildern hätten stehen sollen. Sie waren verschwunden.

Verwundert ging ich um das Auto herum und starrte auf den nackten Zementboden. Da war nur noch ein einziger Karton. Wo waren die anderen geblieben? Seit wann waren sie weg? Während der letzten Monate war ich so abwesend gewesen, dass die Kisten jederzeit hätten verschwinden können. Vielleicht hatte James mehr Platz in der Garage gebraucht und die Bilder ins Lager seiner Firma gebracht?

Thomas könnte wissen, wo die Bilder waren. Ich sollte ihn anrufen. *Morgen*, dachte ich und gähnte.

Damit ging ich zurück ins Haus und fiel todmüde ins Bett.

Kapitel 4

Oktober

Ein Tag verging wie der andere, und allmählich verlor ich das Zeitgefühl. Es gab lange Nächte, in denen ich mit Nadia unterwegs war, Abendessen mit Kristen und ihrem Mann und endlose Stunden, die ich allein auf meinem Sofa verbrachte und in denen ich mir Filme ansah. Wenn ich nichts Interessantes finden konnte, fing ich an zu backen.

Ab und zu fuhr ich ins *Irish Goat* und brachte meine Schicht hinter mich, aber die Gewissheit, dass das Restaurant demnächst geschlossen werden würde, hielt mir unerbittlich die Tatsache vor Augen, dass ich mir bald überlegen musste, was ich weiter mit meinem Leben anfangen wollte. Schließlich ging ich gar nicht mehr hin.

Die ungelesene Post häufte sich, der Zeitungsstapel wuchs in die Höhe, schmutzige Teller verstopften die Spüle. Jede freie Fläche im Haus stand voll mit Gläsern, Töpfen und Tellern. Kuchenreste und Kekse lagen halb aufgegessen auf dem Küchentisch. Erst wenn es gar nicht mehr anders ging, warf ich die Waschmaschine und den Trockner an, zum Beispiel wenn die frische Unterwäsche rar wurde.

Ich packte mir die Tage und Nächte voll, um bloß nicht zur Besinnung zu kommen. Wenn ich morgens aufwachte und Mühe hatte, überhaupt wach zu werden, half ich mit Unmengen Espresso nach. Ich erfand ausgefallene Kaffeemischungen und Sirupkombinationen, um mich aufzuputschen, und dann fing ich wieder an zu backen. Mein Haus versank im Chaos. Mein Leben war eine Katastrophe – ich war am Ende.

Bis zu dem Tag, an dem ich erwachte.

Es war das Geräusch eines Rasenmähers. Ich spähte durch die Jalousien und erkannte Nick, der meinen Rasen mähte. Die Haustür öffnete sich, und auf einmal stand Kristen vor mir und schaute mich an. »Bist du wach?«

»Es ist an der Zeit, dass ich wieder unter Menschen gehe.« Ich blickte aus dem Fenster. »Sag ihm, er soll aufhören.«

Kristen zog die Tür hinter sich zu. »Nick möchte dir helfen, und ich glaube, es hilft ihm auch selbst.«

Ich zerdrückte eine leere Kleenex-Schachtel. »Und wie?«

»Er vermisst James.«

»Das tun wir alle.« Ich ließ Kristen stehen und lief durchs Zimmer, um schmutzige Gläser einzusammeln. »Der Garten sieht toll aus, aber es ist jetzt elf Wochen her. Nick kann doch nicht für den Rest seines Lebens bei mir den Rasen mähen.«

»Sagt die Frau, die gerade erst in die Welt der Lebenden zurückgekehrt ist.« Kristen folgte mir in die Küche. »Ich werde ihm gegenüber behaupten, du hättest einen Gärtner engagiert.«

»Gute Idee.«

Schnuppernd sog Kristen die Luft ein. Der Duft von Zimt und Ahornsirup hing süßlich im Raum. »Kuchen?«, fragte sie.

Ich gestikulierte zu den Auflaufformen und gefüllten Anrichteplatten hin, die sich auf der Arbeitsfläche türmten, und Kristen sah mich erstaunt an. »Du warst aber fleißig. Willst du das alles aufessen?«

»Na ja«, antwortete ich etwas verlegen. »Ich habe die Nachbarschaft ein bisschen durchgefüttert.«

Meine Nachbarin und ihr Mann waren begeistert von den fertig gekochten Gerichten, die ich ihnen regelmäßig vorbeibrachte, und ihre Kinder liebten meine Kekse und Kuchen. Trotzdem hatten sie mich gebeten, ihre Familie nicht weiter mit Essen zu versorgen. Sie fanden, ich sollte nicht so viel Geld für sie ausgeben. Und tatsächlich war mein Bankkonto fast leer, denn ich hatte mich bisher noch nicht dazu durchringen können, Thomas' Scheck einzulösen.

Mein Dispokredit war nach all den Lebensmitteleinkäufen fast ausgeschöpft, und wahrscheinlich würde ich die Ergebnisse meiner letzten großen Kochorgie der Suppenküche von Saint Anthony spenden, wo meine Mutter von Zeit zu Zeit ehrenamtlich aushalf.

Kristen nahm sich ein Stück Kuchen. »Wow, das ist aber kein Rezept von deiner Mom.« Begeistert verdrehte sie die Augen. »Das ist noch viel besser.«

»Ich habe Schmand dazugegeben, dadurch entsteht diese Textur, und der Kuchen wird besonders leicht und saftig.«

Sie schob sich den letzten Bissen in den Mund und lud sich noch ein Stück auf den Teller. »Also sag schon, was hat es auf sich mit deinem Kochrausch?«

»Du kennst mich doch. Ich muss mich irgendwie beschäftigen, um mich von … anderen Sachen abzulenken.«

Lächelnd stellte sie fest: »James war nicht der einzige Künstler hier im Haus.«

Auch ich verzog den Mund zu einem Lächeln. »In der Tat, wir waren ein gutes Team.«

Ich ging zum Spülbecken und fing an, abzuwaschen. Kristen kratzte den letzten Rest Kuchen von ihrem Teller, dann machte sie sich daran, die Post der letzten Monate auf dem Tresen zu sortieren. Ein besonders hoher Stapel kippte um, sodass eine Flut von Briefumschlägen auf dem Fußboden landete.

Sie bückte sich, um alles wieder aufzusammeln, und plötzlich fragte sie: »Hey, was ist denn das?«

Sie hielt Thomas' Scheck hoch, der vergraben und vergessen unter dem Haufen ungelesener Briefe gelegen hatte.

»Der ist von Thomas«, erklärte ich.

»*Was?* Warum denn das?«

»Thomas ist James' Erbe. Er war der Meinung, das Geld stünde mir zu, weil James und ich drauf und dran waren, zu heiraten.«

»Wie nett von ihm. Meine Güte!« Kristen wedelte mit dem Papier in der Luft herum. »Nett ist gar kein Ausdruck. Das ist Wahnsinn! Mit dem Geld kannst du dein eigenes Restaurant eröffnen!«

»Nun ja. Wenn ich mich dazu entschließen sollte.«

Kristen starrte den Scheck an. »Er ist vom Tag deiner Hochzeit … ähm. Entschuldige. Der wurde am Tag von James' Beerdigung ausgestellt?«

Ich trocknete mir die Hände ab und nahm ihn ihr aus der Hand. »Richtig. An dem Tag hat Thomas ihn mir gegeben, kurz bevor diese Lacy kam.«

»Wer ist Lacy? Ist das die Frau, mit der wir dich auf dem Parkplatz gesehen haben?«

Ich nickte. »Ja. Das Medium.«

Kristen prustete los. »Das … was?«

»Sie ist angeblich Beraterin für Lebensfragen.«

»So eine Art Wahrsagerin?«

»Eher eine Art Coach, glaube ich.«

»Kein Wunder, dass Nadia dir die Karte abgenommen hat. Ich würde mir auch Sorgen machen, wenn mich so jemand anspricht. Was hat sie dir erzählt?«

»Dass James noch am Leben sei.«

Kristen fiel die Kinnlade herunter. Ein lautes Ticken der Uhr neben der Eingangstür. Ein weiteres. Kristen holte tief Luft. »Das ist gruselig. Du glaubst das doch nicht wirklich?«

Unsicher drehte ich den Verlobungsring an meinem Finger. Schon tausend Mal hatte ich mich gefragt, *was wäre, wenn.*

Besorgt sah Kristen mich an. »Aimee?«

»Nein, natürlich nicht.«

Erleichtert atmete sie aus. »Gott sei Dank. Ich hab mir gerade ein bisschen Sorgen gemacht.« Sie warf einen Blick auf die Uhr. »Ich muss jetzt los. Der Unterricht beginnt in einer halben Stunde. Ach ja, das hätte ich fast vergessen.« Sie griff in ihre Tasche. »Das ist für dich.«

Noch eine Visitenkarte: GRACE PETERSON, PHD, KLINISCHE PSYCHOLOGIN. TRAUERBERATUNG.

»Ich bin froh, dass es dir ein bisschen besser geht, aber ich habe den Eindruck, dass du immer noch eine Menge mit dir herumschleppst. Falls du irgendetwas davon loswerden willst, sprich mit einer Psychologin, einer *richtigen* Psychologin.«

Sie drehte die Karte um und zeigte auf eine handgeschriebene Notiz auf der Rückseite. »Ich habe für dich einen Termin vereinbart. Heute um elf. Du kannst ihn natürlich auch verschieben. Ruf einfach an – wie du möchtest.«

»Danke«, erwiderte ich, unsicher, ob ich hingehen sollte oder nicht, und legte die Karte auf den Küchentisch, gleich neben Lacys.

»Ich rufe dich nach der Arbeit an.« Damit küsste Kristen mich auf die Wange und verschwand.

Als ich endlich aufgeräumt hatte, geduscht war, mir Jeans, einen Pullover und flache Schuhe angezogen hatte, war es 10:58 Uhr. Alles war blitzsauber, sogar ich selbst, aber ich würde den Termin verpassen, den Kristen für mich ausgemacht hatte.

Möglicherweise hatte ich absichtlich so lange gebraucht.

Neben Grace Petersons Visitenkarte starrte mich Lacys Kärtchen mit dem Knick in der Mitte provozierend an. Je öfter ich die Worte darauf las, desto zorniger wurde ich. Warum hatte sie mir ausgerechnet bei James' Beerdigung aufgelauert, um mir mitzuteilen, er sei gar nicht tot? Das ging mir nicht in den Kopf, und ich fand es unbeschreiblich grausam.

Dann kam mir Thomas' Scheck in den Sinn, und ich fragte mich, ob sie womöglich von dem Geld wusste. Vielleicht war *sie* es, die sich von *mir* einen Vorteil erhoffte – welcher Art auch immer.

Allerdings gab es da zwei Wörter auf der Karte, die mir, je länger ich sie anschaute, immer größer und greller ins Auge stachen: VERMISSTE PERSONEN. Sie standen direkt über der Zeile BEI MIR FINDEN SIE ANTWORT AUF IHRE FRAGEN.

Sollte sie mir doch zuerst einmal die Frage beantworten, wie sie so dreist hatte sein können, mich überhaupt anzusprechen. Ich steckte die Karte in die Tasche und nahm meine Schlüssel, während ich mich gleichzeitig dafür verfluchte, ein Treffen mit dieser Frau auch nur in Erwägung zu ziehen.

* * *

Auf Lacys Kärtchen stand die Adresse eines Hauses in einem Wohnbezirk an der Grenze zwischen Los Gatos und Campbell. Ich hielt das Auto auf der gegenüberliegenden Straßenseite vor dem Eingang zu Lacys niedrigem Haus an. Davor befand sich ein Schild auf dem Rasen.

LACYS PARAPSYCHOLOGISCHE BERATUNG
TAROTKARTEN, HANDLESEN
AUCH OHNE TERMIN

Das Schild vermittelte einen etwas anderen Eindruck von Lacy, der parapsychologischen Beraterin. Sie war anscheinend nichts anderes als eine Hochstaplerin, die sich als Hellseherin ausgab.

Wie blöd war ich gewesen, hierherzukommen. Nadia hatte mich doch davor gewarnt, so naiv zu sein.

Durch das Beifahrerfenster sah ich Lacy, die mich vom Küchenfenster aus beobachtete. Mir brach der Schweiß aus, und ich bemühte mich krampfhaft, nicht zu ihr hinzuschauen. Also starrte ich angestrengt geradeaus durch die Windschutzscheibe.

Steig aus dem Auto, Aimee.

Ich spürte, wie sie mir mit den Blicken folgte, als ich den Wagen verließ und die Tür schloss.

»Hallo, Aimee.« Lacy befand sich direkt vor mir auf dem Bürgersteig.

Mit einem Ruck blieb ich stehen. Ich hatte sie nicht aus dem Haus treten sehen.

»Wollen Sie nicht reinkommen?« Sie lächelte freundlich.

»Ich …« Irgendwie war ich unfähig, ein weiteres Wort herauszubringen. Lacy sah mich unterdessen erwartungsvoll an, bis ich eine Entschuldigung murmelte und nach dem Türgriff in meinem Rücken tastete. Ich hatte das merkwürdige Gefühl, dass sie *tatsächlich* etwas über James wusste. Irgendetwas, das mir nicht bekannt war. Und das machte mir furchtbare Angst.

Schnell glitt ich auf den Fahrersitz und steckte den Schlüssel ins Zündschloss.

Als Lacy ans Beifahrerfenster klopfte, schreckte ich auf meinem Sitz zusammen. »Wo wollen Sie hin?«, fragte sie.

»Tut mir leid. Es war ein Fehler, hierherzukommen.«

Ich ließ den Motor aufheulen, und sie sprang zurück. Heftiger, als ich wollte, trat ich aufs Gaspedal. Das Auto machte einen Satz nach vorne, und ich raste davon.

Für den Nachhauseweg nahm ich einen langen Umweg und fuhr durch kleine Seitenstraßen. Dabei überlegte ich die ganze Zeit, wie ich so dumm hatte sein können. *Mein Gott, was bin ich für eine Idiotin.* Als ich endlich zu Hause ankam, sah ich Lacy auf meiner Veranda sitzen.

Überrascht blieb ich am Gartentor stehen, während Lacy sich erhob. »Keine Sorge, ich will Sie nicht lange aufhalten«, entschuldigte sie sich und kam auf mich zu. Sie hatte meine Geldbörse in der Hand und hielt sie mir entgegen. »Das hier habe ich auf der Straße gefunden.«

Verwirrt blickte ich auf das olivgrüne Gucci-Portemonnaie, das James mir vor zwei Jahren zum Geburtstag geschenkt hatte. In ihrer Hand sah das Ding deplatziert aus.

Mit dem Lächeln wurden ihre Gesichtszüge weicher, und sie wirkte auf einmal viel jünger als Ende vierzig – so alt hatte ich sie ungefähr geschätzt. »Es ist noch alles drin«, erklärte sie, als ich die Geldbörse entgegennahm. »Ich habe nur auf Ihrem Führerschein nach Ihrer Adresse gesucht. Schönes Foto.«

Ich verstaute das Portemonnaie in meiner Handtasche. »Haben Ihre telepathischen Fähigkeiten Ihnen nicht verraten, wo ich wohne?«

Sie zuckte zusammen, als sie meinen bissigen Tonfall hörte. »Nein, tut mir leid. So funktioniert das nicht. Allerdings kann ich sagen, dass Sie den Weg zu mir nicht auf sich genommen haben, um herauszufinden, ob ich eine Schwindlerin bin. Sie sind auf der Suche nach Antworten über James. Sie hatten Zweifel, als er plötzlich verschwand. Und die haben Sie immer noch.«

Mein Gesicht brannte, und ich wandte den Blick ab.

»Sie sind böse auf mich.«

»Ich denke, Sie sollten jetzt besser gehen.« Ihre Gegenwart verursachte mir ein deutliches Unbehagen.

Sie zögerte einen Moment, klappte den Mund auf und zu, als wollte sie noch etwas erwidern, doch sie blieb stumm, nickte mir kurz zu und ging zu ihrem Auto. Ich sah sie wegfahren und stellte verwundert fest, dass ich mich fragte, ob ich ihr wieder begegnen würde.

Kapitel 5

Mein Magen knurrte. Vor dem Hintergrund eines entfernten Motorengeräuschs hörte ich James leise lachen. Durch das Geräusch des Windes, der durch meine Kleider fuhr, drang seine Stimme: *Komm, lass uns ins* Joe's *gehen.*

Im *Joe's* waren wir jeden Sonntagvormittag gewesen. Seitdem schien mir eine Ewigkeit vergangen zu sein. Ich vermisste James' Lachen und den dunklen, samtigen Klang seiner Stimme. Nie wieder würde ich ihn sagen hören: »Ich liebe dich«, aber ich hatte auch nicht die Absicht, irgendetwas zu tun, was mir beweisen würde, dass James tatsächlich für immer fort war. Weder würde ich seine Sachen wegpacken noch seine Zeitschriftenabos kündigen oder ganz allein an einem Tisch im *Joe's* herumsitzen. Und doch verspürte ich zum ersten Mal seit einem halben Jahr den Wunsch, hinzugehen, um über einem Teller Tomatensuppe und Salat mit Zitrusfrüchten meinen Gedanken nachzuhängen.

Das Essen in dem Café war wunderbar, allerdings war Joe unfähig, eine ordentliche Tasse Kaffee zuzubereiten. James hatte oft gescherzt, ich sollte einfach ein paar gute Heißgetränke zum Mitnehmen einpacken. Wir würden Joe dann ein Tassengeld zahlen, so wie man in anderen Lokalen ein Korkgeld entrichten muss. Joes bittere Brühe war wirklich meilenweit entfernt von dem köstlichen Elixier, das ich uns zu Hause aufbrühte.

Anstatt also in mein leeres Haus mit den halb verschimmelten Essensresten zurückzukehren, lief ich zu Fuß die sechs Straßen weiter bis zu *Joe's Café*. Dabei war mir, als hörte ich das Echo von James' Schritten neben mir auf dem Pflaster. Wir waren diesen Weg so oft zusammen gegangen, und ich konnte einfach nicht glauben, dass er jetzt nicht neben mir war und meine Hand hielt. Ich ballte die Faust und fühlte nichts als meine eigene kalte, leere Handfläche.

Als ich vor der Tür zu *Joe's Café* ankam, drückte ich die Klinke herunter, prallte dann jedoch mit dem Kopf gegen die Glastür.

»Autsch!« Reflexartig presste ich mir die Hand an die Stirn und spürte, wie mir die Tränen in die Augen schossen. Meine Nase brannte. Ich stampfte mit den Füßen auf, während ich mir die schmerzende Stelle am Kopf rieb.

Dann fuhr ich mir mit dem Finger tastend über die Nase und rüttelte an der Türklinke. Der Laden war zu. An einem Freitag?

Ich drückte meine Stirn gegen die Scheibe und versuchte, einen Blick nach drinnen zu werfen. Das Café war dunkel und leer. Alle Vitrinen ausgeräumt. Keine Muffins, kein Aufschnitt, kein Salat und auch keine Getränke. Rechts außen am Fenster hing ein Schild.

ZU VERMIETEN

Verständnislos starrte ich auf die zwei Worte. *Joe's Café* war geschlossen. Für immer.

Ich dachte daran, wie oft James und ich morgens zum Frühstück hergekommen waren. Der vertraute Duft nach geröstetem Kaffee, frisch gebackenen Scones und Kartoffel-Frittatas – danach hatte ich mich gesehnt, als ich mich heute Morgen hierher aufgemacht hatte. Dieser Ort gehörte uns. Er gehörte *mir.*

Plötzlich trat ich einen Schritt zurück. »Dieser Ort *könnte* mir gehören«, sagte ich zu meinem Spiegelbild.

In dem Augenblick wurde mir schlagartig klar, was ich tun wollte und musste: Ich würde mein eigenes Restaurant eröffnen, hier, an diesem Ort, der einst *Joe's Café* gewesen war. James hätte das so gewollt, und ich würde es für ihn tun.

In mir kribbelte alles vor Aufregung, als hätte ich eine Überdosis Koffein intus. Ohne nachzudenken, schrieb ich den Namen und die Nummer der Immobilienmaklerin, die auf dem Schild standen, in mein Handy und speicherte den Kontakt.

Voller Vorfreude sah ich mich um, bis mein Blick an den gläsernen Fronten der Ladenzeile ein Stück weiter die Straße hinunter hängen blieb. Vielleicht war Nadia gerade in der Kunstgalerie. Der Umbau war ja noch nicht fertig. Also machte ich mich auf den Weg und nahm mein Telefon aus der Tasche, um ihr Bescheid zu geben.

* * *

»Unbedingt! Du musst hingehen und mir sagen, ob es dir gefällt«, bat Nadia.

»Aber die Galerie ist doch noch gar nicht eröffnet worden. Ich kann da nicht reingehen.«

»Natürlich kannst du. Wendy hängt gerade die Bilder für die Vernissage auf.«

»Ach, ich weiß nicht.« Ich hatte gehofft, Nadia würde dort sein, damit ich ihr erzählen konnte, was ich mit Joes Laden vorhatte. Wieder spürte ich, wie mein Magen knurrte.

Nadia redete ungeduldig weiter: »Sag einfach, ich hätte dich geschickt. Wendy wird es nichts ausmachen, wenn du dich dort ein bisschen umschaust.«

»Na gut. Ich kann es mir ja mal ansehen.«

An einer Straßenecke blieb ich stehen. In dem Moment

fuhr ein Auto so dicht an mir vorbei, dass ich mit einem Satz zur Seite springen musste.

»Ich muss mich noch für eine wichtige Telefonkonferenz vorbereiten. Heute Abend nach der Arbeit komme ich bei dir vorbei. Ich bin gespannt zu hören, was du von der Farbgestaltung und dem Design hältst.«

»Okay.«

»Dann bis heute Abend«, verabschiedete sie sich, und wir beendeten das Gespräch.

Fast wäre ich an der Galerie vorbeigelaufen. Nadia hatte die komplette Fassade umgestaltet. Alles war modern und neu: Sie hatte die Fenster vergrößern lassen, riesige durchgehende Glastüren eingebaut und ein hölzernes Vordach mit Beleuchtung anbringen lassen. Geißblatt rankte in großen Pflanzkübeln zu beiden Seiten der Fensterfront gen Himmel. Auf der Glasscheibe war in eleganten Lettern zu lesen:

GALERIE WENDY V. YEE

FOTOGRAFEN AUS DER REGION TREFFEN DIE WELT

Um Fotografie sollte es also gehen, nicht um Malerei.

Nadia hatte offensichtlich eine ganz andere Art von Galerie im Sinn gehabt, als ich es mir vorgestellt hatte, und es war ein herrlicher Ausstellungsraum für Wendy entstanden, die hier die Arbeiten ihrer talentierten Fotografen der Öffentlichkeit präsentieren würde.

Auf einer breiten Fensterbank gleich neben dem Eingang prangte ein aufsehenerregendes Foto von einem Himmel in Orange und Lavendel über aquamarinblauem Wasser. Es war atemberaubend und trug den schlichten Titel *Belize Sunrise* – Sonnenaufgang in Belize.

Ich wurde förmlich in das Bild hineingezogen und konnte den warmen Sand unter meinen Füßen spüren, während sich die Morgensonne auf dem Wasser spiegelte. Eine feuchte, salzige Brise liebkoste meine Haut. Ich empfand unbändige Sehnsucht, sofort an diesen Ort zu reisen.

Neben dem Bild fand sich ein Schildchen mit dem Namen des Fotografen, Ian Collins. Nach der außergewöhnlichen Belichtung des Bildes zu urteilen, musste dieser Ian ein großartiger Fotograf sein.

Die Glastüren der Galerie standen weit offen. Der alte Fußboden war durch breite Dielen aus hell gebeiztem Holz ersetzt worden. Die freundliche Farbe lenkte den Blick vom Boden direkt auf die Kunst. Die weiß getünchten Wände, im Moment noch nackt und leer, waren durch Ziegelsteinmauern in drei getrennte Ausstellungsbereiche gegliedert. So konnte man den ganzen Raum überblicken, aber durch die Unterteilungen bekam die Galerie trotz der Weite eine intime Atmosphäre. Nadias Arbeit hätte James mit Sicherheit gefallen.

Das Echo meiner Schritte hallte auf dem Boden wider, während ich in dem großen Raum umherlief. Hinter einer der Trennwände waren Stimmen zu hören. Dann das Geräusch eines Hammers, gefolgt von einem dumpfen Schlag, darauf ein Schmerzensschrei und eine Reihe halb unterdrückter Flüche.

»Das ist genug, Ian. Ich rufe meinen Handwerker an. Er soll sich darum kümmern.«

»Leg das Telefon weg. Ihn musst du bezahlen, ich mache das umsonst.«

»So, wie du das angehst, wirst du einen Haufen Geld für den Notarzt ausgeben müssen. Pass lieber auf deine Daumen auf. Bruce soll das übernehmen.«

»Das ist schon der letzte Haken.« Und wieder hörte ich lautes Hämmern. *»Voilà, fini!«*, verkündete der Mann mit dem Hammer mit einem furchtbaren französischen Akzent.

Ich musste lachen und hielt mir schnell die Hand vor den Mund.

»Danke, Ian, aber ich glaube nicht, dass du deinen Hauptjob aufgeben solltest.«

»Für heute habe ich nichts mehr zu tun.«

Ein Mann kam hinter einer der Trennwände hervor. Als er mich sah, blieb er abrupt stehen, und unsere Blicke trafen sich. Fast hatte ich das Gefühl, in den goldbraunen Tiefen seiner Augen zu versinken. Das helle Haar fiel ihm in die Stirn, und irgendwie hatte ich den dringenden Wunsch, meine Finger durch die Strähnen gleiten zu lassen.

Ich merkte, wie mir das Blut zu Kopf stieg. Was waren denn das für Gedanken?

Seine Mundwinkel zuckten, und ein Lächeln flog über sein Gesicht. »Oh, hallo …«

Verwirrt schaute ich ihn an. Aus seinem Lächeln wurde ein breites Grinsen. Wow!

»Ian?«, rief eine weibliche Stimme. Mit schnellen Schritten erschien eine Frau auf der Bildfläche. »Oh! Wir haben Besuch! Was kann ich für Sie tun?«

Ich ging ihr entgegen. Die Frau war klein und zierlich und ganz in Schwarz gekleidet. Das ebenholzfarbene Haar fiel ihr glatt auf die Schultern, und ein Lächeln spielte um ihre Lippen.

Ich streckte die Hand aus. »Mein Name ist Aimee Tierney. Ich bin eine Freundin von Nadia.«

Sie schüttelte mir die Hand. »Wendy Yee. Und das hier ist Ian Collins.« Sie nickte in seine Richtung. »Er ist einer der Fotografen, mit denen ich zusammenarbeite.«

»Ich habe das Foto im Schaufenster gesehen. Es ist großartig.«

»Danke«, sagte er und reichte mir die Hand. »Nett, Sie kennenzulernen, Aimee.«

»Ich wollte nicht stören«, wandte ich mich an Wendy, »ich bin nur hier, um mir Nadias Arbeit anzuschauen.«

»Sie stören nicht. Sie können jederzeit vorbeikommen.

Unsere Vernissage ist nächste Woche, und Sie sind herzlich eingeladen, wenn Sie mögen.«

»Kommen Sie unbedingt«, pflichtete Ian ihr bei.

Mein Blick wanderte zwischen den beiden hin und her. »Ich verstehe überhaupt nichts von Fotografie.«

»Es reicht, wenn Sie wissen, was Ihnen gefällt und was nicht.« Er sah mich lächelnd an. »Nadia wird auch hier sein.«

»Warten Sie, ich hole Ihnen eine Einladung.« Damit ging Wendy zu einem Tisch im hinteren Bereich der Galerie.

Ich weigerte mich, Ian anzuschauen, aber ich konnte seinen Blick auf mir spüren.

Als Wendy zurückkam, gab sie mir einen schlichten weißen Briefumschlag mit einer Karte aus hellem Büttenpapier. »Nächsten Donnerstag um acht.«

»Vielen Dank«, entgegnete ich und steckte die Einladung in meine Umhängetasche.

Ian rieb sich demonstrativ den Magen. »Ich sterbe vor Hunger. Lass uns etwas essen, Wendy.«

»Geh du schon mal vor. Ich muss das hier noch fertig machen.« Flüchtig winkte sie ihm zum Abschied.

»Ich bringe dir etwas mit.«

»Danke.« Sie nahm ihm den Hammer ab und verschwand hinter der Trennwand.

Ian sah mich an. »Mittagessen?«

Unwillkürlich machte ich einen Schritt zurück.

Er grinste. »Wenn mir gleich zwei Frauen in weniger als sechzig Sekunden einen Korb geben, muss ich wohl anfangen, mir Sorgen um meine Attraktivität zu machen.« Er verschränkte die Arme vor der Brust und roch demonstrativ unter seinen Achseln. »Vielleicht hat auch nur mein Deo versagt«, scherzte er.

Lachend erwiderte ich: »Vielen Dank, aber nein. Danke.«

»Ich bin keine so schlechte Gesellschaft. Kommen Sie, lassen Sie uns einen Happen essen.«

Mein Magen beschloss, seine Meinung zu äußern, und erinnerte mich an den Grund, weshalb ich überhaupt losgegangen war. Er knurrte laut und ausgiebig.

Ian hob die Brauen und bewegte sich in Richtung Tür. »Gleich um die Ecke gibt es einen Laden mit Steinofen-Pizza. Wir könnten draußen sitzen.«

Schon wieder meldete sich mein Magen. »Pizza also, abgemacht.« Ich folgte ihm ins Freie und zeigte mit der Hand auf das Foto im Fenster. »Reisen Sie viel?«

»Alle vier bis sechs Monate mache ich einen kurzen Trip und alle paar Jahre eine größere Reise. Demnächst habe ich eine Fototour geplant«, erzählte er mir auf dem Weg.

»Das muss schön sein, all diese exotischen Orte kennenzulernen.«

»Es hat durchaus seine Vorzüge.« Er sah mich an. »Reisen Sie auch?«

Ich schüttelte den Kopf. »Wenn, dann nur mit dem Auto. Und nie ins Ausland.«

»Wenn Sie es sich aussuchen könnten, wo würden Sie gerne mal hin?«

Der erste Gedanke, der mir in den Sinn kam, war: »Zu dem Strand auf Ihrem Foto.«

»Das ist ein herrliches Fleckchen Erde. Sie sollten wirklich mal hinfahren.«

»Liebend gerne, aber wahrscheinlich wäre das zu teuer für mich.«

Die Fältchen um seine Augen vertieften sich. »Ach ja, das liebe Geld. Das ist immer das Problem.«

Wir blieben an einer Straßenecke stehen und warteten, bis die Ampel grün wurde. »Ich habe noch nie etwas von Ihren

Arbeiten gesehen. Stellen Sie auch woanders aus?«, fragte ich, während wir die Straße überquerten.

»Hauptsächlich online. Und sonst nur in Wendys Laguna-Beach-Galerie. Sie macht gerne Ausstellungen mit Künstlern aus der Gegend.«

»Leben Sie in Südkalifornien?«

»Das habe ich mal. Ich bin in Idaho aufgewachsen und dann nach Südkalifornien gekommen. In Los Gatos bin ich erst seit ein paar Jahren. Es war ein gutes Stück Arbeit, Wendy zu überzeugen, hier eine Galerie zu eröffnen. In letzter Zeit bin ich viel unterwegs gewesen.«

»Immer auf der Pirsch für den nächsten großen Schuss?« Als er nickte, fragte ich: »Auch Menschen?«

Ian hob mit einer Unschuldsgeste die Hände. »Ich habe noch niemanden erlegt. Pfadfinder-Ehrenwort.«

Ich wurde rot. »O nein, so habe ich das nicht gemeint … Ich meine Bilder. Fotografieren Sie auch Menschen? Machen Sie Porträts?«

Er wurde ernst. »Mein Fachgebiet sind Landschaften.«

Wir traten zur Seite, um einer Frau mit Kinderwagen Platz zu machen. »Und was tun Sie so?«, fragte Ian.

»Ich bin Souschefin, beziehungsweise Restaurantmanagerin, je nachdem.« In den letzten Wochen war ich nichts von beidem gewesen. »Kennen Sie das *Old Irish Goat*?«

Er schüttelte den Kopf. »Nur vom Hörensagen.«

»Das Restaurant hat meinen Eltern gehört.«

»Hat?«

Ich ließ die Schultern hängen. »Ja, sie haben es verkauft. Ab nächster Woche gehört das *Goat* einem anderen.«

»Das heißt, Sie brauchen einen neuen Job«, stellte er fest.

»Sieht so aus.«

Als wir am Restaurant ankamen, hielt Ian mir die Tür auf. Die Kellnerin gab uns einen Platz auf der Terrasse mit Blick auf die Straße. Dann brachte sie die Speisekarte und nahm die Getränkebestellung auf, Wasser für Ian und für mich Eistee.

Als sie gegangen war, stützte Ian die Ellbogen auf den Tisch und legte sein Kinn auf die gefalteten Hände. »Also, erzählen Sie schon.«

Ich sah ihn fragend an.

Statt einer Antwort zeigte er auf mein Gesicht. »Ihre Nase. Was ist passiert?«

Schnell fasste ich mir mit der Hand an die Nase, während ich mit der anderen in meiner Handtasche nach dem Taschenspiegel kramte.

Ian grinste und berührte mich am Handgelenk. »Es ist nicht schlimm. Nur ein bisschen rot und geschwollen.«

»Na, vielen Dank.«

Er lachte, aber schon im nächsten Augenblick wurden seine Gesichtszüge weicher. »Tut es weh?«

»Ein bisschen. Ich versuche, nicht dran zu denken.« Die Tatsache, dass Ian mich so aufmerksam betrachtete, machte es nicht eben besser. Am liebsten hätte ich mich unter dem Tisch verkrochen.

»Lassen Sie mal sehen.« Sanft schob er meine Hand zur Seite und betastete meine Nasenflügel. Ich keuchte auf. »Schlimm?«

Ich nickte.

»Hat die Nase geblutet?«

»Nein.« Ich blinzelte mehrmals. Die sanfte Berührung seiner Hand war angenehm. Beunruhigend, aber auf gute Weise.

»Kann sein, dass es ein bisschen blau wird und noch ein paar Tage zwickt.«

»Sieh mal an! Sie sind nicht nur Fotograf, sondern auch Arzt? Ein Mann mit vielen Talenten …«

»Das wäre ich gerne, es entspricht aber nicht den Tatsachen. Ich bin einfach ein Fotograf, der in seinem Leben schon eine Menge Knüffe und blaue Flecken abgekriegt hat.«

»Das heißt, Sie tun alles, wenn es um die perfekte Aufnahme geht?«

»So ungefähr.« Er lehnte sich zurück. »Bis zur Galerie-Eröffnung werden Sie wieder in voller Schönheit erstrahlen.«

»Ach, jetzt bin ich also nicht schön?« Den kleinen Scherz konnte ich mir nicht verkneifen. Bei seinem Lächeln durchlief mich ein leiser Schauer.

Dann kamen unsere Getränke, und wir gaben die Bestellungen auf: Pizza für uns beide.

»Kennen Sie *Joe's Café*?«, fragte ich.

»Der Laden an der Ecke? Der hat zugemacht, oder?«

»Ja, ich wusste das nicht und bin gegen die verschlossene Tür gerannt.«

Ian hielt inne, das Wasserglas auf halbem Weg zum Mund. Seine Mundwinkel zuckten, als müsste er sich ein Lachen verkneifen. »Wenn Sie so dringend eine Tasse Kaffee brauchten, hätte ich Ihnen eine machen können.«

Ich antwortete mit breitem Grinsen: »Keiner kann so guten Kaffee kochen wie ich.«

»Nicht einmal Joe?«

»Joe am allerwenigsten«, gab ich zurück, in Erinnerung an seine bittere Brühe mit dem verbrannten Nachgeschmack.

»Das klingt nach einer Herausforderung. Irgendwann werden wir beide – Sie und ich«, dabei zeigte er zuerst auf mich, dann auf sich selbst, »herausfinden, wer den besten Kaffee kocht.«

»Das heißt, Sie machen auch Kaffee-Spezialitäten?« Ein Lächeln breitete sich auf meinem Gesicht aus, und ich schüttelte seine Hand, um den Deal zu besiegeln. »Abgemacht!«

»Sie sollten in Joes ehemaligem Laden einen Coffeeshop eröffnen, vor allem, wenn Sie nicht nur etwas von Kaffee verstehen, sondern auch noch gut kochen können«, schlug er vor und lächelte dabei so, dass mein Herz schon wieder schneller zu schlagen begann. »Das Zeug, das man in diesen Coffeeshop-Ketten bekommt, ist einfach totaler Mist.«

Ich faltete die Serviette auf meinem Schoß, um meine Belustigung zu verbergen. Genau das war ja mein Plan.

Als unsere Pizza kam, bestellte Ian noch eine für Wendy zum Mitnehmen. Das Mittagessen verging im Nu, und als die Kellnerin die Rechnung brachte, suchte ich in der Tasche nach meinem Portemonnaie.

Ian griff in seine hintere Hosentasche, um ebenfalls die Geldbörse herauszuholen. »Lassen Sie mich das machen.«

»Das hier war doch keine Verabredung …«, wandte ich ein.

In seinen Augen blitzte es. Er schien sich zu amüsieren. »Wenn Sie meinen. Aber Sie sind ja eine potenzielle Käuferin. Werden Sie am Donnerstag kommen?«

»Ja, aber …«

»Sie werden sicherlich eins meiner Bilder kaufen wollen. Dafür sollten Sie schon mal ein bisschen Kleingeld zurücklegen.«

Ich schaute ihm direkt in die Augen. »Wieso sind Sie so sicher, dass ich eins kaufen werde?«

»Träumen darf man doch.«

Ian ließ eine Kreditkarte auf den Tisch fallen, und ich versuchte, den Reißverschluss an meinem Portemonnaie zuzuziehen. Er klemmte jedoch, die Metallzähne blieben an einem Stück Papier hängen.

Ich zog das Kärtchen heraus und warf einen Blick darauf, spürte, wie die Farbe aus meinem Gesicht wich. Es war eine Visitenkarte der *Casa del Sol*, eines Resorts in Oaxaca, Mexiko. Kein Name, keine weiteren Angaben, einfach nur der Name des Resorts mit Adresse, Telefonnummer und Webseite. Lacy musste die Karte hineingetan haben.

»Geht es Ihnen gut?«

Ich schaute auf. »Jaja, alles in Ordnung.«

»Habe ich irgendetwas Falsches gesagt? Wenn Sie wirklich darauf bestehen, selbst zu bezahlen ...«

Ich schüttelte den Kopf. »Nein, nein, ist schon gut.«

Ian beobachtete mich, wie ich mit meiner Geldbörse kämpfte. Sein Blick wurde dunkler, und ich spürte deutlich, wie er auf Abstand ging. Ich wollte ihm erklären, dass mein plötzlicher Stimmungsumschwung nichts mit ihm zu tun hatte, aber dann hätte ich ihm auch sagen müssen, was mich gerade so aus dem Konzept gebracht hatte.

Sollte ich ihm erzählen, dass eine Spinnerin mir eine Visitenkarte ins Portemonnaie geschmuggelt hatte? Das klänge einfach zu blöd. Ach ja, und übrigens glaubt sie, dass mein verstorbener Verlobter überhaupt nicht tot ist.

Ian bezahlte die Rechnung, und wir machten uns auf den Weg zurück in die Galerie. Die Türen waren jetzt geschlossen, deshalb blieben wir draußen stehen. Ich streckte Ian die Hand hin. »Vielen Dank für das Mittagessen.«

Sein Gesichtsausdruck war zurückhaltend, aber er lächelte und erwiderte meinen Händedruck. »Gern geschehen.«

»Ich habe mich gefreut, Sie kennenzulernen.« Damit kehrte ich ihm den Rücken zu, hielt aber noch einmal inne, als ich hörte, wie er meinen Namen rief.

»Sehen wir uns am Donnerstag?« Er lächelte, und seine Miene war jetzt wieder freundlicher.

Ich lächelte ebenfalls und nickte. »Bis Donnerstag dann.«

Kapitel 6

Nadia rief an, um unsere Verabredung abzusagen. Sie hatte ein neues Projekt, und der Kunde wollte gerne mit ihr zu Abend essen, um die weitere Planung zu besprechen, da er schon am nächsten Morgen die Stadt verlassen würde. »Wendy hat erzählt, dass sie dich zur Vernissage am Donnerstag eingeladen hat. Gehst du hin?«

»Wahrscheinlich ja.« Ich dachte an Ian und daran, dass ich gerne noch mehr Fotos von ihm sehen würde.

»Wir könnten uns gegenseitig begleiten.«

»Solange du keinen Gutenachtkuss von mir verlangst«, witzelte ich.

Nadia grinste. »Abgemacht. Und … wie findest du Ian?«

»Ich liebe …« Deine Raumgestaltung, hatte ich hinzufügen wollen, bevor mir ihre Frage wirklich bewusst wurde.

Sie lachte. »Ja, er ist wunderbar, nicht wahr?«

»Dein Designkonzept ist wunderbar.«

»Gefällt er dir?«

»Mir gefällt deine Arbeit an der Galerie.«

»Aimee!«, beschwerte sie sich.

»Okay. Er gefällt mir. Er ist wirklich nett.«

»Geh mit ihm aus.«

»Wie bitte?« Ich hatte noch nie jemanden um ein Date gebeten. Ich hatte überhaupt noch nie ein Date gehabt. James zählte nicht. Er und ich, wir waren schon immer ein Paar gewesen. »Ich kann nicht. Es ist zu früh.«

»James ist seit fast fünf Monaten tot. Und du hast noch dein ganzes Leben vor dir.«

»Ich bin noch nicht so weit.«

Sie seufzte. »Na gut. Schön. Ich will dich nicht drängen. Aber eines Tages wirst du so weit sein. Die menschliche Seele ist erstaunlich widerstandsfähig, und der menschliche Körper überraschend zäh.« Sie lachte, und ich verdrehte die Augen. »Nächste Woche gehen wir shoppen. Ich werde schon etwas Heißes für dich finden.«

»Ja sicher«, antwortete ich, um sie erst einmal zufriedenzustellen.

»Ich muss mich fertig machen. Wir reden später.« Nadia verabschiedete sich und legte auf.

Ein paar Stunden später hockte ich vor dem Computer und starrte auf die Visitenkarte, die Lacy mir ins Portemonnaie gesteckt hatte. Ich saß in dem Zimmer, das James früher als Atelier benutzt hatte. Seine Sachen lagen noch immer im ganzen Raum verstreut, ein halb fertiges Bild stand auf der Staffelei. Ich schaltete den Monitor ein, suchte nach der Webseite des Resorts *Casa del Sol* und fand Ziegeldächer auf Gebäuden mit Rundbögen im Hacienda-Stil an der *Playa Zicatela.* Das Hotel war in dem Ort Puerto Escondido an der mexikanischen Costa Esmeralda.

Nachdenklich spielte ich mit der Visitenkarte in meiner Hand. Das alles ergab überhaupt keinen Sinn. James war niemals in der Nähe von Puerto Escondido gewesen, das nach den Angaben der Karten-App auf meinem Smartphone tausend

Kilometer entfernt von dem Ort lag, wo er sich aufgehalten hatte. Er war nach Cancún geflogen, um dort einen Tag beim Fischen in Cozumel zu verbringen und anschließend in Playa del Carmen zu Abend zu essen. Auch Thomas war nach Cancún geflogen, um dort James' sterbliche Überreste in Empfang zu nehmen. Das hatte er mir jedenfalls gesagt.

Ruf Thomas an, Aimee.

Eher fühlte ich die Wörter in meinem Kopf, als dass ich sie hörte.

James?

Dreh dich nicht um, befahl ich mir selbst. Er war nicht da.

Was Thomas anging: Es war jetzt mehr als einen Monat her, dass ich ihn zuletzt getroffen hatte. Er war vorbeigekommen, um nach mir zu sehen, und war schließlich zum Abendessen geblieben.

Ich beschloss, ihn anzurufen.

»Hallo, Aimee«, meldete er sich mit heiserer Stimme.

Ich hörte ein Rauschen in der Leitung, dann ziemlich laute Hintergrundgeräusche. Es klang, als wäre er nach draußen gegangen oder als ob er am offenen Fenster stünde.

»Wo bist du?«

Wieder ein Rauschen. Dann räusperte er sich. »Im Ausland.«

In Europa? Dann musste es früh am Morgen sein. Bestimmt war er müde. »Entschuldige. Habe ich dich geweckt? Ich rufe später noch mal an.«

»Nein, das passt schon.« Er seufzte, und ich stellte ihn mir vor, wie er sich die Stirn rieb. »Was gibt's denn?«

»Hast du …«

Meine Stimme versagte. Die Frage, ob Thomas seinen Bruder tatsächlich aus Cancún und nicht von irgendwo anders, zum Beispiel aus Oaxaca, abgeholt hatte, kam mir nicht besonders logisch und auch nicht vernünftig vor. Ebenso wenig, wie mir »Bist du sicher, dass du die richtige Leiche heimgeholt hast und nicht irgendeinen Mister X?« – denn das wäre meine nächste Frage gewesen – angebracht schien.

Schließlich hatte ich keinen anderen Hinweis darauf, dass James möglicherweise nicht tot war, als eine kleine Visitenkarte und die Andeutungen eines Mediums.

»Bist du noch dran?«, unterbrach Thomas meine Gedanken.

»Ja, bin ich. Tut mir leid, dass ich dich gestört habe. Es ist nur …« Ich schloss die Augen und holte tief Luft.

»Ich vermisse ihn auch«, gestand er mir nach einer kurzen Pause.

»Das weiß ich. Danke. Ich will nicht länger stören. Gute Nacht, Thomas.«

»Pass auf dich auf, Aimee.«

Ich legte das Telefon auf den Tisch, gleich neben Thomas' Scheck. Mein Blick fiel darauf, und ich dachte an das Lokal, das in der Stadt zu vermieten war.

Tu es, Aimee!

Noch einmal griff ich zum Telefon, dieses Mal, um meinen Vater anzurufen, obwohl es schon spät war. Seine Voicemail ging dran. »Hallo, Dad. Ähm …« Ich blickte auf den Scheck in meiner Hand. »Ich rufe nur an, um dir zu sagen, dass … Na ja, ich weiß jetzt, was ich tun will. Also … ihr braucht euch keine Sorgen mehr um mich zu machen. Mir wird es schon bald wieder gut gehen. Oder nein, halt, mir *geht* es gut. Das ist alles. Ich liebe dich. Und Mom auch. Gute Nacht.«

Ich faltete den Scheck zusammen und spürte ein flaues Gefühl im Magen. Als Absolventin der Gastronomiefachschule konnte ich ein Fünf-Gänge-Menü für mehrere Hundert Gäste planen, aber der Gedanke daran, für einen Gast in meinem eigenen Laden Kaffee zu kochen und Muffins zu backen, machte mir Angst. Gleichzeitig war ich ungeheuer erleichtert.

Aimee's Café.

James hatte diesen Namen vorgeschlagen. Am Abend vor seiner Abreise hatte er sogar noch ein Logo entworfen. Wenn er seinen Plan, eine Galerie zu eröffnen, in die Tat umsetzen würde, hatte er sich für mich etwas Ähnliches gewünscht. Ich sollte das *Goat* verlassen und mein eigenes Restaurant haben, nur noch solche Dinge kochen, die mir Spaß machten, und mich nicht mehr dem Diktat eines anderen Restaurantkonzepts unterordnen müssen. Wollte ich wirklich den Rest meines Lebens der irischen Landhausküche widmen?

Nachdenklich drehte ich den Verlobungsring aus Platin an meinem Ringfinger. Der Solitär funkelte im Schein des Bildschirms. Sogar mit James an meiner Seite war der Gedanke beängstigend gewesen. Aber jetzt war es an der Zeit, nach vorne zu schauen. Nadia würde sagen: »Jetzt beginnt die nächste Trauerphase. Von nun an geht es aufwärts.«

Ich setzte meine Unterschrift auf die Rückseite des Schecks, dann rief ich das Maklerbüro an und hinterließ eine Nachricht auf dem Band. Erst als ich auflegte, wurde mir klar, was ich im Begriff war zu tun. In der kommenden Woche würde ich meinen siebenundzwanzigsten Geburtstag feiern, und ich war auf dem Weg, eine stolze, naive Geschäftsfrau mit einem Business ohne Businessplan, ohne Angestellte und bis jetzt auch noch ohne ein einziges Produkt zu werden.

* * *

Brenda Wakely wartete am Montagmorgen um zehn vor *Joe's Café* auf mich. Sie war groß und schlank und hatte ihre weiße

Seidenbluse in einen neonblauen Rock gesteckt, dazu trug sie passende High Heels. Ihr mit silbernen Strähnen durchzogenes weißes Haar war zu einem weichen Bob geschnitten.

Sie räusperte sich und stellte sich vor, während sie die Eingangstür aufschloss. Sofort ging die Alarmanlage los. »Schauen Sie sich schon mal um, während ich das hier ausstelle.« Eilig lief sie den langen Gang an den Toiletten entlang hinunter in Richtung Hintertür.

Offensichtlich hatte Joe nach der Schließung seines Ladens alles unverändert gelassen. Die resopalbeschichteten Tische standen überall im Raum herum. Vinyl-Stühle stapelten sich an den Wänden, der Linoleumfußboden wellte sich und war an den besonders strapazierten Stellen brüchig geworden. Überall roch es muffig. Ein schwaches Aroma von geröstetem Kaffee und gebratenem Speck stieg mir in die Nase und weckte Erinnerungen.

Dann wanderte mein Blick zu einem Tisch in der Ecke am Fenster. Wie oft hatten James und ich sonntagmorgens hier gesessen und die vorbeigehenden Leute beobachtet, während wir unseren bitteren Kaffee tranken und Omeletts mit Tabasco-Soße aßen?

Langsam schlenderte ich durch den Gastraum und sah mich gründlich um. Während sich die Welt rings um Joes Laden verändert hatte, war hier drinnen die Zeit stehen geblieben. Schwarz-Weiß-Fotos aus den Fünfzigerjahren hingen an den Wänden im hinteren Bereich. Laminierte Speisekarten steckten an der Registrierkasse und zeigten noch dieselben Speisen wie damals, als ich vor zwanzig Jahren zum ersten Mal im *Joe's* gegessen hatte.

»Wie finden Sie es?«, fragte Brenda.

»Ich habe das *Joe's* immer gemocht. Ich werde ihn vermissen.«

»Ich auch, aber er konnte mit der Konkurrenz durch die

neuen, modernen Läden nicht mithalten. Allerdings mag ich persönlich diese Drive-ins ganz gern, ich habe also kein Recht, mich zu beklagen.«

Ich ging um den Tresen herum.

»Natürlich muss das alles renoviert werden.« Mit einer Handbewegung wies die Maklerin auf die fettverschmierten Edelstahlregale hinter der Durchreiche. »Das alles muss gründlich ausgemistet und dampfgereinigt werden.« Sie bemühte sich, die schmutzigen Arbeitsflächen nicht anzufassen. »Was war noch gleich Ihre Geschäftsidee?«

»Ein Café.« Ich drückte auf die Tasten der altmodischen Registrierkasse. Die Taste mit der »2« blieb hängen. »Besser gesagt, einen Gourmet-Coffeeshop mit Bistro.«

Sie verzog das Gesicht. »Noch ein Coffeeshop? Das ist ein ziemlich hohes Risiko, um ehrlich zu sein.« Sie tippte auf die ledergebundene Mappe in ihrer Hand. »Der Eigentümer möchte einen langfristigen Mietvertrag über mindestens fünfzehn bis zwanzig Jahre.«

Das war in der Tat eine lange Zeit. Ich warf einen Blick in die Schränke. »Wem gehört das hier?«

»Joseph Russo.«

»Joe ist der Besitzer?« Wenn ich das gewusst hätte. Vielleicht könnte ich ihn anrufen und direkt mit ihm verhandeln.

»Kennen Sie ihn?«

»Meinen Eltern hat das *Old Irish Goat* gehört. Sie und Joe kennen sich seit vielen Jahren vom Berufsverband und von anderen Vereinigungen. Gibt es noch mehr Bewerber?«

»Bisher haben sich zwei Interessenten gemeldet. Das Lokal wird sicherlich schnell weggehen. Joe will die Sache bis Donnerstag erledigt haben.«

Drei Tage. Das setzte mich sehr unter Druck, andererseits durfte ich mir diese Chance einfach nicht entgehen lassen. Was tun? Ich wollte mein eigenes Café in der Stadt. Die Ecklage war hervorragend, aber, und das war noch wichtiger, ich fühlte mich an diesem Ort mit James verbunden.

Ich drehte den Ring an meinem Finger. »Wie hoch ist die Miete?«

Brenda nannte eine Zahl, die höher war als das, was ich mir vorgestellt hatte. Ein Grund mehr, Joe selbst anzurufen.

Sicherlich wäre es klüger, wenn ich erst alles gründlich plante und mich nicht zu einer vorschnellen Entscheidung hinreißen ließ. Andererseits sollte ich die Gelegenheit beim Schopf ergreifen. Also lächelte ich Brenda zu und erklärte: »Ich würde es gern pachten.«

»Wunderbar.« Sie öffnete ihre Mappe und gab mir ein paar Formulare. Wir redeten eine Weile über die Bedingungen, und während ich den Antrag ausfüllte und Angaben zu meiner Kreditwürdigkeit machte, ging Brenda auf die andere Seite des Restaurants, wo sie anfing, in rasender Geschwindigkeit auf ihrem Smartphone herumzutippen.

Als ich fertig war, bedankte sie sich. »Ich werde Ihre Angaben zur Finanzierung prüfen lassen, und wenn alles in Ordnung ist, empfehle ich Sie dem Eigentümer.« Sie reichte mir die Hand. »Ich hoffe sehr, dass alles so klappt, wie Sie es sich wünschen.«

* * *

Nadia weckte mich am Donnerstagmorgen. Es war schon recht spät, doch ich schleppte mich mit Mühe zur Haustür. Am Abend war ich lange auf gewesen, weil ich über den Business- und Marketingplänen gebrütet hatte.

»Meine Güte, du wirst doch nicht in diesem Aufzug einkaufen gehen wollen?« Entsetzt zeigte Nadia auf mein zerknautschtes Shirt und die Pyjamahose. Dann schob sie sich an mir vorbei.

»Dir auch einen guten Morgen.« Gähnend machte ich die Haustür wieder zu. »Wie spät ist es?«

»Höchste Zeit, dich anzuziehen. Wir haben nicht mal zwei Stunden, um dir ein Outfit für die Vernissage heute Abend zu kaufen. Anschließend bin ich zum Mittagessen verabredet.«

»In meinem Kleiderschrank wird sich schon etwas Passendes zum Anziehen finden.« Damit ließ ich sie stehen und ging zurück in mein Schlafzimmer.

Nadia kam hinter mir her. »Was denn zum Beispiel?«

Ich zuckte die Achseln.

Mit einem Ruck riss sie die Schranktüren auf und stand einen Moment ratlos davor. Dann seufzte sie tief. Sie hatte James' Kleidung auf der anderen Schrankseite entdeckt, wo seine Sachen noch immer unverändert hingen. Schnell schloss sie die Türen wieder.

»Zieh dich an«, befahl sie. »Du brauchst etwas Neues. Beeil dich, wir fahren in die Santana Row.«

»Aber ich muss noch duschen«, protestierte ich.

»Keine Zeit. Leg etwas Parfüm auf.« Mit den Fingern fuhr sie durch mein Haar. »Und kämm dich.«

Eine halbe Stunde später stand ich in Jeans, T-Shirt und Sneakers, die wilden Locken zu einem hohen Pferdeschwanz zusammengebunden, neben Nadia, die eifrig die Kleider auf einer Stange durchsuchte. Mit energischen Griffen schob sie die Kleiderbügel zur Seite und prüfte schnell jedes Kleid in meiner Größe. Dann drückte sie mir drei in den Arm und bugsierte mich zu den Umkleidekabinen.

»Ich verstehe immer noch nicht, weshalb das heute Abend so eine große Sache sein soll.« Unwillig streifte ich mir die Sneakers von den Füßen.

»Hallo? Ian wird dort sein.«

»Kein Interesse.«

»Ja, genau.«

»Nadia!«, warnte ich sie, während ich mich verrenkte, um aus meiner Jeans zu steigen. Als ich mein T-Shirt auszog, kam ein einfacher BH zum Vorschein und starrte mir zusammen mit einem langweiligen Slip aus dem großen Spiegel entgegen.

»Dann vergiss Ian. Tu es für dich. Es ist Zeit, dass du durchstartest und dein Sozialleben neu organisierst. Du brauchst ein Date.«

»Ich will aber keine Verabredung«, entgegnete ich trotzig und nahm das erste Kleid vom Haken.

»Wie auch immer. Beeil dich. Wir haben nicht viel Zeit.«

Mit etwas Mühe zog ich den Reißverschluss an einem kobaltblauen, ärmellosen Seidenkleid mit eng anliegendem Oberteil und knielangem Rock hoch, dann drehte und wendete ich mich vor dem Spiegel. Was würde Ian denken? Ob er mich für eitel halten würde? Das Kleid war ein Traum, aber viel zu auffällig für eine Kunstausstellung. Viel zu übertrieben für Ian.

James hätte das Kleid geliebt.

Ich zog den Reißverschluss auf dem Rücken wieder herunter und sah unwillig auf das Stoffbündel, das vor meinen Füßen am Boden lag.

Warum kümmerte es mich überhaupt, was sie von mir denken würden?

Das nächste Kleid war schwarz, leicht tailliert mit weit ausgestelltem Rock und schmalen Ärmeln, die mir bis über die Ellbogen reichten. Meine schwarzen Stilettos würden perfekt dazu passen. Es war genau richtig.

In dem Augenblick klingelte mein Handy und riss mich aus meinen Gedanken. Hastig kramte ich den Störenfried aus der Handtasche. »Hallo?«

»Aimee? Hier ist Brenda Wakely. Tut mir leid, dass ich mich jetzt erst melde.«

»Kein Problem.« Ich versuchte, so gelassen wie möglich zu klingen, obwohl mein Herz vor Aufregung raste.

»Ich habe Ihre Bewerbung geprüft. Sie haben zwar ziemlich viel Geld auf Ihrem Bankkonto, aber da gibt es ein paar kleine Probleme. Die letzten Zahlungen Ihrer Kreditraten waren unpünktlich, und dadurch ist Ihre Kreditwürdigkeit stark gesunken.«

Wie peinlich. »Das kann ich Ihnen erklären …«

»Ich habe wirklich sehr gehofft, dass alles passen würde, besonders da Sie eine Freundin von Joe sind. Ich kann Sie leider nicht weiterempfehlen, außerdem habe ich drei andere, wesentlich solventere Interessenten als Sie.«

Ich ließ mich auf den Stuhl in der Ankleidekabine fallen. »Kann ich irgendetwas tun, damit es möglicherweise doch noch klappt?«

»Vielleicht finden Sie jemanden, der den Vertrag mit Ihnen unterzeichnet. Jemanden mit einer besseren Bonität?«

Meine Eltern fielen mir ein, obwohl ich dies hier gerne allein auf die Beine stellen wollte. Außerdem hatten sie ihre eigene schwierige Kreditgeschichte und waren nicht einmal mehr in der Lage gewesen, ihre Lieferanten zu bezahlen. »Ich weiß nicht, ich bräuchte ein bisschen Zeit.«

»Zeit haben wir nicht. Es sieht so aus, als würde schon heute Nachmittag jemand anders den Mietvertrag bekommen, spätestens morgen früh. Ich wünsche Ihnen viel Glück bei Ihrer weiteren Suche nach einem Lokal. Und ein schönes Wochenende.«

Brenda legte auf. Seufzend starrte ich an die Decke.

Als Nadia gegen die Tür hämmerte, schreckte ich hoch. »Hallo da drin? Bist du fertig?«

»Eine Sekunde.« Ich schlüpfte aus dem Kleid und zog mir mein T-Shirt an.

»Hast du dich für eins entschieden?«

Ich hängte das schwarze Kleid über die Tür.

»Sehr schön!«, flötete sie. »Ich liebe es.«

Ich hätte schwören können, dass sie beim Rausgehen sagte, Ian würde es bestimmt auch lieben.

Kapitel 7

Um Punkt acht holte Nadia mich zur Vernissage ab. In ihrem Etuikleid, dessen Farbe an getrockneten Lavendel erinnerte, sah sie fantastisch aus. Das seitlich gescheitelte rotbraune Haar fiel ihr in sanften Wellen auf die Schultern. Dunkelgrauer Eyeliner umrahmte ihre smaragdgrünen Augen, und heller Lipgloss brachte ihre vollen Lippen zum Glänzen.

Sie gab mir ein Zeichen mit dem Finger, woraufhin ich mich in meinem neuen Kleid einmal um die eigene Achse drehte. Dabei umspielte der fließende Stoff meine Beine. Ich hatte auch meine Haare in Form gebracht und die Locken oben auf dem Kopf zu einem losen Knoten zusammengesteckt, sodass mir nur ein paar Strähnen sanft ins Gesicht fielen. Seit dem Tag von James' Beerdigung hatte ich mich nicht mehr so zurechtgemacht.

Nadia sah mich lächelnd an. »Sag mir, wenn ich mich irre, fühlst du dich nicht besser? Jedenfalls siehst du umwerfend aus.«

Ich nahm eine vorwitzige Locke und wickelte sie mir um den Finger. »Ich bin ziemlich nervös.«

Nadia schob meine Hand zur Seite und strich mir übers Haar. »Ich habe nur eine Bitte, Liebes.«

»Was denn?«

»Amüsier dich.«

Ich seufzte. »Ich werde mir Mühe geben.«

In komischer Verzweiflung verdrehte Nadia die Augen. »Lächeln hilft übrigens.« Dann trat sie einen Schritt von mir weg und begutachtete mich vom Kopf bis zu den geschlossenen Pumps, die ich trug. »Du siehst wunderschön aus.«

Das entlockte mir ein kleines Lächeln.

»Viel besser!«, lobte sie.

Wir ließen das Auto zwei Häuserblocks von der Galerie entfernt stehen. Die Nacht war kühl, und ich zog mir mein Kaschmirtuch fester um die Schultern. Licht drang durch die großen Galeriefenster nach draußen, und durch die halb geöffnete Tür war leise Jazzmusik zu hören. *Belize Sunrise* nahm immer noch einen zentralen Platz im Fenster ein. Lediglich das kleine Preisschild über 2.750 Dollar war neu.

Vor Staunen blieb mir der Mund offen stehen.

Nadia sah mich fragend an. »Was ist los?«

Mit dem Zeigefinger tippte ich gegen die Scheibe vor dem Preisschild. »Er muss verdammt gut sein.«

»Allerdings. Warte ab, bis du seine anderen Arbeiten gesehen hast.« Sie hielt mir die Tür auf. »Kommst du?«

Die Galerie war voller Menschen. Geschickt balancierten Kellner ihre Tabletts mit Champagnerflöten und Kanapees durch die Menschenmenge – offenbar alles Fans von Ian und seinen Bildern.

Mein Blick fand Ian, der in einer Ecke des Hauptausstellungsraums stand. Mit den Händen in den Hosentaschen lauschte er aufmerksam den Ausführungen einer Frau, die sehr dicht bei ihm war. Eine blonde Locke fiel ihm in die Stirn, und ich sah zu, wie er sich mit der Hand durchs Haar fuhr, während er gleichzeitig nickend der Frau zustimmte, was auch immer sie ihm erzählt haben mochte. Der Anblick versetzte mir einen Stich – ich wusste selbst nicht, wie mir geschah.

Nadia gab mir einen sanften Stoß. »Hey, freundliches Gesicht, bitte.«

Gehorsam versuchte ich mich an einem kleinen Lächeln.

Wendy kam quer durch den Raum auf uns zu. »Oh, Nadia, ich habe dich schon überall gesucht.«

»Hallo, Wendy.« Nadia hielt den Kopf ein bisschen schräg, um Wendys Luftküsse entgegenzunehmen, dann legte sie den Arm um mich. »Erinnerst du dich an meine Freundin Aimee?«

Wendy reichte mir die Hand. »Schön, dass Sie gekommen sind. Ich hoffe, es gefällt Ihnen. Kommen Sie, trinken Sie ein Glas Champagner.« Sie winkte einem Kellner, wandte sich aber sofort wieder Nadia zu. »Ein Freund von mir ist hier, und er ist begeistert von dem, was du hier in der Galerie vollbracht hast. Er ist Immobilienmakler und möchte dich unbedingt kennenlernen.«

»Macht es dir etwas aus, wenn ich dich kurz allein lasse?«, fragte Nadia.

»Überhaupt nicht. Geh nur.«

Wendy dirigierte mich zur linken Seite der Galerie. »Wenn Sie hier anfangen, können Sie alles der Reihe nach anschauen. Ich habe Ians Fotos so arrangiert, dass sie zuerst den Sonnenaufgang und am Ende den Sonnenuntergang zeigen. Seine Art, zu fotografieren, ist wirklich einzigartig. Wenn Sie etwas kaufen wollen, sagen Sie einfach Bescheid.« Damit fasste sie Nadia am Arm und verschwand mit ihr hinter einer Trennwand.

Ich nahm mein Schultertuch ab und faltete es zusammen, dann fing ich an, durch die Galerie zu schlendern. Auf jedem von Ians Bildern war ein Sonnenaufgang oder ein Sonnenuntergang zu sehen – alle in fremdartigen, exotischen Landschaften. Ian hatte das Licht sehr gezielt und so gekonnt eingefangen, dass die Farben immer anders reflektiert wurden: einmal an einer Hügellandschaft, dann wieder auf der glänzenden Fläche eines Sees oder einem dunklen Tannenwald. Dieses Spiel mit den Farben verlieh den Bildern eine surreale, beinahe magische Stimmung.

Vor dem Bild einer glühenden Abendsonne über einer Dünenlandschaft im Nahen Osten blieb ich stehen. Ein kleines Schild neben dem Bild gab an, dass das Foto aus Dubai stammte. Auf einer Düne standen reglos drei Kamele. Ihre Schatten ragten wie lange, dünne Finger über den Sand, der in Orange und Gold glänzte.

»Gefällt es Ihnen?«

Ein Lächeln erhellte mein Gesicht. »Sie haben ein besonderes Talent für das Einfangen von Sonnenlicht.« Unsere Blicke trafen sich.

»Schön, dass Sie gekommen sind.«

»Ich freue mich auch.«

Ian zog die Stirn in Falten. »Darf ich Sie etwas Persönliches fragen?«

Ich legte mir den Schal auf den anderen Arm. »Warum nicht?«

Statt einer Antwort schob Ian den Schal auf meinem Arm zur Seite, sodass meine linke Hand zum Vorschein kam. Dann nahm er meinen Ringfinger und hob ihn hoch, bis der Diamant an meinem Verlobungsring im Licht zu funkeln anfing. »Warum haben Sie mir nicht gesagt, dass Sie verheiratet sind?«

»Weil«, ich zögerte und schluckte, »ich es nicht bin.«

Er schob das Tuch zurück an seinen Platz. »Verlobt?«

Ich schüttelte den Kopf.

»Es tut mir leid für Sie, dass es nicht so geklappt hat, wie Sie sich das vorgestellt haben«, sagte er ruhig.

Ich entzog ihm meine Hand und schaute angestrengt auf das Foto, damit er meine Tränen nicht sah. Ich wollte kein Mitleid von ihm, doch ich spürte, wie er mich beobachtete, während ich sein Bild studierte. »Wann haben Sie dieses Foto gemacht?«

»Vor zwei Jahren«, antwortete er und lachte leise.

Ich blickte ihn an. »Was ist daran so lustig?«

Statt einer Antwort senkte er den Kopf, um seine Heiterkeit zu verbergen.

»Sie haben wahrscheinlich zu jedem Bild die passende Story, oder?«

»Ja, das kann man so sagen«, erwiderte er und rieb sich das Kinn.

Während ich auf eine weitere Erklärung wartete, beobachtete er mich amüsiert.

Herausfordernd verschränkte ich die Arme vor der Brust. »Eines Tages werde ich Ihnen die Geschichte entlocken.«

Winzige Lachfältchen bildeten sich um seine Augen. »Hoffentlich.«

Er ließ seinen Blick in der überfüllten Galerie umherschweifen. Inzwischen war es lauter geworden, die Stimmung war heiter und ausgelassen, wahrscheinlich infolge des großzügig ausgeschenkten Champagners. Ich sah Wendy mit einem iPad herumgehen, während sie mit dem Zeigefinger flink auf dem Display herumtippte. Vielleicht bearbeitete sie gerade eine Bestellung. Ian beugte sich zu mir herüber und flüsterte mir ins Ohr: »Kann ich Sie überreden, irgendetwas mit nach Hause nehmen zu wollen?«

Sie.

Der Gedanke überfiel mich völlig unerwartet und wurde abgelöst von einem noch ungeheuerlicheren Bild: Ich sah Ian vor mir, wie er mich küsste. Im nächsten Augenblick spürte ich, wie ich rot anlief, woraufhin Ian mich fragend anschaute. Mit einem Räuspern versuchte ich, meine Verwirrung zu überspielen. »Sie wissen doch, welches Foto mir gefällt.«

Seine Mundwinkel verzogen sich ein wenig nach oben: *»Belize Sunrise.«*

»Dafür reicht mein Kleingeld leider nicht.«

»Happy Birthday, Aimee!«, rief auf einmal Nadia neben mir, und ich drehte mich schnell zu ihr um.

Ian trat einen Schritt zur Seite, um Platz zu machen, und Nadia reichte mir ein Glas Champagner. Dankbar nahm ich es entgegen. Auch Ian bekam eins.

»Sie haben heute Geburtstag?«, fragte er.

»Eigentlich erst morgen.« In gespieltem Ärger schaute ich Nadia an. »Ich hatte gehofft, du hättest es vergessen.«

Sie nahm noch ein Glas von einem Tablett, das gerade vorbeigetragen wurde. »Ein Hoch auf das Geburtstagskind!«

»Halt …«

»Lass mir doch den Spaß«, erwiderte sie.

»Herzlichen Glückwunsch!«, gratulierte jetzt auch Ian und hob sein Glas.

»Vielen Dank.«

Er wandte den Blick nicht von mir ab, während er die Champagnerflöte zum Mund führte und trank. Nadia summte vor sich hin und schaute mit einem Lächeln in ihr Glas, bevor ihre Augen schließlich wissend von mir zu Ian wanderten.

In dem Moment kam Wendy auf uns zu. »Ich muss leider kurz unterbrechen und euch die Attraktion des Abends für ein paar Minuten entführen.«

Ian stellte sein Glas auf einen der Stehtische. »Gehen Sie nicht fort, ohne sich von mir zu verabschieden«, bat er, während Wendy ihn hinter sich herzog.

Nadias Blicke folgten den beiden. »Meine Güte, sieht der gut aus. Zu schade, dass er für niemanden Augen hat als für dich. Sie kleben ja regelrecht an dir. Ich fühle mich wie das fünfte Rad am Wagen.«

»Dein Fahrrad hat sowieso nur zwei.«

»Sag ich doch.« Sie wies mit dem Kinn quer durch den Raum in Richtung Ian, der umringt von Bewunderern dastand und zu mir sah. Der Anflug eines Lächelns huschte über sein

Gesicht, als ich seinen Blick erwiderte, bevor er sich wieder dem Mann neben ihm zuwandte.

* * *

Gegen Ende der Veranstaltung entdeckte mich Nadia, wie ich bewundernd das *Belize Sunrise*-Bild betrachtete. »Es ist großartig«, murmelte sie. »Hey, der Herr Immobilienmakler und ich würden jetzt gerne etwas essen gehen. Kommst du mit?«

»Damit ich das fünfte Rad an eurem Wagen bin? Auf keinen Fall.«

Sie lachte. »Es ist nicht, wie du denkst.«

»O nein. Ich gehe zu Fuß nach Hause.«

»Sei nicht albern. Ich setze dich bei dir zu Hause ab.«

»Ich könnte Sie zu Fuß nach Hause begleiten«, hörte ich Ians Stimme neben mir.

Nadia grinste. »Noch besser.«

»Sind Sie einverstanden?«, fragte er.

»Wenn es Ihnen keine Umstände macht?«

Ian schüttelte den Kopf und lockerte seinen Hemdkragen. »Ich brauche frische Luft.«

»Wunderbar. Dann bin ich ja frei von allen Verpflichtungen.« Nadia umarmte mich flüchtig und gab Ian die Hand. »Ihre Bilder sind wirklich toll.«

»Einen Augenblick, ich muss Wendy noch Bescheid sagen, dass ich gehe«, bat Ian, als Nadia weg war.

Während ich auf ihn wartete, warf ich einen letzten langen Blick auf mein Lieblingsbild. Irgendjemand hatte es umgedreht, sodass es jetzt dem Innenraum der Galerie zugewandt war. Das Preisschild war durch ein kleines Kärtchen ersetzt worden, auf dem in großen schwarzen Buchstaben »Verkauft« stand.

Ian kam zurück. »Sie sehen nicht glücklich aus. Was ist los?«

Ich deutete auf das Schild. »Ich bin ja froh, dass Sie etwas verkauft haben, aber ich müsste lügen, wenn ich behaupten wollte, dass ich nicht traurig darüber bin.«

Ian sah sich das Kärtchen genauer an. »Hm, interessant«, murmelte er. Dann legte er eine Hand auf meinen Rücken, um mich vorsichtig durch den Raum zu lotsen. »Wo müssen wir hin?«

»Ein paar Straßen weiter in diese Richtung.« Ich wies nach links und legte mir das Tuch um die Schultern.

»Irgendwelche Pläne für den großen Tag morgen?«, fragte er auf dem Heimweg.

Ich schüttelte den Kopf. »Nein, ich werde zu Hause bleiben. Vielleicht ein Mittagessen mit ein paar Freunden.«

»Meinen neunundzwanzigsten Geburtstag habe ich damit verbracht, mich vor den Krokodilen in den Everglades zu verstecken.«

Ich lachte. »Das stelle ich mir nicht besonders witzig vor.«

»Immerhin habe ich dabei ein paar erstaunliche Fotos gemacht. Und, lassen Sie mich überlegen …« Er kratzte sich am Kinn. »Meinen Dreißigsten habe ich auf dem Rücken eines Maultiers in den Anden in Peru begangen.«

»Lassen Sie mich raten, am Abend hockten Sie dann in einem Kübel mit Eiswasser?«

Lachend erwiderte er: »Nicht ganz, aber beinahe. Mein Hintern tat noch eine Woche später weh.«

Wir überquerten die Straße und kamen zum nächsten Häuserblock. »Noch irgendwelche Geburtstage, von denen ich wissen sollte? Oder hört es beim dreißigsten auf?«

»Das ist vorerst alles.« Er führte mich in einen schwach beleuchteten Hauseingang.

»Wohin gehen wir?«

»Ihren Geburtstag feiern!« Er hielt eine Tür auf und folgte mir nach drinnen. Wir waren im *Petite Maison*, einem französischen Restaurant. Sein Blick fand eine Kellnerin, und er hielt zwei Finger hoch, als sie zu uns herübersah. »Zwei Personen, Kaffee und Dessert.«

Die Kellnerin führte uns zu einem kleinen Tisch direkt neben dem mit einer Spitzengardine verhängten Fenster. Ian schob mir den Stuhl zurecht, dann wechselte er ein paar geflüsterte Worte mit der Kellnerin, die uns die Speisekarte gab und wieder verschwand.

Ich schaute mich um und betrachtete die Tische mit den gestärkten weißen Tischdecken und die filigranen Kristalllüster über unseren Köpfen. »Mir kommt es vor, als ob Sie nicht so oft hier essen gehen.«

»Nein, ich war noch nie hier.« Er drehte sich auf dem Stuhl um und warf einen Blick in den Raum. Dann sagte er mit einem Grinsen: »Nicht meine erste Wahl, aber wenigstens hat es noch auf.« Er sah auf seine Armbanduhr. »Schon fast elf.«

Die Kellnerin kam mit dem Kaffee an unseren Tisch.

»Wie das duftet!« Einen Moment lang machte ich die Augen zu, während ich das Aroma des heißen Kaffees einatmete.

Ian trank einen kleinen Schluck und zuckte die Achseln. »Ganz okay.«

»Genügt er Ihren Ansprüchen nicht? Nein, warten Sie.« Ich hob die Hand. »Sie können es besser, richtig?« Ich schüttelte den Kopf. »Ich weiß nicht, Ian. Viel Gerede und nichts dahinter, würde ich sagen.«

Seine Augen blitzten. »Die Wette gilt immer noch«, erinnerte er mich.

»Also …« Ich strich mit der Hand über die weiße Tischdecke. »Es gibt ein paar Neuigkeiten bei mir.«

Fragend sah er mich an.

»Die Idee mit dem Coffeeshop …«, ich machte eine Kunstpause, »köchelt vor sich hin.«

»Toll!«, freute er sich. »Dann werden Sie also *Joe's Café* mieten?«

»Möglich.« Ich kaute auf meiner Unterlippe herum. Seit Brendas Anruf hatte ich überlegt, ob ich Thomas bitten sollte, in den Mietvertrag einzusteigen, oder vielleicht Nadia und Kristen, falls Thomas absagen würde. Wenn Joe mich abgelehnt hatte, würden das andere Vermieter vermutlich auch tun.

»Ich wünsche Ihnen alles Glück der Welt, Aimee. Sagen Sie Bescheid, wenn die Wette gilt und wir herausfinden sollen, wer von uns beiden der Kaffeeweltmeister ist.«

Ob er allen Ernstes glaubt, sein Kaffee wäre besser als meiner?, dachte ich und rief mir unser Gespräch beim Mittagessen vor ein paar Tagen in Erinnerung.

»Auf jeden Fall«, versprach ich.

Unsere Kellnerin kam an den Tisch und brachte uns einen mit rosa Zuckerfondant überzogenen Cupcake, auf dem eine einzelne Kerze brannte.

»Was ist das?«, fragte ich.

»Sie haben doch Geburtstag. Wünschen Sie sich etwas.«

Gehorsam schloss ich die Augen und dachte an mein Café mit dem Logo über der Tür. Als ich die Augen öffnete und gerade die Kerze auspusten wollte, sah ich James vor mir und hörte gleichzeitig die Worte der Wahrsagerin: *Er ist am Leben.*

Ich stockte und musste husten.

Ian zog die Kerze aus dem Kuchen. »Oh, oh, das Alter macht sich bemerkbar.«

Kurz darauf waren wir wieder auf dem Heimweg. Als wir vor meiner Haustür standen, bedankte ich mich bei Ian.

Das gedämpfte Licht der Veranda ließ die scharf gezeichneten Kanten seines Kinns deutlicher hervortreten, sodass er irgendwie geheimnisvoll aussah. Nach dem langen Tag war auf seinen Wangen der Schatten von Bartwuchs zu erkennen. »Das war ein schöner Abend, und …«, er deutete ein Lächeln an, »ich glaube, ich werde Sie vermissen.« Dabei verzog er den Mund, als wäre er selbst überrascht von dem Geständnis.

»Ach wirklich? Wieso denn?«

»In ein paar Tagen breche ich zu einer Fototour auf.«

Die Schlüssel klimperten in meiner Hand. »Wie lange bleiben Sie fort?«, fragte ich leise.

»Zehn Tage.«

Meine Lippen zuckten. »Das ist ja furchtbar lange.«

»Eine Ewigkeit«, neckte er mich zurück. Dann trat er einen Schritt näher an mich heran. »Ich hoffe, wenn ich wiederkomme, können wir uns noch mal treffen.«

»Das wäre nett. Es war schön heute Abend.«

»Das finde ich auch.« Sanft strich er mir über die Wange. »Wer weiß, vielleicht ist *Joe's Café* schon auf dem Weg, *Aimee's Café* zu werden, wenn ich zurück bin.«

Die Stelle, wo er mich berührt hatte, fühlte sich warm an. »Vielleicht ...«

Sein Blick wanderte tiefer zu meinem Mund und blieb einen Moment lang daran hängen. Mir stockte kurz der Atem, und er lachte leise. »Gute Nacht, Aimee.«

»Gute Nacht, Ian.«

Ich sah ihm nach, als er über die Straße ging. Nachdem er um die Ecke gebogen war, in Richtung Innenstadt, berührte ich meine Lippen. Anscheinend hatte Ian mich küssen wollen.

Kapitel 8

James und ich waren seit jenem ersten Samstagvormittag so unzertrennlich gewesen wie siamesische Zwillinge. Nachdem wir seine Lippe verarztet hatten und er mir dabei geholfen hatte, das Chaos zu beseitigen, das Robbie und Frankie an meinem Limonadenstand angerichtet hatten, verbrachte er den Rest des Tages und fast jeden darauffolgenden Samstag mit mir. Wir wurden beste Freunde, teilten am einen Tag unsere Träume miteinander und beschossen uns am nächsten mit Nerf Guns.

»Sobald wir mit dem College fertig sind, werden wir heiraten und drei Kinder haben«, verkündete er eines Tages, während wir uns mit Kristen und Nick auf dem Gelände hinter James' Haus mit unseren Nerf Guns jagten. Er selbst, fügte er hinzu, würde eines Tages ein berühmter Künstler sein, ich dagegen müsste zu Hause bleiben und Kuchen backen. Und dann würde ich backen und backen, bis mein Hintern so breit wäre, dass ich nicht mehr durch die Tür passte.

»Dein Ernst?«, fauchte ich ihn an und stürzte mich auf ihn.

Er ließ sich zu Boden fallen und hielt sich den Bauch vor Lachen.

»Du wirst genauso fett werden wie ich«, erklärte ich ihm. »Wenn wir verheiratet sind, musst du alles essen, was ich koche.«

So stand ich über ihm, zielte und feuerte meinen Pfeil ab, der ihn mitten auf der Stirn traf. Dann rannte ich los und hockte mich kichernd hinter einen Baumstumpf. Sosehr ich mich auch anstrengte – ich konnte mir James beim besten Willen nicht mit dickem Bauch vorstellen.

Am liebsten waren mir die verregneten Samstagnachmittage. Dann kam James nach seinen ewigen Footballspielen zu mir und warf sich völlig erschöpft auf die Couch. Während er meine Comics durchblätterte, las ich Bücher, jeder an einem Ende des Sofas liegend. Wir rührten uns nicht vom Fleck, bis uns der Duft von Moms herrlichem Gebäck und unsere knurrenden Mägen in die Küche lockten.

An James' zwölftem Geburtstag kannte ich ihn schon seit einem Jahr und war trotzdem noch nie bei ihm zu Hause gewesen. Mädchen waren dort unerwünscht, bis er auf die Highschool kam. »Was für eine alberne Regel«, hatte James oft entnervt gesagt, sich aber trotzdem daran gehalten. Er hatte die Striemen auf dem Hinterteil seines älteren Bruders nicht vergessen.

Thomas hatte einmal eine Mitschülerin nach Hause eingeladen, um mit ihr für eine Klassenarbeit zu lernen. Edgar Donato, der Vater der Brüder, war an dem Tag früher als gewöhnlich nach Hause gekommen und hatte keine Hemmungen gehabt, seinen Gürtel an Thomas auszuprobieren, nachdem er das Mädchen weggeschickt hatte. Mädchen und Hobbys waren für Mr Donato reine Zeitverschwendung. Nur fleißiges Lernen und Sport würden den Jungen die nötigen Fähigkeiten verleihen, die sie brauchten, um Spuren in der Welt zu hinterlassen. James' Eltern hatten das Leben ihrer Söhne bis ins Kleinste durchgeplant.

Zu seinem Geburtstag hatte ich das perfekte Geschenk für James ausgesucht, etwas, wovon ich wusste, dass er es sich wünschte, ebenso wie ich wusste, dass er niemals seine Eltern darum bitten würde. Ich hatte es sorgfältig eingepackt, das Geschenkpapier raschelte unter meinen Händen, während ich an seiner Haustür klingelte. Heute war die Geburtstagsparty, und obwohl mir klar war, dass nur Jungen eingeladen waren, wollte ich James unbedingt mein Geschenk bringen. Ich konnte es kaum erwarten, es ihm zu geben.

Ein Junge, den ich nicht kannte, öffnete die Tür. Er war größer als James und älter als Thomas, aber er sah den beiden sehr ähnlich mit seinen dunklen Haaren und Augen und dem olivfarbenen Teint – Spuren ihres gemeinsamen italienischen Erbes. Der Junge musste ihr Cousin Phil sein. James hatte mir erzählt, dass er oft zu ihnen kam, wenn Phils Vater, James' Onkel und Mrs Donatos Bruder, auf Geschäftsreise war. Und dieser Onkel Grant war fast pausenlos in der Weltgeschichte unterwegs.

James mochte es nicht besonders, wenn Phil sie besuchte. Er verbrachte dann noch mehr Zeit bei uns und lief immer erst nach Hause, wenn es dunkel wurde und die Straßenbeleuchtung anging. Mich aber lächelte Phil an, und er machte einen recht freundlichen Eindruck.

»Du bist James' Freundin Aimee, stimmt's?«, fragte er.

Ich nickte. »Ist James da?«

»James! Komm mal an die Tür!«, rief Phil durchs Haus. Dann wandte er sich wieder zu mir zurück. »Schade, dass du nicht bei der Party dabei sein kannst, aber James' Vater hat diese blöde ›Keine Mädchen‹-Regel aufgestellt. Er hätte dich wirklich gerne eingeladen.«

Ich machte große Augen. »Mr Donato?«

Phil lachte. »Nein, du Dummerchen. James. Ich bin übrigens Phil.«

»Hi.« Ungeduldig wippte ich auf meinen Fußspitzen.

Dann ertönte lautes Getrampel in der Diele, und schon

quetschte sich James an Phil vorbei, bis er schließlich vor mir stand.

»Hey, Aimee!«, begrüßte er mich, bevor Phil ihn in den Schwitzkasten nahm und ihm eine Kopfnuss verpasste.

»Happy Birthday, kleiner Blödmann«, sagte Phil mit verstellter Stimme. Er klang wie Kermit der Frosch aus der »Muppet Show«, und ich kicherte.

James befreite sich aus Phils Umklammerung und schubste ihn. »Du bist hier der Blödmann. Blödmann!«

Phil schien verletzt und sah James wütend an. Ich wunderte mich etwas, denn er hatte doch gerade genau das zu James gesagt. Aber dann entdeckte James das Geschenk in meiner Hand.

Ich grinste und hielt ihm das Päckchen hin. »Hier, das ist für dich.«

»Cool. Sag Mom, dass ich gleich zurück bin«, rief er Phil zu und sprang mit einem Satz von der Veranda.

Ich wollte hinter ihm herrennen, doch im letzten Moment drehte ich mich noch einmal um: »War nett, dich kennenzulernen.«

»Gleichfalls«, brummte Phil und machte die Tür zu.

»Komm schon!«, drängte James. »Ich habe nur eine halbe Stunde Zeit, bis die Party anfängt.«

Er spurtete in den Garten und sprang über den hüfthohen Zaun, der das Grundstück vom offenen Gelände trennte.

»Dein Cousin scheint ganz nett zu sein«, sagte ich, während James mir half, über den Zaun zu klettern.

»Ist er aber nicht«, bemerkte James mit Nachdruck, noch ehe ich ihn fragen konnte, ob Phil gemein zu ihm gewesen war. Ob er James oft piesackte? Womöglich konnte James deswegen so gut zuschlagen.

»Warte auf mich!«, keuchte ich und versuchte ihn einzuholen. Im Inneren der Geschenkverpackung klapperte es, das Geräusch war deutlich zu hören.

James wurde langsamer und lief ein Stück neben mir her. »Lass mich das tragen.« Er streckte die Hände nach dem Päckchen aus.

Ich wich ihm aus. »Nein! Das ist dein Geschenk!«

»Was ist es denn?« Er zog an einer Ecke des Papiers. »Ein Football?«

»Du hast doch schon einen.«

Er drehte sich um und lief rückwärts neben mir her. »Ein Steve-Young-Pulli?«

»Langweilig.« Ich schob mich an ihm vorbei und rannte vorneweg.

»Lass mal sehen!«

»Nein, du musst warten.« Ganz in der Nähe im Wald war unser geheimer Treffpunkt, ein Kreis aus gefällten Baumstämmen, wo wir oft mit Kristen und Nick zusammenkamen, um neue Abenteuer auszuhecken.

James sprang vor mich und schnappte sich das Geschenk.

»Gib es mir zurück!«

Er hielt die Schachtel hoch über seinen Kopf.

»Du darfst es jetzt noch nicht aufmachen.«

»Wenn ich es doch aber will? Es ist mein Geschenk!« Mit dem Fingernagel löste er ein Stück vom Klebeband.

»Na gut. Mach es auf.« Ich verschränkte die Arme vor der Brust und tat so, als wäre es mir vollkommen gleichgültig.

»Wirklich?« Zweifelnd schaute er mich an. Im Grunde hatte er mich nur ärgern wollen.

Aber ich konnte nicht länger warten. Ich hatte mich so sehr darauf gefreut, seine Reaktion zu sehen, wenn er das Geschenk öffnete, das ich in einem Geschäft für Künstlerbedarf gefunden hatte. Ich trat etwas näher zu ihm. Das trockene Laub raschelte unter meinen Füßen. »Ja, wirklich.«

Er riss das Papier auf und starrte die kleine Holzkiste in seinen Händen an. »Was ist das?«

»Mach es auf.«

Er kniete sich hin und stellte die Kiste auf den Boden, dann löste er die Verschlusshaken aus Messing. Der Deckel quietschte, als er ihn öffnete. James' Augen wurden groß, und ihm stand der Mund offen. Mit den Fingerspitzen berührte er andächtig die Pinselhaare und nahm dann eine Tube mit gebranntem Siena in die Hand. »Du hast mir Künstlerfarben gekauft?«

Ich nestelte an den Ärmeln meines Pullovers herum. Vielleicht hätte ich doch besser die »San Francisco 49ers«-Fan-Cap besorgt, so wie Dad es vorgeschlagen hatte.

»Du hast gesagt, deine Eltern kaufen dir keine Farben, aber das heißt ja nicht, dass ich dir keine schenken darf. Außerdem, wie willst du ein berühmter Maler werden, wenn du nicht einmal Farben hast?«

Er grinste. »Das ist super. Vielen Dank.«

Mir ging das Herz auf, und ich erwiderte sein Lächeln. Jetzt war ich nicht mehr aufgeregt. Ich hatte recht gehabt mit dem Geschenk.

Er untersuchte den Kasten kurz, bevor er ihn auskippte. Pinsel, Farbtuben und Palettenspachtel fielen auf das weiche Bett aus Piniennadeln. Mit einem Griff verwandelte James den Kasten in eine Staffelei und stellte die Leinwand, die zu dem Set gehörte, auf den unteren Rand.

»Was tust du da?«, fragte ich, als ich sah, wie James einen Klecks blauer Farbe auf die Palette drückte.

»Ich male ein Bild für dich.«

»Jetzt?«

Er antwortete nicht, denn seine ganze Aufmerksamkeit war auf einen laut keifenden blauen Eichelhäher gerichtet, offenbar ein Weibchen, das sein Nest gegen ein sich am Baumstamm festklammerndes Eichhörnchen verteidigte.

An der Art, wie James die kleine Szene malte, war trotz der unerfahrenen Pinselstriche bereits erkennbar, was die Zukunft für ihn bereithielt. Schon beim Zuschauen wurde ich durch den Vorgang ebenso gefangen genommen wie von James selbst. In diesem Augenblick gab es nichts Wichtigeres auf der Welt als sein Kunstwerk, bis aus der Ferne eine Stimme in unsere abgeschlossene Welt drang. Ruckartig hob ich den Kopf und sah in die Richtung, aus der die Stimme kam.

»Deine Mom ruft dich.«

James hielt inne. Die Pinselspitze schwebte über der Leinwand. James' Wangen waren gerötet. Wir hatten beide die Zeit vergessen.

Er stellte die noch nasse Leinwand beiseite, und wir sammelten in aller Eile die über den Waldboden verstreuten Farben und Pinsel ein, um sie schnell im Kasten zu verstauen. James schloss den Deckel und ließ das Schloss einrasten.

»Streck die Hände aus.« Ich gehorchte, und er legte mir die Leinwand vorsichtig auf die Arme. »Pass auf, die Farbe ist noch feucht.«

Ich machte meine Handflächen gerade, um das Bild besser abstützen zu können.

»Das ist für dich.« Damit küsste er mich auf die Wange, und ich spürte seine weichen Lippen auf meiner Haut.

Ich atmete hastig ein, überrascht von dieser Berührung, die sich, bei all meiner Unerfahrenheit, so unglaublich gut anfühlte. Ich spürte ein leichtes Kribbeln in der Magengegend.

James sah mich lächelnd an. »Lass uns gehen.«

Ich folgte ihm zurück zu seinem Zuhause. Wir beeilten uns, wollten aber auf keinen Fall, dass sein Erstlingswerk unterwegs beschädigt würde. Mrs Donato wartete schon auf der hinteren Veranda auf uns. Mit strenger Miene musterte sie James von oben bis unten und bemerkte, was ich erst jetzt entdeckte, nämlich die Farbspritzer auf seinen Armen und an seinem Hemd sowie die Schmutzflecken an seinen Knien. Dann heftete sie ihren Blick auf die Holzkiste.

»Was hast du da?«

James warf mir einen kurzen Blick zu und versuchte, den Kasten hinter seinem Rücken zu verbergen. »Farben«, antwortete er schuldbewusst.

»Farben«, wiederholte sie, und ihre Lippen wurden schmal. »Farben machen Dreck und sind kindisch. So etwas ist völlig unnütz und die reinste Zeitverschwendung.« Sie deutete mit dem Finger auf eine Stelle an seinem Hemd, wo ein blauer Fingerabdruck am Kragen prangte. »Wie ich sehe, hast du bereits deine Zeit vergeudet. Es ist sicherlich gut, James, wenn du schon jetzt begreifst, dass es in deiner Zukunft keinen Raum für solche völlig überflüssigen Dinge geben wird.«

Sie blickte mich an. »Ich nehme an, du hast ihm die Farben geschenkt?«

Ich nickte, viel zu eingeschüchtert, um es zu abzustreiten.

»Das ist eine nette Geste von dir, Liebes, aber mein Sohn wird dieses Geschenk nicht annehmen. James, gib es ihr bitte zurück. Andernfalls müsste ich dich bitten, die Sachen in den Müll zu werfen.«

»Aber …«

»Willst du mir widersprechen?«

Die Farbe wich aus seinem Gesicht. »Nein, Ma'am.«

Ich nahm James die Kiste ab. Um jeden Preis wollte ich verhindern, dass seine Mutter die Farben in den Müll warf.

Mrs Donato ging zur Tür. »Komm herein, und wasch dich. Du musst dich umziehen, deine Kleider sind vollkommen verdreckt. Und beeil dich!«, fuhr sie ihn an, als James zögerte und mir einen entschuldigenden Blick zuwarf. »Deine Gäste kommen in fünf Minuten.«

James rannte ins Haus. Mein Herz zog sich angesichts seiner Enttäuschung zusammen. Er war so glücklich über die Malsachen gewesen.

»Geh nach Hause, Aimee. Du kannst James morgen wiedersehen.«

»Ja, Mrs Donato«, antwortete ich bedrückt. Tränen stiegen mir in die Augen, und ich wischte sie schnell ab, bevor es jemand bemerken konnte.

Langsam ging ich zum seitlichen Gartentor. In der einen Hand trug ich den Malkasten, in der anderen das, was möglicherweise James' erstes und letztes Gemälde bleiben würde. Seine große Leidenschaft würde begraben werden, noch ehe sie zur Blüte hatte kommen können. Als ich versuchte, den Riegel der Gartenpforte nach oben zu schieben, stieß ich mit dem Malkasten an das Tor, der Deckel sprang auf, und der gesamte Inhalt fiel auf den Boden.

Ich hockte mich hin und begann, die Pinsel und Farbtuben wieder einzusammeln. Bis plötzlich ein paar Schuhe direkt vor meinen Händen stehen blieben. Phil kniete sich neben mich und warf ein Palettenmesser in den Kasten.

»Das mit meiner Mom tut mir leid.«

Ich schaute auf. »Deine … Mom?«

Phil ließ den Kopf sinken. »Ich meine Claire. Sie ist irgendwie meine Mom. Schließlich ist sie alles, was ich habe.«

»Hast du keinen Dad?«

»Schon«, erwiderte er, »aber den sehe ich nur ganz selten. Er muss so viel arbeiten. Na ja, falls du es noch nicht gemerkt haben solltest, Claire will, dass James und Thomas für die Firma meines Vaters arbeiten, wenn sie groß sind. Dass James Bilder malt, passt nicht in ihren Plan.«

Ich blickte auf die Malsachen, die noch immer ringsum verstreut lagen. Was für eine Geldverschwendung. Ich hätte ihm doch lieber die Mütze kaufen sollen. »Und was mache ich jetzt hiermit?«

Phil betrachtete das Bild von der Verfolgungsjagd zwischen dem Vogel und dem Eichhörnchen. »Das ist nicht schlecht. Vielleicht bewahrst du die Sachen bei dir zu Hause auf, damit er bei euch malen kann. Claire und Edgar müssen ja nichts davon wissen.« Er presste den Mund zusammen und verschloss seine Lippen mit einer angedeuteten Handbewegung. »Wenn du willst, verrate ich nichts.«

Der Gedanke gefiel mir.

Wir schüttelten einander die Hände und räumten die restlichen Sachen zusammen. Dann gab Phil mir die Kiste. »Du musst es so tragen.« Damit legte er das Bild flach oben auf die Kiste. »So kann es nicht herunterfallen.«

Langsam stand ich auf. »Danke.«

»Ich kann verstehen, dass James dich mag. Du bist süß.«

Verlegen senkte ich den Kopf.

Dann öffnete er mir das Gartentor. »Vielleicht sehen wir uns morgen.«

Phil war wirklich nett. Und er wirkte gar nicht so grob, wie James ihn beschrieben hatte. »Vielleicht«, erwiderte ich.

Aber ich sah Phil weder am nächsten Tag noch an irgendeinem anderen Tag in den folgenden Jahren. James kam regelmäßig zu uns nach Hause, jetzt, seit ich ihm erlaubt hatte, seine Malsachen in meinem Zimmer aufzubewahren, sogar noch öfter als vorher. Als er immer besser wurde und mehr Utensilien benötigte, räumten meine Eltern ihm eine Ecke im sonnigen Wintergarten neben der Küche frei. Während der kommenden Jahre half ich Mom beim Ausprobieren neuer Rezepte für unser Restaurant, während James nebenan malte. So wuchs sein Talent in gleichem Maße wie unsere Freundschaft.

Kapitel 9

Am nächsten Tag zog ich eine enge Jeans, ein hauchdünnes Blusentop mit schmalen Trägern und High Heels an, um meinen Geburtstag zu feiern. Kristen und Nadia hatten mich zum Abendessen beim Chinesen eingeladen.

Nadia umarmte mich zur Begrüßung. »Ich hätte dich gestern Abend nicht einfach so hängen lassen sollen«, entschuldigte sie sich.

»Hat Mister Immobilienspekulant den Eignungstest nicht bestanden?«

»Er war eine Niete.« Sie verzog das Gesicht. »Außerdem hat er versucht, sich an mich ranzumachen.«

Ich lachte. »Und? Nicht gut?«

»Kann er nicht küssen?«, fragte Kristen, die eben hereingekommen war und am Esstisch stand.

Nadia verdrehte die Augen. »Nein und nein«, erwiderte sie. »Er war gut. Zu gut. Er ist verheiratet.«

Kristen sah auf. »Autsch.«

»Trug er keinen Ehering?« Ich drehte meinen Verlobungsring am Finger.

Nadia schnitt eine Grimasse. »Nein.«

Kristen schaute auf ein Blatt Papier, das sie in der Hand hatte. »Wie hast du es herausgefunden?«

»Heute Morgen, als ich mit Wendy gefrühstückt habe. O mein Gott …« Nadia stöhnte auf. »Ich hab die ganze Zeit über ihn geredet, also hat Wendy es mir gesagt.« Sie ließ sich in einen Ledersessel fallen und legte die Beine auf die Lehne. »Er hat mich gebeten, ihm ein Angebot für den Bau eines Geschäftszentrums in San José zu machen, das ihm gehört, ganz in der Nähe des Stadions.«

»War das, bevor er dich angemacht hat, oder hinterher?«, fragte Kristen. Sie ließ das Blatt Papier sinken, das sie hielt, und nahm einen anderen Zettel mit handschriftlichen Notizen.

»Vorher. Ich glaube, ich werde ablehnen.« Nadia wedelte mit der Hand. »Ich meine, das Angebot.«

»Wahrscheinlich ist er nicht besonders vertrauenswürdig. Wie heißt er denn?« Die Frage stellte ich aus reiner Neugier.

»Mark Everson. Groß, blond und sehr attraktiv.« Dabei schlug sie mit den Händen auf die Stuhllehnen. »Das klingt so wahnsinnig klischeehaft, aber es ist wahr. Er ist etwas älter, Mitte dreißig etwa. Wendy war sehr überrascht, als ich ihr davon erzählte. Sie meinte, er hat vielleicht Probleme mit seiner Frau.«

Ich gab ein Schnauben von mir. »Glaubst du?«

»Tut mir leid, wenn ich so abrupt das Thema wechsele«, schaltete Kristen sich ein. »Aber stimmt es, dass du ein Restaurant eröffnen willst?« Sie hielt mir ein Blatt Papier vor die Nase.

Auf dem Esstisch lagen alle Unterlagen, die ich mittlerweile beisammenhatte: Businesspläne und Angebote von den Lieferanten, mit denen ich schon im *Goat* zusammengearbeitet hatte.

Ich trat neben sie an den Tisch. »Ja, das stimmt.«

Allerdings musste ich dringend jemanden finden, der bereit wäre, den Pachtvertrag mit mir zu unterzeichnen. Aber zuerst wollte ich mir einen Überblick über meine eigenen Finanzen verschaffen, ehe ich mit dem Vorschlag an Thomas herantrat.

Vermutlich würde es nicht mehr als eine Chance geben, ihn von meinem Plan zu überzeugen.

»O mein Gott!«, kreischte Kristen. »Ist das dein Ernst? Was du da vorhast, ist einfach fantastisch! Ich liebe, was ich in deinen Aufzeichnungen gesehen habe, und finde deine Ideen großartig.«

Nadia kam zu uns an den Tisch und fing ebenfalls an, in den Papieren herumzukramen. Sie fischte eine Liste mit Ideen für meine Speisekarte heraus. Ich hatte mit unterschiedlichen Rezeptkombinationen gespielt: eine Mischung verschiedenster Aromen und ausgefallener Gerichte. Meine Kaffeekarte las sich wie das Weinangebot eines Nobelrestaurants. Wahrscheinlich würde ich die Speisenauswahl ein bisschen einschränken müssen, vielleicht saisonabhängig planen.

Nadia hielt den Zettel hoch. »Und du willst das wirklich durchziehen? Aus dem Nichts?«

»Ja, das will ich.«

Sie sah mich aufmerksam an. »Na ja, das hier ist in jedem Fall besser als Lammstew mit Bratkartoffeln.«

Ich nahm ihr die Liste wieder ab und legte sie zurück auf den Stapel. »Hätten meine Eltern mir das *Goat* verkauft, hätte ich keine Wahl beim Konzipieren der Speisekarte. Fusionsküche in einem irischen Pub – das würde nicht besonders gut ankommen.«

»Hört sich gut an.« Kristen klopfte mir auf die Schulter. »Ich bin froh, dass du dich dazu entschlossen hast. Endlich schaust du nach vorn.«

Nadia sah sich im Zimmer um, und ihr Blick fiel auf das gerahmte Foto von James und mir, das auf dem Kaminsims stand. »Du musst sagen, was wir machen können. Wir könnten James' Sachen wegpacken, wenn dir das alleine zu schwer fällt. Es gibt ein paar Organisationen, denen man Kleidung spenden kann. Wir würden dir helfen, eine geeignete Wohltätigkeitsorganisation zu finden. Ich kann dir auch bei der Einrichtung des Restaurants unter die Arme greifen und dir gute Handwerker empfehlen.«

Ich strich mit der Hand über die Papiere. »Danke für das Angebot, aber ich muss zuerst ein geeignetes Lokal finden.«

Sie strahlte. »Dabei kann ich dich ebenfalls unterstützen. Und natürlich mache ich das umsonst für dich.«

Ich hatte vorgehabt, sie zu bitten, mir bei den Entwürfen für die Gestaltung des Restaurants zu helfen und eventuell auch den Vertrag mit mir zu unterzeichnen, falls Thomas ablehnen sollte. Aber nie im Leben hätte ich erwartet, dass sie umsonst für mich arbeiten würde. Was für ein großzügiges Angebot!

»Es wäre toll, wenn ihr mir helft, aber macht euch keine Sorgen um James' Sachen. Darum kümmere ich mich schon selbst.« Irgendwann später, wenn Lacy und die Visitenkarte, die sie mir ins Portemonnaie geschmuggelt hatte, nicht länger durch meine Gedanken spuken würden.

»Supi!«, schaltete Kristen sich ein. »Sieht aus, als gäbe es heute noch mehr zu feiern als nur deinen Geburtstag. Seid ihr bereit für die Party?«

* * *

Nach dem Abendessen gingen wir in die *Blue Sky Lounge* im Zentrum von San José. Dort wurde Electronica-Musik gespielt, die den ganzen Raum zum Vibrieren brachte. Die Gäste bewegten sich zu den Rhythmen auf der Tanzfläche, Körper und Gliedmaßen eng miteinander verschlungen.

Nadia führte uns zu einer Gruppe niedriger Sessel an einem Tischchen, das sie extra für uns reserviert hatte, und bestellte einen Krug Sangria und eine Runde Passionsfrucht-Champagner-Shots. Während sie sich an ihre Sangria hielt, sorgte sie dafür, dass Kristen und ich regelmäßig mit Shots versorgt wurden.

Als wir den ersten Krug geleert hatten, nahm mich Kristen bei der Hand. »Komm, Geburtstagskind. Tanz mit mir.« Sie zog mich auf die Tanzfläche. Erhitzte Körper drängten sich an uns. Kristen gab mir einen Hüftstoß, und ich fing an zu lachen.

»Du siehst so glücklich aus!«, schrie sie mir ins Ohr.

»Ich bin glücklich!«, schrie ich zurück. Ich war drauf und dran, mich und mein Leben wiederzufinden, und das fühlte sich gut an.

Nach einiger Zeit auf der Tanzfläche wedelte ich mir mit der Hand Luft zu. Zwischen meinen Brüsten hatten sich Schweißtropfen gesammelt. »Wasser!«, schrie ich und bemühte mich, die Musik zu übertönen.

Als wir an unseren Tisch zurückkamen, brachte die Kellnerin gerade eine neue Karaffe Sangria und eine weitere Runde Shots, die Kristen und ich in einem Zug herunterstürzten. In meinem Kopf drehte sich alles. Ich legte die Hände vors Gesicht und versuchte, wieder nüchtern zu werden.

»Wie hat dir Ians Show gestern gefallen?«

Ich sah mit zu Schlitzen zusammengekniffenen Augen zu Nadia hinüber. »Seine Fotos sind unglaublich.«

»Ian ist unglaublich.«

Ein albernes Grinsen breitete sich auf meinem Gesicht aus.

»Ich hab's gewusst.« Nadia schnippte mit den Fingern in meine Richtung.

Ich wurde nachdenklich. »Er geht auf eine Foto-Expedition.«

»Trefft ihr euch, wenn er zurückkommt?«, fragte Kristen.

Ich zuckte die Schultern. »Vielleicht.« Ian hatte zwar gesagt, er werde mich vermissen, aber nach meiner Telefonnummer hatte er nicht gefragt. Ich lehnte mich in meinem Sessel zurück. »Ich hab keine Ahnung, wie ich ihn kontaktieren soll.«

Nadia füllte mein Glas auf. »Wendy hat seine Nummer. Ich besorge sie dir.«

Auf einmal fühlte ich mich ganz leicht. Ich setzte mich gerade hin. »Ian ist wirklich lustig. Wir hatten viel Spaß zusammen.« Ich grinste breit – die Mischung aus Alkohol und Aufregung tat ihre Wirkung, und Nadia lachte.

»Das ist nicht zu übersehen.« Sie blinzelte mir zu.

Ich heftete den Blick auf mein Glas und beobachtete die Eiswürfel, die darin wie kleine Inseln herumschwammen. Ich musste an James denken und an seinen toten Körper im Wasser. Seine Leiche, die Thomas mitgebracht hatte und die ich nicht hatte sehen dürfen. Den dicken Scheck, den Thomas mir ausgerechnet bei der Beerdigung gegeben hatte. Dann waren da noch seine Bilder, das heißt, die Bilder, die nicht mehr da waren. Angestrengt starrte ich auf die schmelzenden Eiswürfel. Irgendetwas stimmte nicht.

Als ich den Kopf hob, unterhielten sich Kristen und Nadia gerade über einen von Nicks Fällen. Nick war Anwalt für Handelsrecht, und Kristen war erleichtert, dass der Fall endlich abgeschlossen war. Nun konnte Nick ein bisschen zur Ruhe kommen, und sie würden den Urlaub planen, den sie in den letzten acht Monaten immer wieder hatten aufschieben müssen.

Ich gähnte und beobachtete die Menschen auf der Tanzfläche, genauer gesagt, ich versuchte es. Vor meinen Augen verschwamm alles, und der Fußboden hatte Schlagseite nach links, oder vielleicht war auch ich es, die Schlagseite hatte.

Paare bewegten sich zu einem hämmernden Rhythmus. Zwischen den in Wellen auf und ab wogenden Hüften, Armen und Beinen bemerkte ich eine blonde Frau, die mitten im Raum stand und mich aus ihren lavendelblauen Augen ansah. Es war Lacy.

Ich rieb mir die Augen, und dann war sie weg. Ich rückte auf meiner Stuhlkante nach vorn und richtete mich kerzengerade auf, sodass ich gerade noch einen Zipfel ihrer blonden

Haare und des grünen Shirts entdecken konnte. Sie war auf dem Weg nach draußen.

Ich rappelte mich auf und stieß Kristens Glas um. Rote Flüssigkeit und Eiswürfel ergossen sich auf den Boden. Kristen schnappte erschreckt nach Luft und sprang auf. Ich murmelte eine Entschuldigung und schlängelte mich zwischen den Stühlen hindurch.

»Wo gehst du hin?«, rief Nadia mir nach.

»Zur Toilette«, rief ich zurück. Ich musste Lacy unbedingt erwischen, bevor ich sie aus den Augen verlor.

Ich schob mich zwischen den Tanzenden hindurch, trat dabei auf Füße und spürte die erhitzten Körper rings um mich herum. Einige fluchten. Doch Lacy blieb verschwunden, bis ich sah, dass die Tür zu den Damentoiletten offen stand. Sie war hineingegangen.

Die Tür fiel hinter mir zu. Ein Musik-Remix dröhnte aus den Lautsprechern. Zwei stark geschminkte Frauen mit zerzaustem Haar und Tattoos versuchten, sich vor dem Spiegel im Waschraum zurechtzumachen. Eine andere Frau wusch sich die Hände. Nach einem flüchtigen Blick zu mir ging sie nach draußen.

Ich stand zwischen den Waschbecken und den Kabinen, der Raum war so gut wie leer. Seltsam – normalerweise gab es hier immer eine lange Schlange, die bis nach draußen reichte. Lacy war nicht hier. Ich hatte sie verpasst. Ich spähte in jeden einzelnen Toilettenraum, bevor ich mich in einer Kabine einschloss. Als ich fertig war und mir die Hände waschen wollte, erblickte ich Lacys Bild im Spiegel. Ein Kribbeln lief mir über die Haut.

Sie sah mir direkt in die Augen. Ich konnte den Blick nicht von ihr wenden und mich nicht von der Stelle rühren. Sie bewegte die Lippen, und eine Stimme flüsterte in meinem Verstand: *James lebt.*

Heftig schüttelte ich den Kopf.

Er ist am Leben.

»Beweisen Sie es mir.«

Er ist nicht tot. Wenn er tot wäre, wüssten Sie das. Sie würden es spüren. Sie spüren ihn doch noch, oder nicht?

Ja. Ich spürte ihn immer noch. Seine Stimme in meinem Kopf. Seine flüchtige Berührung. Das Rascheln der welken Blätter auf dem Boden, das sich wie sein Lachen anhörte. Aber das bewies noch gar nichts.

Im Spiegel sah ich Lacy, reglos, mit starrem Blick. Mir wurde schwindlig, und ich griff nach dem Waschtisch, um nicht das Gleichgewicht zu verlieren. Meine Handflächen waren feucht, Schweißperlen standen auf meiner Oberlippe.

Verzweifelt spähte ich zur Tür. Ich wünschte, es käme jemand herein, um mir zu sagen, dass ich nicht verrückt war. Dass Lacy nicht wirklich hier war und mich wie in einem Trancezustand anstarrte. Ich stand da, unfähig, mich zu bewegen.

Die beiden Frauen auf der anderen Seite des Waschraums verstauten ihr Make-up und gingen hinaus, ohne in meine Richtung zu schauen. Die Tür fiel hinter ihnen zu, und Stille breitete sich aus, als hätten sie alle Geräusche mit nach draußen genommen. Einen Moment lang schien es, als seien Lacy und ich völlig losgelöst vom Rest der Welt, schwebend im luftleeren Raum und in der Stille. Kein Laut drang zu uns.

Und dann, ganz plötzlich, war der Ton wieder da, kehrte mit aller Macht in den Waschraum zurück. Ein summender Strom, die Musik, das Wasser aus dem Wasserhahn direkt vor mir. Es fühlte sich an, als sei etwas in den Raum gekommen, genau in dem Moment, als die beiden Frauen gegangen waren, und es bahnte sich mit aller Kraft seinen Weg in meine Gedanken.

Nicht James wird vermisst, sondern du.

»Man hat mich geschickt, Sie zu suchen«, sagte Lacy.

Ich warf den Kopf zurück. Die Deckenstrahler blendeten mich, und ich kniff die Augen zusammen. Bilder zuckten in meinem Kopf wie eine Diashow. James unter Wasser, Kugeln, die links und rechts an ihm vorbeizischen. James, wie er mit Armen und Beinen rudert, um sich im aufgewühlten Wasser an der Oberfläche zu halten. James, der am Strand zusammenbricht, sein Gesicht zerschunden und blutend. Eine Frau, die neben ihm kniet, ihr schwarzes Haar fällt ihm aufs Gesicht, ihre Augen sind dunkel vor Sorge. Ihre Lippen bewegen sich, sie fragt nach seinem Namen. Er erinnert sich nicht.

James, wollte ich rufen. *Dein Name ist James.*

Mir wurde schwindlig, und ich stürzte zu Boden, prallte mit dem Kopf hart auf die Steinfliesen. Ich sah Sterne, dann gar nichts mehr.

Der letzte Gedanke, der mir durch den Kopf schoss, ehe ich das Bewusstsein verlor, war, dass ich zu viel Sangria getrunken hatte.

* * *

»Wach auf, Aimee.«

Meine Wange brannte, in meinem Kopf dröhnte es.

»Hallo! Aufwachen, aufwachen!«

Jemand versetzte mir eine Ohrfeige, und es fühlte sich an wie tausend Stecknadeln.

»Was ist passiert?«, hörte ich eine mir unbekannte Stimme.

»Ist sie okay?«, fragte jemand anders.

»Sie hat wohl etwas zu viel getrunken.«

Das war Nadia. Ich lächelte.

»Oh, ich glaube, sie kommt wieder zu sich«, stellte Nadia fest.

»Sie hat heute Geburtstag«, fügte Kristen hinzu.

Zustimmendes Gemurmel ringsumher, Füße entfernten sich, ich hörte das Klacken der Absätze auf den Fliesen. Dann Türenknallen und eine Toilettenspülung. Zurück in der Wirklichkeit.

Oh, Mist. Ich war auf der Damentoilette. Ohnmächtig auf dem Boden. *Igitt …*

Ich blinzelte und sah mit halb zusammengekniffenen Augen hoch zur Deckenbeleuchtung und zu den vier Augenpaaren, die mich anstarrten. Ich stöhnte. »Was ist passiert?«

»Wir hatten gehofft, das könntest du uns erzählen«, sagte Nadia.

Ich schüttelte den Kopf, meine Erinnerung war mehr als vage.

»Ich frage mich, ob in unserem Essen Glutamat war«, warf Kristen ein.

Wir waren ja vorher beim Chinesen gewesen, und ich hatte eine Glutamatallergie. Davon wurde mir immer schwindelig, aber ich war noch nie davon in Ohnmacht gefallen.

»Auf der Speisekarte stand: ›Ohne Zusatz von Glutamat‹«, erinnerte sich Nadia.

»Zu viel getrunken.« Mein Kopf war kurz vorm Zerplatzen. Keine Ahnung, ob das vom Alkohol oder vom Sturz auf die Fliesen kam. Ich hob die Arme. »Helft mir hoch.«

Die beiden stellten mich auf die Füße und schärften mir ein, mich langsam und vorsichtig zu bewegen. Die zwei immer noch neugierig glotzenden Frauen gingen endlich auch nach draußen und ließen uns allein. Ich stützte mich am Waschbecken ab und sah mich um. Im Waschraum hatte sich eine lange Schlange gebildet, die bis nach draußen reichte. So hätte es eigentlich schon vorher sein sollen. Lacy war weg. War sie überhaupt je hier gewesen?

In meinem Kopf hämmerte es. Ich betastete die Beule am Hinterkopf und wimmerte.

Nadia sah mich besorgt an. »Meinst du, du hast eine Gehirnerschütterung?«

»Ist schon gut«, antwortete ich und biss die Zähne zusammen. Meinen Geburtstag im Krankenhaus zu beenden war so ziemlich das Letzte, was ich wollte. Ich wollte nur ins Bett. »Könnt ihr mich nach Hause bringen?«

Nadia reichte mir meine Handtasche. »Ich bleibe heute Nacht auf jeden Fall bei dir, vorsichtshalber.«

Wir verließen den Waschraum und gingen durch die Bar. Mir lief ein Schauer über die Haut, und die kleinen Härchen in meinem Nacken richteten sich auf. Vorsichtig sah ich mich um. Es war niemand da, den ich kannte, aber ich spürte Lacy, die in der Nähe war und mich beobachtete.

Kapitel 10

Wie versprochen verbrachte Nadia die Nacht bei mir. Sie lag neben mir im Bett und weckte mich jede Stunde, bis ich um fünf Uhr früh ein Kissen nach ihr warf und mich auf die Couch verzog, um mich dort noch vier weitere Stunden lang unruhig herumzuwälzen.

Am nächsten Morgen sahen wir aus wie Zombies. Sie, weil sie kaum geschlafen hatte, und ich wegen des enormen Katers. Am frühen Nachmittag fuhr Nadia nach Haus, nachdem ich ihr versprochen hatte, sie anzurufen, falls ich starke Kopfschmerzen bekommen sollte. Dann würde sie mich zwingen, in die Notfallambulanz zu gehen.

Ich willigte ein, mich am Wochenende auszuruhen und mich die ganze Zeit mit nichts anderem als mit alten Filmen und Businessplänen zu beschäftigen. Auf die Art würde ich mich von dem seltsamen Zwischenfall im Waschraum ablenken können.

Der geistig gesunde Teil von mir wusste, dass Lacy nur Einbildung war, gespeist von dem tief sitzenden Wunsch, James möge noch am Leben sein. Noch immer verfolgten mich die Bilder, in denen ich ihn kurz vorm Ertrinken vor meinen Augen sah. So viel Blut auf seinem Gesicht, so viel Sand in den tiefen

Schrammen auf seiner Wange. Tapfer versuchte ich, mich davon zu überzeugen, dass das alles bloß Halluzinationen waren. Es mussten Halluzinationen sein. Alles andere war undenkbar und viel zu schmerzhaft.

Nachdenklich durchblätterte ich meine Aufzeichnungen, die überall auf dem Tisch verstreut lagen, und wieder einmal bewunderte ich das Logo mit dem grob skizzierten Kaffeebecher und dem herzförmigen Schaum mit den Worten *Aimee's Café*. James' letztes Kunstwerk.

Ich sah die Farben vor mir, in denen das Café gehalten sein würde: Kürbis, Mahagoni und Aubergine. Ians *Belize Sunrise* würde sich wunderbar an einer der Wände machen. Ich fragte mich, wer das Bild wohl gekauft hatte, und dann dachte ich über Ian nach. Wo mochte er sein, und ob er auch an mich dachte? Würde er noch so ein Foto machen wie das eine, das mir so gut gefallen hatte?

Noch einmal betrachtete ich aufmerksam die Skizze und strich das Wort *Café* mit dem Bleistift durch, sodass nur noch *Aimee's* auf dem Papier stand. Ian hatte mein Café *Aimee's* genannt.

Ich ließ mir das Wort auf der Zunge zergehen: *Aimee's*.

»Lass uns ins *Aimee's* gehen und einen Happen essen«, sagte ich fröhlich. »Im *Aimee's* gibt es den besten Kaffee in der Stadt.«

Ich lächelte vor mich hin. Das klang gut. Schlicht und einprägsam.

Es klingelte an der Tür, und ich sprang auf. Bevor ich öffnete, blickte ich kurz aus dem Fenster. Ein Taxi parkte vor dem Haus, und Ian stand auf der Veranda. Als er mich entdeckte, winkte er.

Eine heiße Röte stieg mir ins Gesicht, hilflos tastete ich nach dem wirren Durcheinander auf meinem Kopf. Nichts zu machen, ich wusste, mein Haar sah aus wie ein zerrupftes Vogelnest, ungefähr so adrett und proper wie der zerknitterte

Pyjama, den ich nach meiner volltrunkenen Heimkehr gestern Nacht noch nicht wieder ausgezogen hatte.

Sehnsüchtig schaute ich zu meinem Schlafzimmer hinüber. Keine Chance, mich anzuziehen oder zu verstecken. Ian hatte mich ja schon gesehen. Zum Glück war ich so klug gewesen, mir wenigstens die Zähne zu putzen. Das war allerdings auch nötig gewesen, um den Galle-Geschmack wieder loszuwerden.

Ich öffnete die Haustür einen Spaltbreit, streckte den Kopf nach draußen und blinzelte, als mich ein Strahl der über den Dächern auf der gegenüberliegenden Straßenseite untergehenden Sonne traf.

»Na, Spaß gehabt gestern Abend?«

Ich gab einen unverbindlichen Laut von mir. »Was tun Sie hier?«

Er trat von einem Fuß auf den anderen, kratzte sich verlegen den Nacken und gestikulierte zu seinem Taxi hin. »Ich … ich bin auf dem Weg zum Flughafen. Nachtflug nach Neuseeland, und ich … ich habe vergessen …« Er rieb sich die Stirn.

Ich sah ihn fragend an.

»Ich habe vergessen … ähm …« Er zog die Luft durch die Zähne und holte sein Smartphone aus der Hosentasche. Ein schüchternes Lächeln erschien auf seinem Gesicht. »Könnte ich vielleicht Ihre Telefonnummer haben?«

Mein Herz schlug schneller. Der erste Gedanke, der mir durch den Kopf schoss, war, dass ich Nadia ein Telefonat und mir die Peinlichkeit ersparen würde, Ians Telefonnummer über Wendy in Erfahrung bringen zu müssen.

Ich öffnete die Tür etwas weiter und streckte die Hand nach seinem Handy aus. Er hatte schon das Feld für einen neuen Kontakt geöffnet und sah mir zu, wie ich meinen Namen und die Nummer eintrug. Und dann, bevor mich der Mut verließ, fügte ich noch meine E-Mail-Adresse und die Anschrift hinzu.

Sein schiefes Grinsen wurde zu einem breiten Lächeln, als

ich ihm das Handy zurückgab. Mit dem Finger tippte er auf das Display und hielt sich das Telefon ans Ohr. Im selben Augenblick hörte ich ein Klingeln vom Esszimmertisch.

Ian legte den Zeigefinger auf die Lippen. »Nicht rangehen«, flüsterte er, dann holte er tief Luft: »Hi, Aimee, hier ist Ian. Wir hatten eine schöne Zeit auf meiner Vernissage, und dann, hinterher, noch ein paar weitere tolle Momente. Heute Nacht fliege ich nach Neuseeland, aber ich bleibe nicht lange weg. Darf ich dich anrufen, wenn ich zurück bin?«

Dabei sah er mich an und hob fragend die Brauen. Er nickte mir auffordernd zu, und ich nickte zurück.

Jetzt strahlten seine Augen. »Wunderbar. Ich freue mich.« Damit beendete er den Anruf. »Jetzt hast du auch meine Nummer.«

Ich lachte.

Er steckte das Handy ein und gab mir einen flüchtigen Kuss auf die Wange. Ich atmete überrascht ein.

»Bis in zehn Tagen.« Ian eilte die Verandatreppe hinunter und lief zu seinem Taxi, winkte kurz und ließ sich dann auf den Rücksitz sinken.

Meine Hand hing noch in der Luft, als das Taxi davonfuhr, und ein kleines Lächeln blieb auf meinen Lippen, während ich ziemlich außer Atem zurück ins Haus ging. Ian war wie ein Hurrikan über mich hereingebrochen, und mir war ganz schwindelig, diesmal nicht von meinem Kater. Ich ließ mich auf den Stuhl fallen, auf dem ich vorher gesessen hatte, und fuhr lächelnd fort, meine Papiere zu ordnen.

* * *

Am Montagmorgen waren sowohl meine Kopfschmerzen als auch die quälenden Gedanken an Lacy verschwunden. In meinem Kalender häuften sich die Termine für Verhandlungen mit Lieferanten und Besichtigungen möglicher Lokale, obwohl mein Herz noch immer einzig und allein an *Joe's Café* hing. Thomas hatte ich immer noch nicht angerufen. Hoffentlich war meine Bitte, den Vertrag mit mir zu unterzeichnen, nicht zu viel verlangt.

Gerade als ich meine Unterlagen und die Schlüssel zusammenraffte, klingelte es an der Tür. Durch den Spion sah ich einen untersetzten älteren Mann mit weißem Haar. Er trug ein kurzärmliges Hemd und Khaki-Hosen, hatte die Hände in den Hosentaschen und schaute sich auf der Veranda um.

Als ich die Tür öffnete, lächelte er und zeigte eine Reihe nikotinverfärbter Zähne. Ich erkannte ihn sofort. »Was machen Sie denn hier, Joe?«

»Lange nicht gesehen, Aimee.« Freundlich streckte er mir seine breite Hand entgegen, schüttelte meine mit seinen beiden. »Wie ist es Ihnen ergangen?«

»Ich bin … Es geht.«

Er nickte. »Ich habe gehört, Sie wollen ein Restaurant eröffnen.«

»Na ja, eigentlich einen Gourmet-Coffeeshop mit Bistro. Aber ich habe immer noch kein Lokal.« Die Tatsache, dass seine Immobilienmaklerin mich nicht an ihn weiterempfohlen hatte, hing wie ein dunkler Schatten zwischen uns.

»Darf ich reinkommen?«

»Ja, natürlich. Entschuldigen Sie bitte.« Ich wich einen Schritt zur Seite und machte die Tür weit auf.

Joe trat langsam über die Türschwelle, seine klobige Gestalt füllte den kleinen Raum spürbar. Ich schloss die Tür und verfolgte, wie er herumspazierte und neugierig in alle Ecken schaute. Er betrachtete James' Bilder an den Wänden, die gerahmten Fotos auf dem Sideboard und unser Verlobungsporträt auf dem Kaminsims. Dann sah er mich an und sagte geradeheraus: »Ihre Eltern haben mir erzählt, was passiert ist. Es tut mir sehr leid.«

Ich holte tief Luft und nickte.

»James war ein guter Junge. Ich mochte ihn sehr gern.«

»Danke.«

Er nahm ein Bild zur Hand, das James und mich an dem Tag zeigte, als er mich gebeten hatte, ihn zu heiraten, ungefähr ein Jahr vor seinem Tod. Stolz trug ich meinen Verlobungsring zur Schau. Joe zögerte, und ich stockte. Ob er auf dem Foto gesehen hatte, was das dick aufgetragene Make-up verbergen sollte? Die Abschürfung an meiner Wange und den Bluterguss am Kinn?

Joe stellte den Bilderrahmen zurück und bemühte sich, ihn so zu platzieren, dass er nicht umkippen konnte. Dann vergrub er seine Hände wieder in den Hosentaschen und sah mich an. »Meine Frau ist vor fünf Jahren gestorben.«

»Ja, ich erinnere mich.« Damals hatte Joe sich eine Auszeit genommen. Der Service im Café hatte deutlich nachgelassen, und er selbst hatte nie wieder seinen alten Schwung zurückgewonnen. Das hatte ihn viele Kunden gekostet, die nun lieber andere Restaurants und Drive-ins besuchten. Die Bequemlichkeit hatte über die Nostalgie gesiegt.

»Es hat lange gedauert, bis ich zu einer Art Normalität zurückgefunden habe.« Er hob die Schultern. »Und ich vermisse sie immer noch.«

Ich konnte ihn so gut verstehen. Mir ging es genauso. Ich fühlte mich hohl und unvollständig. Der Verlust hatte eine Leerstelle in meiner Brust hinterlassen.

Ich räusperte mich, um nicht in Tränen auszubrechen. »Möchten Sie vielleicht einen Kaffee?«

Er atmete aus. »Ja, vielen Dank.«

»Setzen Sie sich«, sagte ich und deutete auf die Couch. »Ich koche uns einen.«

Eilig zog ich mich in die Küche zurück, stützte mich mit den Händen auf den Rand des Spülbeckens und atmete ein paarmal tief ein und aus, bis das Brennen in meinen Augen und in der Kehle allmählich nachließ. Dann mahlte ich eine Mischung aus den verschiedenen Kaffeesorten, die mir die Lieferanten, mit denen ich im Gespräch war, als Probe dagelassen hatten, und startete den Brühvorgang.

Als ich ins Wohnzimmer zurückkam, blätterte Joe eine von James' alten Ausgaben von *Runner's World* durch. Er warf das Magazin zurück auf den Couchtisch, als er mich sah. »Mein Arzt hat gesagt, ich soll mehr Sport treiben.«

Ich reichte ihm einen Becher Kaffee. Durch den luftigen Schaum stieg ein Hauch von gerösteten Haselnüssen auf. »Laufen ist eine gute Sache.«

»Ich bin zu Fuß hergekommen.« Er nippte an seinem Kaffee und riss die Augen auf. »Der ist gut.« Dann trank er noch einen Schluck. »Der ist richtig, richtig gut.«

»Danke. Das ist meine Spezialmischung«, sagte ich schüchtern.

Joe hob den Becher in meine Richtung. »Den müssen Sie auf jeden Fall auf die Karte setzen. Ich werde ihn jedes Mal bestellen, wenn ich zu Ihnen komme.«

Ich lächelte. Nachdem wir so viele Jahre in *Joe's Café* gegessen hatten, würde er in Zukunft vielleicht bei mir zu Gast sein. »Ich werde daran denken.«

Er trank seinen Kaffee aus und stellte den Becher ab, dann rieb er sich mit den Handflächen die Oberschenkel und setzte sich auf der Couch zurecht. »Ich habe das Café wegen der Konkurrenz zugemacht. Mit denen konnte ich nicht mehr mithalten. Diese verdammten Coffeehouse-Ketten mit ihrem beschissenen ...« Er räusperte sich hinter vorgehaltener Hand. »Ähem, tut mir leid. Die haben mir meine Kundschaft geklaut. Was macht Sie so sicher, dass Ihnen nicht dasselbe passieren wird?«

»Ich bin mir überhaupt nicht sicher«, antwortete ich aufrichtig. »Aber ich habe auch nicht vor, mit den Ketten in Wettbewerb zu treten.«

Er schüttelte den Kopf. »Nach ein paar Monaten werden Sie das Geschäft wieder zumachen.«

»Das hoffe ich nicht. Ich habe den Plan, etwas Neues anzubieten, so etwas wie ein ›Kaffee-Erlebnis‹.«

Seine Mundwinkel zuckten. »Ein ›Kaffee-Erlebnis‹?«

»Für Leute, die Kaffee-Spezialitäten mögen. Mein Kaffee wird reine Handarbeit sein, langsam gebrüht, so wie der, den ich für Sie zubereitet habe.« Mit dem Finger zeigte ich auf die leere Tasse.

Er lächelte. »Hm, der ist wirklich gut.«

»Danke.« Ich grinste. »Jetzt muss ich noch die Speisekarte fertigstellen, Lieferanten beauftragen, und das Wichtigste …«, ich senkte den Kopf und betrachtete eingehend meine im Schoß gefalteten Hände, »… mir fehlt noch das Lokal.«

»Aimee, ich kenne Ihre Eltern schon seit vielen Jahren. Die beiden sind wunderbare Menschen und gute Geschäftsleute. Es hat mich überrascht, als ich erfuhr, dass sie verkauft haben. Ich dachte immer, Sie würden das Restaurant eines Tages erben oder es Ihren Eltern abkaufen.«

Das hatte ich auch gedacht, aber um keinen Preis wollte ich ihm etwas von den finanziellen Problemen meiner Eltern verraten. »Für mich ist es besser, wenn ich mein eigenes Lokal auf die Beine stelle. Ich muss das jetzt einfach machen.« Genau das hatte James sich für mich gewünscht. Aber auch ich wollte mir beweisen, dass ich dazu in der Lage war.

»Ich weiß, dass Sie meinen Laden mieten wollten.«

»Ja, aber …«

Er hob die Hand. »Meine Maklerin hat Sie nicht weiterempfohlen, weil Ihre Mittel nicht ausreichten. Ja, auch darüber bin ich informiert. Und ich weiß auch, was Sie dieses Jahr alles durchgemacht haben. Ich weiß nur zu gut, wie es dazu kommen kann, dass man den Überblick verliert, Rechnungen nicht mehr bezahlt und das Leben irgendwie aus dem Ruder läuft. Auch ich habe es schwer gehabt. Hören Sie«, er beugte sich nach vorn. »Jetzt ist es an der Zeit, die Scherben wieder aufzusammeln.«

»Das tue ich gerade, Sir.«

»Mir ist das leider nicht gelungen, deshalb habe ich noch mehr verloren als nur meine Frau.« Er räusperte sich und sagte feierlich: »Ich nehme Ihre Bewerbung an. Mein Laden gehört Ihnen.«

Mir fiel die Kinnlade nach unten. »Und was ist mit meiner Bonität?«

»Pah! Vergessen Sie die.« Er schlug mit der Hand in die Luft. »Sie waren etwas durcheinander. Was mir fehlt, ist jemand, dem ich vertrauen kann. Ich kenne Sie, und ich kenne Ihre Eltern. Ursprünglich wollte ich einen langfristigen Vertrag über fünfzehn Jahre abschließen, aber ich gebe Ihnen fünf. Wenn Sie wieder aussteigen möchten, bleiben Sie nicht auf der restlichen Pacht sitzen. Und wenn Sie den Vertrag verlängern wollen, können wir die Bedingungen neu aushandeln, aber ich verspreche Ihnen, die Miete nicht zu erhöhen, selbst wenn der Marktwert steigen sollte.«

Er rieb sich umständlich die Nase. Ich aber saß sprachlos da und nickte nur stumm, während er weiterredete. »Normalerweise ist es üblich, dem neuen Betreiber einen bis drei Monate Mietfreiheit für die Umbauzeit zu gewähren. Ich gebe Ihnen die Zeit, die Sie brauchen, mietfrei bis zum Tag der Eröffnung. Auch wenn es ein ganzes Jahr dauern sollte, bis Sie alles fertig eingerichtet haben.«

Kopfschüttelnd versuchte ich zu begreifen, was er mir gerade angeboten hatte. »Warum wollen Sie das für mich tun?«

Er grinste. Da war ein Funkeln in seinen Augen. »Sagen wir einfach, es gibt jemanden, dem Sie wichtig sind.«

Ein Gedanke schoss mir durch den Kopf, und ich setzte mich gerader hin: »Haben meine Eltern Sie darum gebeten?«

»Das hier hat überhaupt nichts mit Ihren Eltern zu tun. Das ist eine Sache zwischen Ihnen und mir. Ich brauche einen Pächter, und Sie brauchen ein Lokal. Also, was halten Sie davon? Kommen wir ins Geschäft?«

Das war völlig verrückt. So ein Deal überstieg meine Vorstellungskraft. Ich war zu keiner Reaktion fähig, als Joe mir aufmunternd zulächelte und die Hand ausstreckte.

Um ein Haar hätte ich mich ihm in die Arme geworfen. Stattdessen lächelte ich nur und nahm seine Hand. »Abgemacht.«

Joe stand auf, und ich begleitete ihn zur Tür. Er hatte mich zum glücklichsten Menschen der Welt gemacht, und das sagte ich ihm auch.

»Sehr schön. Das Glück werden Sie brauchen. In dem Laden fällt schon alles auseinander. Da wartet ein Haufen Arbeit auf Sie.«

Kapitel 11

»Meine Güte, hier wartet aber ein Haufen Arbeit auf dich!« Nadia fuhr mit dem Finger über den Tresen und hielt ihn hoch. Ihre Fingerspitze war mit einer dicken Schicht aus Fett und Staub bedeckt. Sie zog eine Grimasse. »Das ist ja ekelhaft.«

»Es ist charmant. Wie aus dem Film ›American Graffiti‹«, bemerkte Kristen und zeigte mir ein »Daumen hoch«.

Dad schaute zur Decke hoch. Lose Kabel hingen aus den Öffnungen, wo einzelne Platten fehlten. Andere Teile waren brüchig oder hatten Wasserflecken. »Es hat auf jeden Fall Potenzial.«

»Genau! Das finde ich auch«, stimmte ich ihm zu.

Nadia verzog sich in Richtung Küche. »Überlegst du ernsthaft, es zu mieten?«

»Der Vertrag ist schon unterschrieben.«

Verblüfft blieb sie stehen. »Was? Wann?«

»Vorige Woche.«

Joe und ich waren ein paar Tage damit beschäftigt gewesen, alle Klauseln des Vertrags gemeinsam durchzugehen, und am Freitag hatten wir uns endgültig geeinigt. Am Dienstag darauf hatte ich die Schlüssel bei ihm abgeholt.

Heute, am Samstag, waren Nadia, Kristen und Dad mit

hergekommen. Mom war im *Goat* und überwachte die Abholung der Möbel, die sie und Dad Saint Anthony gespendet hatten. Dad würde ihr später noch dabei helfen.

Ich sah auf die Uhr. Nadia und Kristen würden hoffentlich auch bald gehen, wenn Dad erst weg war.

»Das ist wirklich echt heruntergekommen«, stimmte Dad Nadia zu. »Allerdings hat es genau die passende Größe für dich. Dieser Ort braucht einfach nur eine liebevolle Hand.«

»Und einen Vorschlaghammer.« Nadia ging noch einmal zurück in den Speiseraum. »Hast du dir das alles angesehen, bevor du den Vertrag unterschrieben hast?«

»Ich habe mich umgeschaut, ja.«

»Du hast dich umgeschaut?« Nadia fluchte. »Versteh mich nicht falsch. Ich freue mich für dich. Es wird bestimmt fantastisch werden, aber ein Restaurant bedeutet immer ein hohes Risiko.« Entschuldigend sah sie zu meinem Dad hinüber, der ihre Bemerkung mit einer Handbewegung beiseiteschob. Dann blickte sie mich ernst an. »Keine vorschnellen Entscheidungen.« Sie deutete auf die Wasserflecken an der hölzernen Wandverkleidung. »Hast du gefragt, wo das herkommt?«

»Nein.« Ungeduldig stieß ich die Luft aus. »Joe hat mir schon gesagt, dass hier viel Arbeit auf mich wartet.«

»Ach wirklich? Der Laden muss komplett entkernt werden, und wer weiß, was hinter diesen Wänden lauert?« Misstrauisch ließ sie ihren Blick von einem Fleck zum nächsten wandern und entdeckte dabei ohne Zweifel Dinge, die mir selbst in meiner Unerfahrenheit nicht aufgefallen waren. »Du hättest mich anrufen sollen. Ich hätte vorher mit dir zusammen eine Besichtigung gemacht, dann hättest du wenigstens gewusst, auf was du dich einlässt. Ein Umbau kann sehr teuer werden, und ehe du dichs versiehst, ist dein Budget überschritten. Oder, noch schlimmer, das Geld alle. Hast du dir noch andere Lokale angesehen?«

»Warum sollte ich? Ich zahle hier keine Miete.«

Nadia blinzelte überrascht. »Wie bitte?«

Dad pfiff durch die Zähne.

»Nicht schlecht«, murmelte Kristen, die an der Registrierkasse herumspielte. Ein helles Klingeln ertönte.

»Für wie lange?«, fragte Nadia misstrauisch.

»Solange der Umbau dauert. Keine Zahlung bis zur Eröffnung.«

Sie sah mich ungläubig an.

»Es ist ein ziemlich guter Deal«, erklärte ich. »Und ich mag den Laden.« Hier gab es so viele Erinnerungen.

Dad lächelte. Er wusste sehr genau, wie viel mir dieser Ort bedeutete. Draußen vor dem Fenster bot sich mir die Aussicht, die James und ich jedes Mal vor Augen gehabt hatten, wenn wir zum Abendessen hergekommen waren: Mütter, die mit ihren Kinderwagen spazieren gingen, vorüberfahrende Autos, ab und zu ein Fahrradfahrer, der sich geschickt durch den Verkehr schlängelte. Momentan goss es draußen in Strömen. Der erste Herbststurm war da. Noch einmal schaute ich auf die Uhr.

Nadia schaltete ihr iPad ein, setzte sich hin und fing an, auf dem Display herumzutippen. »Weißt du denn, was du hier alles machen willst?«

Kristen sah mich erwartungsvoll an und ließ sich neben Nadia nieder. Auch Dad kam zu uns.

»Ich habe jede Menge Ideen«, erklärte ich. »Zum Beispiel werde ich ganz außergewöhnliche Desserts zubereiten, die genau zu meinen Spezialkaffees passen.«

»Hast du schon einen Namen für dein Café?«, fragte Kristen.

»Aimee's«, verkündete ich stolz und holte die Skizze des Logos aus meiner Mappe. Ich legte das Blatt auf den Tisch, sodass alle die Zeichnung sehen konnten, und die drei beugten sich darüber.

»Gourmet-Coffeeshop & Bistro. Ich liebe es!« Kristen klopfte mir auf die Schulter.

Nadia machte sich derweil Notizen. »Wenn ich das alles grob überschlage, wird die Renovierung nicht billig werden. Nach dem Umbau brauchst du noch Geld für behördliche Genehmigungen, Versicherungen, Inneneinrichtung, Gehälter, dazu deine eigenen Lebenshaltungskosten …«

»Entspann dich, und mach dir nicht so viele Sorgen«, unterbrach ich Nadia und trat hinter sie, um ihr den Nacken zu massieren. »Ich werde klug wirtschaften.«

»Sehr gut. Da kannst du gleich bei mir anfangen. Wie versprochen werde ich dir für meine Arbeit nichts berechnen. Außerdem bekommst du die günstigsten Konditionen für alles andere, wenn ich meine Verbindungen spielen lasse …«

»Aber ich will dir auch etwas bezahlen.«

Sie lachte. »Habe ich etwa behauptet, dass ich es umsonst machen werde?« Sie grinste breit.

»Ich traue mich kaum zu fragen«, murmelte ich.

Sie rückte auf ihrem Stuhl herum und hielt mir die Hand hin. »Ich will von dir für den Rest meines Lebens Kaffee und deine Zitronen-Scones – umsonst.«

Ich lachte herzlich und schlug ein. »Abgemacht. Was meinst du, wie lange werden wir für den Umbau brauchen?«

Sie spitzte die Lippen und überlegte einen Moment. »Du kannst von Glück sagen, wenn du in acht Monaten mit allem fertig bist.«

Ich pfiff leise durch die Zähne. »Das ist eine lange Zeit.« Am liebsten hätte ich auf der Stelle mit der Arbeit angefangen. Wieder sah ich auf meine Armbanduhr.

Kristen gab mir einen Schubs und wies mit dem Kinn auf mein Handgelenk. »Musst du noch irgendwohin?«

Ich schüttelte den Kopf. »Nein, aber ich erwarte jemanden.«

»Wen?«

»Ian«, antwortete ich und wurde ein bisschen rot.

Er war gestern zurückgekommen und hatte gleich heute früh angerufen. Es war meine Idee gewesen, ihn hier zu treffen, sozusagen auf neutralem Boden. Nachdem ich zwei Wochen lang viel darüber nachgedacht hatte, wusste ich immer noch nicht recht, was ich eigentlich von ihm wollte. Es war klar, dass er sich etwas anderes von mir wünschte als nur Freundschaft.

Kristen strahlte und schien nichts von meinem inneren Aufruhr zu bemerken. »Ian ist auf dem Weg hierher«, erklärte sie Nadia und meinem Dad. Der musterte mich aufmerksam.

Nadia stand auf, ein breites Grinsen im Gesicht. »Ich schätze, das war unser Stichwort, uns zu verabschieden.«

* * *

Als Ian eintraf, war ich gerade damit beschäftigt, den Tresen zu vermessen. Die anderen waren schon fort. Er schüttelte sich die Regentropfen von der Jacke und aus den Haaren, sodass das Wasser in alle Richtungen spritzte.

»Meine Güte, das ist der Wahnsinn da draußen. Puh.« Dann lächelte er mir zu. »Hi, Aimee.«

Bei seinem Anblick schlug mein Herz schneller. Er sah gut aus. Verdammt gut. Auf eine leicht zerzauste Art, wie ein nasser Hund. Ich griff nach seiner Jacke. »Du bist ja pitschnass. Gib mal her.«

»Danke.« Er zog die Jacke aus. »Ich bin von zu Hause bis hierher gerannt.«

»Wo wohnst du eigentlich?«, fragte ich, während ich die Jacke über eine Stuhllehne hängte.

»Dort entlang, ein paar Straßen weiter.« Er deutete in die entgegengesetzte Richtung von der, in die ich normalerweise nach Hause ging. »Wir sind quasi Nachbarn.«

Ich lachte. »Wenn du alle, die im Umkreis von einem Kilometer wohnen, als Nachbarn bezeichnest … Wie war deine Reise?«

»Wunderbar! Ich habe ein paar tolle Aufnahmen gemacht.« Er stellte eine feuchte Papiertüte auf den Tisch, wobei er sorgsam darauf achtete, meine Unterlagen, die noch immer dort lagen, nicht nass zu machen. Dann stupste er mich freundschaftlich gegen die Schulter. »Ich hatte übrigens recht.«

»Womit?«

»Ich habe dich vermisst.«

Ich riss die Augen auf, und er lachte, bevor er sich interessiert umsah.

»Soso, du hast also tatsächlich Joes alten Schuppen gemietet.«

»Ähm, ja … genau«, stotterte ich, noch immer verwirrt von seinem *Ich habe dich vermisst*-Geständnis.

»Ich bin sehr neugierig, was du daraus machen wirst.« Er klopfte mit den Fingerknöcheln auf den resopalbeschichteten Tresen. »Hast du schon angefangen, die Espressomaschinen auszusuchen?«

Seit Ian abgereist war, hatte ich kaum Zeit gehabt, weiter an meinem Businessplan zu arbeiten. Ich verschränkte die Arme und lehnte mich mit einer Hüfte gegen den Tresen. »Nein, noch nicht. Warum?«

Er stellte sich mir am Tresen gegenüber und legte sich eine Hand aufs Herz. »Es wäre mir eine Ehre, dir eine oder zwei Marken empfehlen zu dürfen.«

Meine Mundwinkel zuckten. »Und worauf gründet sich deine Erfahrung?«, fragte ich ehrlich interessiert, trotz seines scherzhaften Tonfalls. Abgesehen davon, dass er Fotograf war und viel auf Reisen, wusste ich eigentlich gar nichts von ihm.

»Nach dem College habe ich ein paar Monate in der Provence gelebt. Meine Freundin dort war Barista, und sie hat mir einiges beigebracht …« Seine Stimme wurde leiser, und er errötete leicht.

Ich hob eine Augenbraue, und er grinste. »Von ihr habe ich *eine Menge* gelernt.«

Ich betrachtete ihn aus halb zusammengekniffenen Augen. »Oh, da bin ich mir sicher.«

Ian richtete sich auf. »Ach, kein Grund zur Eifersucht«, wehrte er ab, und jetzt stieg *mir* die Röte ins Gesicht. »Schau mal, ich habe dir etwas mitgebracht.«

Er zog eine große, in Papier eingewickelte Flasche aus der Tüte, die er mitgebracht hatte.

»Was ist das?«, fragte ich.

»Cidre.«

»Du hast Saft mitgebracht?«

Er lachte. »Saft für große Kinder. Das ist echter Cidre. Davon habe ich mich auf meiner Reise quasi ernährt.« Er tastete seine Brusttasche und die Hosentaschen seiner Jeans ab, als suchte er etwas. Dann entdeckte er sein Jackett auf der Stuhllehne und holte zwei Schnapsgläser heraus.

»Ich habe noch nie Cidre auf ex getrunken.«

Er verdrehte die Augen. »Man nippt langsam daran. Ich hab diese Gläser nur mitgebracht, weil sie in meine Taschen gepasst haben.« Mit einem Flaschenöffner, den er aus einer Jackentasche zog, entfernte er den Kronkorken und schenkte uns ein. »Normalerweise trinkt man den bei Zimmertemperatur. Draußen ist es so höllisch kalt, dass er vielleicht etwas zu kühl ist. Aber trotzdem gut.« Er reichte mir ein Glas.

Neugierig schnupperte ich daran. Bilder von Apple Pie und Tartes kamen mir in den Sinn.

»Kia ora«, sagte Ian und hob sein Glas, um mit mir anzustoßen.

»Kia was?«

»Das ist Maori. Die Maori sind die Ureinwohner von Neuseeland. Frei übersetzt bedeutet der Gruß so viel wie ›Gesundheit‹. Ich stelle mir gerne vor, es heißt einfach ›Cheers‹.«

»Cheers«, wiederholte ich und trank einen Schluck Cidre. Er schmeckte trocken und fruchtig und einfach köstlich.

Ian setzte sich auf den Stuhl, über den ich seine Jacke gehängt hatte, und ich nahm ihm gegenüber Platz. Er streckte seine Beine unter dem Tisch aus und lehnte sich zurück, dabei berührte er mit der Schuhspitze meinen Knöchel. Unter der leichten Berührung durchlief mich ein Schauer, der sich über mein Bein nach oben fortsetzte und mitten im Zentrum meiner Weiblichkeit landete. Er beobachtete mich ernst, und ich rutschte unruhig auf meinem Stuhl herum.

»Hat deine Mutter dir nicht beigebracht, dass man andere Leute nicht anstarren soll?«

Einen Moment lang verloren seine Augen ihr Strahlen, ehe sie wieder interessiert aufblitzten. »Wenn ich dich nicht anstarren würde, könnte ich nicht herausfinden, warum ich dich jetzt noch faszinierender finde als vorher.«

Die kleinen Fältchen um seine Augen vertieften sich. Die Bemerkung sollte klingen wie leicht dahingesagt, doch seine Verlegenheit war nicht zu übersehen. Ich kaute auf meiner Unterlippe herum, stützte die Arme auf den Tisch und drehte das kleine Glas zwischen meinen Fingern. »Hast du schon einmal jemanden verloren, der dir sehr lieb war?«, fragte ich mit ernster Miene.

Sein Gesichtsausdruck wurde düster. »Ja, das habe ich.«

Trotz meines Widerwillens, mit irgendjemandem über meine Begegnungen mit Lacy zu reden, hatte ich mir Gedanken darüber gemacht, wie viel ich Ian von James erzählen sollte. Mein Verlobter war ums Leben gekommen, und ich trauerte noch immer um ihn. Ich vermisste ihn mit derselben Heftigkeit wie am Anfang, und die Sehnsucht nährte die Zweifel noch, die Lacy in mir gesät hatte. Solange sich daran nichts änderte, wäre es nicht fair, Ian in dem Glauben zu lassen, ich sei an etwas anderem als an Freundschaft interessiert.

»Als wir uns zum ersten Mal begegnet sind …«, fing ich an und überlegte sorgfältig, was ich ihm sagen wollte. Ich war nicht auf Ians Mitleid aus, aber er sollte verstehen, in welcher Verfassung ich war. »… hast du mich gefragt, ob ich verlobt bin. Das war ich, fast ein Jahr lang. Mein Verlobter ist im Mai dieses Jahres gestorben. Oder vielmehr galt er als vermisst, nachdem er beim Fischen in Mexiko über Bord gegangen war. Sein Leichnam wurde erst eine ganze Weile später gefunden, und wir haben ihn an dem Tag beerdigt, an dem unsere Hochzeitsfeier geplant war. Im Juli.«

Ich trank den restlichen Cidre in einem Zug aus und wischte mir den Mund mit dem Handrücken ab. »Sieht aus, als würde ich Cidre jetzt doch auf ex trinken«, bemerkte ich trocken.

Ian sah mich schweigend an und rührte sich nicht. Dann schüttelte er den Kopf, als müsste er sich von einem heftigen Schlag erholen. »Ach, Aimee. Das tut mir leid.« Er fasste nach meinen Händen und fuhr mir sanft mit dem Daumen über die Fingerknöchel.

»Seinen Leichnam habe ich nie zu Gesicht bekommen. Deshalb hatte ich auch keine Möglichkeit, mich von ihm zu verabschieden.«

Ian murmelte etwas Unverständliches. Dann drückte er meine Hände noch fester. Wäre der Tisch nicht zwischen uns gewesen, hätte er mich sicherlich an seine Brust gezogen und mich fest in den Arm genommen.

Ich blickte auf unsere verschränkten Finger. Seine Hände waren stark und warm, die Berührung seines Daumens tat mir gut. Ich spürte ein starkes Verlangen nach Nähe und Vertrauen, und das Gefühl breitete sich warm in meinem ganzen Körper aus. Ich sah ihn an und entdeckte etwas in seinen Augen, das mir Mut machte. Meine verrückte, aus den Fugen geratene Welt rastete mit einem Klicken wieder an der richtigen Stelle ein.

»Wir können gute Freunde werden, Ian, das verspreche ich dir.«

Ein seltsames Geräusch drang aus seiner Kehle. »Ein Freund? Bin ich das?« Enttäuschung erschien auf seinem Gesicht.

»Entschuldige bitte. Es ist nur …« Vorsichtig entzog ich ihm meine Hände und legte sie in den Schoß. »Ich war noch nie mit jemand anderem zusammen. Es gab immer nur James und mich.«

»James? Oh!« Er schürzte die Lippen. »Dein Verlobter.« Er stützte die Ellbogen auf den Tisch und rieb sich das Kinn, das vom Bartwuchs leicht umschattet war. »Macht dich der Gedanke, mit jemand anderem zusammen zu sein, nervös?«, fragte er ruhig.

»Nein, nicht nervös.«

Ian hob eine Augenbraue.

»Okay, vielleicht ein bisschen. Ich bin nicht bereit für eine feste Beziehung. Noch nicht.« Im Augenblick hatte ich mit dem Café genug zu tun. Und mit James. Er war noch nicht einmal ein Jahr unter der Erde – falls er überhaupt unter der Erde lag, und das war die Krux bei der Sache. Nichts über ihn zu wissen machte es mir so schwierig, all das loszulassen, was uns verbunden hatte.

»Meine Eltern sind der Meinung, ich sei zu abhängig von James gewesen«, gestand ich.

Ian stieß die Luft durch die Nase aus. Mit einer weiträumigen Handbewegung deutete er auf das Restaurant. »Was du hier vorhast, passt aber ganz und gar nicht zu einer abhängigen Frau. Vielmehr deutet es auf jemanden hin, der entschlossen ist, etwas aus seinem Leben zu machen.«

Ein zaghaftes Lächeln erschien auf meinen Lippen.

Noch einmal füllte er mein kleines Glas und hob seins. »Ich habe einen Vorschlag: Wir stoßen darauf an, dass wir gute

Freunde werden, wenn du versprichst, dass du es mich wissen lässt, sobald du mehr willst.«

Ich sah ihn erstaunt an, dann warf ich den Kopf in den Nacken und lachte schallend über seine Formulierung. »Sobald« hatte er gesagt, nicht »falls«.

»Du bist gerissen«, scherzte ich.

Er schüttelte den Kopf. »Nein, nur ein unverbesserlicher Optimist.«

»In Ordnung.« Ich hob mein Glas. »Abgemacht.«

Kapitel 12

In dem Sommer, als ich auf die Highschool kam, kannten James und ich uns seit sechs Jahren, und ich wollte nicht mehr einfach nur seine Freundin sein. Ich sehnte mich nach etwas anderem.

Dieser Gedanke war nicht etwa ein plötzlicher Sinneswandel, sondern vielmehr eine Veränderung, die sich während des ganzen letzten Schuljahres angebahnt hatte, wie ein Schmetterling, der sich aus seinem Kokon befreit und der allmählich seine Flügel entfaltet, um endlich loszufliegen. Auf einmal entdeckte ich Dinge an ihm, die mir vorher nie aufgefallen waren – zum Beispiel seinen Geruch.

Er roch nicht nach verschwitztem Umkleideraum wie die anderen Jungen aus meiner Schule. Sein Aftershave vermischte sich auf angenehme Weise mit seinem ganz eigenen Geruch und brachte mich innerlich in Aufruhr, sobald er in meine Nähe kam und ich seinen Duft wahrnahm. Es war schwindelerregend! Ich war wie benebelt und völlig verwirrt, und mehr als einmal musste ich mich zurückhalten, um mich nicht einfach an seine Brust zu werfen und meine Nase in seinem Shirt zu vergraben. Er hätte gelacht und mich weggeschubst.

Und trotz dieses etwas peinlichen Umstands kannte ich ihn doch besser als sonst jemanden auf der Welt. Ich wusste von seinem unermüdlichen Bemühen um die Verbesserung seiner Maltechnik, dem Kampf gegen seine Eltern, die ihm eine Karriere aufzwingen wollten, die er selbst ablehnte, und seinem Kummer darüber, dass er seine Fortschritte mit niemandem außer mit mir und meiner Familie teilen konnte – wenn seine Eltern davon erfahren hätten, hätten sie uns garantiert verboten, uns weiterhin zu treffen –, und all dies machte mir das Herz und den Kopf schwer. Ich war drauf und dran, mich in meinen besten Freund zu verlieben, und ich vermisste ihn sehr.

Sein Footballtraining hatte nämlich begonnen, und darüber hinaus hielt ihn eine ganze Reihe weiterer Aktivitäten ständig auf Trab. Den ganzen Sommer über hatte ich ihn kaum gesehen, aber eines Nachmittags im August kam er überraschend zu Besuch. Ich war gerade dabei, ein paar Cookies für Kristens Geburtstag zu backen, und nahm vorsichtig das heiße Blech aus dem Backofen. Als ich mich wieder aufrichtete und mich umdrehte, stand James in der Küche. Er lehnte mit dem Rücken an der Spüle und beobachtete mich aufmerksam.

Er trug eine graue Hose und ein weißes Hemd mit offenem Kragen – dieses Outfit wäre passend gewesen für einen Kirchgang am Sonntagmorgen, nicht aber für einen glühend heißen Donnerstagnachmittag im Hochsommer. Und noch weniger fürs Footballspielen.

Als Sechzehnjähriger war James nicht so ein magerer, schlaksiger Bursche wie viele seiner Altersgenossen. Dank der vielen Stunden Sport war er durchtrainiert und in Topform. Die schwer zu bändigenden, von der Sonne etwas ausgebleichten Locken fielen ihm in die gebräunte Stirn. Jetzt schob er sie sich zur Seite. Er schien irgendetwas Bestimmtes vorzuhaben.

»Was tust du hier?«, fragte ich, überrascht, ihn zu sehen, obwohl das eigentlich gar nicht so ungewöhnlich war, da er ja sogar einen eigenen Schlüssel besaß, den Dad ihm gegeben hatte, weil er es leid gewesen war, jedes Mal die Tür zu öffnen, wenn James zu uns herüberkam. Bis zu diesem Sommer war das praktisch dauernd vorgekommen. »Hast du heute kein Footballtraining?«

Er zuckte die Achseln. »Ich habe beschlossen, mir heute Nachmittag freizunehmen.«

Ich hob überrascht die Augenbrauen. »Und was sagen deine Eltern dazu?«

Er schnaubte und zog die Stirn kraus, dann sah er mich direkt an. Seine Eltern hatten keine Ahnung, dass er hier war.

»Dad kommt heute später von der Arbeit, und Mom ist bei einer Wohltätigkeitsveranstaltung«, erklärte er.

»Du schwänzt also?« Ich stellte das Backblech mit den Cookies auf die Arbeitsplatte aus Granit.

Er schenkte mir ein strahlendes Lächeln, das mein Herz schneller schlagen ließ. Das Blut schoss mir in die Wangen, und ich senkte den Kopf, damit er es nicht bemerkte, während ich die noch warmen Kekse zum Abkühlen auf ein Kuchengitter legte.

»Bist du hergekommen, um zu malen?«, fragte ich und spürte, wie er sich neben mich stellte.

»Das auch. Und ich wollte dich sehen.«

Ein glückliches Lächeln erschien auf meinem Gesicht – ich konnte nicht anders.

James stand halb an den Tresen gelehnt da und stibitzte sich einen Keks. Mit festem Griff packte ich ihn am Handgelenk. Der Keks kam ein paar Zentimeter vor seinem Mund zum Stillstand. James grinste, und ich versuchte, streng auszusehen.

»Die sind für Kristens Geburtstag.«

Er warf sich den Keks in den Mund.

»James«, beschwerte ich mich. Doch mein Blick blieb an seinen Lippen hängen, und meine Gedanken schlugen blitzartig eine andere Richtung ein. Wie viele Mädchen mochten diese Lippen schon geküsst haben? Ob er schon einmal darüber nachgedacht hatte, *mich* zu küssen?

Mein Gesicht brannte, und er grinste. Ich schaute ihn genervt an, ließ endlich sein Handgelenk los und wandte mich wieder meiner Aufgabe zu.

»Jetzt ist aber Schluss!«, warnte ich. Am Ende würde er das ganze Blech leer essen, sein Sportlermagen kannte da sicher keine Grenzen. »Ich habe keine Zeit, noch mehr Kekse zu backen. Die sind für Kristen.«

»Nur einen noch«, bettelte er und schob die Unterlippe vor.

»Meinetwegen«, willigte ich ein und steckte ihm einen Keks in den Mund, woraufhin er ein zufriedenes Geräusch von sich gab.

Fragend zeigte ich auf seine Kleidung. »Warum bist du so angezogen?«

»Was ist daran falsch?«, fragte er zurück.

»Gar nichts«, beruhigte ich ihn. »Du siehst sehr hübsch aus … Ich meine, deine Sachen sind hübsch, sonst gar nichts«, stotterte ich. Aber es musste doch einen Grund geben, warum er sich so fein gemacht hatte. »Also, wo gehst du hin?«

»Du meinst, wo ich herkomme?« Er schaute an sich herab, als hätte er ganz vergessen, was er anhatte. Sein Gesichtsausdruck wurde angespannt. »Moms neueste Strategie besteht darin, uns so früh wie möglich auf den Besuch von Aufsichtsratssitzungen und Dinnerpartys vorzubereiten«, beschwerte er sich.

Ich wischte mir die Krümel von den Händen. »Was sollen Thomas und du denn jetzt wieder machen?«

Seine Mundwinkel zuckten. »In dieser Schürze siehst du wirklich süß aus.« Er zog an der Rüschenborte. »Wo hast du die her?«

»Du weichst meiner Frage aus.« Außerdem brachte er mich völlig durcheinander. Energisch schob ich seine Hand weg.

»Genau wie du.« Damit nahm er meine Hand und verschränkte unsere Finger miteinander.

Ich holte tief Luft. Wir sahen beide gleichzeitig auf unsere Hände, dann wieder hoch. Erstaunen schimmerte in seinen braunen Augen, und dann erschien ein seltsames Lächeln auf seinem Gesicht. Er hob unsere ineinander verschränkten Hände mit gebeugtem Ellenbogen, umfasste mit dem freien Arm meine Taille und zog mich eng zu sich heran.

Als ich ihn so dicht bei mir spürte, wurden mir die Knie weich. Noch nie waren wir uns auf diese Weise nah gewesen. »Was tust du da?«

»Ich zeige es dir.«

»Was zeigst du mir?«, quiekte ich, meine Stimme plötzlich unnatürlich hoch.

James lachte leise. »Ich zeige dir, was sich Mom jetzt für Thomas und mich ausgedacht hat. Mach einfach mit. Hör zu, wie ich zähle«, flüsterte er mir ins Ohr. Er presste mich eng an sich und schob mich nach hinten, sodass ich einen Schritt rückwärtsgehen musste und fast gestolpert wäre, doch er hielt mich nur noch fester und legte sein Kinn auf meinen Kopf.

Jeder Muskel in meinem Körper spannte sich an.

Dann spürte ich seine Lippen in meinem Haar. »Ganz ruhig, ich bin es doch nur.«

Nur James. James, der mich fest in den Armen hielt. Ich nahm seine Körperwärme durch den dünnen Stoff meines Tanktops wahr und konnte es nicht fassen. Es half mir nicht viel, zu merken, dass auch er aufgeregt war. Ich konnte meine immer wieder abschweifende Fantasie kaum im Zaum halten, auch fühlte ich genau, dass sein Herz mindestens so schnell pochte wie meins.

Wir bewegten uns langsam, und er fing an zu zählen. Ich hörte sein leises Flüstern an meinem Ohr. Nach ein paar misslungenen Schrittfolgen und nachdem wir uns ein paarmal gegenseitig auf die Füße getreten waren, führte er mich mit eleganten Bewegungen durch die Küche. Wir tanzten, und zwar richtig. Das war nicht das kindische Gehopse, das wir während unserer Schulzeit so oft ausprobiert hatten, sondern richtiges, erwachsenes Tanzen.

»Du nimmst Tanzstunden?«

Er murmelte etwas Unverständliches. Ich konnte das Vibrieren seiner Lippen bis in meine Zehenspitzen spüren. »Wir tanzen Walzer.«

Ich lehnte mich in seinem Arm ein bisschen zurück und blickte zu ihm hoch, während ich gleichzeitig versuchte, mich auf meine Füße zu konzentrieren. »Was hat denn Walzertanzen mit Meetings und Partys zu tun?«

Er sah mich ernst an. »Geschäftsverhandlungen. Mom will Thomas und mich offensichtlich darauf vorbereiten, in allen Lebenslagen schnell und hart verhandeln zu lernen, egal, worum es geht.«

Ich stellte mir James vor, wie er in einem Geschäftsanzug mit einer schönen Frau in Seidenbluse und Bleistiftrock tanzte. »Du tanzt bei der Arbeit?« Ich hätte nie geahnt, dass es das war, was man tat, wenn man einen Job annahm.

Er warf den Kopf in den Nacken und lachte. »Aber nein, Kleines. Mein kleines, verrücktes Mädchen«, flüsterte er in mein Haar und küsste mich auf den Kopf, was ich bis in die Zehenspitzen spürte. Er hatte mich »sein Mädchen« genannt.

»Dad geht andauernd zu After-Work-Partys und hat bei der Gelegenheit schon eine Menge wichtiger Geschäfte abgeschlossen.«

Die Karriere seiner Eltern bei Donato Enterprises war so anders als die Arbeit meiner Eltern in ihrem Restaurant. Ich versuchte, mir ihr glamouröses Leben vorzustellen: Damen in langen Roben und Männer im Smoking, die Champagner aus

Kristallkelchen tranken, während im Hintergrund ein zwanzigköpfiges Orchester spielte.

James wirbelte uns durch die Küche, und meine Gedanken kehrten zurück zum Duft der frisch gebackenen Chocolate-Chip-Cookies und zu seiner verwirrenden Nähe. »Das kannst du sehr gut.«

So wie er alles gut konnte, was er tat, angefangen bei seinem präzisen Spiel auf dem Footballfeld bis hin zu seinen selbst erworbenen Malkünsten. Die Acrylbilder, die er angefertigt hatte, waren erstaunlich.

»Das liegt nur an dir«, erklärte er und fügte hinzu: »Du hast eine schnelle Auffassungsgabe.«

Sein Atem streifte mein Ohr, und wir tanzten mit nur einer Haaresbreite Abstand zwischen uns. Doch während er mich sanft im Dreivierteltakt hin und her bewegte, fuhr mir ein beunruhigender Gedanke durch den Kopf.

»Tanzt du mit den Mädchen in deiner Tanzstunde auch so eng?«, flüsterte ich.

James blieb einen Moment lang still.

Ich senkte den Kopf und fühlte mich dumm und verlegen wegen meiner peinlichen Frage. Aber der Gedanke daran, wie er andere Mädchen im Arm hielt, machte mich krank.

Seit wann war ich so eifersüchtig, dass ich mir Sorgen darüber machte, wo und mit wem er seine Zeit verbrachte?

Seit er mir gestanden hatte, dass ich sein bester Freund auf der ganzen Welt war. Seit er mich festgehalten hatte, als ich so sehr weinte, weil Roxanne Livingston mir während des Umziehens für den Sportunterricht die Unterwäsche geklaut und sie an die Decke geschleudert hatte, sodass sie am Feuermelder hängen blieb und die ganze Schule sie dort sehen konnte. James hätte Roxanne am liebsten windelweich geprügelt, und ich hatte ihn am liebsten ganz für mich haben wollen, und das schon seit einer längeren Zeit, als ich zugeben mochte.

»Nein«, sagte James schließlich. »Nicht so. Mit dir ist es etwas anderes.«

Ich riss den Kopf hoch.

Sein Blick wurde mit einem Mal ganz klar. »Seit meiner allerersten Tanzstunde habe ich mit dir tanzen wollen.«

Wirklich?

James verlangsamte das Tempo, und wir wiegten uns leicht hin und her, dann hörten wir ganz mit der Bewegung auf. »Da gibt es noch etwas, das ich gerne tun wollte.«

»Was denn?«

»Dich küssen.« Und dann tat er genau das.

Meine Augen wurden ganz groß. Ich drückte seinen Arm, und unsere Lippen berührten sich, einmal, zweimal, und noch einmal. Mit der Zunge zog er die Konturen meiner Lippen nach, und ich schnappte nach Luft. Dann schob er seine Zunge ein Stück weit in meinen Mund. Bevor ich auch nur darüber nachdenken konnte, dass James mich gerade tatsächlich küsste, war es auch schon vorbei. James, mein James!

Ich starrte ihn an.

Er lächelte schüchtern. »Hi.«

Ich blinzelte verwirrt. »Ähm … hi.«

Er legte den Kopf schief und sah mich prüfend an. »Bist du okay?«

»Ähm … ja, ich glaube schon.«

»Du glaubst?« Er lachte, aber es klang nervös.

Mit der Zunge fuhr ich mir über die Lippen. Sie prickelten. Alles prickelte. Neue, wundervolle, sensationelle Gefühle. Ich kam mir vor wie ein Schmetterling, der zum ersten Mal seine Flügel ausbreitet.

»Warum hast du mich geküsst?«, platzte ich heraus.

»Weißt du das nicht?«, fragte er, und ich schüttelte den Kopf. Er hatte gesagt, ich wäre sein bester Freund, aber genau das war es. Nur ein Freund.

»Du bist mein bester Freund, Aimee«, erklärte er, als könnte er meine Gedanken lesen. Als ich enttäuscht die Schultern sinken ließ, fasste er mit einem Finger mein Kinn und hob es hoch. »Eigentlich bist du für mich viel mehr als das.« Seine Stimme wurde tiefer, er schien verlegen zu sein. »Ich habe es dir früher schon gesagt: Du kennst mich besser als alle anderen. Du bedeutest mir viel.«

Meine Lippen bildeten ein O, und ich seufzte.

Auf seinem Gesicht erschien ein Lächeln, das so strahlend war wie die Sonne im August. Er umarmte mich fest und hob mich hoch. »Meine Güte, ich bin so froh, dass wir wieder in dieselbe Schule gehen. Von nun an können wir uns wieder öfter sehen.«

»Sehen wir uns denn nicht oft genug?«, fragte ich scherzhaft.

»Diesen Sommer war es jedenfalls viel zu selten.« Er stellte mich wieder auf die Füße, aber ich ließ ihn nicht los. »Hey, du kannst mir in den Pausen wieder Zettelchen zustecken.«

Ich wurde knallrot.

»Ich mag deine Zettelchen. Ich hab sie sehr vermisst.«

Ich lächelte schüchtern. »Dann werde ich dir noch ganz viele schreiben.«

James ließ mich los und stopfte sich einen weiteren Keks in den Mund.

»Hey! Hör auf, Kristens Cookies zu essen.«

»Dann hör auf, so leckere zu backen.« Er umfasste mein Gesicht mit beiden Händen. Mir verschlug es fast den Atem, weil die Berührung so unvermittelt kam. Voller Bewunderung sah er mich an. »Mein Gott, so aus der Nähe sind deine Augen wunderschön! So blau wie die Karibik. Darf ich dich noch einmal küssen?«

»Ja, bitte«, hauchte ich.

Das war alles so neu für mich, und ich konnte gar nicht genug davon bekommen. Die Schmetterlinge in meinem Bauch flatterten aufgeregt mit den Flügeln und machten sich für einen neuen Flug bereit.

James lächelte, und ich lächelte zurück, und dann lachten wir beide, und dann küssten wir uns.

»Bist du sicher, dass es in Ordnung ist, wenn du hier bist?«, fragte ich einen Augenblick später, als mir einfiel, wie böse seine Eltern sein würden, wenn sie erfuhren, dass James sein Footballtraining geschwänzt hatte.

»Mach dir keine Sorgen um mich. Sie werden es nie herausfinden. Ich komme vor ihnen nach Hause.« Er küsste mich auf die Nase, um mich zu beruhigen.

In dem Moment klingelte das Telefon, und ich sprang erschrocken von ihm weg.

James lachte. »Das ist doch nur das Telefon, Aimee, und nicht deine Eltern, die hier hereinplatzen.«

»Haha«, machte ich, doch meine Wangen glühten wie ein überhitztes Ofenrohr.

Während ich den Hörer abnahm, sah ich, wie James sich die Ärmel hochkrempelte und seine Hosentaschen auf den Tisch ausleerte: sein Portemonnaie, einen Kassenzettel, Wechselgeld und die Schlüssel des 323er BMW, den seine Eltern ihm zu seinem sechzehnten Geburtstag geschenkt hatten. Er ging nach vorne zum Wintergarten, wo in einer Ecke sein Atelier eingerichtet worden war.

Am anderen Ende der Leitung hörte ich Thomas, der auf der Suche nach James war. Während er redete, verschwand mein Lächeln, und als er fertig war, legte ich auf und merkte, dass James mich die ganze Zeit beobachtet hatte.

Er sah mich fragend an. »Alles okay?«

»Du musst gehen, James. Deine Mutter ist schon auf dem Weg nach Hause. Phil ist bei ihr.«

James stieß einen Fluch aus. Mit seinem Cousin verstand er sich überhaupt nicht. Einmal hatte er Phil dabei erwischt, wie er in seinem Schreibtisch herumgeschnüffelt hatte. Ich wusste, dass James alle Geschenke und Karten, die er von mir bekommen hatte, in der untersten Schublade aufbewahrte. Er hatte auch alle Zettelchen und Briefe, die ich ihm jemals geschrieben hatte, aufgehoben.

Ob Phil sie wohl gelesen hatte? James war sich nicht sicher, aber er hatte bemerkt, dass ein Foto von uns beiden fehlte, auf dem James und ich ein Eis aßen, während er seinen Arm wie beiläufig auf meine Schultern gelegt hatte.

Ich war damals zwölf gewesen und hatte meinen ersten Bikini getragen, den ich Mom mit dem Versprechen abgeluchst hatte, dass Dad mich darin niemals zu Gesicht bekommen würde. Der Anblick seines kleinen Mädchens mit nichts am Leib außer ein paar schmalen Stofffetzen – das wäre zu viel für ihn gewesen.

Also hatte ich das Foto, als Kristen es mir für mein Fotoalbum schenkte, an James weitergegeben. Auf keinen Fall wollte ich, dass Dad es zu sehen bekäme. Allerdings erschien mir die Vorstellung, dass jetzt möglicherweise Phil im Besitz dieses Bildes sein könnte, im Vergleich dazu als ein viel größeres Problem.

James' Blick wanderte durch die Küche, er rieb sich die Arme und dachte offensichtlich nach. »Ich schätze, ich sollte jetzt besser gehen.«

»James, dein Vater …«

Er wandte sich mir zu. »Was ist mit ihm?«

»Er ist zu Hause. Und er hat nach dir gefragt.«

Jetzt wich alle Farbe aus seinem Gesicht.

»James?«

»Ich muss los. Ich rufe dich später an.« Er schnappte sich die Schlüssel vom Tresen und rannte zur Tür.

»James! Dein Portemonnaie!«

Die Haustür fiel ins Schloss. Ich griff mir das Portemonnaie mit seinem Führerschein. Er würde ihn brauchen, wenn er woandershin fahren würde als nur zu seinem Zuhause zwei Straßen weiter.

Als ich aus der Tür stürmte, sah ich gerade noch, wie sein BMW um die nächste Straßenecke bog. So schnell ich konnte, rannte ich los, zu ihm nach Hause, und hoffte, ihn noch rechtzeitig abzufangen, bevor er ins Haus ging. Gerade als ich ankam, lief er die Auffahrt hoch.

»James!«, keuchte ich, vom Rennen völlig außer Atem.

Erstaunt schaute er mich an, als ich direkt neben seinem Auto stehen blieb, die Hände auf die Knie stützte und nach Luft rang. Ich hob den Kopf und streckte die Hand aus: »Hier, dein Portemonnaie.«

Er stutzte und griff mit einer mechanischen Handbewegung in seine hintere Hosentasche. Sie war leer. Er ging auf mich zu und nahm die Geldbörse entgegen. »Danke«, sagte er, behielt dabei aber aufmerksam das Auto im Auge, das in dem Moment die Auffahrt hochfuhr.

Als ich mich umdrehte, erblickte ich Mrs Donato, die gerade ihren Wagen zum Stehen brachte. Phil saß vorne auf dem Beifahrersitz und grinste mich an.

»Geh nach Hause, Aimee«, sagte James.

Ich wandte mich zur anderen Seite und sah Edgar Donato unter dem Vordach stehen, sein Mund war eine schmale Linie. Er hielt die Tür auf und wartete auf James.

James schaute mich kurz an. »Geh jetzt nach Hause«, wiederholte er mit einem seltsamen Unterton in der Stimme. »Bitte«, fügte er hinzu, als ich mich nicht von der Stelle rührte.

Mein Blick wanderte zwischen ihm und Edgar hin und her.

Sein Gesichtsausdruck wurde sanfter. Er umfasste mein Gesicht und streichelte mit dem Daumen meinen Wangenknochen. »Mir wird nichts passieren. Lauf nach Hause. Ich rufe dich heute Abend an.«

»Okay.«

Ich sah ihm nach, wie er ins Haus trat, mit stolz gestrafften Schultern und geradem Rücken. Edgar warf mir einen kurzen Blick zu und folgte seinem Sohn ins Haus. Gleichzeitig zog er mit einem Ruck seinen Ledergürtel aus den Laschen seiner Hose.

Mit Mühe unterdrückte ich einen Schrei, in Erinnerung an James' Erzählungen von den Striemen auf Thomas' Rücken. *O James!*

»Hallo, Aimee.«

Ich zuckte zusammen und schaute zu Phil hoch, der neben mir stand. Er grinste. »Lange nicht gesehen.«

Meine Unruhe, sicher eher James' Notlage geschuldet als Phils unerwartetem Auftauchen, verflog im Nu, als ich sein breites Lächeln bemerkte. Er hatte sich verändert, seit ich ihn vor fünf Jahren zum letzten Mal getroffen hatte. Es wunderte mich, dass wir uns seitdem nie mehr begegnet waren, wenn man bedachte, wie oft er seine Tante besuchte.

Phil war noch immer schmaler und größer als James und Thomas. Mit seinen maßgeschneiderten Hosen und Hemden sah er wesentlich älter aus als neunzehn. Er wirkte sehr mondän und auch etwas affig. Außerdem war er viel älter als ich und spielte in einer ganz anderen Liga. Die Welt der Donatos mit ihren teuren Kleidern und Autos, den Dinnerpartys und ihren zahlreichen gesellschaftlichen Verpflichtungen war mir gänzlich fremd. Diese Art Leute bekam ich höchstens im Fernsehen zu Gesicht. Es war einschüchternd. Phil war einschüchternd.

Unruhig schaute ich hinüber zum Haus und rang die Hände. »Was passiert jetzt mit James?«

Phil zuckte die Schultern. »Edgar scheint ziemlich wütend. Was hat James angestellt?«

»Er hat sein Footballtraining geschwänzt.« Noch ehe ich den Satz fertig ausgesprochen hatte, versetzte es mir einen Stich in den Magen. Das ging Phil überhaupt nichts an.

Er lachte. »Aha, der Sonnyboy ist also doch nicht so sonnig, wie er immer tut.« Mit dem Arm zeigte er in Richtung meines Hauses. »Soll ich dich nach Hause begleiten?«

»Ähm … okay«, hörte ich mich selbst sagen.

Wir gingen langsam zurück – kein Vergleich zu dem olympiareifen Sprint, den ich kurz zuvor hingelegt hatte. Noch immer atmete ich heftig, Schweißperlen standen mir auf der Stirn und im Nacken. Ich zerrte an meinem T-Shirt und fächelte mir Luft zu. Aus den Augenwinkeln bemerkte ich, wie Phil meine Bewegungen verfolgte. Ich ließ mein T-Shirt los, weil mir plötzlich meine Brüste einfielen, die in diesem Jahr zum Vorschein gekommen waren.

»Du bist gewachsen, seit unserer letzten Begegnung«, stellte Phil fest.

Meine vom Rennen immer noch feuchten Wangen fingen an zu glühen. Ich senkte den Kopf und stutzte: Ich hatte noch immer die Rüschenschürze vom Plätzchenbacken an. Mit einem Ruck riss ich sie mir ab.

»Du siehst süß aus. Das steht dir gut.«

Ich knüllte die Schürze zu einem kleinen Ball zusammen und verschränkte die Arme, um das beschämende Kleidungsstück und meine Brüste vor ihm zu verbergen. »Wie lange bist du zu Besuch?«, fragte ich, um das Gespräch von Phils unverschämter Musterung abzulenken. Ich beschleunigte meine Schritte, um schnell nach Hause zu kommen.

»Nicht lange. Nur ein paar Tage.«

»Das heißt, dein Vater ist wieder verreist?«

Phils einer Mundwinkel wanderte nach oben. Er lachte über mich. Er brauchte kein Kindermädchen mehr, wenn sein Vater weg war. Nicht wie damals, als wir uns das erste Mal begegnet waren. Er war jetzt am College. Was für eine dämliche Frage.

Sein Gesichtsausdruck wurde wieder ernst, fast etwas besorgt. Ob er an James dachte? Auch ich machte mir Sorgen um ihn. Das Bild von Mr Donato mit dem Ledergürtel in der Hand und den vor Ärger geröteten Wangen über dem zu engen Hemdkragen wollte mir einfach nicht aus dem Sinn. Er hatte in den letzten Jahren einiges an Gewicht zugelegt.

»James geht es doch sicher gut, was meinst du?«, fragte ich noch einmal. Ich brauchte seine Bestätigung. »Mr Donato wirkte wirklich wütend.«

»Mit James ist alles okay. Edgar ist ein bisschen gestresst, sonst nichts.«

Und das wollte er an James auslassen? Hilfe suchend sah ich Phil an.

Der kratzte sich am Kinn. »Schau mal, Aimee, mein Vater ist todkrank. Edgar muss Donato Enterprises so lange führen, bis ich alt genug bin, um die Firma zu übernehmen. Und ich bin erst in zwei Jahren mit dem College fertig.«

Zwei Dinge irritierten mich an seiner Erklärung: Es war gar nicht James, über den er nachgedacht hatte, und sein Vater lag im Sterben. Meine Güte, wie konnte ich nur so egoistisch sein? James' Kuss und seine bevorstehende Strafe hatten mich völlig aus dem Konzept gebracht.

»Das mit deinem Dad tut mir leid. Aber es ist sehr nett, dass er dir die Firma hinterlässt. Du musst dir jedenfalls keine Sorgen darum machen, einen Job zu finden, wenn du mit dem Studium fertig bist.«

»Genau. Schon vor vielen Jahren, als ich noch ein ganz kleiner Junge war, hat Dad mir gesagt, er wünscht sich, dass ich eines Tages die Firma übernehme.« Er blieb stehen. Wir waren vor unserem Haus angekommen.

»Danke für den Spaziergang«, verabschiedete ich mich.

»Immer gerne.«

Ich winkte ihm kurz zu und ging rückwärts auf die Veranda zu.

»Und danke«, setzte er hinzu, »für das mit meinem Dad. Das bedeutet mir sehr viel. Hey!«, rief er noch, als ich schon vor der Tür stand. »Malt James immer noch bei euch zu Hause?«

Meine Hand lag schon auf dem Türgriff, und ich erstarrte. Woher wusste er, dass James malte? Zwar hatte Phil damals die Idee gehabt, dass ich James' Malsachen aufbewahren sollte, aber ich hatte ihm nie erzählt, dass wir es tatsächlich so handhabten. Und James hatte ihm mit Sicherheit auch nichts davon gesagt. Außer meinen Eltern wussten nur Kristen und Nick von James' Atelier in unserem Wintergarten, und keiner von ihnen würde es wagen, Thomas oder Phil etwas davon zu verraten, aus Angst, James' Eltern könnten davon erfahren.

Dann fielen mir meine Notizen in James' Schreibtischschublade ein. Mehr als einmal hatte ich James geschrieben und ihn gefragt, ob er nach der Schule zum Malen zu uns kommen würde. Diese Zettel hatte ich ihm manchmal auf dem Weg zur Aula zugesteckt. Bestimmt hatte Phil unsere geheimen Botschaften gelesen.

Mir wurde mulmig, und vermutlich hatte Phil meinen Gesichtsausdruck richtig interpretiert, denn er verzog seinen Mund zu einem breiten »Ich kenne dein Geheimnis«-Grinsen. Das Blut rauschte mir in den Ohren.

Doch Phil schüttelte den Kopf. »Sei unbesorgt. Bei mir ist James' Geheimnis sicher. Aber ich würde seine Arbeiten gerne einmal sehen.« Damit kam er direkt auf mich zu.

Ich schluckte. Nervös drehte ich den Türknauf hin und her, und mit einem Mal sprang die Haustür auf. »Ich darf keine fremden Leute ins Haus lassen, wenn meine Eltern nicht da sind.«

»Aber ich bin doch kein Fremder. Ehrlich gesagt«, er blieb auf der Verandatreppe stehen, »wenn das mit James und dir nichts wird, würde ich gerne mal mit dir ausgehen.«

Ich schreckte zurück. Meinte er das im Ernst? Phil war doch viel älter als ich.

»Tut mir leid. Ich darf niemanden reinlassen. Bye, Phil.« Damit schlüpfte ich ins Haus. Ich wollte so schnell wie möglich die Tür zwischen uns zumachen.

»Überleg es dir, Aimee. Ich habe all die Jahre oft an dich gedacht. Es wäre toll.« Er schickte einen Handkuss in meine Richtung, ehe er aus meinem Blickfeld verschwand. Dann fiel die Haustür ins Schloss.

Ich verriegelte von innen, dann ließ ich mich an der Tür zu Boden sinken und vergrub mein Gesicht in den Händen. Phil hatte mich gebeten, mit ihm auszugehen! Und er wusste von James' Bildern – das war allein meine Schuld. Ich hätte das in meinen Briefchen niemals erwähnen dürfen, und James hätte diese Zettel nicht aufheben sollen. Aber so war James, und ich konnte ihm deswegen nicht böse sein. Er war einfach sentimental. Ein talentierter Künstler mit einer schönen Seele.

Zwei weitere Jahre sollten vergehen, ehe ich Phil wiedersah, und auch dann begegneten wir uns nur selten, zum Beispiel beim sonntäglichen Mittagessen mit Claire und Edgar, wo Phil hin und wieder auftauchte. Zum Glück sprach er die Sache mit James' Bildern nie wieder an.

Was James anging, so war jener Kuss erst der Anfang. An dem Tag überschritten wir die Schwelle von der Freundschaft zu einer tieferen Beziehung, die im Laufe der Zeit immer inniger wurde. James redete nicht mit mir darüber, dass sein Vater ihn mit dem Gürtel geschlagen hatte, allerdings wand er sich und entzog sich schnell meinen Händen, wenn ich aus Versehen seinen unteren Rücken berührte.

Er schob die Schmerzen auf eine Muskelzerrung beim Footballtraining, und ich fragte nicht weiter, was der wirkliche Grund war. Ich wollte es für ihn nicht noch schlimmer machen, als es sowieso schon war. Ich hätte wetten können, dass er sich für seinen Ungehorsam gegenüber seinem Vater schämte. Jedenfalls war es das erste und das letzte Mal während seiner Highschoolzeit, dass er ein Footballtraining versäumte.

Kapitel 13

Juli

Ein Jahr nach James' Beerdigung war das *Aimee's* zur Eröffnung fertig. Rückblickend staune ich noch heute und frage mich, wie ich das habe zustande bringen können. Nie hätte ich mir träumen lassen, einmal Single und selbstständige Geschäftsfrau zu sein. Und nie hätte ich mir ein Leben ohne James vorstellen können.

Aber ich hatte es geschafft und war stolz und glücklich, trotz des Riesenchaos beim Umbau und trotz all meiner Zweifel. Ich hatte an mir und meinen Fähigkeiten gezweifelt, und ich zweifelte noch immer an den Umständen im Zusammenhang mit James' Tod. Diese Gedanken teilte ich mit niemandem. Es schien mir besser, sie für mich zu behalten.

Abgesehen von der Visitenkarte eines Resorts in Mexiko hatte ich noch immer nicht den kleinsten Beweis, der mich davon hätte überzeugen können, dass James am Leben war. Ich musste einen Weg finden, um mehr in Erfahrung zu bringen, ohne dass meine Eltern, Thomas oder meine Freunde davon etwas mitbekämen und zu der Überzeugung gelangten, ich hätte den Verstand verloren, weil ich den Worten einer Psychotante glaubte, obwohl ich doch selbst auf James' Beerdigung gewesen war. Manchmal dachte ich, ich würde wirklich verrückt, komplett mit Halluzinationen in öffentlichen Toiletten.

Die letzten neun Monate waren in hektischer Betriebsamkeit vergangen. Meine Eltern kamen häufig vorbei, um die Fortschritte im *Aimee's* zu begutachten. Auch Ian schneite immer wieder herein, um kleine Pausen beim Bearbeiten seiner Fotos zu machen. Er kontrollierte die Arbeit der Handwerker und behauptete, er müsse aufpassen, dass sie mich nicht über den Tisch zogen.

Ich sagte, dafür hätte ich doch Nadia, und niemand würde es wagen, sich Ärger mit ihr einzuhandeln. Aber insgeheim ahnte ich, dass Ian dies nur als Vorwand benutzte, um mehr Zeit mit mir zu verbringen. Also ließ ich ihn gewähren, denn ich hatte ihn gern um mich.

Der Juli kam, und endlich hatte ich auch alle Angestellten beisammen und eingewiesen. Die Vorratsbehälter standen in Reih und Glied in den Regalen. Der stechende Geruch nach Farbe und Gips verflog allmählich und wich dem kräftigen, nussigen Duft von Kaffee und Kuchen. Alles war bereit.

Es war an einem späten Samstagnachmittag, einen Tag vor der inoffiziellen Eröffnungsfeier des *Aimee's*, zu der ich meine Familie und Freunde eingeladen hatte, damit sie vorab die Gerichte auf der Speisekarte durchprobieren und die Angestellten schon einmal den reibungslosen Ablauf im Service üben konnten. Bisher hatte es noch keine nennenswerten Hindernisse gegeben, die einen Aufschub der großen Eröffnung in der kommenden Woche erforderlich gemacht hätten.

Bis jetzt jedenfalls. Bis Gina, meine Serviceleiterin und Haupt-Barista, überraschend kündigte. Eine Freundin hatte sie spontan gefragt, ob sie sich mit ihr in London eine Wohnung teilen wollte. Und nun hatte sie entschieden, schon am nächsten Morgen abzureisen.

Es war keine vierundzwanzig Stunden mehr hin bis zur Voreröffnung, und ich stand plötzlich ohne meine erfahrenste Barista da. Ihre beiden Mitarbeiter, Ryan und Jilly, waren von Gina selbst angelernt worden.

Ratlos lief ich hinter der Theke auf und ab. Das *Aimee's* war ein Gourmet-Coffeehouse. Für einen Tag würde ich mich ohne meine Chef-Barista behelfen können, aber bis zur offiziellen Eröffnung würde ich jemanden brauchen, der sich mit der Mischung von Kaffeebohnen, Sirup und Gewürzen auskannte. Jemand, der die Geräte mit allen ihren Eigenheiten zu bedienen wusste. Was sollten wir tun, wenn etwas schiefging?

Die kleine Glocke über der Eingangstür bimmelte, und Ian trat ein. *Ian!* Ihn schickte der Himmel.

Eilig lief ich zu ihm. »Ich brauche deine Hilfe!«

Er fasste mich bei den Schultern. »Was ist passiert? Hast du dich verletzt?« Besorgt musterte er mich von oben bis unten.

»Gina hat gerade gekündigt«, erklärte ich und fügte hinzu: »Morgen ist unsere Voreröffnung.« Als ob er das nicht längst wüsste.

Ein amüsiertes Lächeln erschien auf seinem Gesicht. »Du brauchst tatsächlich meine Hilfe. Beim Kaffeekochen?«

»Mach dich nur lustig über mich.« Er verschränkte die Arme, und ich beschwerte mich: »Ja, Ian, ich brauche deine Hilfe. Jetzt kannst du zeigen, ob du wirklich etwas von Kaffee verstehst.«

»Oh, du Kleingläubige.« Mit größter Selbstverständlichkeit ging er zur Espressomaschine, als ob er hier zu Hause wäre, und ich verdrehte die Augen. Er ließ den Blick über die in ordentlichen Reihen aufgebauten Behälter mit den verschiedenen Kaffeesorten, Sirups und Tassen gleiten.

Ian und ich hatten viel Zeit bei mir zu Hause verbracht, seit wir uns kannten. Wir sahen uns Filme an oder unterhielten uns einfach. Ich hatte jede Menge neue Rezepte ausprobiert – Suppen, Tartes, Brote –, und er durfte alles kosten.

Eines Tages überraschte ich ihn dabei, wie er meinen Ordner mit Mixdrinkrezepten durchblätterte. Im Spaß ließ ich ihn wissen, er müsse mir gegenüber kein Interesse heucheln. Am nächsten Tag erschien er mit einem Stapel eigener Kaffeerezepte, die ich meiner Sammlung hinzufügte, obwohl ich mich vorher über seinen Amateurgaumen lustig gemacht hatte. Aber als ich sie selbst ausprobierte, merkte ich, wie gut sie waren.

Über die Kaffeemaschine hinweg warf er mir einen herausfordernden Blick zu. »Hast du unseren Deal vergessen?«

Ich schnitt eine Grimasse. Natürlich erinnerte ich mich an unser Gespräch vom ersten Tag, als wir uns kennengelernt hatten. Nach den Rezepten zu urteilen, die er mitgebracht hatte, war nicht auszuschließen, dass Ian tatsächlich der größere Kaffee-Experte von uns beiden war.

Zeit für mich, die bittere Pille zu schlucken.

»Nein, natürlich nicht.« Ich betrachtete ihn aus schmalen Augen. Noch gab ich mich nicht geschlagen. Er würde die Wette aber so was von verlieren.

»Okay, los geht's, aber ich möchte, dass du diese Spezialität zubereitest.« Damit lehnte ich mich über den Tresen, nahm meinen Ordner zur Hand und blätterte bis zu der Seite mit dem Pangi-Hazelnut-Latte, benannt nach einer Region in Indien, wo diese Haselnusssorte herkam.

Das Rezept war wohl das komplizierteste von allen und erforderte eine ganz besondere Mischung von importierten Kaffeebohnen und Gewürzen. Gina hatte sich Mühe geben müssen, um dieses Getränk hinzubekommen. Selbst winzige Abweichungen bei der Dosierung der Gewürze konnten am Ende den einzigartigen Geschmack verderben.

Ian las die Anleitung und rieb sich die Hände. »Schaue und staune, Darling.«

Ich stieß die Luft durch die Nase und lehnte mich gegen den Tresen. Er lief dahinter auf und ab, wählte die Kaffeebohnen aus und gab sie in die Mühle, dann bereitete er den Espresso. Die dunkle, hoch konzentrierte Flüssigkeit tropfte langsam in die vorgewärmte Tasse. Das berauschende Aroma stieg mir in die Nase, und meine Spannung wuchs.

Ian schäumte die Milch auf und goss sie mit einer gekonnten Handbewegung in den Espresso. Mit breitem Grinsen reichte er mir die Tasse. Auf der geschäumten Oberfläche prangte ein Herz – eine exakte Kopie des herzförmigen Dampfs über dem Kaffeebecher im Logo des *Aimee's*.

»Du verstehst dein Handwerk«, murmelte ich. »Ich bin beeindruckt.«

Seine Augen blitzten. »Probier mal.«

Ich hob die Tasse und schnupperte: Haselnuss, Zimt und irgendetwas anderes. »Du hast das Rezept verändert!«

»Erst trinken – dann urteilen.«

Das tat ich, und was soll ich sagen: Die cremige Flüssigkeit breitete sich in meinem Magen aus wie ein wohlig warmes Kissen. »Ingwer … und?«

Erwartungsvoll sah er mich an.

»Kardamom.«

Er nickte.

»Das ist gut.« Ich nahm noch einen Schluck. »Sehr, sehr gut … wow. Das ist eine Sünde.« Ich trank noch einmal. »Du hast den Job.«

»Großartig. Wann soll ich anfangen?«

Ungläubig sah ich ihn an und versuchte herauszufinden, ob er das ernst meinte.

Er faltete das Geschirrtuch zusammen und kam hinter dem

Tresen hervor. »Du brauchst einen Schichtmanager, der weiß, worauf es ankommt, und ich brauche einen Job.«

»Und was ist mit deinen Fotos?«

»Natürlich plane ich weitere Reisen und will meine Arbeiten auch in Zukunft präsentieren. Es geht nicht ums Geld. Aber ich muss zwischen den Reisen etwas zu tun haben. Was glaubst du denn, warum ich hier den ganzen Tag herumlungere?«

»Du machst das aus Langeweile?«, fragte ich enttäuscht. »Ich hatte gedacht, du wärst meinetwegen hier.«

Er strich mir mit einem Finger über die Wange. »Sieh nicht so traurig aus. Ich bin gerne mit dir zusammen. Sehr gerne sogar.«

Hitze stieg mir ins Gesicht.

Er lächelte. »In der nächsten Zeit habe ich keine längere Reise geplant, nur ein paar kurze Exkursionen von wenigen Tagen. Ich werde den anderen im Service zeigen, was zu tun ist, wenn ich nicht da bin. Was hältst du davon?« Er streckte mir die Hand hin.

Was soll ich sagen? Mit dem Angebot rettete er mir das Leben, und ich würde ihn jeden Tag sehen. Nicht dass wir uns nicht ohnehin schon täglich getroffen hätten. Schnell griff ich nach seiner Hand und schüttelte sie. »Deal. Warte, ich hole rasch einen Arbeitsvertrag. Bin gleich zurück.«

Während Ian die Unterlagen ausfüllte, hängte ich die letzten von James' Bildern auf. Damit war ich vor Ginas Anruf beschäftigt gewesen. An der Stelle in meiner Garage, wo einmal acht große Kisten mit Gemälden gestanden hatten, waren insgesamt nur noch zwölf Bilder übrig gewesen – diejenigen, die in meinem Haus an den Wänden hingen, nicht mitgerechnet.

Thomas' Lagerverwalter hatte James' Kunstwerke nicht ausfindig machen können. Auch die Polizei nicht. Nachdem ich herausgefunden hatte, dass die Bilder weg waren, hatte ich schließlich Anzeige erstattet, aber ich war mir nicht sicher, ob sie tatsächlich jemand gestohlen hatte. Es gab keine Hinweise auf ein gewaltsames Eindringen in die Garage, die Polizei konnte keine Fingerabdrücke feststellen, und alle anderen Gegenstände in der Garage waren unberührt.

Ian kam auf mich zu und hielt die Leiter fest. »Die habe ich noch gar nicht gesehen. Sie sind großartig.«

Als ich mit dem Aufhängen fertig war, stieg ich die Sprossen hinunter. »Die waren in meiner Garage. Eigentlich gab es noch viel mehr Bilder, aber die kann ich nicht finden.«

»Die haben sich doch sicher nicht in Luft aufgelöst?« Ian begleitete die Frage mit einem Fingerschnipsen.

»Anscheinend schon. Ich habe überall gesucht und sogar Anzeige erstattet.«

Ian sah mich aufmerksam an. »Das tut mir leid. Er hatte Talent.«

»Ja, das hatte er.« Ich ging weiter zur nächsten Wand. »Diese Fläche wartet noch auf deine Meisterwerke.«

»Bist du heute Abend zu Hause?«, fragte er, und als ich bejahte, fügte er hinzu: »Ich bringe dir ein paar Sachen vorbei. Dann kannst du dir raussuchen, was dir gefällt, und ich werde sie morgen früh als Erstes aufhängen.«

»Aber nur, wenn du mir versprichst, dabei nicht wieder so zu fluchen.«

* * *

Ian kam gegen acht, kurz nachdem ich den Zitrone-Blaubeer-Kuchen mit Guss überzogen hatte. In Jeans und schwarzem Hemd stand er an der Tür und schenkte mir ein schiefes Lächeln.

Ich machte die Tür weit auf, um ihn und die große, flache

Bildermappe hereinzulassen, die er mit sich schleppte.

»Im Auto sind noch mehr. Wo kann ich die hintun?«

Ich zeigte auf den Esstisch, und er legte die Mappe vorsichtig darauf, dann öffnete er den Reißverschluss an der Seite. »Ich habe erst mal drei Stück mitgebracht. Zwei davon kannst du im Café ausstellen, und du bekommst Provision, wenn du eines verkaufst. Das andere Foto ist für dich.«

»Für mich?« Neugierig trat ich neben ihn.

Er nahm den größten Rahmen aus der Verpackung und sah mich an.

Belize Sunrise. Ich keuchte auf, und mein Blick zuckte zu ihm.

»Für dich«, bestätigte er.

»Ian …?« Ich wusste einen Moment lang nicht, was ich sagen sollte. »Ich dachte, du hättest es verkauft?«

Er schüttelte den Kopf. »Ich habe es deinetwegen aus dem Verkauf genommen. Es ist ein Geschenk.« Das hatte er fast ein Jahr lang geheim gehalten und nur auf den richtigen Zeitpunkt gewartet, um es mir zu geben.

Mein Magen rebellierte. Ich drehte James' Ring an meinem Finger, bevor ich den auf antik getrimmten Holzrahmen berührte, der aussah wie uralte, von Wind und Wetter gegerbte Schiffsplanken. Doch dann erinnerte ich mich an das Preisschild. »Das kann ich nicht annehmen.«

Er sah sich die Wände mit James' Bildern an. »Wenn hier nicht genug Platz ist, kannst du das Bild auch im Café aufhängen.«

»Nein, nein, das ist nicht der Grund. Aber es ist doch viel zu teuer.« Dennoch juckte es mir in den Fingern, ihm das Bild aus der Hand zu nehmen.

Er wackelte provozierend mit dem Rahmen. »Du willst es, stimmt's?«

»Ja, stimmt.« Auch Ian schien es wichtig zu sein, dass ich es annahm. Diese Freude konnte ich ihm nicht verweigern. »Vielen, vielen Dank.«

»Es ist mir ein Vergnügen.« Damit lehnte er das Foto gegen einen Stuhl.

»Genau an dieses Bild habe ich gedacht, als ich die Farben für das Restaurant ausgesucht habe«, gestand ich ihm. Er wirkte überrascht, und ich berührte ihn am Arm. »Ich liebe deine Arbeit.«

Sein Blick wurde dunkel. »Danke.«

Ein seltsames Verlangen erwachte in mir, und ich wandte den Blick ab. »Hättest du gern ein Bier?« Meine Stimme klang angespannt und viel höher als sonst.

Ian holte tief Luft und stemmte die Hände in die Hüften. »Gerne.«

Ich holte zwei Flaschen Bier aus dem Kühlschrank und öffnete sie, reichte eine davon an Ian weiter. Als ich sah, wie sich sein Adamsapfel beim Schlucken auf und ab bewegte, musste ich unwillkürlich auch schlucken.

Seine Nasenflügel blähten sich. »Was rieche ich da?« Sein Blick richtete sich auf die Arbeitsplatte. »Ist das Kuchen?«

»Zitrone-Blaubeer.«

Er grinste. »Brauchst du einen Vorkoster?«

»Bier und Kuchen?«, fragte ich in gespielter Entrüstung.

»Klar. Warum nicht?«, antwortete er und zog die Küchenschubladen auf. »Jackpot.« Er hatte das Kuchenmesser gefunden, und ich holte zwei Teller aus dem Schrank. Dann fing er an, den Kuchen aufzuschneiden. Fruchtfüllung quoll aus der Mitte. »Was ist denn da drin?«

»Blaubeeren. Ich habe frische Blaubeeren genommen, keine Konserve.«

»Mmh …«, machte er und lud sich ein Stück auf den Teller.

»Die Frischkäse-Glasur ist mit Zitronenmus, -saft und

-schale. Probier mal.« Ohne nachzudenken, fuhr ich mit dem Finger durch den Guss und streckte ihn Ian entgegen.

Seine Augen funkelten, als er die Lippen um meine Fingerkuppe schloss.

Ich spürte, wie er mit der Zungenspitze die Glasur ableckte, und es durchzuckte mich wie ein Blitz. Ich riss die Augen auf. O Gott. Das fühlte sich einfach zu gut an.

Mit einem Ruck zog ich meinen Finger zurück. Ein leises Ploppen war zu hören, und Ian lachte leise, ein tiefes, erotisches Lachen. Das Blut schoss mir heiß in die Wangen, noch heftiger war allerdings das Brennen im unteren Teil meines Körpers.

Ian beobachtete mich interessiert, als wollte er meine Reaktion einschätzen. Dann, ganz langsam, steckte er sich einen Bissen von dem blaubeergetränkten Kuchen in den Mund.

Wieder blieb mein Blick an seiner Kehle hängen, als er schluckte, und ich merkte, wie mir der Mund trocken wurde.

»Das ist der Hit«, murmelte er und leckte sich den Guss von den Lippen.

Ian stand entschieden zu nah bei mir. Ich drückte die Knie durch, um nicht gegen ihn zu sinken. Schon oft hatte ich mir vorgestellt, wie es wohl wäre, in seinen Armen zu liegen und seine Zunge in meinem Mund zu spüren, so wie er vorhin die Glasur von meinem Finger geleckt hatte. Bestimmt würde es sich anders anfühlen als bei James. Vielleicht sogar noch besser.

Aber Ian war ein Freund, und ich hatte von Anfang an klargemacht, dass Freundschaft das Einzige war, was er von mir bekommen konnte – obwohl ich mich so zu ihm hingezogen fühlte.

Ich blinzelte und drehte mich weg. »Also, was hast du sonst noch mitgebracht?«

Er stellte den Kuchenteller ab und holte zwei weitere gerahmte Bilder aus der Bilderhülle, die er vorsichtig gegen das Sofa lehnte. *Misty Morning*, ein Foto, das einen Espenwald in der Sierra Nevada zeigte, von dem er mir erzählt hatte, und *Twilight Sands*. »Das Dubai-Bild.« Ich lächelte leicht durchtrieben.

Ian sah mich mit Vorsicht im Blick an. »Was?«

»Du schuldest mir noch eine Geschichte. Was hat es mit diesem Bild auf sich?«

Er verzog das Gesicht. »Ich hasse Kamele.«

»Das ist alles?«

Er verschränkte die Arme. »Und sie hassen mich auch. Also das eine jedenfalls.«

Er zeigte auf das letzte Kamel in der Reihe. Dann griff er nach seiner Bierflasche, ließ sich aufs Sofa fallen und klopfte auf das Polster neben sich. Also setzte ich mich ebenfalls hin und zog die Beine an. Er legte seinen Arm auf die Lehne hinter meinem Rücken.

»Auf Tieren zu reiten ist nicht unbedingt meine Lieblingsbeschäftigung.«

»Ach ja. Die Maultiere in Peru.«

»Genau.« Er trank aus seiner Bierflasche. »Es hat lange gedauert, bis wir endlich die perfekte Düne für diese Aufnahme gefunden hatten. Auf jeder einzelnen Düne, die wir hochgeritten sind, hat mich das blöde Vieh abgeworfen. Und je steiler es hinaufging, desto besser für das Tier, denn ich bin immer runtergerollt und musste wieder nach oben zurückklettern. Am Ende des Tages war ich ein wandelnder Sandsack. Das Zeug hing mir in den Haaren, in den Kleidern und …«, er grinste über dem Hals seiner Bierflasche, »… du weißt schon. Meinem Fotoequipment ist es auch nicht viel besser ergangen.«

»Oje.«

»Das kann man wohl sagen. Und es war ein teurer Spaß. Das werde ich so bald nicht wiederholen.«

»Und die Espen?«

Er stellte die halb volle Flasche auf den Tisch und sah mich an. »Das erzähle ich dir ein andermal.«

Sein Blick glitt hinab zu meinen Lippen, und meine Haut fühlte sich plötzlich irgendwie zu eng an. Es war ganz still im Raum, bis auf das Summen der Klimaanlage und das leise Brummen von ein paar Autos, die draußen vor dem Haus vorüberfuhren, zusammen mit den kaum hörbaren Geräuschen unseres Atems.

Wieder spürte ich die Spannung von vorher, die Luft im Raum schien sich elektrisch aufzuladen. Es war, als sei ein Magnet am Werk, der uns unwiderstehlich zueinander hinzog.

Langsam beugte Ian sich zu mir herüber. Meine Augen schlossen sich wie von selbst, und ich öffnete die Lippen.

»Nicht«, flüsterte ich, als ich seinen Mund über meinem spürte.

Er hielt einen Moment lang inne, blieb aber, wo er war.

»Ich mag dich wirklich sehr gern, Ian«, hörte ich mich selbst sagen.

Ein dunkles Geräusch drang aus seiner Kehle. Ich ahnte sein Lächeln in dem winzigen Lufthauch zwischen uns.

»Das ist gut«, flüsterte er.

»Und ich fühle mich sehr zu dir hingezogen.« Ich befeuchtete mir die Lippen mit der Zunge. »Aber …«

»Aber?«, fragte er, als ich zögerte.

Ein Kribbeln lief mir den Rücken hinunter. Ich schluckte. Und als ich immer noch keine Antwort gab, lehnte er sich zurück, runzelte die Stirn und rieb sich nachdenklich die Unterlippe.

Ich stellte meine Bierflasche auf den Tisch neben Ians, ging hinüber zum Kamin und blieb unter meinem Verlobungsfoto stehen. Ich brauchte ein bisschen Abstand, um ihm zu sagen, was ich zu sagen hatte.

»Du musst wissen, dass ich …« Mein Gesicht brannte, und

ich schluckte. »Ich will es auch, Ian, und ich merke, wie da etwas geschieht zwischen uns beiden …«

Noch immer hielt er den Finger an seine Lippe und sah mich dabei mit sengend heißen Blicken an.

Doch ich schüttelte den Kopf und hielt ihn auf, als er nach mir greifen wollte. »Nein, nicht. Lass mich ausreden. Ich kann nicht danach handeln. Oder vielmehr … ich werde es nicht. Nicht, solange …« Ich zögerte und holte tief Luft, um mir Mut zu machen.

Ian war in der Zwischenzeit ein so guter Freund für mich geworden wie Nadia und Kristen, und es könnte noch viel mehr daraus werden. Ich vertraute ihm, und ich konnte mit ihm über fast alles reden. Über alles – bis auf meine Zweifel an James' Tod.

Ian wusste, wie lange James und ich zusammen gewesen waren und wie schwer es mir fiel, plötzlich ganz allein dazustehen. All unsere Träume und Pläne waren in einem einzigen Augenblick zerbrochen, so wie die Windschutzscheibe eines Autos bei einem Unfall in tausend Stücke zerspringt. Unaufhaltsam und mit einem großen Knall.

Während ich mühselig die Scherben aufsammelte und versuchte, mein Leben wieder in den Griff zu bekommen, war Ian an meiner Seite gewesen und hatte mit mir zusammen über die vielen Geschichten gelacht, die ich ihm von mir und James erzählt hatte. An anderen Tagen hatte er mir seine Schulter zum Weinen angeboten. Wenn es irgendjemanden gab, der es verdient hatte, zu wissen, was in mir vorging und was mich quälte, dann war es Ian.

»Stell dir vor, du erfährst, dass ein Mensch, den du verloren glaubtest, noch am Leben ist, und du hast keine Ahnung, wo dieser Mensch sich aufhält, was würdest du tun?«

Die Falten in Ians Gesicht vertieften sich. Er atmete scharf ein und zögerte einen Augenblick, ehe er antwortete. »Ich würde jeden Winkel der Erde absuchen.«

Ich presste die Lippen zusammen und nickte langsam. Vielleicht war es das, was ich tun musste, und vielleicht sollte ich in Puerto Escondido, Mexiko, anfangen.

Ian sah mich fragend an. »Was ist los?«

»Es gibt Grund zu der Annahme, dass James noch am Leben ist«, platzte ich heraus.

Ian zog die Augenbrauen hoch und schüttelte den Kopf. »Wie bitte?«

»Ich glaube, dass James noch am Leben ist«, flüsterte ich.

»Was? Wieso?«, fragte er ungläubig. »Ist er denn nicht beerdigt worden?«

Ich nickte. »Doch, aber ich habe seine Leiche nie gesehen.«

»Das heißt aber doch nicht …« Er verstummte und rieb sich mit den Händen über das Gesicht. Dann beugte er sich vor und stützte seine Ellbogen auf die Knie. »Warum glaubst du, dass er …« Seine Hand kreiste in der Luft, doch er brachte die Worte nicht heraus.

»Warum ich denke, dass er noch am Leben ist?«, fragte ich zurück und drehte nervös den Verlobungsring an meinem Finger. »Das ist eine ziemlich abgefahrene Geschichte.«

»Du hast gedacht, ich würde dir nicht glauben. Hast du mir deshalb nichts davon erzählt?«

Ich nickte stumm.

»Hast du mit irgendjemandem darüber gesprochen?«

Ich schüttelte den Kopf und drehte immer weiter an dem Ring herum.

Angespannt sahen wir einander für einen Moment an, bis er schließlich tief Luft holte und den Arm nach mir ausstreckte. »Komm. Erklär es mir.«

Ich nahm seine Hand und ließ zu, dass er mich neben sich auf die Couch zog. Er ließ mich nicht los, sondern legte unsere verschränkten Finger auf sein Bein. Wir saßen einander zugewandt, und sein anderer Arm lag auf der Sofalehne.

Bevor ich die Nerven verlor, erzählte ich ihm von der Hellseherin, die mir am Tag von James' Beerdigung aufgelauert hatte, und wie ich zu ihrem Haus gefahren war und mein Portemonnaie auf der Straße verloren hatte. Ich verschwieg ihm auch nicht, dass sie eine Visitenkarte der *Casa del Sol* in mein Portemonnaie gesteckt hatte, bevor sie es mir zurückgebracht hatte.

»Und du glaubst, dass James in diesem Hotel lebt?«

Hilflos hob ich die Schultern. »Ehrlich gesagt, weiß ich überhaupt nicht, was ich denken soll.«

Ich berichtete ihm von Lacys Warnungen, den seltsamen Visionen im Waschraum des Clubs, von James' verschwundenen Bildern und vor allem von der Tatsache, dass ich den Leichnam, den Thomas angeblich aus Mexiko mitgebracht hatte, nie mit eigenen Augen gesehen hatte, und von den vielen Fragen, die das aufwarf. Ein Teil von mir wünschte sich sehnlichst, Ian möge verstehen, warum er im Moment nur ein guter Freund für mich sein konnte, jedenfalls so lange, bis meine Zweifel ausgeräumt waren, ein anderer Teil wünschte sich von ihm die Bestätigung, dass diese Zweifel durchaus berechtigt waren.

Ian sagte eine ganze Weile gar nichts, und ich rutschte unruhig auf dem Sofa hin und her. »Hältst du mich für verrückt, weil ich den Worten einer Hellseherin Glauben schenke?«

»Glaubst du ihr denn wirklich? Hör zu, Aimee«, fuhr er fort, bevor ich ihm antworten konnte, und dabei rückte er so nah an mich heran, dass sich unsere Knie berührten, »ich finde es durchaus nachvollziehbar, dass du dieser fremden Frau mehr glaubst als den Menschen, denen du eigentlich vertraust, besonders in deiner jetzigen Situation, wo du verletzlich und voller

Trauer bist. Das ist nur menschlich. Dazu kann ich dir auch eine Geschichte erzählen.«

Er lehnte sich zurück und zog mich noch enger an sich. »Auf meinen vielen Reisen habe ich die seltsamsten Dinge erlebt, Dinge, die ich im Grunde bis heute nicht wirklich glauben kann. Und dennoch, da draußen passiert so vieles, wofür es keine Erklärung gibt. Ich weiß bis heute nicht, wie das Medium, das mein Vater auf mich angesetzt hatte, mich damals hat finden können.«

»Tatsächlich? Was ist passiert?«

Er griff nach einer Haarsträhne, die auf meiner Schulter lag, und drehte sie sich um den Finger. »Meine Mutter war nicht ganz richtig im Kopf, weißt du?« Bei diesen Worten tippte er mir mit dem Zeigefinger gegen die Schläfe. »Immer wieder ist sie für längere Zeit von der Bildfläche verschwunden. Und mein Dad war auch nur selten zu Hause. Aber einmal, als ich neun Jahre alt war – wir lebten damals in Idaho –, war ich derjenige, der einfach verschwand. Ich galt fünf Tage lang als vermisst, bis mein Dad mich gefunden hat. Die Polizei kam keinen Schritt voran, deshalb hat mein Dad schließlich ein Medium gebeten, ihm zu helfen. Sie hat gesagt, sie habe mich mithilfe ihrer magischen Kräfte aufspüren können. Nie werde ich vergessen, wie sie aussah: ganz langes blondes, fast weißes Haar. Auch ihre Augen hatten eine merkwürdige Farbe. Ich dachte damals, sie sei ein Engel.«

»Ein Engel …«, wiederholte ich. Hell und ätherisch wie … Lacy. Ich spürte, wie mein Nacken anfing zu kribbeln.

»Hm.« Ian schüttelte den Kopf und schaute mich fragend an. Dann zog er einen Mundwinkel in die Höhe und lächelte leicht. »Das habe ich noch nie jemandem erzählt.«

Ich war froh, dass er es mir gesagt hatte. Dadurch fühlte ich mich besser mit meiner Geschichte, ein bisschen weniger verrückt.

Sanft strich er mir mit dem Handrücken über die Wange, dabei fiel sein Blick auf unser Verlobungsfoto auf dem Kaminsims. »James und du, ihr wart sehr lange zusammen. Ich kann nur ahnen, wie schwer es für dich gewesen sein muss, ihn loszulassen. Versprich mir nur, dass du die Hellseherin nicht als Ausrede benutzt, um dich nicht neu zu verlieben.« Der Ausdruck in seinen Augen war intensiv. »Ich habe mich nämlich in dich verliebt.«

Kapitel 14

Als ich am nächsten Morgen um fünf Uhr früh ins Café kam, wartete Ian schon an der Tür. Er hängte seine Bilder an den Wänden auf, und ich bewunderte seine Arbeit. Ich hatte recht behalten: *Belize Sunrise* passte perfekt in diesen Raum.

Ian stieg von der Leiter und fragte: »Worüber freust du dich so?«

»Ich habe gewusst, dass dein Bild hier wunderbar aussehen würde.«

Mit Schwung warf Ian den Hammer in den Werkzeugkasten. »Meine Bilder sehen *immer* gut aus«, erwiderte er, und ich gab ihm einen scherzhaften Klaps auf die Schulter.

Meine Mitarbeiter trafen ein, und ich informierte sie über Ginas Weggang, bevor ich ihnen Ian vorstellte. Außer meiner Servicekraft Mandy, die schon im *Goat* beschäftigt gewesen war, und meinen beiden Baristas Ryan und Jilly hatte ich noch vier Kellnerinnen und einen Kellner, von denen bei der Voreröffnung aber nur zwei arbeiteten, Emily und Faith.

Ungefähr zehn Minuten bevor es losging, rief ich alle zusammen. Das war ein Probelauf heute. Es ging darum, die Reihenfolge der Arbeitsschritte zu kontrollieren, die Speisekarte zu testen und herauszufinden, an welchen Stellen es noch kritisch war. Wir hatten nur unsere Freunde und Familien eingeladen, sie alle waren meine Gäste.

Ich war stolz auf die Einrichtung und die Dekoration in meinem Café, freute mich über die von Mandy und mir sorgfältig zusammengestellte Speisekarte, und ich war begeistert von der großen Auswahl erstklassiger Kaffee-Spezialitäten. Doch als ich meine Eltern draußen vor dem Fenster stehen sah, bekam ich vor Aufregung Herzklopfen.

»Sieh mich an«, flüsterte Ian mir ins Ohr.

Ich drehte mich um. Sein Blick wurde zärtlich, und er nahm mein Gesicht in beide Hände. »Alles wird gut. Du wirst es wunderbar machen.«

Ich nickte heftig.

Er schaute auf seine Uhr und lächelte. »Es ist so weit.«

»Okay.« Ich nickte noch einmal und presste die Lippen zusammen.

Doch als er die Tür aufschloss, erschrak ich. »Warte!«

Fragend zog er die Brauen hoch, während ich mir nervös mit den Handflächen die Oberschenkel rieb. Eigentlich hätte James jetzt hier sein müssen. Er hätte das hier sehen wollen. Irgendwie schien es mir nicht fair, dass es jetzt Ian war, der an meiner Seite stand. Aber andererseits wollte ich ihn nirgendwo anders als da, wo er jetzt war. Direkt neben mir. Ich nahm seine Hand.

Er erwiderte den Händedruck. »Ist schon gut. Ich bin ja bei dir.«

Das war genau das, was ich hören wollte. Ich holte tief Luft und öffnete die Tür, um meine Familie und meine Freunde in Empfang zu nehmen. Ein kräftiger Windstoß wehte mir entgegen, und mir war, als hörte ich James' Stimme.

Du hast es geschafft, Aimee.

* * *

Die Voreröffnung verlief reibungslos. Ian war genial hinter der Espressobar. Er arbeitete unglaublich schnell und hatte alle Kaffeebestellungen im Handumdrehen fertig. Ryan und Jilly konnten mit seinem Tempo kaum Schritt halten, aber sie lernten schnell dazu.

Ian bereitete besondere Spezialitäten zu, die von Emily und Faith verteilt wurden und die meine ohnehin schon umfangreiche Karte noch erweiterten. Mandys Panini mit frittierten Zucchinischeiben und ihr Thai-Chicken mit Gemüse waren sensationell.

Als ich sah, wie Emily meinen Eltern das Essen an den Tisch brachte, klopfte mir das Herz bis zum Hals.

»Nur die Ruhe«, flüsterte Ian mir ins Ohr.

Ich holte tief Luft und bemerkte seinen Duft nach Sandelholz und Seife, gemischt mit einem winzigen Hauch Zimt. »Meine Eltern haben ihr Leben lang in der Gastronomie gearbeitet.«

»Genau wie du.« Sanft massierte er mir die Schultern. »Hör auf, deine Schürze zu kneten.«

Ich ließ den Stoff los, den ich mit meinen nervösen Händen zu einem Ball zusammengeknüllt hatte. »Und was tue ich, wenn ihnen das Essen nicht schmeckt? Oder wenn Emily ihnen Wasser auf den Schoß schüttet? Was, wenn …?«

»Es sind deine Eltern. Geh hin, und rede mit ihnen.«

Ich atmete tief ein. »Du hast recht.«

Ohne groß nachzudenken, stellte ich mich auf die Zehenspitzen und gab ihm einen flüchtigen Kuss auf den Mund. Es war eine ganz spontane Reaktion, und trotzdem waren wir beide überrascht. Einen Moment lang starrten wir einander wortlos an.

Ian erholte sich als Erster. Mit dem Daumen berührte er meine Unterlippe, dann ließ er den Arm sinken.

»Tut mir leid.« Verlegen spielte ich mit dem Ring an meinem Finger.

»Muss es nicht.«

Ich sah hinüber zu meinen Eltern, und Ian gab mir einen kleinen Schubs: »Na los.«

Schnell holte ich einen freien Stuhl von einem anderen Tisch und blickte mich noch einmal nach Ian um. Sein Lächeln verursachte mir ein beunruhigendes Kribbeln im Magen. Ich schaute ihm hinterher, wie er zurück an seine Espressomaschine ging, dann setzte ich mich zwischen meine Eltern an ihren Tisch.

»Na?«, fragte ich, um einen möglichst gelassenen Ton bemüht. »Wie findet ihr es?«

Als ich bemerkte, dass Dad feuchte Augen hatte, stiegen mir auch sofort die Tränen in die Augen. Er lächelte. »Ich bin so stolz auf dich.«

»Diese Krapfen sind einfach umwerfend!«, schwärmte Mom nach einem ersten Bissen. »Das kannst du Mandy von mir ausrichten.«

»Wirklich? Sie schmecken dir?« Erleichtert lehnte ich mich zurück. »Gott sei Dank. Ich war so nervös.«

Mom schnitt ein Stück von ihrem Krapfen ab. »Vielen Dank, dass du Mandy eingestellt hast. Als wir unseren Laden geschlossen haben, habe ich mir Sorgen um sie gemacht. Wie so viele unserer Mitarbeiter war sie jahrelang bei uns. Wir waren so etwas wie eine große Familie.« Sie fasste mich am Arm. »Dein Café ist wunderhübsch.«

Ich legte meine Hand auf ihre. »Es war auch eine Menge Arbeit.«

»Du hast es ganz toll gemacht.« Ihre Miene wurde weich. »Und wie du in diesem Jahr wieder auf die Beine gekommen bist … Dein Vater und ich …« Sie brach ab und rieb sich die Augen, mit einem Seitenblick auf meinen Vater.

»Wir wussten, du würdest es schaffen, Mädchen«, beendete mein Vater den Satz für sie.

Mom trank einen Schluck Wasser. »Warum ist Ian hinter der Bar?«

»Gina hat gestern gekündigt.«

»Oh«, machte Mom und sah zu Ian hinüber. »Wie praktisch.«

Dad schlug mir auf den Rücken. »Das ewige Übel der Restaurantbesitzer. Daran wirst du dich gewöhnen müssen. Gina ist mit Sicherheit nicht die letzte Angestellte, die ihren Job ohne Vorwarnung hinschmeißt.«

Ian hatte anscheinend gespürt, dass wir über ihn redeten, und nickte zu uns herüber.

Kurz darauf traf Nadia mit Mark ein, dem Immobilienmakler, mit dem sie sich am Tag von Ians Ausstellungseröffnung getroffen hatte – und der verheiratet war.

Ich runzelte die Stirn, als ich sah, wer sie begleitete.

»Rein geschäftlich«, flüsterte sie mir zu.

»An einem Sonntag?«

»Er will ein Restaurant eröffnen, und ich zeige ihm, was ich hier so gemacht habe.«

Ich hob die Hände. »Wie du meinst.«

»Wir sind nicht zusammen«, erklärte sie. »Er hat sich gerade erst von seiner Frau getrennt.«

Ich sah zu Mark hinüber, der sich mit Nick unterhielt und dabei seinen Blick mit einem Ausdruck unverhohlener Bewunderung unentwegt auf Nadia geheftet hielt. Sein Interesse war so eindeutig, dass ich ihr gegenüber eine entsprechende Bemerkung machte. Sie sollte auch ein bisschen glücklich sein.

Nadia schaute nun ebenfalls zu Mark hinüber, und die Spur eines Lächelns erschien auf ihrem Gesicht, als sie mitbekam, wie Mark und Nick einander die Hände schüttelten.

»Mark ist vielleicht gar keine so schlechte Wahl«, ermunterte ich sie. »Nach seiner Scheidung, meine ich.«

Kristen war vollauf damit beschäftigt, Fotos zu machen. »Die schicke ich dir per E-Mail. Du kannst sie dann für deine Homepage verwenden oder sie für dein Schwarzes Brett ausdrucken. Du hast doch ein Schwarzes Brett, oder?« Suchend sah sie sich um.

»Ich sollte mir wohl besser schnellstens eins zulegen.«

Ich kritzelte eine kurze Notiz auf den Block, den ich immer in der Schürzentasche trug. Meine To-do-Liste für die Zeit bis zur Eröffnung in der nächsten Woche wurde immer länger.

Zwei Stunden später wanderte ich durch den Essbereich, blieb an jedem Tisch eine Weile stehen, um zu fragen, ob alle mit dem Essen und dem Service zufrieden waren. Dann entdeckte ich Thomas, der ganz allein an einem Tischchen in einer Ecke saß, genau an dem Platz, wo James und ich in *Joe's Café* immer gesessen hatten.

Ich zog mir einen Stuhl zu ihm heran. Er hatte dunkle Schatten unter den Augen und starrte auf James' Bilder. »Er hatte wirklich Talent. Es würde ihn freuen, wenn er wüsste, dass du seine Bilder hier aufgehängt hast.«

»Ich wünschte, ich hätte noch mehr davon.« Diese Bilder waren bei Weitem nicht seine besten Arbeiten.

»Und ich wünschte, ich hätte die fehlenden Bilder für dich ausfindig machen können.«

Eine Frage nahm in meinem Kopf Form an, und ich wunderte mich, warum ich sie nicht schon früher gestellt hatte.

»Thomas«, begann ich vorsichtig. »Deine Mutter hat die Bilder nicht an sich genommen, oder?«

Vielleicht wollte sie irgendetwas von James besitzen, als Erinnerung, oder schlimmer noch, vielleicht hatte sie die Bilder vernichtet. Es könnte auch sein, dass Phil sie gestohlen hatte.

Und was war mit Thomas? Hatte er sie vielleicht mitgenommen und schämte sich jetzt, zuzugeben, dass er die Kisten aus meiner Garage abgeholt hatte? Ich war so am Boden zerstört gewesen und praktisch in Tränen aufgelöst, als ich ihn das erste Mal nach den verschwundenen Bildern gefragt hatte.

»Das bezweifele ich. Mom hat sich nie für seine Kunst interessiert.«

Ich stieß die Luft aus, die ich bis dahin angehalten hatte. Obwohl ich erleichtert war, dass sie die Bilder höchstwahrscheinlich nicht hatte, war ich auch ein bisschen enttäuscht. Auf diese Weise hätte ich wenigstens gewusst, warum sie weg waren.

»Macht es dir etwas aus, sie zu fragen?«

Er schüttelte den Kopf und trank seinen Kaffee in einem einzigen Zug aus. Schwarz, ohne Milch. Dann lächelte er und sah mich wehmütig an. »Du hast in diesem einen Jahr eine Menge geschafft.«

Ich ließ meinen Blick durch das Café schweifen und die Geräusche auf mich wirken. Das Töpfeklappern aus der Küche, Mandy, die mit lauter Stimme ihre Bestellungen rief, Ian und das Getöse der Kaffeemühle, das Dampfen und Zischen der Espressomaschine. Meine Finger fingen an zu zittern, und ich begann, irgendwelchen nicht vorhandenen Schmutz unter meinen Fingernägeln zu entfernen.

»Ich spüre ihn immer noch, hier drin.« Ich legte mir die flache Hand auf die Brust. »Das macht es mir so ungeheuer schwer, zu glauben, dass er wirklich tot ist. Ich fühle es noch immer, sogar jetzt, nach einem Jahr. Glaubst du …«, fragte ich zögernd und sah ihn prüfend an. Ich musste kurz innehalten und Luft holen, doch dann stieß ich die Frage schnell heraus, bevor ich den Mut verlor. »Glaubst du, der Tote, den wir begraben haben, könnte jemand anders gewesen sein?«

Thomas zuckte zusammen. Einen Moment lang wurden seine Augen ganz schmal, doch dann löste sich die Spannung wie bei einem Ozean kurz vor dem Ansturm eines Tsunamis. »Nein«, antwortete er ruhig, viel zu ruhig, fand ich, »es war James.«

Meine Frage hatte ihn erschreckt, was mich nicht beruhigte. »Tut mir leid. Vergiss es.«

Er schüttelte den Kopf. »Mir geht es doch ganz genauso, Aimee.«

Ich presste die Lippen aufeinander und nickte.

Er schob seinen Becher zur Seite. »Danke für den Kaffee. Hat gut geschmeckt.« Dann erhob er sich und strich die Bügelfalten seiner Hose glatt. »Ich bin froh, dass Joe dir das Café letztendlich doch gegeben hat. Mir war von Anfang an klar, dass du hier Großes vollbringen würdest.«

Meine Augen verengten sich zu Schlitzen, während ich aufstand. Woher wusste er, dass Joe mir eine zweite Chance gegeben hatte? Ich hatte Thomas nichts davon erzählt, dass Joe mich ursprünglich abgelehnt hatte. Und dann hatte er zugestimmt, bevor ich überhaupt dazu gekommen war, Thomas anzurufen und ihn zu bitten, den Vertrag mit mir zu unterzeichnen.

Thomas sah sich im Gastraum um, und plötzlich merkte ich, wie seine Gesichtszüge erstarrten. Ich folgte seinem Blick, konnte aber nichts Besonderes erkennen, außer ein paar Leuten, die Schlange standen, um ihre Bestellungen aufzugeben, und der Eingangstür, die soeben hinter jemandem ins Schloss fiel, der das Lokal verlassen hatte.

Als ich mich wieder zu Thomas umdrehte, stellte ich fest, dass sein Gesicht glühte.

»Alles in Ordnung?«

»Alles super«, brachte er heraus. »Ich dachte, ich hätte jemanden erkannt.« Schnell schob er seinen Stuhl unter den Tisch, verabschiedete sich knapp und ging nach draußen.

Ich fing an, seinen Tisch abzuräumen. Auf dem Weg zur Küche traf ich Emily.

»Die Frau von Tisch acht hat mich gebeten, dir das hier zu geben.« Sie reichte mir eine Postkarte und ging weiter zu dem Tisch, an dem sie bedienen musste.

Tisch acht war leer. Wer auch immer dort gesessen haben mochte, war jetzt nicht mehr im Restaurant. Als ich mir die Postkarte ansah, drehte sich alles um mich herum. Es war eine Werbepostkarte für eine Kunstgalerie in Mexiko, *El Estudio del Pintor*. Auf der Vorderseite war eine Paintbrush-Grafik abgebildet, oben das mir so vertraute Karibikblau, das James immer zum Signieren seiner Gemälde benutzt hatte, darunter prangte eines seiner verschwundenen Bilder. Was zum Teufel …?

Aus der Küche drang das laute Klirren von zerbrochenem Geschirr. Ein paar Leute horchten auf und drehten neugierig die Köpfe. Ich steckte mir die Karte in die Schürzentasche und eilte in die Küche. Mit zitternden Händen hockte ich am Boden und versuchte, Mandy beim Einsammeln der Scherben zu helfen. Immer wieder fielen die Stücke zurück auf die Erde anstatt in den Abfalleimer.

Ungeduldig schob mich Mandy beiseite. Ich murmelte eine Entschuldigung und zog mich auf die Toilette zurück. Dort lehnte ich mich mit dem Rücken gegen die Tür und ließ mich auf den Boden sinken. Mein Atem ging heftig, und ich spürte, wie mir flau wurde. Zitternd holte ich die Postkarte heraus und starrte sie an. Schweißperlen traten mir auf die Stirn. Wie war das möglich?

»Aimee!« Emily klopfte an die Tür. »Bist du da drin?«

Ich zuckte zusammen. »Ja, einen Moment.«

»Mandy braucht dich in der Küche.«

»Sag ihr, ich komme gleich«, rief ich.

Ich ließ die Karte wieder in die Schürzentasche gleiten und versuchte, die Bedeutung dessen, was ich gerade entdeckt hatte, aus meinem Bewusstsein zu verdrängen. Für den Moment galt es nur, diesen Tag irgendwie zu überstehen.

* * *

Auf dem Fünfundsiebzig-Zoll-Flachbildschirm in der Bibliothek der Donato-Villa holte der Pitcher der New York Mets gerade auf dem Wurfhügel im AT&T Park in San Francisco aus. Es war bereits die zweite Hälfte des neunten Innings gegen die Giants, alle Bases waren besetzt, und die Mets führten mit drei Punkten.

Kraftvoll schleuderte der Pitcher den Ball in Richtung des Schlagmals, sodass er mit fast hundertfünfzig Stundenkilometern wie ein Strich durch die Luft raste und punktgenau auf Barry Bonds' Schläger traf. Wumm! Der Ball stieg steil über dem Feld auf und landete im Lederhandschuh eines Fans in der zweiten Reihe auf der Tribüne. Homerun!

James und Thomas sprangen von ihren Sitzen auf. Grölend und jubelnd gaben sie einander High fives.

»Das Spiel ist aus!« Thomas klatschte in die Hände. »Jetzt wird gezahlt.«

Edgar Donato fluchte und erhob sich halb aus seinem Ledersessel, um die Geldbörse herauszuholen. Er nahm zwei Hundertdollarscheine in die Hand. »Habe ich schon erwähnt, Aimee, wie enttäuscht ich bin, dass keiner meiner Söhne den Mets treu geblieben ist?«

»Ja, Sir, das haben Sie. Mehr als einmal.« Wir lächelten einander an. Die Donatos waren von New York nach Los Gatos gezogen, und beide, sowohl Thomas als auch James, waren schon sehr bald zu Fans der San Francisco 49ers und der Giants geworden.

Edgar reichte jedem seiner Söhne einen Geldschein, und Thomas und James schlugen ihre Fäuste gegeneinander. James lehnte sich zu mir herüber, umfasste mein Gesicht mit den Händen und gab mir einen geräuschvollen Kuss auf den Mund. »Ein Abendessen für uns beide, Baby, nächstes Wochenende.«

»Guter Plan.« Ich lächelte, meinen Mund ganz nah an seinem.

James stand auf, um sein Geld in der Hosentasche zu verstauen. »Allerdings wirst du mit nach Palo Alto kommen müssen, denn ich habe diese Woche Prüfungen und kann nicht herfahren.«

Edgar zündete sich eine Zigarre an, der Tabak glühte hellrot auf, als er in kurzen, kräftigen Stößen daran zog. »Sag mal, Aimee«, begann er und stieß eine Rauchwolke aus, »hast du schon darüber nachgedacht, was du im Anschluss an die Highschool machen willst?«

»Ja, Sir, das habe ich.«

Ich drehte mich auf meinem Platz auf dem Sofa um, damit ich ihn in seinem Sessel geradeaus anschauen konnte. Ich war nervös, ängstlich und aufgeregt.

»Sie wissen ja schon, dass ich in den nächsten zwei Jahren auf das De-Anza-College gehen werde, damit ich weiterhin meinen Eltern im *Goat* helfen kann. Aber danach möchte ich mich an der Kalifornischen Kochakademie in San Francisco bewerben, um dort meinen Abschluss zu machen.«

»Das ist eine gute Idee.« Edgar nickte und ballte seine Fäuste auf den Knien. Zigarrenrauch stieg in kleinen Kringeln zur Decke und blieb dort oben wie eine trübe Trennwand zwischen uns hängen. »Dann kannst du das Restaurant weiterführen, wenn deine Eltern sich zur Ruhe setzen.«

James verdrehte die Augen. Es war immer dasselbe mit Edgar. Eltern hatten die Verpflichtung, ihren Nachkommen ein gutes Erbe zu hinterlassen, und die Nachkommen mussten darauf vorbereitet werden, dieses Erbe zu übernehmen.

»Das ist der Plan«, stimmte ich zu.

»Ich finde, sie sollte nach ihrem Abschluss ein eigenes Restaurant eröffnen.« James nahm mir das leere Glas aus der Hand und ging damit zur Hausbar hinüber. In meinem Rücken hörte ich das leise Knacken und Zischen, als er eine Coladose aufriss und den Inhalt in ein Glas schüttete.

»Ich weiß nicht«, sagte ich achselzuckend. »Vielleicht werde ich eines Tages meinen eigenen Laden haben. In jedem Fall brauchen mich erst einmal meine Eltern.«

Thomas ging zu James an die Bar und goss sich noch ein Glas Whisky ein. »Wenn du ein Restaurant eröffnest, komme ich jeden Tag zum Essen zu dir.«

Lachend drehte ich mich zu Thomas um. »Dann wirst du zu dick.«

Thomas hielt die Whiskyflasche hoch und sah Edgar an, der nickte.

»Ich mag das Essen deiner Eltern im *Goat*«, bemerkte Edgar.

Überrascht blickte ich ihn an. »Sie waren schon einmal dort?«

»Schon mehrmals.«

Meine Eltern hatten mir noch nie erzählt, dass James' Eltern bei ihnen gewesen waren. Ich hatte immer geglaubt, das Lokal sei unter dem Niveau der Donatos.

Claire kam herein und verkündete: »Marie ist gleich mit dem Essen so weit.«

»Schön.« Thomas warf einen Blick auf seine Armbanduhr. »Ich muss nach Hause und ein Angebot für Chahaya Teak vorbereiten. Am Dienstag fliege ich nach Indonesien.«

Thomas hatte gerade sein Studium an der Stanford University abgeschlossen. Mit zweiundzwanzig Jahren betreute er bereits als Manager mehrere größere Kunden von Donato Enterprises.

Das Geräusch von Schritten hallte durch den Flur.

»Phil, Schatz! Ich wusste gar nicht, dass du kommst«, rief Claire aus und strahlte. »Isst du mit uns zu Abend?«

Alle drehten sich zu Phil um, der gerade ins Zimmer gekommen war. Er umarmte Claire und flüsterte ihr etwas ins Ohr. Mit den Augen suchte er den Raum ab, bis er Mr Donato entdeckte.

»Ich muss mit dir sprechen, Edgar«, erklärte er und machte sich aus Claires Umarmung los.

Edgar stand auf und richtete sich die Bügelfalten an seiner Hose. »Nach dem Essen.«

»Du hast das Geschäft mit Costas abgewürgt«, verkündete Phil in vorwurfsvollem Ton, als hätte er Edgars Bitte nicht gehört. »Warum?«

Edgar lief rot an. Seine Augen wurden schmal, und er blitzte Phil wütend an. »Heute ist Sonntag. Ich habe gesagt, wir können das später besprechen.«

»Nein! Wir werden jetzt darüber reden«, explodierte Phil.

Erschrocken richtete ich mich auf. James spannte sich an und streckte den Rücken. Thomas verengte die Augen zu Schlitzen.

Phil kam näher und stellte sich direkt hinter mir an das Sofa. »Du hast diese Woche auf keinen meiner Anrufe reagiert.«

Seine Stimme dröhnte mir in den Ohren. Ich erhob mich und hastete zur Bar, wo ich mit James beunruhigte Blicke wechselte.

»Costas war ein höchst lohnendes Geschäft. Da wäre für Donato eine Menge zu holen gewesen.«

»Um welchen Preis?« Edgars Ton war nun ebenso scharf wie Phils. »Costas fertigt Möbel aus brasilianischem Nussbaumholz. Alle unsere Recherchen und Kontrollen weisen darauf hin, dass ihr Holz nicht aus nachhaltigem Anbau stammt. Sie beziehen es illegal irgendwoher.«

»Das ist völliger Quatsch. Rede mit ihnen. Ich kann ein Gespräch mit dem Präsidenten arrangieren.«

»Vergeude nicht deine Zeit. Donato macht nur mit umweltbewusst arbeitenden Möbelherstellern Geschäfte, und Costas gehört nicht dazu. Ende der Diskussion.« Ungeduldig drückte Edgar seine Zigarre im Aschenbecher aus und griff nach seinem Whiskyglas, das Thomas ihm nachgefüllt hatte. Er ging zur Tür und ließ Phil mitten im Zimmer stehen.

»Du kannst nicht einfach weglaufen!«, brüllte Phil seinen Onkel an, der bereits halb durch die Tür war. »Ich bin noch nicht fertig.«

Ich warf James, der neben mir stand, einen Blick zu. Ich hatte so eine Ahnung, dass es hier um mehr ging als um ein verhindertes Geschäft.

Phil bohrte Edgar seinen Zeigefinger in die Brust. »Du hattest kein Recht dazu, die Verhandlungen abzubrechen, ohne mich vorher zu fragen.«

»Als Geschäftsführer habe ich alle Rechte!«

»Du hast mich vollkommen lächerlich aussehen lassen.«

Edgar lachte. »Das kannst du schon ganz allein. Du willst, dass die Leute bei Donato Enterprises ein anderes Bild von dir haben? Du willst, dass ich dich als Präsidenten vorschlage? Dann hör mit deinen unmoralischen Geschäftspraktiken auf. Keine Risikogeschäfte mehr. Dann können wir reden. Ich werde nicht zulassen, dass du diese Firma in den Ruin treibst, weil du Mist baust, andernfalls …«

»Andernfalls was?«, höhnte Phil. »Dann geht die Firma an Tommy-Boy? Er hat nicht das Rückgrat zum Präsidenten. Unsere Kunden werden ihn niedertrampeln. Donato braucht eine starke Hand, jemanden, der die Eier hat, genau solche Risikogeschäfte zu wagen. Nur so wird die Firma vorankommen.«

Er zeigte mit dem Finger auf James. »Und James kann das genauso wenig. Der würde doch am liebsten seine Zeit ausschließlich mit dem Malen von Blümchenbildern und dem Vögeln seiner kleinen Schlampe verbringen.«

Ich keuchte auf. James zerdrückte die Coladose, die er in der Hand hielt. Noch nie hatte ich ihn so wütend erlebt.

Angriffslustig sah Phil sich im Zimmer um, sein Brustkorb hob und senkte sich, und er betrachtete unsere entsetzten Mienen. Sein Blick blieb an James hängen, der ihn zornig anstarrte.

Phil tat erstaunt. »Ach, sie wissen es noch nicht? Du hast es all die Jahre geheim gehalten?« Er lachte ein hässliches, tiefes Lachen. »Erstaunlich. Ich hätte nicht gedacht, dass du dein Geheimnis so lange für dich behalten kannst. Bravo, Jimbo.« Mit übertriebener Geste klatschte er in die Hände.

»Phil, bitte nicht …«, begann ich.

»Was bedeutet«, damit drehte er sich zu mir um, »dass sie auch noch nichts von uns weiß.« Sein Finger zeigte von James zu Thomas und landete dann wieder bei ihm selbst.

»Halt deine verdammte Klappe«, warnte James.

»James, wovon redet er?«, fragte Claire. Sie war blass geworden. »Was meint er damit: Du malst?«

»Das bedeutet, dass dein Sohn mit Donato Enterprises nichts zu tun haben will«, antwortete Phil anstelle von James. »Er möchte lieber schöne Bildchen malen, und er malt schon seit dem Tag, an dem du ihm verboten hast, Aimees Geschenk anzunehmen.« Er verschränkte die Arme vor der Brust. »Und er ist ziemlich gut. Beim Malen, meine ich. Ob er beim Vögeln seiner Freundin genauso gut ist, kann ich nicht beurteilen.«

Ich spürte, wie mir das Blut aus den Wangen wich. Warum war er so grausam und krude? Und woher, zum Teufel, wusste er, dass James Talent hatte? Hatte er seine Bilder gesehen? Ich zermarterte mir das Hirn, ob er jemals im Haus meiner Eltern gewesen war. Doch ich konnte mich nicht erinnern, dass meine Eltern erwähnt hätten, Phil sei bei uns hereingeschneit.

Trotz meines Schocks über Phils Worte konnte ich den Grund dahinter erkennen. Er war wütend und verletzt und ließ das an uns aus.

Spöttisch legte er den Kopf zur Seite und sah mich an. »Vielleicht möchtest du uns über dein Sexualleben aufklären?«

»Phil!«, rief Claire entsetzt.

James wollte sich auf ihn stürzen, aber Thomas packte ihn

und hielt ihn zurück. »Er ist es nicht wert. Er ist es niemals wert gewesen.«

»Du verlässt augenblicklich mein Haus«, befahl Edgar in eisigem Ton.

Phil wirbelte herum. »Donato steht mir zu!«, brüllte er. Speichel sprühte ihm aus dem Mund. »Das wäre mein angestammtes Recht gewesen. Es gehört mir!« Damit stampfte er aus dem Zimmer und knallte die Tür so heftig ins Schloss, dass sie sofort wieder aufsprang.

»Phil!« Claire eilte ihm nach.

James war wütend. Mit heftigen Bewegungen befreite er sich aus Thomas' Umklammerung. Seine Bilder waren mindestens so gut wie die Kunstwerke, die die Wände in seinem Elternhaus zierten, und es war eine maßlose Kränkung für ihn, dass dieses Talent, das ihm so viel bedeutete, auf so grobe Weise ans Licht gezerrt wurde. Das würde er Phil niemals verzeihen.

Langsam ging Edgar zum Fenster. Er schob die Hände in die Hosentaschen und starrte auf den Hof hinaus. »Soso, du bist also ein Künstler?«

James schob die Lippen vor, seine Miene angespannt.

»Seine Bilder gehören in eine Galerie, Mr Donato«, bemerkte ich, als James stumm blieb.

Mit einer ruckartigen Bewegung drehte er sich zu mir und blitzte mich wütend an.

»Das ist die Wahrheit«, flüsterte ich mit Nachdruck.

»Ist es das, was du mit deinem Leben anstellen willst?«, fragte Edgar James. Es hörte sich an, als wollte er die Waffen strecken.

»Ich weiß nicht, was zum Teufel ich will.« Mit diesen Worten stürmte auch James aus dem Zimmer.

»Vielleicht hätten wir ihm das Malen doch nicht verbieten sollen«, bemerkte Edgar tonlos zu seinem Spiegelbild im Fenster. Er hob die Schultern und sah mich an. »Claire hat der

Gedanke nie gefallen. Sie wollte nicht, dass die Jungen einem Hobby nachgehen, das sie in irgendeine andere Richtung hätte führen können als zu Donato Enterprises. Und ich habe eingewilligt, sie dabei zu unterstützen, egal, ob die Jungen dort arbeiten wollten oder nicht. Ihr Urgroßvater hat die Firma gegründet. Jeder Sohn aus jeder Generation hat für uns gearbeitet, und so war es auch für ihre Söhne geplant.«

Er drehte sich von mir weg und blickte wieder aus dem Fenster. »Noch etwas nicht Wiedergutzumachendes, mit dem ich leben muss.«

Thomas kam auf mich zu und strich mir über den Arm. »Geht es dir gut?«

Ich schaute von Thomas zum Flur hinter der Bibliothek und zurück zu Thomas.

»Phil ist ein Arschloch«, sagte Thomas und fing an, mir zu erklären, unter was für einem Riesendruck Phil stand. »Wir beide sind im Rennen für die Position als Geschäftsführer, die mein Vater nach dem Tod von Onkel Grant – du weißt schon, Phils Vater – ausgeschrieben hat. Wie du vielleicht mitbekommen hast, war Phil nicht besonders geschickt bei seinen jüngsten Geschäftsentscheidungen.«

Ich nickte, ohne wirklich zu begreifen, was Thomas sagte. »Ich glaube, ich sollte nach James sehen.«

Mit einem flüchtigen Abschiedsgruß verließ ich den Raum und machte mich auf die Suche nach ihm. Ich fand ihn draußen im Auto, bei laufendem Motor, und schlüpfte schnell auf den Beifahrersitz. Gleich nachdem ich die Tür geschlossen hatte, trat er heftig aufs Gaspedal und ließ den Motor aufheulen. Die Reifen quietschten auf dem Asphalt, und ich beeilte mich, meinen Sicherheitsgurt anzulegen.

James fuhr über Nebenstraßen hinauf zum Skyline Boulevard und zu unserer Wiese, unserem Geheimplatz, den wir aufsuchten, wenn wir allein sein wollten.

An der Art, wie James die Gänge einlegte, war deutlich zu erkennen, dass er noch immer vor Wut schäumte. Er steuerte den Wagen durch enge Kurven, ohne die Geschwindigkeit zu drosseln, im Gegenteil. Ich klammerte mich am Türgriff fest. »Es macht keinen Sinn, zur Wiese zu fahren, um Sex zu haben, wenn wir vorher gegen einen Baum prallen.«

Endlich verlangsamte er das Tempo. Seine Mundwinkel verzogen sich zu einem kurzen Grinsen, bevor er anfing zu fluchen. Er schlug mit einer Faust aufs Lenkrad. »Woher zur Hölle hat er das gewusst?«

»Wer? Phil? Wahrscheinlich aus unseren Briefen.«

»Welchen Briefen?«

»Den Briefchen, die wir uns in der Schule geschrieben haben. Erinnerst du dich nicht daran, wie du ihn einmal erwischt hast, als er in deinem Schreibtisch herumgeschnüffelt hat? Ich glaube, er hat sie gelesen, genau so, wie du es damals befürchtet hast.« Noch einmal erzählte ich ihm die Geschichte, wie Phil mich vor Jahren nach Hause begleitet hatte.

James sah mich zweifelnd von der Seite an. »Das hast du nie vor mir erwähnt«, sagte er vorwurfsvoll. Er hielt an der Skyline-Kreuzung und schaute in den Rückspiegel. Ein Auto kam mit voll aufgeblendeten Scheinwerfern hinter uns zum Stehen.

»Doch, das habe ich. Du hast damals ein bisschen gemeckert und gesagt, Phil sei ein Idiot, und du wolltest nicht mit ihm herumstreiten. Du hast noch nie gerne über ihn geredet. Außerdem warst du immer zu sehr damit beschäftigt, mir an die Wäsche zu gehen. Weißt du noch? Das war kurz nach unserem ersten Kuss.«

James lächelte und blickte mich an. »Daran erinnere ich mich gut.«

Ich errötete. »Wie auch immer. Jedenfalls hat Phil versprochen, dein Geheimnis nicht zu verraten, obwohl ich ihm gegenüber nie zugegeben habe, dass du überhaupt malst.«

»Wie es aussieht, kann er die Klappe nicht halten.« James bog in den Skyline Boulevard ein. »Ich werde ihn grün und blau prügeln, wenn ich ihn das nächste Mal treffe.«

Der Wagen hinter uns bog ebenfalls ab und beleuchtete mit seinen hellen Scheinwerfern den Innenraum von James' Auto wie der Strahl eines Leuchtturmes.

James schimpfte vor sich hin und starrte in den Rückspiegel. »Bescheuerter Idiot, lass mal deine Scheinwerfer richtig einstellen.«

Ich schaute in den Seitenspiegel. Der Wagen folgte uns und fuhr so dicht auf, dass er fast unsere Stoßstange berührte.

»Was ich nicht begreife, ist, wie Phil herausfinden konnte, dass du wirklich gut bist.«

»Hat er meine Bilder gesehen?«

Ich schüttelte den Kopf. »Er war niemals bei uns im Haus. Jedenfalls nicht, während ich da war. Meine Eltern haben auch nie etwas erwähnt. Andererseits haben sie mir auch nie gesagt, dass dein Vater bei ihnen zum Essen war. Das habe ich heute zum ersten Mal gehört.«

James seufzte. »Na ja, jedenfalls wissen es meine Eltern jetzt.«

Ich legte ihm die Hand auf den Oberschenkel. »Du bist doch keine fünfzehn mehr. Sie können dir das Malen nicht verbieten.«

»Das weiß ich. Es ist nur …« Er rieb sich die Stirn. »Ich wollte nicht, dass sie es auf diese Weise erfahren.«

Ich stutzte. »Hattest du denn vor, es ihnen zu sagen?«

Er zuckte die Achseln. »Eigentlich wollte ich sie zu einer Ausstellung einladen und sie damit überraschen, dass es meine Ausstellung wäre, und dann würden sie ein Bild kaufen und es in ihrer Bibliothek aufhängen. Verdammt, ich würde ihnen eins schenken.«

O James! Es tat mir so leid für ihn. Er wollte mehr als nur Anerkennung für seine Bilder. Er wünschte sich, seine Eltern würden endlich akzeptieren, dass die Kunst für ihn mehr war als nur ein Zeitvertreib.

»Das war sicher eine blöde Idee.«

»Ich finde, es ist eine großartige Idee.«

»Zu spät«, knurrte James und brauste an der Einfahrt zu unserer Wiese vorbei.

Ich drehte den Kopf. »Du hast die Einfahrt verpasst.«

»Ich weiß.« Sein Blick ging zwischen der Straße und dem Rückspiegel hin und her. Nach ein paar Hundert Metern hielt er plötzlich am Straßenrand an und ließ den lästigen Drängler vorbei.

Ich keuchte auf. »Das sieht aus wie Phils Wagen.«

James wartete ab, bis das Auto hinter der nächsten Kurve verschwunden war, bevor er umdrehte und zu unserer Wieseneinfahrt zurückfuhr.

Er parkte das Auto auf dem Seitenweg und schaltete die Scheinwerfer aus. »Nur zur Sicherheit.«

»Hm. Er ist wahrscheinlich wütend, und deshalb ist er uns gefolgt.«

»Ich weiß nicht, wer das war, aber ich wollte kein Risiko eingehen. Es ist besser, wenn niemand weiß, dass wir hier sind.«

»Was hat er gemeint, vorhin, als er sagte, ich wüsste nichts von euch dreien?«, fragte ich.

Ich spürte James' Anspannung neben mir in der Dunkelheit.

»Ist schon okay. Du musst es mir nicht verraten.«

Er schaltete den Motor aus. »Es ist nicht wichtig. Mach dir keine Gedanken darüber.«

James spielte die Sache herunter. Er war noch immer zornig, das spürte ich deutlich, aber da war noch etwas anderes, etwas, das ich nicht genau beschreiben konnte. Offensichtlich war er in Sorge, obwohl er meinte, ich solle mir keine Gedanken machen. Ich sagte mir, er würde es mir schon erzählen, wenn er es für richtig hielt.

James öffnete die Autotür, und sofort ging die Innenbeleuchtung an. Ich blinzelte, bis sich meine Augen an das Licht gewöhnt hatten. James grinste.

»Na los. Meine Eltern werden enttäuscht sein, dass wir nicht zum Essen kommen, aber ich muss heute Abend nach Stanford zurück und lernen.« Sein Lächeln wurde breiter. »Komm, lass uns Spaß haben.«

Er holte ein paar Decken, einen Lautsprecher und seinen iPod. Ich ging hinter ihm her, und wir kletterten über einen niedrigen Zaun. Dann liefen wir unter den Bäumen entlang, bis sie spärlicher wurden und schließlich den Blick auf den Sternenhimmel freigaben. Unser Lieblingsplatz war oben auf dem Hügel, von wo aus man die Santa-Cruz-Berge sehen konnte. Nicht eine Wolke war in dieser kühlen Frühlingsnacht am Himmel zu entdecken.

James suchte auf seinem iPod den OutKast-Song »The Way You Move«.

Ich zog die Augenbrauen hoch. »Interessante Wahl. Du hast ja etwas vor heute Abend.«

Er lockerte die Schultern und lächelte, langsam und sexy. In meinem Bauch kribbelte es.

»Komm her, Baby.«

Er zog mich an sich und beugte sich zu mir herunter. Bevor er mit dem Mund meine Lippen berührte, spürte ich, wie sich sein Körper anspannte. Er hob den Kopf und schaute über meine Schulter.

Ich bekam eine Gänsehaut. »Was ist?«

Er kniff die Augen leicht zusammen, dann schüttelte er den

Kopf und sah mich an. »Ich dachte, ich hätte etwas gehört.«

»Ein Tier vielleicht?« Ich schaute mich um, konnte aber nur Schatten erkennen, unheimlich und verzerrt im hellen Mondlicht.

»Kann sein«, antwortete James. Er küsste mich auf die Nase. »Du siehst wunderschön aus.«

Ich lächelte und löste mich aus seiner Umarmung, um mir den dünnen Pullover auszuziehen, ließ ihn zu Boden fallen und hörte, wie James leise lachte, bis das Geräusch meines Reißverschlusses durch die Stille der Nacht drang. Dann wurde er ernst und sah zu, wie ich aus dem Rock schlüpfte und ihn zu meinen Füßen liegen ließ. Ich trat aus meinen Ballerinas und über den Rock hinweg.

Ein kühler Wind trug den Duft von nassen Kiefernnadeln und Holzfeuer zu uns herüber und ließ mich frösteln. Ich ballte die Hände zur Faust. »Kalt hier.«

»Du bist so wunderschön.«

James trat ganz nah an mich heran. Fest presste sich sein Mund auf meine Lippen. Mit den Händen umfasste er meine Taille und fuhr mit seinen Fingern unter meinen Slip. Er streifte ihn mir ab, ging vor mir auf die Knie und presste die Lippen gegen meine Haut. Ich atmete scharf ein und zitterte von der kühlen Luft und seinen Küssen.

Er warf meinen Slip auf das Kleiderbündel und zog mich zu Boden. Nachdem er mir den BH aufgehakt hatte, küsste er mir die Brust, schob mich auf die auf dem Gras ausgebreitete Decke und deckte mich dann mit der zweiten zu. Schnell legte er seine Kleider ab, schlüpfte zu mir und drückte mich so eng wie möglich an sich.

»Ich liebe dich«, flüsterte er mir ins Ohr.

»Ich liebe dich auch.«

Er legte sich auf mich, und ich hörte das Reißen von Folie. Dann platzierte er sich zwischen meinen Schenkeln und drang in mich ein. Ich spürte, wie er sich in mir bewegte, schlang ihm die Arme um den Nacken und umfing ihn mit meinen Beinen, kam ihm in dem Rhythmus entgegen, den er vorgab.

»Nicht loslassen«, flüsterte er, während er sich mit schnellen Bewegungen tief in mich stieß.

»Niemals.«

Kapitel 15

Es war nun vierzehn Monate her, dass James nach Mexiko gereist war, vor einem Jahr hatten wir ihn beerdigt. In vielen Dingen kam ich mit meinem Leben gut zurecht, in anderer Hinsicht trat ich auf der Stelle. James' Hemden und seine Anzüge hingen immer noch in unserem Kleiderschrank, und auf den Malsachen in seinem Studio hatte sich eine dicke Staubschicht gebildet.

In diesem Studio saß ich jetzt am Schreibtisch und klickte mich durch die Bilder von der heutigen Eröffnungsfeier, die Kristen mir per Mail geschickt hatte. Aufmerksam betrachtete ich jedes einzelne Foto, in der Hoffnung, die Frau zu entdecken, die ich eigentlich überhaupt nicht wiedersehen wollte.

Da gab es Aufnahmen von meiner Familie, von meinen Freunden, den Nachbarn und Mitarbeitern, lustige Schnappschüsse meiner Baristas, Mandy in der Küche und Ian: Ian an der Espressomaschine, Ian mit meinen Eltern, Ian mit Nadia, Ian vor den gerahmten Fotos an der Wand. Ich klickte weiter – und wieder Ian. *Verdammt, Kristen, so viele Fotos von ihm. Und verdammt, Ian, wie unverschämt gut du aussiehst.*

Als ich das nächste Bild anklickte, stockte ich. Da war sie: Tisch acht, in der Ecke genau zwischen James' Bildern und

Ians gerahmten Fotos. Das war Lacy. In der Hand hielt sie die Postkarte, die sie meiner Kellnerin Emily gegeben hatte, dabei blickte sie mit ihren unheimlichen lavendelblauen Augen direkt in Kristens Kamera. Offensichtlich hatte sie nicht damit gerechnet, dass Kristen sie fotografieren würde.

Warum war sie so schnell aufgebrochen, nachdem sie Emily die Postkarte zugesteckt hatte? Und warum hatte sie sie mir nicht selbst gegeben? Hatte Kristen sie mit ihrer Kamera erschreckt? Hatte irgendetwas oder irgendjemand anders sie erschreckt? Thomas vielleicht?

Er hatte jemanden aus dem Café gehen sehen, jemanden, den er zu kennen glaubte. Er hatte sich sehr merkwürdig verhalten, und es hatte den Anschein gehabt, als hätte ihn etwas oder jemand sehr aus der Fassung gebracht. Womöglich hatte er Lacy gesehen – vielleicht war das der Grund?

Mit einem Griff zog ich die Werbepostkarte der Kunstgalerie aus meiner hinteren Hosentasche. Diese Galerie, *El Estudio del Pintor*, befand sich in Puerto Escondido in Mexiko. Es war eine ziemlich kleine Karte, und die Abbildung des Acrylbilds war ebenfalls sehr klein. Eingehend betrachtete ich sie, während ich an meinen Fingerknöcheln herumkaute.

Dieses Bild hatte ich zuletzt vor vielen Jahren in James' kleinem Atelier im Haus meiner Eltern gesehen, wo es auf der Staffelei gestanden hatte. *Unmöglich.* Das Gemälde auf der Postkarte war eine originalgetreue Replik von James' *Withering Oaks*, einem Acrylbild, das das Wäldchen hinter meinem Elternhaus zeigte.

Ich drehte die Karte um und sah mir die Rückseite an. Die Galerie lag in demselben Ort wie die *Casa del Sol*, das Hotel von der Visitenkarte, die ich vor fast einem Jahr in meinem Portemonnaie entdeckt hatte. Mit einem Ruck zog ich die mittlere Schreibtischschublade auf und wühlte in den Papieren, bis ich das Kärtchen fand, von dem ich annahm, dass Lacy es mir in die Geldbörse gesteckt hatte.

In einem neuen Browserfenster öffnete ich die Webseite der *Casa del Sol.* Es hatte sich nichts verändert, seit ich sie mir das letzte Mal angesehen hatte. Und es war absolut nichts Ungewöhnliches an dem Resort-Hotel.

Anschließend suchte ich das *Estudio del Pintor*. Nichts. Keine Webseite und kein Link. Ich probierte es mit mehreren Suchmaschinen, doch keine von ihnen zeigte eine Kunstgalerie unter dem Namen in Puerto Escondido, Mexiko. Also versuchte ich es bei Google.

Das Bild einer Ladenfront erschien, ich klickte auf einen Link und sah, eingebettet in eine Immobilienwebseite, ein altes Gebäude mit abgeblätterter Farbe und herabbröckelnder Stuckverzierung. Davon abgesehen gab es keine weiteren Informationen. Der Eintrag war mindestens zwei Jahre alt und zeigte an, dass das Haus inzwischen verkauft worden war. Gut möglich, dass der Käufer, wer auch immer das gewesen sein mochte, im Laufe der vergangenen zwei Jahre an genau dieser Stelle eine Galerie eingerichtet hatte.

Warum nur wollte Lacy mich nach Puerto Escondido lotsen? James war doch nach Cancún geflogen und hatte dort in einem Hotel in Playa del Carmen eingecheckt. Dann war er irgendwo in der Nähe von Cozumel zum Fischen rausgefahren. Thomas hatte gesagt, er habe James' Leiche in dem mexikanischen Staat Quintana Roo abgeholt, nicht in Oaxaca.

Wenn das nicht stimmte, fragte ich mich, warum James mich wegen seiner Reisepläne hätte anlügen sollen. Vielleicht war ja auch Thomas der, der log, was bedeuten würde, dass allein Lacy die ganze Zeit über die Wahrheit gesagt hatte.

James war noch am Leben.

Das Herz schlug mir bis zum Hals. Ich griff zum Telefon und rief Kristen an. »Kann ich zu dir rüberkommen?«

* * *

Kristen und Nick Garner wohnten in Saratoga, keine zehn Minuten mit dem Auto von mir entfernt. Kristen kam in Frottee-Shorts und einem *Hello Kitty*-Shirt an die Tür. Mit wippendem Pferdeschwanz lief sie vor mir her durchs Wohnzimmer.

»Nick ist in der Küche. Ist es okay für dich, wenn ich ihn frage, ob er dabei sein möchte?«

Ich nickte. »Natürlich, er kennt Thomas besser als wir alle.«

»Genau. Aimee …« Kristen blieb mitten im Flur stehen und sah mich besorgt an. »Ich mache mir Sorgen, Aimee. Das, was du mir am Telefon erzählt hast, klingt so …«

»… verrückt, ich weiß.« Nervös spielte ich mit dem Schulterriemen meiner Umhängetasche. »Aber ich muss einfach herausfinden, was da vor sich geht.«

Sie legte mir eine Hand auf den Arm. »Ist das der Grund, weshalb du keine neue Beziehung angefangen hast, seit James … ähm … verschwunden ist?«

»Der Gedanke geht mir einfach nicht aus dem Kopf.«

Sie nickte knapp. »Lass uns hören, was Nick davon hält.«

Nick stand an der Arbeitsplatte in der Küche und goss dunkles Bier in ein eisgekühltes Glas. Er trug ein T-Shirt und Work-out-Shorts, seine Haare waren noch feucht, wahrscheinlich vom Duschen. Nick spielte in seiner Freizeit Fußball. Anscheinend war er erst vor Kurzem von einem Spiel nach Hause gekommen.

Er bot mir ein Bier an, das ich dankend ablehnte. »Meinen Glückwunsch zu der Eröffnung heute«, sagte er.

»Danke. Was hast du denn gegessen?«

»Omelette Méditerranée.« Mit der linken Hand klopfte er sich auf den Bauch. »Mein neuestes Leibgericht.«

Ich lächelte. Prall gefüllt mit Ziegenkäse, eingelegten Oliven, frischem Dill und Fenchel war diese Omelette bei allen Gästen eine beliebte Wahl. »Du kommst hoffentlich bald wieder.«

»Ja, sicher«, versprach er und nahm einen Schluck von seinem Bier. Dann rieb er sich die Hände. »Also, was gibt es?«

Statt einer Antwort holte ich die Galerie-Postkarte und die Visitenkarte aus meiner Tasche und legte beides nebeneinander auf die Tischplatte. »Lacy hat mir dieses Hotelkärtchen ins Portemonnaie geschmuggelt.«

Fragend schaute Nick mich an.

»Lange Geschichte«, winkte ich ab und deutete auf die Galerie-Postkarte. »Sie hat meine Kellnerin Emily gebeten, auch dies an mich weiterzugeben.«

Nick, der die Karte angesehen hatte, blickte abrupt hoch. »Sie ist heute Morgen da gewesen?«

»Scheint so.«

»Aimee denkt, ich hätte sogar ein Foto von ihr gemacht«, erklärte Kristen.

Nick richtete sich auf und stellte sich näher neben seine Frau. »Hat sie irgendetwas zu dir gesagt?«

Kristen schüttelte den Kopf. »Es waren so viele Leute da, und ich bin ihr noch nie zuvor begegnet, deshalb weiß ich nicht mal, wer sie war.«

»Warte, ich zeige sie dir.« Ich holte mein Mobiltelefon aus der Tasche und scrollte die Fotos durch, bis ich Lacys Bild fand.

»Ja, an die kann ich mich erinnern«, sagte Kristen. »Sie war ganz erschrocken, als sie merkte, dass ich sie fotografiert habe. Und gleich danach ist sie weggegangen.«

»Ihr Name ist Lacy Saunders, und ich glaube, sie ist gegangen, weil sie Thomas gesehen hat. Sie ist nämlich eine auf rätselhafte Fälle und vermisste Personen spezialisierte Hellseherin«, erklärte ich Nick.

Aufmerksam betrachtete Nick das Foto. »Kristen hat mir erzählt, du hättest diese Frau bei James' Beerdigung kennengelernt.«

»So würde ich es nicht ausdrücken«, wandte ich ein.

»Lacy hat ihr auf dem Parkplatz vor der Kirche aufgelauert«, berichtete Kristen. »Sie hat Aimee gesagt, James sei noch am Leben. Nadia ist davon überzeugt, dass die Frau eine Schwindlerin ist, und offen gestanden muss ich ihr recht geben.«

»Das habe ich auch gedacht, bis ich gemerkt habe, dass fast alle Gemälde von James aus unserer Garage verschwunden sind, und dann habe ich das hier bekommen.« Mit dem Zeigefinger tippte ich auf das Bild vorn auf der Postkarte. »Ich fürchte, Lacy hat die Wahrheit gesagt.«

Nick kratzte sich an der Stirn. »Keine voreiligen Schlüsse«, erklärte er. »Was hat denn die Polizei gemeint, als du den Diebstahl gemeldet hast?«

Kristen wusste von mir, dass ich, nachdem ich das Fehlen der Bilder bemerkt hatte, zur Polizei gegangen war. Das hatte sie Nick sicherlich erzählt. »Die Polizei hat nicht mehr viel machen können. In der Garage waren keine anderen Fingerabdrücke außer denen von James und von mir. Keine Anzeichen für ein gewaltsames Eindringen, deshalb ist es fraglich, ob die Bilder überhaupt gestohlen wurden. Das Einzige, was ich tun konnte, war, ihnen eine Liste zu geben. Wenn jemals eines dieser Bilder bei einer Auktion oder auf dem Schwarzmarkt auftauchen sollte, können sie es anhand der Beschreibung wiedererkennen.«

»Die Bilder können unterdessen überall sein«, gab Kristen zu bedenken.

»In Mexiko, zum Beispiel?«, schlug ich vor.

Nick zuckte die Schultern. »In Europa, in Asien, in irgendeiner anderen Stadt hier im Umkreis oder bei deinen Nachbarn im Wohnzimmer.« Er zeigte auf die Karte. »Wenn das James' Bild ist, kann es gut sein, dass der Galeriebesitzer das Gemälde aus einer unseriösen Quelle hat. Ich wüsste gerne mehr über diese Frau, die dir die Karte gegeben hat. Mir gefällt der Gedanke nicht, dass eine von euch beiden mit ihr in Kontakt tritt. Sie ist verdächtig.«

»Ich weiß nicht viel, außer dass sie in Campbell wohnt. Auf

dem Rasen vor ihrem Haus steht ein Schild, auf dem sie ihre Dienste als parapsychologische Beraterin anbietet. Außerdem wirbt sie für …« Ich brach ab und sah unsicher vom einen zur anderen.

»Wofür wirbt sie?«, fragte Nick.

»Handlesen und Tarotkarten.«

Nick gab einen ungeduldigen Laut von sich, und sein Blick wurde hart. »Du warst bei ihr zu Hause?«

»Nicht drinnen«, verteidigte ich mich schnell. »Ich fand sie unheimlich.«

»Du solltest dich am besten von ihr fernhalten«, riet Nick.

»Abgesehen von diesem einen Mal ist immer sie auf mich zugekommen, nicht umgekehrt. Sie redete irgendwelchen Quatsch über James. Oder ich habe jedenfalls gedacht, dass es Quatsch sei.«

Nick nahm noch einen Schluck Bier. »Das klingt, als sei sie eine Spinnerin.«

»Und warum tut sie so geheimnisvoll?«, fragte Kristen.

Ich pflichtete ihr bei. »Ja, ich wünschte, sie käme einfach zu mir, um mir das alles zu erklären.«

»Es kann eine Menge Gründe dafür geben, dass sie das nicht macht«, merkte Nick an. »Irgendjemand könnte sie engagiert haben, damit sie diese Informationen an dich weitergibt. Oder sie will dich damit ködern. Was auch immer der Grund sein mag, es soll niemand wissen, wer dahintersteckt. Aber diese Erklärung ist relativ unwahrscheinlich.«

»Und was hältst du für wahrscheinlich?«, fragte ich.

»Dass sie eine Schwindlerin ist. Sie will, dass du ihr auf den Leim gehst.« Nick schwenkte die Postkarte. »Deshalb versucht sie erst einmal, sich dein Vertrauen zu erschleichen, indem sie andeutet, sie wüsste noch viel mehr. Und danach wird sie Geld wollen. Wie oft hast du sie schon getroffen?«

Ich schüttelte den Kopf. »Das glaube ich nicht. Sie hat noch nie Geld verlangt.«

»Noch hat sie dich nicht so weit, dass sie Geld von dir fordern könnte. Am besten ignorierst du sie einfach, dann wird sie schon damit aufhören.«

»Aber was ist, wenn sie nicht aufhört, Aimee zu belästigen?«, warf Kristen ein.

»In dem Fall bekommt sie Kontaktverbot.«

Zweifelnd kaute ich auf meiner Unterlippe. »Und was ist, wenn ...« Ich zögerte und stieß mit dem Fuß leicht gegen den Schrank. »Was ist, wenn sie die Wahrheit sagt?«

Nick sah mich ernst an. »Aimee, ich habe größtes Verständnis für dich. James' Tod war ein harter Schlag für uns alle, besonders für Thomas. Er hat seinen Bruder sehr geliebt und sich immer sehr um ihn gekümmert. Die beiden hatten keine leichte Kindheit.«

»Ich weiß.« Ich senkte den Kopf und dachte an die vielen Demütigungen, die James und Thomas all die Jahre lang erlitten hatten.

»Thomas hat eine völlig heruntergewirtschaftete Firma geerbt, die er vermutlich nicht einmal wollte, und jetzt raubt ihm die Geschäftsführung die letzten Kräfte«, fuhr Nick fort. »Ehrlich gesagt war ich sehr erschrocken, als ich ihn heute Morgen bei der Eröffnung gesehen habe. Er hatte ja nicht einmal Zeit zum Essen. Thomas ist ein feiner, grundehrlicher Mensch, der sicher nicht die Augen verschließen würde, wenn es noch offene Fragen zu den Umständen von James' Tod geben sollte. Wenn es irgendeinen Zweifel gäbe, wäre er mit Sicherheit der Erste, der nach Mexiko fliegen würde, um solchen Fragen auf den Grund zu gehen.«

Nick atmete aus. Seine Miene wurde etwas milder, und er stützte die Arme auf den Küchenblock. »Es fällt mir schwer, zu glauben, dass James nicht tot ist. Warum sollte er seine Familie im Stich lassen? Und dich? Es tut mir so leid, Aimee. Aber James ist tot.«

Tränen brannten mir in den Augen, aber ich schluckte sie schnell herunter. Im Grunde stellte Nick mir genau dieselben Fragen, die auch mir die ganze Zeit im Kopf herumgingen. Allerdings hielt ich nicht so große Stücke auf Thomas wie er. Nicht mehr. Und was Lacy anging, so war und blieb sie ein Rätsel für mich. Ich nahm die Karten wieder an mich und verstaute sie in meinem Portemonnaie.

Nick ergriff meine Hand. »Ich möchte dir gerne helfen, Aimee. Es gibt da einen Privatdetektiv, den ich schon ein paarmal bei meinen Zivilprozessen engagiert habe. Sein Name ist Ray Miles, und er ist ein bisschen …« Nick zögerte. »Na ja, wie soll ich es am besten ausdrücken … zwielichtig. Dafür ist er verdammt gut, wenn auch nicht gerade billig. Wenn du willst, schicke ich dir seine Kontaktdaten, damit du ihn anrufen kannst. Vielleicht sollte er erst einmal Lacy unter die Lupe nehmen, sich die Galerie ansehen oder auch den Namen des Künstlers auf dem Bild überprüfen und in Erfahrung bringen, wo es gekauft wurde.« Er tippte auf dem Display seines Telefons herum, und ein paar Sekunden später summte mein Handy.

Wir plauderten noch eine Weile, bis ich mich schließlich verabschiedete. Am nächsten Morgen musste ich früh aufstehen, um die offizielle Eröffnung des *Aimee's* vorzubereiten.

Am Vormittag des nächsten Tages zog ich mich in das Büro in meinem Café zurück, um Ray anzurufen. Ich schilderte ihm den Fall in groben Zügen und erklärte, dass ich ihn damit beauftragen wollte, Informationen über Lacy einzuholen und herauszufinden, wer sie war, was sie möglicherweise bezweckte, ob James tatsächlich nach Cancún gereist war und wie das Bild in die Galerie in Puerto Escondido gelangt war.

Ray nannte mir einen Preis, und Nick sollte recht behalten: Dieser Privatdetektiv würde mich teuer zu stehen kommen, zumal die ohnehin schon spärlichen Reste meines Guthabens immer weiter schrumpften, seit ich die letzten Rechnungen des Bauunternehmers beglichen hatte und nun auch noch die Handwerker bezahlen musste.

Da mein Anliegen nicht brandeilig war, sondern einfach nur der Klärung bedurfte, vereinbarten wir, dass Ray sich den Fall vornehmen würde, sobald ich das Geld dafür aufbringen konnte. Und da er sowieso noch ein paar andere Fälle abzuschließen hatte, würde er frühestens in acht bis zehn Wochen mit den Nachforschungen beginnen. Zeit genug für mich, schon einmal Geld beiseitezulegen.

Ich bin Lacy nie wieder begegnet. Es war, als sei sie niemals aufgetaucht. So unvermittelt, wie sie in meinem Leben erschienen war, verschwand sie wieder, ehe ich einen Sinn darin erkennen konnte, dass unsere Wege sich gekreuzt hatten.

Im ersten Monat nach der Eröffnung des *Aimee's* schaute Thomas mehrmals die Woche rein, doch schon bald wurden seine Besuche seltener, und schließlich hörten sie ganz auf. Wenn ich ihn sah, wirkte er von Mal zu Mal mitgenommener, bleich, mit hohlen Wangen und wesentlich schmaler als früher. Donato Enterprises forderte augenscheinlich seinen Tribut von ihm. Während Edgar Donato mit den Jahren deutlich an Gewicht zugelegt hatte, wurde Thomas immer hagerer.

Gegen Mitte Oktober, kurz nach meinem achtundzwanzigsten Geburtstag, hatte ich endlich das Geld beisammen, um Ray grünes Licht zu geben. Seine Erkundigungen würden mir hoffentlich dabei helfen, dieses Kapitel meines Lebens endgültig abzuschließen. Endlich würde ich Körper, Geist und Seele wieder zu meiner freien Verfügung haben. Ray versprach, mir in ein paar Wochen seinen Bericht zu schicken, danach könnte ich selbst entscheiden, was zu tun wäre.

Nachdem wir die Einzelheiten geklärt hatten, saß ich auf meinem Chenillesofa im Wohnzimmer. Zu meiner Überraschung dachte ich als Erstes an Ian. Ich dachte an ihn und an seine bedingungslose Unterstützung im vergangenen Jahr und an unsere von Tag zu Tag inniger werdende Freundschaft. Sein Lächeln, das irgendetwas im tiefsten Innern meiner Seele anrührte, und die Wärme, die er ausstrahlte, sobald ich in seine Nähe kam. Mit Rays Hilfe könnte ich Ian endlich geben, was er wollte. Wünschte ich mir nicht dasselbe von ihm?

Ja!

Aber was, wenn Ray James fand?

Ich sah hinüber zu unserem Verlobungsfoto – James und ich in enger Umarmung unter einem Bilderbuchhimmel, die untergehende Sonne vor dem flammenden Hintergrund aus Rot und Orange – und bekam es mit der Angst zu tun. Meine Hände und Knie fingen an zu zittern. Nicht dass ich eine Vorahnung gehabt hätte, ich hatte ganz einfach Angst. Sollte James am Leben sein, dann gingen hier ungeheuerliche Dinge vor, die ich in meiner Naivität nicht hatte wahrhaben wollen.

Kapitel 16

November

In der zweiten Novemberwoche, an einem Dienstag, erhielt ich endlich Nachricht von Ray. Seine Mail war in den frühen Morgenstunden gekommen, lange nachdem ich zu Bett gegangen war. Ich öffnete sie, bevor ich ins *Aimee's* fuhr, und las sie danach noch weitere siebzehn Mal.

Diese E-Mail war außerdem schuld daran, dass ich Alan Cassidy so unhöflich abblitzen ließ, aber ich war schließlich sowieso nicht daran interessiert, mit ihm auszugehen.

»Was darf es sein, Alan? Wie immer? Halbfettmilch, ohne Sahne, Triple-Shot Vanille mit doppelt Haselnuss? Sonst noch etwas?«, fragte ich in schärferem Ton als beabsichtigt.

Doch er lächelte mich einfach weiter an. »Sie sind echt erstaunlich, Aimee.« Er holte zwei Tickets aus der Jackentasche seines Maßanzugs und fächerte sie wie Spielkarten zwischen den Fingern auf. »Heute Abend spielen die Sharks. Wollen Sie mir nicht Gesellschaft leisten?«

Ich warf einen kurzen Blick auf die Karten. Es war nicht das erste Mal, dass er mich einlud, und wie ich Alan kannte, waren es garantiert die allerbesten Plätze. Trotzdem schüttelte ich den Kopf. »Es tut mir leid, Alan. Haben Sie trotzdem vielen Dank für die Einladung.«

Enttäuscht ließ er die Tickets sinken und verstaute sie wieder in seinem Jackett. »Irgendwann wird mir etwas so Wunderbares einfallen, dass Sie meine Einladung unmöglich ablehnen können.« Er hob den To-go-Kaffee zum Gruß und verschwand in Richtung Ausgang.

Hinter meinem Rücken hörte ich, wie Ian etwas vor sich hin brummte, und ich meinte so etwas zu verstehen wie »Grundgütiger«.

Während ich mich mit der Zubereitung unserer Hausmischung beschäftigte, bekam ich mit, wie zwischen Ian und Emily ein Geldschein den Besitzer wechselte. Ian faltete den Fünfer in der Mitte und steckte ihn sich in die Hosentasche. Dabei grinste er breit.

»Was war das denn?«, fuhr ich ihn an.

Überrascht sah er mich an, und ich bat ihn leicht zerknirscht um Entschuldigung.

»Du hast mich gerade um fünf Dollar gebracht.« Emily boxte mich freundschaftlich in den Arm und eilte an mir vorbei. Sie schnappte sich ein tiefes Plastiktablett und fing an, die Tassen und Teller vom ersten morgendlichen Ansturm abzuräumen.

Misstrauisch blickte ich zu Ian hinüber. Er stand mit dem Rücken zu mir, zog das feuchte Handtuch aus seinem Hosenbund und begann die Kaffeemaschine zu putzen. Dabei pfiff er vor sich hin. Ich schürzte die Lippen. Hatte ich da einen triumphierenden Ton aus seinem Liedchen herausgehört?

»Ian?«, fragte ich nach.

Mit dem Kinn machte er eine Bewegung in Richtung Tür. »Mindestens einmal die Woche fragt Alan, ob du mit ihm ausgehst. Emily ist fest davon überzeugt, dass du früher oder später nachgeben wirst.«

Ich verschränkte die Arme vor der Brust. »Wieso?«

»Weil du mit dem armen Schwachkopf ausgehen wirst.« Ian grinste, als sei der Gedanke ungeheuer komisch.

»Alan ist überhaupt kein Schwachkopf. Er ist sehr nett. Er ist …«

»Verwöhnt?«, schlug Ian vor.

Ich gab ein grimmiges Knurren von mir, woraufhin er mich so lange und so betont freundlich anlächelte, dass ich schließlich klein beigab.

»Halt den Mund«, schmollte ich. Was war denn schon dabei, dass Alan immer so abwegige Kaffeekombinationen bestellte? Das war nicht mein Problem. Ich öffnete einen Beutel mit gemahlenem Kaffee, und augenblicklich brachte mich der verführerische Duft in bessere Stimmung. Tief atmete ich das Aroma ein und schloss die Augen. Meine nach der fünfstündigen Schicht vom Stehen völlig verspannte Wadenmuskulatur lockerte sich mit einem Schlag.

»Oder bist du etwa schon weichgekocht?«

Ich riss die Augen auf und sah Ian mit selbstgefälliger Miene vor mir stehen. Sein Dreitagebart auf Kinn und Wangen konnte nicht verbergen, wie zufrieden er mit sich war, oder verhindern, dass ich sein Lächeln unwiderstehlich fand.

Er hatte die Hemdsärmel hochgekrempelt, und mein Blick blieb an den feinen goldblonden Härchen auf seinen bloßen Unterarmen hängen, die denselben Farbton hatten wie die widerspenstigen Locken auf seinem Kopf.

»Ist auch egal. Die Wette habe ich eh gewonnen«, erklärte er.

Ohne ihn eines Blickes zu würdigen, schaufelte ich Kaffeepulver in den Filter. »Du glaubst also, ich werde nicht mit ihm ausgehen?«

»Auf keinen Fall.« Er sah auf meinen Verlobungsring. »Du lässt dich mit niemandem auf ein Date ein. Mit mir nicht und auch mit sonst niemandem.«

Ich drehte den Ring an meinem Finger und verbarg den Diamanten in meiner Handfläche. »Werde ich wohl.« *Irgendwann.*

Herausfordernd verschränkte Ian die Arme vor der Brust. »Beweis es. Geh mit mir aus.«

Mir stockte der Atem. In all den Monaten, seit ich ihn kannte, war es das erste Mal, dass er mich so direkt fragte.

»Ian, du weißt, dass ich das nicht kann.« Noch nicht. Außerdem war ich noch völlig durcheinander wegen Rays E-Mail.

»Du meinst, du *willst* nicht.« Und damit kehrte er zurück an seine Espressomaschine.

»Er hat recht, und das weißt du auch«, hörte ich Nadias Stimme hinter mir. Sie lehnte mit dem Rücken an der Vitrine mit den Törtchen und Salaten und hob grüßend die Hand. »Hallo.«

Neben ihr stand Kristen. Die beiden trugen Sportsachen und hatten gerötete Wangen vom Wind und von ihrer morgendlichen Joggingrunde.

Mit einem Geschirrtuch rieb ich mir die Krümel von den Händen. »Ihr meint also, ich sollte mit jemandem ausgehen?«

Nadia machte eine Kopfbewegung in Richtung Ian, der gerade einen Kunden bediente. »Er hat dich wirklich gern.«

Das war mir nicht neu. Mehr als einmal hatte Ian mir gegenüber offen und ehrlich seine Gefühle gestanden. Der Hemmschuh war ich. »Ian ist ein Freund, *und* er ist mein Angestellter.«

»Wenn du das sagst.«

Ich streckte ihr die Zunge heraus. Natürlich war mir klar, was für eine fadenscheinige Ausrede das war.

»Geht weg. Ihr kriegt heute keinen Kaffee.«

Ich drehte mich zur Spüle um und ließ heißes Wasser einlaufen. Auf der Arbeitsplatte stapelten sich eine Menge schmutziger Kaffeebecher, die auf den Abwasch warteten.

»Du bekommst deinen Kaffee von mir, Nadia.«

»Danke, Ian.« Triumphierend drückte sie sich vom Tresen weg.

Verräter!, formte ich mit den Lippen in Ians Richtung. Er antwortete mit einem Lachen.

Nadia griff nach einer Tageszeitung, die neben anderen Zeitschriften an der Wand hing. Während sie durch den Essraum ging, überflog sie die Spalten auf der Titelseite.

Kristen kam hinter den Tresen und stellte sich neben mich ans Spülbecken. »Nadia meint es nur gut. Wie wir alle.«

Sie sah mir zu, wie ich einen besonders verdreckten Kaffeebecher von seinen braunen Rändern befreite. Ein grellrosa Lippenstiftmund prangte am oberen Rand der Tasse. Ich schrubbte noch fester und benutzte dazu die raue Seite des Spülschwamms.

»Was ist los mit dir? Du wirkst unruhig«, fragte sie, als ich immer noch stumm blieb.

Mit einem tiefen Seufzer antwortete ich: »Heute Morgen ist eine Mail von Ray angekommen.«

»Der Privatdetektiv? Was schreibt er?«

Ich schüttelte die Tasse, die ich in der Hand hielt, um das Wasser abtropfen zu lassen. Dabei rutschte sie mir aus der Hand und zersplitterte im Spülbecken. Ich stieß einen Fluch aus, und Ian drehte sich zu mir um. »Alles in Ordnung?«

»Mir geht es gut«, fuhr ich ihn an.

Er rieb sich die Stirn und sah mich einen Moment lang an.

»Ich bin okay. Danke«, wiederholte ich etwas sanfter.

Er zögerte kurz, bevor er sich wieder seiner Kaffeemaschine zuwandte.

»Tut mir leid«, murmelte ich so, dass nur Kristen es hören konnte, und fing an, das Spülbecken sauber zu machen.

Sie half mir, die Scherben aufzusammeln.

»Ray hat mir bestätigt, dass James nach Cancún geflogen

ist«, sagte ich so leise, dass Ian mich nicht hören konnte. »James hat in seinem Hotel in Playa del Carmen eingecheckt. Die Zeitungsnotizen in der Lokalpresse über einen vermissten Amerikaner, der über Bord gegangen ist, die Reservierung für die Bootsfahrt, der Totenschein – das alles ist genau so. Ray hat mit dem Besitzer der Bootsgesellschaft gesprochen, und die Angaben stimmen mit dem überein, was Thomas mir erzählt hat.«

Eine Locke hatte sich aus meiner Haarspange gelöst. Mit der linken Hand schob ich mir die widerspenstige Strähne aus der Stirn. Meine Lippen zitterten.

Kristen streichelte mir über den Rücken. »Du zweifelst seit über zwei Jahren daran, dass James tot ist. Ehrlich gesagt bin ich froh, dass Ray dir helfen konnte. Lass es jetzt endlich gut sein.«

»Ray hat keine Information über Lacy finden können. Keine Spur. Sie ist ebenfalls verschwunden. Weggezogen. Ihr Haus gehört einem gewissen Douglas Chin. Er vermietet es.« Abgesehen von der Visitenkarte, der Postkarte und Lacys Bild hatte ich nichts in der Hand, womit er etwas hätte anfangen können.

»Ich bin einfach zu blöd. Und ich bin wütend … Nein, ich bin …« Verzweifelt schüttelte ich den Kopf. »Ich bin so enttäuscht … von mir selbst. Letztlich zielte das alles darauf ab, meine Hoffnung zu nähren, dass sein Verschwinden und seine Beerdigung nur eine Farce gewesen sein könnten.«

»Was ist mit dem Gemälde auf der Postkarte?«, fragte Kristen.

»Der Besitzer der Galerie *El Estudio del Pintor* ist der Maler. Er sagt, es sei sein Bild, und jede Ähnlichkeit mit dem Stil eines anderen Malers sei rein zufällig. Wenn ich mir nicht die Mühe machen will, selbst die Galerie aufzusuchen, muss ich wohl glauben, was Ray erzählt, denn ich kann es mir nicht leisten, ihn hinzuschicken.«

»Was willst du tun?«

Dasselbe, was ich schon vor Monaten hätte tun sollen. »Nach vorne schauen.«

»Also, ich finde, du machst deine Sache großartig. Du hast ein Bistro eröffnet, und es ist ein voller Erfolg«, stellte Kristen fest und drehte sich zu Ian um. »Und wenn du so weit bist, dass du mit jemandem ausgehen willst, kenne ich einen tollen Typen, der sehr interessiert wäre.«

»Ha, ha«, feixte ich.

Ian sprühte Sahne auf Kristens Mokka und reichte ihr den Becher.

Mit einer ausladenden Armbewegung zeigte ich in den Speiseraum. »Sag Nadia Bescheid, dass ich ihr gleich ihren Kaffee bringe. Er ist fast fertig.«

Kristen lachte. »Sie bekommt also doch einen?«

Ich nahm einen Becher aus dem Wandregal. »Nadia ist fähig, hierherzukommen und sich selbst einen Kaffee einzuschenken, wenn ich es nicht tue. Es hat keinen Zweck, sie zu ignorieren.«

* * *

Als ich abends nach Hause kam, war es schon spät. Ich hatte Stunden damit zugebracht, im Café den Fußboden, die Arbeitsflächen am Tresen und die Schränke zu putzen, in der Hoffnung, damit auch meine Niedergeschlagenheit loszuwerden. Es hatte nicht funktioniert. Ich war noch immer genauso deprimiert wie vorher.

Irgendwann im Laufe des Tages hatte jemand ein Paket für mich abgegeben, das auf der Fußmatte vor der Haustür auf mich wartete. Ich klemmte es mir unter den Arm und ging ins Haus, warf meine Tasche und die Schlüssel auf den üblichen Platz neben dem Eingang und lief schließlich in die Küche, um das Päckchen zu öffnen. Es gab keinen Absender, sondern nur meine Adresse und ausländische Briefmarken. *Mexiko.* Der Poststempel, der sich quer über die Marke zog, trug die Aufschrift »Oaxaca, MX«.

Mir schlug das Herz bis zum Hals, und ich riss die Umhüllung mit zitternden Fingern auf. Ein in Luftpolsterfolie verpacktes Bild war der Inhalt. *Meadow Glade*, eine etwas kleinere Ausgabe des Acrylbilds, das bei mir an der Wand über dem Esstisch hing. Die Leinwand, die ich in den Händen hielt, war das Original. Ich hatte James damals dazu überredet, unsere Wiese auf einem größeren Bild festzuhalten, denn ich liebte die Farben und die Art, wie die hohen Grashalme das frühe Morgenlicht reflektierten. In der unteren rechten Ecke befand sich die mir wohlbekannte Signatur in Karibikblau, das James nach der Farbe meiner Augen zusammengemischt hatte und das er immer zum Signieren seiner Bilder benutzte: *JCD*.

Als ich das Bild mit zitternden Händen umdrehte, entdeckte ich einen kleinen Zettel, der an der Rückseite befestigt war: eine handgeschriebene Notiz auf der Rückseite eines Werbeflyers für das Hotel *Casa del Sol*.

> Liebe Aimee,
> hier ist der Beweis. Die Gefahr ist endlich vorüber, und James ist in Sicherheit. Man hat mich gebeten, Sie ausfindig zu machen. Es ist an der Zeit, dass er die Wahrheit erfährt. Kommen Sie nach Oaxaca.
> Lacy

James war am Leben? O Gott! James war am Leben!

Ein unkontrolliertes Beben erfasste mich, und ich konnte das Bild kaum noch halten. Schweiß trat mir auf die Stirn und auf die Oberlippe. Mein Magen krampfte sich zusammen.

Was zum Teufel war hier los?

»Es gibt keinen hieb- und stichfesten Beweis dafür, dass James am Leben ist«, hatte Ray in seiner E-Mail geschrieben. »Verlieren Sie nicht noch mehr Zeit und Geld mit dieser Angelegenheit. Es gibt für mich keinen Grund, noch weitere Nachforschungen anzustellen. Ich empfehle Ihnen, die Suche abzubrechen.«

Die von Ray eruierten Fakten passten zu James' Unterlagen und Aufzeichnungen. James war unter genau den Umständen zu Tode gekommen, von denen Thomas berichtet hatte.

Aber warum befand sich James' Bild in Mexiko?

Ich wischte mir die Tränen ab, die mir unaufhörlich die Wangen herunterliefen, und griff zum Telefon. Dann rief ich den einzigen Menschen auf der Welt an, der mich verstehen würde.

»Hallo?« Ihre Stimme klang schlaftrunken.

»Kristen. James ist am Leben.«

* * *

Nachdem ich ein Hotelzimmer in Puerto Escondido gebucht hatte, lag ich den Rest der Nacht über auf dem Rücken in meinem Bett und starrte an die Decke. An Schlaf war nicht zu denken. Irgendwo da draußen war James.

Nadia weckte mich am nächsten Morgen um 4:06 Uhr, indem sie laut gegen die Haustür hämmerte. Mit verquollenen Augen stolperte ich durch die Diele, um ihr zu öffnen. Es war eine kurze Nacht gewesen.

»Das wurde aber auch Zeit«, schimpfte Nadia, als ich ihr endlich die Tür aufmachte. Sie schob sich an mir vorbei ins Haus. »Damit hast du nicht gerechnet, dass ich zu dieser nachtschlafenden Zeit hier auftauche, was?«

Sie blieb mitten im Zimmer zwischen den Ledersesseln

stehen. In ihrem bedruckten Juicy-Jogginganzug und mit dem dicken Wollschal, den sie sich um den Hals geschlungen hatte, stand sie da und sah mich aus großen Augen an.

Ich schloss die Tür wieder. »Hat Kristen es dir erzählt?«

»Sie hat mich vor zwei Stunden angerufen, weil sie die ganze Nacht auf war und halb krank vor Sorge ist, dass du etwas Dummes anstellen könntest.« Ihr Blick wanderte zu dem fertig gepackten Rollkoffer, der neben der Haustür auf mich wartete. »Wie Hals über Kopf nach Mexiko zu fliegen, zum Beispiel.«

Entschlossen reckte ich das Kinn. »Du kannst mich nicht daran hindern.«

»Oaxaca, Mexiko? Nicht unbedingt das sicherste Reiseziel.«

»Genauso könntest du mir sagen, dass der gesamte Staat Kalifornien unsicher ist.« Verärgert schüttelte ich den Kopf und ging in die Küche, um Kaffee zu kochen. Vor dem Flug würde ich sowieso nicht mehr schlafen können.

Nadia kam hinter mir her. »Kristen macht sich große Sorgen. Sie will nicht, dass du hinfährst.«

»Also hat sie dich geschickt, damit du mich umstimmst.«

»Sie weiß, dass du nicht auf sie hören würdest.«

»Ich höre auch auf dich nicht.« Ich schaufelte Kaffeepulver in den Filter und setzte Wasser auf. »Mein Flug geht heute Nachmittag. Und es ist mir ganz gleich, was ihr beide dazu zu sagen habt. Ich werde fahren.« Damit ließ ich sie stehen und ging ins Schlafzimmer.

»Gut.«

Ich stoppte. »Was?«

Sie stellte sich vor mich und sah mich aus ihren ungeschminkten Augen an. »Ich sagte: Gut. Ich will, dass du fliegst.«

»Warum?«

Sie zuckte die Schultern. »Du steckst in der Vergangenheit fest, seit James tot ist.«

»Das stimmt doch gar nicht …«

»Sieh dich hier bitte mal um!«, brach es aus ihr heraus. Ich zuckte zusammen, als ob sie mich geschlagen hätte. Nadia war nicht so leicht aus der Ruhe zu bringen, aber jetzt war sie ohne Zweifel sehr wütend auf mich. »James ist überall. Seine Kleider sind immer noch in deinem Schrank. Seine Bilder hängen an jeder verdammten Wand. Du musst jetzt endlich vorankommen.«

»Ich habe es versucht …«

»Das war nicht genug.«

»Das Bistro …«

Sie machte eine abwehrende Handbewegung. »Okay, du hast ein Bistro eröffnet. Schön für dich. Großer Fortschritt, jedenfalls hat es den Anschein. Aber hier drin …« Sie klopfte mir gegen das Brustbein. »Hier drin hängst du fest. Das Paradebeispiel für Trauerarbeit. Du hast alle Phasen durchlaufen, bis auf eine. Menschen sterben nun einmal, Aimee. Du kannst nichts tun, außer die Scherben aufzusammeln und weiterzumachen. Warum akzeptierst du nicht endlich, dass James tot ist?«

»Er ist *nicht* tot«, widersprach ich heftig.

Sie stemmte die Hände in die Hüften und schloss die Augen. Zwischen ihren Wimpern glitzerte es verdächtig. »Hör zu, ich verstehe, warum du das tust. Nachdem mein Dad meine Mom verlassen hatte, war es wirklich verdammt hart für mich, das zu überwinden und endlich zu akzeptieren, dass er weg war. Er hatte uns verlassen. Also ließ ich ihn gehen. Ganz und gar. Ich verbannte ihn aus meinem Leben.« Sie schlug mit der Hand in die Luft zwischen uns. »Aber weißt du, was das Problem dabei war?«

Langsam, zögernd, schüttelte ich den Kopf. Ich war mir nicht sicher, worauf sie hinauswollte.

»Es war leicht für mich, jeden einzelnen Typen, der etwas von mir wollte, vor den Kopf zu stoßen. Ich konnte keinem von ihnen vertrauen. Sie würden mich ebenfalls verlassen. Vielleicht nicht gleich, oder in einem Monat, aber irgendwann würde es geschehen. Sie würden meiner überdrüssig werden und weiterziehen. Deshalb war ich es, die sie verließ, um ihnen gar nicht erst die Möglichkeit dazu zu geben.« Sie schluchzte auf. »Und weißt du, was das Schlimmste daran ist?«

»Was?«

Sie verschränkte die Arme vor der Brust. »Ich bin allein. So. Ich gebe es zu. Schrecklich allein. Und ich weiß, dass es dir nicht anders geht. Du wirst immer allein sein, bis du es endlich schaffst, James gehen zu lassen.«

Ich senkte den Kopf und kniff die Augen zu, um die Tränen zurückzuhalten. Ja, auch ich war allein, aber meine Situation war anders als ihre. »Schon mindestens hundert Mal war ich drauf und dran, James' Kleidung wegzupacken, genau wie seine Pinsel und Malsachen. Das alles erstickt im Staub. So lange ist es her, dass ich die Dinge angerührt habe.«

Ich lief quer durch den Raum zu dem Zimmer, das James als Studio genutzt hatte und wo ich mir jetzt mein Büro eingerichtet hatte. »Jedes Mal wenn ich versuche, mich endlich von seinem ganzen Kram zu trennen, hindert mich irgendetwas daran. Entweder das Bauchgefühl, das mir sagt, er ist noch am Leben, oder die Hoffnung, dass er eines Tages hier vor meiner Tür stehen könnte. Ich weiß es nicht. Aber das Gefühl ist da, und ich kann es nicht einfach ignorieren.

Verstehst du das? Es ist nicht dasselbe. Du wusstest, dass dein Vater niemals zurückkommen würde. Was James angeht, so gibt es eine reelle Chance, dass er irgendwo da draußen herumläuft. Und das muss ich herausfinden. Ich muss es wissen.«

»Deshalb will ich, dass du nach Mexiko fliegst.« Sie zeigte mit dem Finger auf mich. »Du sollst mit eigenen Augen sehen, dass diese Hellseher-Hexe dich an der Nase herumgeführt hat. Damit du verstehst, dass sie dich hintergangen und dir in Bezug auf James etwas vorgelogen hat. Vielleicht kannst du dann endlich trauern. Und wieder ins Leben zurückkehren.«

Ich stand stocksteif da. Es war durchaus möglich, dass Nadia recht hatte und dass Lacy ein hässliches Spiel mit mir spielte. »Und was ist, wenn ich ihn finde?«

»Ernsthaft?« Sie zog eine Augenbraue hoch, und ich verschränkte die Arme vor der Brust. Doch gleich darauf wurde ihr Gesichtsausdruck wieder gelassener. »Nehmen wir einmal an, er ist am Leben, hast du dich jemals gefragt, warum er nicht zurückgekommen ist?«

Ich nickte. Selbstverständlich beschäftigte diese Frage mich unaufhörlich.

»Was hast du vor?«

Über Nadias Schulter hinweg sah ich auf das Bild *Meadow Glade*, das Bild, auf dem James unseren Geheimplatz festgehalten hatte. Die ganze Szene war in unterschiedliche Grüntöne getaucht und zeigte die Wiese an einem taufrischen Morgen am Übergang vom Winter zum Frühling. Es war mild, warm und einladend. Makellos, so wie ich den Ort in Erinnerung behalten wollte. Nicht beschmutzt und besudelt, wie wir ihn verlassen hatten.

An dem Tag, nachdem James mir den Heiratsantrag gemacht hatte, hatte ich das Bild abgenommen. Er war wütend geworden und hatte darauf bestanden, dass es hängen blieb. Wir mussten so tun, als sei nichts geschehen, dort auf unserer Wiese. Als wäre nicht Phil aufgetaucht, um unsere Träume zu zerstören. James zuliebe hing das Bild noch immer an der Wand. Ich fragte mich, ob Lacy irgendwie davon gewusst hatte, als sie mir das kleinere Original geschickt hatte.

»Ich möchte James sagen, wie sehr ich ihn liebe. Ich vermisse ihn, und ich will ihn zurück nach Hause holen.«

»Und was ist, wenn er nicht nach Hause will?«

Ich blickte zu Boden.

Nadia holte tief Luft. »Du hast doch nicht etwa vor, dortzubleiben? Was wird aus deinem Café? Du hast so hart gearbeitet, um dir das alles aufzubauen. Willst du jetzt einfach so aufgeben?«

»Nein! Ich …«

Ich wusste nicht, was ich tun sollte. Ich liebte mein Café und das neue Leben, das ich mir geschaffen hatte, und ich konnte auch nicht einfach so davonlaufen. Aber ich konnte auch nicht vor James davonlaufen. Noch nicht. Ich musste ihn suchen, und ich musste herausfinden, warum er weggegangen war.

»Ich muss nach Mexiko.«

Nadia sah mich eine Weile an. Sie schnaubte, stemmte die Hände in die Hüften und schüttelte den Kopf, dann nahm sie mich in die Arme und hielt mich fest. Dabei legte sie ihr Kinn auf meine Schulter.

»Ich weiß, dass du das musst. Aber fahr bitte nicht alleine hin. Warte hier.« Sie machte sich los und durchquerte den Raum zur Diele, öffnete die Haustür und ging auf jemanden zu, den ich nicht erkennen konnte.

Ian kam herein, in der Hand eine leichte Reisetasche und seine Kameraausrüstung. Er stellte alles auf den Boden, unmittelbar neben meinen Rollkoffer, und sah mich vorsichtig an.

Nadia schloss die Haustür und trat neben ihn. »Er hat alles gepackt und ist reisefertig, aber er braucht noch deine Flug- und Hotelinfos.«

Ich verzog das Gesicht. Was für eine Farce.

Ian hob beschwichtigend die Hände. »Keine Sorge. Im Café ist bereits alles geregelt. Trish springt ein, sie ist schon dort, und auch Mandy wird mithelfen.«

Trish war meine zweite Schichtmanagerin, aber ich würde ihr doch nicht die Leitung übertragen. Ian sollte mein Stellvertreter sein, wenn ich nicht im Bistro sein konnte. Aber wie sollte er mich vertreten, wenn er mich nach Mexiko begleitete?

»Kristen und ich helfen morgens und abends beim Öffnen und Schließen, und wir werden auch für alle anderen Eventualitäten verfügbar sein«, bot Nadia an. Sie lachte nervös. »Ich hoffe, es gibt nicht allzu viele Brände zu löschen.«

Ich kaute auf meiner Unterlippe. Mein Blick ging vom einen zum anderen, die beiden schauten stumm zurück.

Ian schob sich die Hände in die Taschen seiner Jeans und kam auf mich zu. Leise flüsterte er mir ins Ohr: »Lass uns hinfahren und ihn suchen.«

Verwirrt nahm ich den traurigen Unterton in seiner Stimme wahr. Der sehnsüchtige Schimmer, den ich schon öfter in seinen Augen entdeckt hatte, war verschwunden, und ich vermisste ihn. Ein Gefühl der Leere breitete sich in mir aus.

James hinterherzufahren ist ein Fehler.

Die Kaffeemaschine piepte, und ich sprang auf. Was auch immer ich gedacht hatte, es war verflogen. Mit hängenden Armen stand ich da. »Na dann … Hoffentlich hast du deinen Pass dabei.«

Schneller, als ein Magier eine Spielkarte aus dem Ärmel zaubern kann, holte Ian seinen Ausweis aus der Hosentasche. »Ich gehe nie ohne aus dem Haus.«

Teil zwei

Kapitel 17

Costa Esmeralda – die Smaragdküste, Puerto Escondido, Mexiko

Neunzehn Stunden Flug und zwei Zwischenlandungen später stand ich endlich an der Rezeption der *Casa del Sol*, die sich direkt an der Strandpromenade mit Blick auf die *Playa Zicatela* in Puerto Escondido befand. Dort wartete ich auf Ian, der mit dem nächsten Flug ankommen sollte. Es war spät am Donnerstagnachmittag.

In zwei Tagen sollte hier ein internationales Surfturnier stattfinden, das hatte ich in der Eile meiner Flugbuchung nicht mitbekommen. Der Surfwettbewerb war nur eines von vielen Events, die hier während der *Fiestas de Noviembre* organisiert wurden, eines Festivals, in dessen Rahmen einen ganzen Monat lang kulturelle und andere Veranstaltungen durchgeführt wurden.

Die Hotellobby lag unter freiem Himmel, und es wimmelte nur so von Touristen und Surfern, die ihre Boards einfach an die Wände gelehnt oder zusammen mit anderen Gepäckstücken auf dem Boden gestapelt hatten. Rollkoffer ratterten über die Bodenfliesen, lautes Gelächter vibrierte in der salzhaltigen Luft. Von draußen, hinter den Torbögen, die das Hotelgelände begrenzten, war das Geräusch der Wellen zu hören, die auf den Strand liefen. Der Duft des Meeres wehte durch die Lobby und kollidierte mit dem säuerlichen Schweißgeruch der Urlauber mit ihren parfümierten Sonnencremes. Doch all das trat in den Hintergrund, während ich abseits der Menge stand, wo diese Mischung nur noch als schwacher Dunst wahrnehmbar war.

Meine Nerven waren zum Zerreißen gespannt. Seit dem Augenblick, als ich in San José das Flugzeug bestiegen hatte, fühlte ich mich elend. Als das Taxi endlich auf dem Hotelparkplatz zum Stehen gekommen war, war mir schlecht und meine Haut feucht von kaltem Schweiß gewesen. Ich wollte James unbedingt finden, gleichzeitig fürchtete ich nichts mehr als genau das.

James' Tod und seine Beerdigung waren nichts als eine böse Farce gewesen. Monatelang hatte Thomas mich angelogen, während James sich irgendwo versteckt hielt. Und dabei hatten sie mich und alle anderen in dem Glauben gelassen, James sei gestorben.

Nach all dieser Zeit und all diesen Lügen – würde ich ihn wirklich wiederhaben wollen?

Auf diese Frage wusste ich keine Antwort.

Leicht benebelt lehnte ich an einer Säule und wartete auf Ian, der einen anderen Flug hatte nehmen müssen, weil meine Maschine ausgebucht gewesen war. Seine letzte Textnachricht hatte er aus dem Taxi geschickt, mit dem er zum Hotel unterwegs war.

Eine Frau mit blauen Augen und hohen Wangenknochen kam auf mich zu. Das kastanienbraune Haar fiel ihr in sanften Wellen über die Schultern und reichte hinab bis zu dem kleinen Schild mit der Aufschrift »Hotelmanager«, das an ihrem Revers befestigt war. IMELDA RODRIGUEZ stand darauf, und sie bot mir ein Glas Wasser an.

»*Hola, señorita.* Herzlich willkommen in der *Casa del Sol.*« Besorgt sah sie mich an. »Geht es Ihnen gut?«

Dankbar nahm ich das Wasser entgegen und trank einen großen Schluck. »Ja, es geht schon wieder. Vielen Dank.«

»Die Schwüle hier ist wie ein böser Geist, der einem an jeder Ecke auflauert. Achten Sie darauf, genug zu trinken.« Sie lächelte und musterte mich flüchtig. »Sind Sie wegen des *torneo* hier?«

»Wegen was?«, fragte ich verwirrt. »Oh, nein. Ich surfe nicht. Ich kann das gar nicht. Ich lebe zwar am Meer, war aber schon lange nicht mehr im Wasser, nicht mehr, seit …« Seit James gestorben war.

Ich hob das Glas und leerte es, widerstand dabei der Versuchung, James' Bild vor meinem geistigen Auge heraufzubeschwören. Lacys Warnung lauerte am Rand meines Bewusstseins.

Imelda nahm mir das leere Glas ab. »Was führt Sie dann nach Puerto Escondido?«

»Die Kunst.«

»*Sí,* sehr schön«, bemerkte sie. Ihr Englisch klang klar und deutlich, nur ein leichter spanischer Akzent schimmerte durch. »Oaxaca hat eine Menge zu bieten. In unserem Dorf wird viel gefischt und gesurft, aber es gibt auch einige gute Kunstgalerien.«

»Können Sie mir sagen, wo diese hier ist?« Ich kramte in meiner Handtasche nach der Postkarte von Lacy, um sie Imelda zu zeigen.

»Das ist eine ausgezeichnete Galerie, und sie ist ganz in der Nähe. Sie können von hier aus zu Fuß hingehen.« Damit wies sie auf den Torbogen im vorderen Bereich der Lobby, der vom Hotel auf die Straße führte. »Kommen Sie, ich zeige Ihnen den Weg. *Un momento.*«

Sie hob einen Zeigefinger, und ich folgte ihr zur Rezeption, wo es einen kleinen Stand mit Prospekten und Flyern gab. Imelda nahm einen Stadtplan von Puerto Escondido aus dem Fach, faltete ihn auf und deutete auf einen Punkt zwischen *Playa Marinero* und *Playa Zicatela*. »Hier sind wir, und Sie wollen dorthin. Die Galerie liegt am *Adoquín*. Alle Touristen lieben diese Straße.«

Noch einmal tippte sie auf die Karte und zeigte auf eine andere Stelle. »Das hier ist übrigens unser Rathaus. Dort gibt es heute Abend Livemusik, falls Sie Lust haben, zu tanzen. Und in ein paar Tagen ist die große Parade, falls Sie dann noch hier sind. Da ist immer viel los.«

Sie gab mir die Karte, und ich versuchte, mir den Weg und die umliegenden Straßen einzuprägen, bevor ich sie zusammenfaltete.

»Hier ist noch ein Flyer der Kunstgalerie.« Imelda fischte eine Hochglanzpostkarte aus dem Ständer und hielt sie mir hin. Die Karte war größer als die, die Lacy mir geschickt hatte. »Carlos malt großartige Bilder.«

J. Carlos Dominguez, der Besitzer des *Estudio del Pintor*, war nicht abgebildet, stattdessen zeigte die Karte eines der in der Galerie ausgestellten Acrylbilder. James' fehlende Gemälde waren nicht darunter, aber der Stil war seinem sehr ähnlich.

»Stellt Carlos in seiner Galerie auch andere Künstler aus?«, fragte ich.

»Ein Bildhauer hier aus der Gegend nutzt seine Ausstellungsflächen, aber die meisten Werke sind von Carlos selbst, hauptsächlich Acryl- und Ölbilder. Einige unserer Künstler haben sich in der Künstlergemeinde von Oaxaca einen Namen gemacht. Suchen Sie jemand Bestimmtes?«

»Einen alten Freund.«

Imeldas Lächeln wurde eine Spur kühler.

Stimmengewirr drang durch die Lobby zu uns herüber, und Imelda drehte sich um. Einige Neuankömmlinge waren offenbar unzufrieden mit ihrer Unterbringung und brachten ihren Unmut deutlich zum Ausdruck. Sie hatten einen Bungalow bestellt und nicht die Junior Suite.

Noch einmal wandte sich Imelda mir zu. »Viel Glück bei der Suche nach Ihrem Freund. Ich wünsche Ihnen einen schönen Aufenthalt, und jetzt entschuldigen Sie mich bitte.«

Ehe ich ihr danken konnte, war sie verschwunden.

Mein Handy vibrierte und zeigte eine Textnachricht an. Ian war da. Wir trafen uns draußen am Eingang zur Lobby. Er war verschwitzt, und sein Hemd wies deutliche Spuren der langen Reise auf. Sein Gesicht war unrasiert. Der Flug hatte mit den Zwischenlandungen und Verspätungen insgesamt über zweiundzwanzig Stunden gedauert. Ian sah aus, als hätte ihn ein LKW um ein paar Häuserblocks geschleift. Als er mich entdeckte, winkte er, und auf seinem übermüdeten Gesicht erschien ein breites Lächeln.

Ebenfalls lächelnd winkte ich zurück.

Er bezahlte das Taxi und hängte sich die Kameratasche über die Schulter, während er das restliche Gepäck entgegennahm.

»Wie war dein Flug?«, fragte er, als er vor mir stand.

»Lang«, erwiderte ich und stöhnte.

»Davon kann ich auch ein Lied singen«, gab er zurück. Er hob die Hand und zeigte in Richtung Rezeption. »Lass mich erst einmal einchecken. Passt du solange auf mein Gepäck auf?« Damit ließ er die Taschen vor mir auf den Boden fallen.

Kurz darauf kam er mit seiner Zimmerkarte zurück. »Jetzt brauche ich erst mal ein Bier.«

Ich zog die Nase kraus. »Vor allem brauchst du eine Dusche. Das Café drüben an der Terrasse hat direkten Meerblick. Mach dich frisch, ich warte dort auf dich.«

Er zupfte an seinem T-Shirt, das ihm an der Brust klebte, und fächelte sich Luft zu. »Gute Idee.«

Zwanzig Minuten später saß ich an einem Tisch mit Blick aufs Meer. Lang gezogene Wellen liefen auf den weißen Sandstrand, der sich zu beiden Seiten des Resorts erstreckte. Palmen rauschten in den Grünanlagen rings um das Café. In dem Moment, als mir mein Eistee gebracht wurde, trat auch Ian an den Tisch. Neugierig schnupperte er an meinem Glas. »Ist das dein Ernst?« Er hob die Hand und rief dem Kellner zu: *»Dos cervezas.«*

»Sí, señor.« Der Kellner warf schwungvoll zwei Untersetzer auf den Tisch und ging zurück an die Bar, um unsere Bestellung aufzugeben.

Ian trug eine kurze Leinenhose und ein zerknittertes Oxford-Shirt, dazu Flip-Flops. Sein vom Duschen noch feuchtes Haar kringelte sich an den Ohren. Er setzte sich mir gegenüber, legte die Kameratasche auf den Stuhl zwischen uns und holte tief Luft. »Ich liebe Mexiko«, seufzte er.

Ich atmete ebenfalls ein, und da war Ians Duft. Eine Welle der Erregung erfasste mich. Stark und unausweichlich. Ich musste den Blick abwenden und konzentrierte mich auf den Pool im Innenhof.

»Alles in Ordnung?«

»Ja, mir geht es gut.« Ich zog mir die Haare aus dem Nacken, doch es half nicht viel gegen die Hitze.

Der Kellner kam mit zwei Flaschen Bier an unseren Tisch zurück, aber ich schob meines beiseite und hob mein Teeglas, als Ian seine Flasche nahm, um mit mir anzustoßen. Spöttisch sah er mich an. »Mit Tee kann man nicht anstoßen.«

»Ich will James doch nicht mit einer Bierfahne begrüßen.«

»*Falls* du ihn begrüßt.« Er nahm einen langen Zug aus seiner Flasche und blickte mich forschend an.

Mein Gesichtsausdruck veränderte sich, als mir das Offensichtliche klar wurde. Ian begehrte mich. Er wollte mich so sehr, wie ich James finden wollte. Und ich musste ihn finden – oder wenigstens die Antworten im Zusammenhang mit seinem Tod, nach denen ich suchte. Nur das würde mich weiterbringen.

Also zeigte ich Ian die neue Postkarte, die er sich skeptisch anschaute. »Ist das diese Galerie?«

Ich nickte. »Findest du nicht, dass die Bilder aussehen wie die von James?«

»Du glaubst wirklich, James ist die ganze Zeit über hier in Mexiko gewesen und hat gemalt?« Er betrachtete die Karte genauer und zuckte schließlich die Achseln. »Der Stil ist schon sehr ähnlich. Schwer zu sagen. Diese Abbildungen sind zu klein.«

Ich legte den Kopf schief. »Stimmt.«

Ian trank noch einen Schluck Bier. »Gemalte Bilder sehen für mich alle gleich aus.«

»So wie deine Fotos genauso aussehen wie alle anderen Fotografien?«

Geräuschvoll stellte er die Bierflasche zurück auf den Tisch und schnitt eine Grimasse. »Punkt für dich.«

Noch einmal schob ich die Karte zu ihm hinüber. »James hat einmal gesagt, jeder Künstler entwickelt seinen eigenen Stil. Van Gogh hat in Farbtupfern gemalt. Monet hat die Farben zerlegt, um in der Farbe selbst den Eindruck von Licht entstehen zu lassen. Kinkades Lichtbilder sehen täuschend echt aus, sie scheinen aus sich selbst heraus zu leuchten. Und auch James hatte seine ganz persönliche Art, den Pinsel zu benutzen.«

Ian beugte sich quer über den Tisch zu mir. »Wonach soll ich suchen?«

»James hat am liebsten mit Acryl gemalt. Acryl trocknet schneller als Ölfarbe. Für ein großes Projekt hat er meist eine große Menge Farbe angemischt, um immer denselben Ton zur Verfügung zu haben. Einer davon war ein Blaugrün, das er *Les bleus de mon bébé* nannte …«

Ian schnaubte. »Die Blauen meiner Kleinen?«

Ich machte eine wegwerfende Handbewegung. »Es war exakt die Farbe meiner Augen.«

Ian verdrehte seine, aber ich schenkte ihm keine Beachtung.

»James hat mit genau dieser Farbe alle seine Bilder signiert. So wie der Künstler auf diesem Bild.« Mit dem Zeigefinger tippte ich auf den karibikblauen Schriftzug unter einem der Gemälde.

Ian beugte sich vor, um besser sehen zu können, und unsere Köpfe berührten sich beinahe, während wir die Postkarte zwischen uns betrachteten.

Schließlich lehnte Ian sich wieder zurück und seufzte: »Bist du sicher, dass du dir das alles nicht einbildest? Ich weiß immer noch nicht, was ich davon halten soll.«

»Hier, schau dir mal eins von James' Gemälden an.« Ich scrollte die Fotos auf meinem Handy durch und blieb bei einem von James' Napa-Valley-Bildern hängen, auf dem seine Unterschrift sich deutlich von den senfgelben Feldern abhob. Ich reichte das Telefon an Ian weiter.

Er wurde blass, und sein Blick zuckte zu mir. »Wo hast du dieses Foto gemacht? Ist das in deinem Café?«

Ich wurde rot. »Dieses Bild hast du ganz bestimmt noch nicht gesehen. Es hängt in meinem Schlafzimmer.«

»Das ist aber kein Gemälde.« Er hielt mir das Handy kurz hin, und ich erhaschte einen Blick auf blonde Haare.

»Oh, tut mir leid.« Ich musste aus Versehen weitergeblättert haben. »Warte, lass mich das richtige suchen.«

»Wer ist diese Frau?«, fragte Ian und zeigte mir das Display.

Es war das Foto von Lacy, das Kristen bei der Eröffnung meines Cafés gemacht hatte. »Das ist die Hellseherin, die mir das von James erzählt hat. Sie heißt Lacy.«

»Du meinst Laney. Wann war sie in deinem Café?«

»Bei der Voreröffnungsfeier. Kristen hat sie fotografiert.«

Ian legte sich die Hand über den Mund und starrte das Bild an. »Ich kann nicht glauben, dass ich sie nicht gesehen habe.«

»Sie war nur ganz kurz da.« Misstrauisch schaute ich ihn an. »Ihr Name ist übrigens Lacy Saunders.«

Ian schüttelte den Kopf. »Laney. Elaine Saunders. So hieß

die Hellseherin, die mein Dad damals engagiert hat. Ich habe jahrelang versucht, sie ausfindig zu machen.«

Mir blieb der Mund offen stehen. »Sie ist dein Engel! Warum hat sie ihren Namen geändert?«

»Ganz einfach. Sie will nicht, dass man sie findet.« Er gab mir das Handy zurück. »Kannst du mir das Bild schicken?«

»Klar.« Ich drückte ein paarmal auf das Display. »Aber eines wissen wir immerhin von ihr.«

»Und das wäre?«, fragte er, während sein Handy den Eingang meiner Nachricht bestätigte.

»Lacy ist hier gewesen. Ihre Nachricht stand auf einem Notizzettel aus diesem Hotel. Irgendjemand muss sie gesehen haben. Vielleicht hat das Hotel sogar ihre Adresse.«

»Vielleicht«, erwiderte er abwesend. Er hob den Kopf und blickte gedankenverloren zum Horizont, wo der Himmel den Ozean berührte.

Meine Bierflasche stand immer noch unangetastet neben dem halb vollen Glas Eistee in der Sonne. An der Außenseite hatten sich feine Tröpfchen gebildet, die an der Flasche herunterliefen. Egal. Was auch immer. Ich griff nach der Flasche und hob sie hoch: »Lass uns anstoßen.«

Es kostete Ian einige Mühe, seine Aufmerksamkeit wieder mir zuzuwenden. »Worauf?«

»Auf uns und darauf, dass wir beide finden, wonach wir suchen.«

Ian schaute mich an, und ich meinte, an seiner Miene ablesen zu können, dass er nicht unbedingt glücklich wäre, wenn ich am Ende fände, was ich suchte, denn das würde bedeuten, dass er um die Chance gebracht wäre, unsere Beziehung weiterzuverfolgen. Verlegen sah ich zu Boden.

Ian trank den letzten Schluck Bier aus seiner Flasche, stand auf und warf ein paar Geldscheine auf den Tisch. »Na gut, dann lass uns mal deinen Maler suchen gehen.«

Kapitel 18

El Adoquín, die Fußgängerzone der Avenida Alfonso Pérez Gasga, verlief parallel zum Hauptstrand, der *Playa Principal*. Helle, offene Ladenfassaden zogen sich an beiden Seiten der Straße entlang, bunt geschmückt mit Fähnchen und kreuz und quer gespannten Girlanden, die fröhlich im Wind flatterten. An allen Ecken standen Straßenmusiker mit Steeldrums.

Wir bahnten uns unseren Weg durch die Menge, und mein Tempo wurde mit jedem Schritt schneller.

»Wozu diese Eile?«, fragte Ian. Er blieb vor einem türkisfarbenen Gebäude stehen, auf das die untergehende Sonne dunkle Schattenlinien zeichnete.

»Es ist schon spät.« Ich bedeutete ihm mit einer Kopfbewegung, mir zu folgen, und eilte weiter.

Die Regatta hatte Surfer und Fans aus allen Teilen der Welt angelockt. Man hörte südafrikanischen Akzent genau wie australisches Englisch. Touristen tummelten sich auf den Straßen, aßen, lachten und tanzten. Und sie versperrten mir den Weg.

Ian griff mich am Arm und zog mich zurück. Er manövrierte uns um eine lärmende Touristengruppe herum, blieb dann stehen, weil er Fotos von zwei alten Männern machen wollte, die mit ihren dicken Zigarren vor dem Eingang eines

Tabakladens standen und rauchten. Die Bäuche hingen ihnen tief über den Hosenbund, unter schweißgetränkten Hemdzipfeln. Sie wirkten nicht besonders ansprechend und rochen vermutlich furchtbar.

Was fand Ian bloß so aufregend an den beiden, dass er sich die Mühe machte, sie zu fotografieren? Diese Bilder würde er doch niemals in einer Ausstellung präsentieren.

Ian lockerte seinen Griff. »Jetzt warte doch mal, und schau dich um. Hier gibt es so viel zu entdecken.«

»Aber ich bin doch nicht zum Sightseeing hergekommen«, protestierte ich.

Schon wieder verschwand Ians Gesicht hinter seiner Kamera, und er drückte auf den Auslöser. Ein greller Blitz blendete mich, sodass ich für einen Moment Sterne sah.

»Mist.« Er änderte eine Einstellung an seiner Kamera. »So war das nicht gedacht. Ich fotografiere wie ein Anfänger …« Er blickte auf das Bild und lachte leise in sich hinein, dann drehte er das Display zu mir, damit ich das Foto auch anschauen konnte. »Dein Verschrecktes-Reh-Ausdruck ist wirklich süß. Steht dir gut.«

»Hör doch jetzt mal auf mit den Fotos«, wies ich ihn ärgerlich zurecht. Bis zur Galerie war es noch ein ganzes Stück zu laufen, das hatte ich auf Imeldas Karte gesehen, und ich wollte endlich dort ankommen.

»Wieso denn? Dieses Nachmittagslicht ist perfekt.«

Ich schnaubte ungeduldig, doch Ian hängte sich in aller Seelenruhe die Kamera um den Hals. »Entspann dich, Aimee. Was soll denn die Eile?« Mit einer Hand umfasste er meine Schulter und rieb sie mit kreisenden Bewegungen. »Es kann gut sein, dass die Galerie längst geschlossen ist.«

Mit dem Kinn deutete er auf die untergehende Sonne. »Wie es aussieht, habe ich gerade mein Programm geändert. In meiner nächsten Ausstellung werde ich Bilder aus Puerto

Escondido zeigen. Und am Wochenende mache ich Aufnahmen von diesem Surfwettbewerb. Außerdem brauche ich noch Bilder von Land und Leuten.«

»Aber du hast doch bei deinen Ausstellungen noch nie Fotos mit Menschen gezeigt.«

»Diesmal komme ich wohl nicht darum herum«, stellte er fest, und es schien, als würde ihn der Gedanke beunruhigen.

Ursprünglich hatte Ian mit seinem diesjährigen Budget eine Reise in die Regenwälder von Costa Rica finanzieren wollen. Doch er hatte den Plan fallen gelassen, um mit mir nach Mexiko zu fliegen.

Weil ich ihm wichtig bin.

Der Gedanke kreiste in meinem Hirn.

Ich rieb mir übers Gesicht und seufzte in meine Hände. »Es tut mir leid.«

»Das muss es nicht. Aber versprich mir bitte, dass du diese Reise genießen wirst, selbst wenn du James nicht finden solltest. Lass mir wenigstens die Genugtuung, dass ich mein Geld sinnvoll angelegt habe.«

Ich ließ die Arme sinken und nickte. Er hatte recht. Die Tatsache, dass James' Bilder möglicherweise hier waren, musste noch lange nicht heißen, dass der Mann selbst es ebenfalls war.

Ich atmete tief durch. Zusammen mit einem Hauch von Zigarrenrauch wehte der Duft von gegrilltem Fisch von einem Taco-Stand auf der anderen Straßenseite zu mir herüber. Im Geiste vermerkte ich die Idee, nach meiner Rückkehr ein bisschen mexikanisches Flair in meine Speisekarte zu bringen. Ich fing an, mich zum Rhythmus der Trommeln zu bewegen, und auf meinen Lippen erschien ein kleines Lächeln.

»Viel besser.« Ian erwiderte mein Lächeln, bevor er den Moment mit einem Klicken seiner Kamera einfing. Diesmal ohne Blitz. »Komm, lass uns gehen. Ziel des Tages ist es, die Galerie ausfindig zu machen. Und morgen kannst du mit Carlos reden, aber erst einmal solltest du heute Nacht ordentlich ausschlafen. Dann bist du vielleicht etwas weniger …«

»… angespannt?«

»Ja, genau.« Er senkte den Kopf und schaute auf die Kamera in seinen Händen, versuchte, ein amüsiertes Grinsen zu verbergen.

Ich runzelte die Stirn. »Du glaubst nicht, dass ich ihn finden werde, stimmt's?«

Er blickte hoch. »Das habe ich nicht gesagt.«

»Aber du denkst, das alles sei nur ein großer Witz.«

Abwehrend hob er die Hände. »Hey, Moment mal. Du musst doch nicht gleich …«

»Du willst nicht, dass ich ihn finde.«

Seufzend wandte er sich ab und schaute die Straße hinunter, bevor er sich wieder zu mir drehte. »Ich weiß selbst nicht, was ich will. Ich …« Er presste die Lippen zusammen.

»Was?«

Er fuhr sich mit den Fingern durchs Haar. Ich sah ihn weiter wütend an, und er zuckte die Achseln. »Ich will einfach nur, dass du glücklich bist. Ich will, dass du lernst, den Augenblick zu genießen. Ich will sehen, wie du lächelst, wie dein Gesicht anfängt zu leuchten. Das ist wunderschön.«

Ich blinzelte, plötzlich atemlos.

»Du schaust schon wieder wie ein verschrecktes Reh«, bemerkte er und ging los in Richtung Galerie.

Verwirrt blickte ich ihm nach. Nach ein paar Schritten hielt er an, um sich nach mir umzusehen. »Kommst du?«

»Äh … ja.«

Auf dem Weg machte Ian jede Menge Fotos. Ich passte mich an seinen Rhythmus an, blieb stehen, wenn er stehen blieb, und schaute mich um, solange er fotografierte. Er überprüfte die Einstellungen an der Kamera, bevor er sie auf ein halb verfallenes Gebäude richtete. Ich konnte nicht wirklich nachvollziehen, was an alten Steinen und rissigen Mauern so interessant sein sollte, und das fragte ich ihn auch. Anstelle einer Antwort machte er noch ein Foto von mir.

»Hör auf!«, rief ich und hielt seinen Kameragurt fest.

Elegant wich er mir aus und erklärte lachend: »Ich habe seit dem Tag, an dem ich damit angefangen habe, nicht aufgehört. Wieso denkst du, ich würde es jetzt tun?«

Ich lief neben ihm her, während er die Straße überquerte und dabei schon nach dem nächsten Motiv Ausschau hielt.

»Wie hat es angefangen?« Irgendwann einmal hatte er mir erzählt, dass er sich schon, seit er denken konnte, fürs Fotografieren interessierte.

»Mein Vater war Sportfotograf, und ich habe mir immer heimlich seine Kamera ausgeliehen, um damit Fotos von den Insekten in unserem Garten zu machen.« Er sah mich leicht verlegen an. »Ich habe jede Menge Fotos gemacht. Das war, lange bevor Digitalkameras auf den Markt kamen, und als der Film also entwickelt wurde, waren auf der Hälfte der Bilder Insekten. Ich hatte mit einer schlimmen Strafe gerechnet, doch stattdessen schenkte er mir seine Kamera.«

»Er hat dir die Kamera geschenkt?« Ich wusste, was für sündhaft teure Kameras Sportfotografen normalerweise benutzten, mit riesigen Objektiven und einem Stativ, damit die Bilder nicht verwackelten. »Wie alt warst du damals?«

»Acht. Und ja, er hat mir die Kamera geschenkt. Das war ein guter Vorwand für ihn, um sich endlich ein neueres Modell zu kaufen, mit dem er schon lange geliebäugelt hatte«, fügte er hinzu. Dann blieb er stehen. »Wir sind da.« Er zeigte auf ein handgemaltes Schild an dem Gebäude vor uns.

Ich starrte auf mein Spiegelbild im Schaufenster des *Estudio del Pintor*. Drinnen war alles dunkel. Wie Ian schon vermutet hatte, war die Galerie um diese Zeit längst geschlossen. Meine Beine fingen an zu zittern, und ich tastete blind nach ihm.

Ian fand meinen Blick in der spiegelnden Scheibe und drückte mir die Hand. »Alles ist gut, Aimee. Ich bin bei dir.« Dann verrenkte er sich fast den Hals, als er um die Ecke des Gebäudes zu spähen versuchte. »Ich glaube, der Eingang ist da drüben im Hof.«

Er zog mich mit sich und schob den Riegel an einem schmiedeeisernen Tor zur Seite. Die rostigen Scharniere quietschten in den Angeln. Topfpflanzen und tropische Blumen standen überall auf dem kleinen Hof. Bougainvilleen rankten an den Wänden hoch, und Weinreben mit durchsichtigen Blüten strebten dem Licht entgegen. In einem kleinen Springbrunnen aus glasierter Keramik plätscherte Wasser und übertönte die Geräusche der Straße.

Zwei weitere Ladenbesitzer teilten sich den Hof, eine exklusive Töpferwerkstatt und eine Immobilienagentur, deren Tür halb offen stand. Ich klopfte an die Glastür, die zur Galerie führte und an der ein kleines Schild hing. »Was steht da drauf?«

»›Bin heute in Hochform. Gehe angeln oder malen oder laufen. Bin vielleicht gleich zurück, aber vermutlich eher später.‹« Ian schnaubte. »Klingt sympathisch.«

Ich drückte mir die Nase an der Scheibe platt wie ein Kind vor dem Bonbonladen und schirmte mit den Händen die Augen ab, um besser sehen zu können. Das Studio war klein, aber die Kunstwerke waren, soweit ich sie ausmachen konnte, atemberaubend. »Die Bilder sind großartig.«

Ich seufzte gegen die Scheibe, die von meinem Atem beschlug. An zwei Wänden hingen Leinwände in den verschiedensten Größen, Öl- und Acrylbilder, aber auch Aquarelle. Seestücke, Sonnenuntergänge und Landschaften, wahrscheinlich nach Vorgaben aus der Umgebung. Es waren auch einige Porträts dabei. Von meinem Standort aus konnte ich nicht erkennen, was sich an der Wand neben mir befand, die andere Seite nahm das große Schaufenster mit Blick auf die Hauptstraße ein.

Skulpturen auf Sockeln aus gebeiztem Holz beherrschten den Raum in der ganzen Galerie.

Am anderen Ende, hinten in einer Ecke, entdeckte ich einen kleinen Holztisch, darauf ein Durcheinander aus Farbtuben, Pinseln und Papier, obendrauf eine kleinere Staffelei, die aussah wie die, die ich früher als Kind in meinem Kinderzimmer stehen gehabt hatte. Hinter dem vollgepackten Tisch stapelten sich Bücher und Zeitungen.

»Ob Carlos wohl heute noch zurückkommt?«, fragte ich, ohne das Gesicht von der Tür zu lösen, woraufhin die Glasscheibe erneut beschlug. Ich wischte sie mit dem Ärmel ab.

Währenddessen blickte Ian sich auf dem Hof um. »Warte hier, ich geh mal ein bisschen kundschaften«, sagte er und verschwand in dem Maklerbüro.

Noch einmal spähte ich in die Galerie und studierte die Bilder. Trotz der Unterschiede in den Materialien ähnelten sich die Werke im Stil. Sie stammten alle von demselben Künstler. Von meinem Standort aus konnte ich die Signatur auf den Bildern nicht ausmachen.

Ich entfernte mich ein Stück von der Tür und rieb mir den Nacken, der ganz feucht geworden war – eine Mischung aus Nervosität und Schwüle. Durch das Fenster des Immobilienbüros sah ich Ian mit einer Frau sprechen, doch der Brunnen im Hof übertönte die Stimmen. Ich wollte wissen, wann Carlos zurückkommen würde, und ich wollte den Namen des Künstlers wissen, der diese Bilder gemalt hatte. Vor allem wollte ich nachsehen, ob der Blauton der Signatur mit dem im Galerieprospekt übereinstimmte.

Noch einmal ging ich nach vorne, um die im Schaufenster ausgestellten Werke genauer zu betrachten. Da waren die Skulptur einer Möwe, die sich in eine Welle stürzte, ein gerahmtes Aquarell, unter das der Künstler seinen Namen in demselben grauen Farbton geschrieben hatte, in dem der Sonnenaufgang auf dem grob strukturierten Papier gehalten war, und ein Acrylbild mit blauer Signatur.

Aufmerksam sah ich mir die Pinselführung auf den Bildern an. Sosehr ich auch glauben wollte, dass James diese Werke geschaffen hatte, war ich doch nicht sicher. Zwar waren da Ähnlichkeiten, doch es gab auch deutliche Unterschiede. Anders als auf den Bildern bei uns zu Hause, wo er mit kontrolliertem Understatement gemalt hatte, waren die Pinselstriche auf diesen Bildern erratisch, wild und sorglos. Das Wort *befreit* kam mir in den Sinn, aber im Endeffekt waren diese Werke ebenso großartig wie die bei mir zu Hause.

Dasselbe galt für die Signatur, sie war genauso chaotisch wie der Malstil. Entweder hatte die blaue Farbe zu viele Grünanteile, oder die getönten Scheiben des Schaufensters veränderten den Farbton. Ich musste unbedingt hineingehen und das genau überprüfen.

In dem Moment kam Ian durch das schmiedeeiserne Tor auf die Straße. »Die Maklerin sagt, Carlos macht seinen Laden immer früh zu, weil er für einen Marathon trainiert. Celine, das ist die Frau aus dem Immobilienbüro, hat gesehen, wie er in diesen knappen Laufshorts losgerannt ist.« Dabei hob er die Hände, spreizte seine Finger und drückte sie wieder zusammen, als wollte er kleine Brötchen formen. Als ich ihn missbilligend anschaute, räusperte er sich. »Das war ihre Geste, nicht meine. Ich hab's dir nur zeigen wollen.«

Ich verdrehte die Augen.

»Celine glaubt nicht, dass er heute noch zurückkommt. Wir versuchen es morgen früh wieder, einverstanden? Auf dem Schild an der Tür steht, er öffnet ›gegen zehn‹.« Dabei deutete er zwei Anführungszeichen in der Luft an.

Ich schob die Lippen vor und nickte geistesabwesend.

Ians Miene umwölkte sich, als er meine Enttäuschung bemerkte. Er zog mich am rechten Ärmel. »Na komm, Aimee, du solltest froh sein. Immerhin bist du der Lösung des Falls des vermissten Verlobten ein gutes Stück näher gekommen.«

Ich sah ihn leicht genervt an.

Ian zeigte mit dem Daumen zum Fenster. »Immerhin habe ich herausgefunden, dass das hier unten die Galerie ist. Carlos hat oben in dem Apartment noch ein Studio, wo er Malunterricht gibt.«

Ich merkte, dass Ian auf eine Reaktion von mir wartete, aber ich konnte mich nicht von dem Acrylbild im Schaufenster losreißen. Vielleicht würde sich, wenn ich nur lange genug hinschaute, die Farbe der Signatur ändern? Vielleicht lag es auch an der Beleuchtung, oder vielleicht versuchte ich nur wieder, etwas zu sehen, das gar nicht da war?

Ian verlagerte ungeduldig sein Gewicht. »Was ist los?«

Ich tippte auf die untere Ecke des Schaufensters. »Das Blau hier ist nicht richtig. Ich hatte gehofft …« Meine Stimme versagte. Was hatte ich gehofft? James in einem Malwahn anzutreffen? Dankbar, dass ich ihn aufgespürt hatte und dass ich ihn nun mit mir nach Hause nehmen würde?

Was für ein Hirngespinst.

Erschöpft ließ ich mich auf die Holzbank vor dem Fenster sinken.

Ian setzte sich neben mich und legte mir den Arm um die Schulter. »Morgen wirst du die Antworten auf deine Fragen bekommen.«

Er warf einen Blick auf seine Armbanduhr und zeigte auf den Markt einen halben Block die Straße hinunter. »Lass uns etwas zu essen und ein paar Flaschen Bier kaufen. Das nehmen wir mit an den Strand und sehen uns den Sonnenuntergang an.«

Ich musste lächeln. »Noch mehr Fotos?«

Er grinste. »Unbedingt.«

»Geh du, und hol uns was zu essen. Ich warte hier auf

dich.« Irgendetwas hinderte mich noch daran, diesen Ort zu verlassen. Ich lehnte mich gegen das Schaufenster und setzte meine Sonnenbrille auf.

Ian tätschelte mir den Oberschenkel. »Bin gleich zurück.« Er stand auf und machte sich auf den Weg. Als er halb über die Straße war, drehte er sich noch einmal um und rief: »Stell keine Dummheiten an!«

Ich winkte ihm zu und sah durch meine dunkle Brille den vorübergehenden Passanten zu. Mit einem Vibrieren meldete mein Handy eine neue Nachricht, eine von vielen unbeantworteten SMS und Sprachnachrichten, die ich in den letzten vierundzwanzig Stunden bekommen hatte. Ich nahm das Telefon aus der Tasche. Schon wieder eine SMS von Kristen.

Ruf mich an!

Langsam scrollte ich mich durch die Liste der unbeantworteten Anrufe. Die meisten Sprachnachrichten waren von Kristen. Vielleicht sollte ich sie abhören. Vielleicht hätte ich auf *sie* hören und gar nicht erst herfliegen sollen. Hatte ich es bewusst in Kauf genommen, enttäuscht zu werden?

Dann öffnete ich ihre neuesten Textnachrichten.

Ich kann es nicht glauben, dass du nach Mexiko fliegst. Bist du gut angekommen?

In welchem Hotel bist du untergebracht?

Wie ist Puerto Escondido?

Hast du schon irgendwas herausbekommen?

Hast du IHN schon gefunden?

Eine Sprachnachricht meiner Mutter: »Warum Mexiko, Aimee? James ist tot. Du jagst einem Geist hinterher. Wir machen uns Sorgen um dich. Bitte komm nach Hause.«

Als ich Kristen anrief, ging sie beim zweiten Klingeln ran. »O mein Gott. Ich kann es nicht glauben! Endlich rufst du an. Was hast du dir nur gedacht? Verdammt, deine Kunden sehen mich schon komisch an. Leg nicht auf, ich geh rüber in dein Büro.«

Ich hörte das Rascheln ihrer Kleider, während sie die kurze Strecke zurücklegte und die Tür hinter sich zumachte.

»Dir auch hallo«, sagte ich, als sie das Telefon wieder aufnahm.

Sie holte tief Luft. »Ich bin stinksauer, dass du nicht auf Nadia gehört hast. Wie konntest du dieser Lacy nur glauben? Mein Gott, du kennst die Frau doch gar nicht. Vielleicht ist sie eine Mörderin? Du könntest ihr nächstes Opfer sein. Warum bist du da hingefahren?«

»Das weißt du genau. Ich musste es tun. Übrigens hatte Nadia nichts dagegen.«

»Was?« Kristen stieß einen Fluch aus. »Es war ausgemacht, dass sie dir die Idee ausreden sollte.«

»Hat sie dir nichts erzählt?«

»Nein! Dieses winzige Detail hat sie vergessen, als sie mir sagte, wir müssten im Café aushelfen.« Sie machte eine kleine Pause, und ich sah sie vor mir, wie sie sich den Nasenrücken rieb, wie immer, wenn sie nachdachte. »O Mann. Geht es dir gut?«

»Ja, alles in Ordnung.«

»Wo bist du gerade?«

»Ich sitze auf einer Bank vor dem *Estudio del Pintor*.«

»Und …?«

»Und gar nichts. Die Galerie ist geschlossen. Wir müssen morgen früh wiederkommen. Ian kauft gerade etwas zu essen ein, und ich warte hier auf ihn. Wie läuft es im Café?«

»Es ist voll! Viel zu tun, aber das ist ja gut so, oder?«

»Das ist großartig«, sagte ich und sehnte mich nach meiner gewohnten Umgebung.

»Rufst du morgen wieder an? Nein, warte, ich rufe dich an. Wir bleiben in Verbindung, ja? Ich mache mir Sorgen um dich.«

Wir verabschiedeten uns, und ich steckte das Handy wieder ein. Leute kamen vorbei und blieben am Schaufenster der Galerie stehen, um einen Blick hineinzuwerfen. Andere eilten mit gesenktem Kopf vorüber und hatten überhaupt kein Auge für die festliche Stimmung ringsumher.

Mach mal langsam. Schau dich um. Es gibt so viel zu sehen, so viele Eindrücke.

Ian hatte recht. Ich war völlig kopflos auf das Ziel losgestürmt und hatte dabei total vergessen, den Weg zu genießen. Wie viel Zeit hatte ich jetzt schon an James vergeudet?

Die Postkarte und das Bild waren noch lange kein Beweis dafür, dass er am Leben war, und ich hatte an Orten nach Antworten gesucht, an denen vermutlich keine zu finden waren. So wie zum Beispiel die blaue Farbe der Signatur und die Gemälde, deren Stil dem von James' Bildern so sehr ähnelte. Das war doch alles irgendwie merkwürdig.

So wie der Jogger, der auf mich zukam. Da war etwas an ihm, das mich stark an James erinnerte. Er wurde langsamer und verfiel schließlich in ein schnelles Gehen. Dabei sah er auf seine Sportuhr. Das ärmellose Shirt war schweißnass und klebte ihm an der Brust. Sein iPod steckte in einer Hülle am Oberarm, die Kopfhörerkabel baumelten über seinen Rücken und verliefen hinauf bis zu seinen Ohren.

Als er näher kam, stand ich mit wackelnden Knien auf.

»*Hola*«, machte er und lächelte, als er an mir vorbeilief.

Mit offenem Mund starrte ich ihn an.

Er blieb stehen und zog den Ohrstöpsel aus seinem rechten Ohr. *»¿Está usted bien?«*

Ich sagte nichts, starrte ihn nur weiter an.

Er musterte mich von Kopf bis Fuß. »Amerikanerin?«, fragte er mit starkem Akzent. »Geht es Ihnen gut? Sie sehen aus, als wäre Ihnen ein Geist begegnet.«

Du jagst einem Geist hinterher.

In meinen Ohren rauschte es. Das Blut wich mir aus dem Gesicht. Mir wurde schwindlig, und ich hatte Mühe, mich auf den Beinen zu halten.

Besorgt trat er auf mich zu und beugte sich vor, um mir durch seine Sonnenbrille in die Augen zu sehen. »Kann ich irgendetwas für Sie tun?« Seine Stimme war warm und fremdartig. Die Wörter rollten weich von seiner Zunge.

Das konnte doch nicht wahr sein! Er war hier gewesen. Die ganze Zeit. Neunzehn verdammte Monate lang.

Tausend Fragen schossen mir durch den Kopf, aber ich brachte einzig und allein seinen Namen heraus. »James.«

Er streckte sich und richtete sich zu seiner vollen Größe auf, genau ein Meter sechsundachtzig. Ein breites, mir nur allzu vertrautes Lächeln erschien auf seinem Gesicht. »Oh, ich verstehe. Ich bin der Geist.« Er hielt mir seine verschwitzte Hand hin. »Ich bin Carlos.«

Kapitel 19

Ich ließ mich auf die Bank fallen. »Warum bist du abgehauen?«, schrie ich ihn an. »Verdammt noch mal, James! Ich war auf deiner Beerdigung!«

Ich hatte das Bedürfnis, ihn gleichzeitig zu ohrfeigen und zu umarmen.

Er stand nicht einmal einen Meter entfernt von mir einfach da und blickte sich nach allen Seiten um, so als suchte er jemanden. Dann wischte er sich den Schweiß von der Stirn und schaute mich verständnislos an.

»Warum … warum starren Sie mich so an?« Er wirkte, als hätte er mich noch nie zuvor gesehen.

Nimm mich in den Arm.

Ich schluchzte auf.

Halt mich fest.

Verzweifelt rang ich nach Luft, mir fehlte Sauerstoff. Heftig sog ich die Luft ein, zweimal, dreimal, kurze verzweifelte Atemzüge, die jedoch tief in meinen Lungen stecken blieben. Ich konnte nicht mehr ausatmen.

O mein Gott, ich bekomme keine Luft!

Mit den Fäusten trommelte ich mir auf die Brust.

Erschrocken beugte er sich zu mir herunter. Seine Lippen

bewegten sich, aber ich konnte nicht verstehen, was er sagte. Hilflos klammerte ich mich an seine Schultern. *Halt mich fest, James!*

Er umfasste meine Handgelenke. Und wieder bewegte er die Lippen.

Was?

Beruhigen Sie sich, las ich von seinen Lippen.

Ich konzentrierte mich auf seine Lippen, diesen wunderschönen Mund.

»Bitte, *señorita*, beruhigen Sie sich.«

Ich spürte eine Hand an meinem Hinterkopf und merkte, wie mein Kopf zwischen meine Knie gedrückt wurde. Sterne flimmerten hinter meinen geschlossenen Augen, und auf einmal fingen meine Lungen wieder an zu arbeiten. Ich schmeckte die salzige Meeresluft auf der Zunge, und ich konnte ihn riechen. Himmel, es war sein Duft. Mein James!

Er zog seine Hand zurück und nahm die Sonnenbrille ab. Mir blieb schon wieder fast das Herz stehen. James' Augen blickten mich an. »Sehr gut.« Er lächelte. James' Lächeln.

»James«, flüsterte ich. Eine Welle des Glücks überwältigte mich. »Ich habe dich gefunden.«

Er schüttelte den Kopf und sah mich weiter freundlich an. »Konzentrieren Sie sich auf mich. Hören Sie auf meine Stimme. Einatmen.« Er holte Luft, dass sich seine Nasenflügel blähten, und ich tat es ihm nach. »Gut. Jetzt langsam ausatmen.« Sein Daumen streifte mein rechtes Handgelenk, direkt über meinem Puls. Die schmetterlingsleichte Berührung ließ mich erschauern.

»Schließen Sie die Augen, und hören Sie auf meinen Atem«, ordnete er an, und ich ließ langsam die Lider sinken.

Um mich herum wurde es dunkel, und die Geräusche der Straße verblassten zu leiser Hintergrundmusik. In diesem Augenblick gab es nur uns beide, genau wie früher. Die kräftige, breite Hand, die meine hielt, fühlte sich wie James' Hand an. Sein Atem klang wie James' Atem, der gleichmäßige, entspannte Rhythmus, so wie immer, wenn ich morgens neben ihm aufgewacht war.

Aber er klang nicht wie James, als er mich schließlich aufforderte, die Augen wieder zu öffnen. Seine Stimme war sanft und voll, aber da war ein Unterton, der nicht passte. Unter dem starken Akzent lag ein Beiklang, den ich nicht kannte, tiefer, rauer. Älter.

Das dunkelbraune Haar hatte er mit einem Gummiband zusammengebunden, und eine rosa leuchtende Narbe verlief von seiner linken Augenbraue aus bis auf seine Wange. Er war schlanker, als ich ihn kannte, aber seine Bewegungen waren genau dieselben wie früher, zum Beispiel die Art, wie er den Kopf neigte, um mich anzusehen.

Ich schluckte. »James?«

Er lächelte mich an. »Nein, tut mir leid.«

Meine Unterlippe zitterte. »James, ich bin es, Aimee. Erkennst du mich denn nicht?«

»Das würde ich gerne. Sie sind niemand, den man so einfach vergisst.« Er lachte leise.

Ich runzelte die Stirn und schob meine Sonnenbrille nach oben. »Verdammt, James, sieh mich an.«

Er tat es. Für den Bruchteil einer Sekunde entdeckte ich so etwas wie Verunsicherung in seinen Augen. Doch da war kein Wiedererkennen, sondern nur Sorge.

»James?«, wimmerte ich.

»Mein Name ist Carlos. Ich glaube, Sie verwechseln mich mit jemandem.«

Ich starrte den Mann an, der da vor mir kniete, und er starrte verständnislos zurück. Er empfand überhaupt nichts für mich. Er kannte mich nicht.

Eine Träne lief mir die Wange herab, und Carlos legte sanft

seinen Daumen auf meine Haut, um sie abzuwischen. Die Berührung war mir unangenehm. Dieser Mann war ein Fremder.

Mit einer leichten Kopfbewegung zeigte er auf das Studio in meinem Rücken. »Das ist meine Galerie. Brauchen Sie ein Glas Wasser oder sonst irgendetwas? Ein Telefon vielleicht?«

Ich wollte nur weg, so schnell wie möglich. Ich musste mich neu aufstellen und darüber nachdenken, was zu tun war.

Geh nach Hause.

Mein Herz sank.

»Sind Sie mit irgendjemandem hier?«

»Nein«, antwortete ich automatisch. Doch gleich darauf nickte ich und zeigte in Richtung des Marktes. »Mein Freund Ian, er kauft gerade etwas ein.«

Er stand auf und reichte mir die Hand. »Soll ich Sie rüber zum Markt bringen?«

»Nein, danke.« Ich kam ohne seine Hilfe auf die Beine.

»Schaffen Sie es?« Prüfend sah er mich an.

Ich antwortete nicht, weil ich keine Antwort auf die Frage hatte. Ich fühlte mich geschlagen, verloren und verwirrt, als ich von James wegging. Oder von Carlos. Oder von wem zur Hölle auch immer.

* * *

Ian fand mich am Gemüsestand. Er schien überrascht, mich zu sehen, und fragte sich wohl, warum ich ihm nachgegangen war. Ich stand da, hielt eine Erdbeere in jeder Hand und rollte sie zwischen meinen Fingern hin und her.

Ians Blick glitt von meinen Händen zu meinem Gesicht. Besorgt fragte er: »Was ist passiert, Aimee?«

Meine Mundwinkel wanderten nach unten.

Ian nahm den Einkaufskorb in die andere Hand. »Was ist

denn los?«

Meine Unterlippe bebte, und ich ließ die Hände sinken. Die Erdbeeren fielen auf den Boden, und dann stürzte ich ebenfalls.

Ian ließ den Korb los und fing mich auf. Schluchzend lehnte ich an seiner Brust und wünschte mir, er würde mich nie wieder loslassen.

* * *

An der *Playa Marinero* lagen wir auf einer Wolldecke, die Ian bei einem Straßenhändler gekauft hatte, und sahen uns den Sonnenuntergang an. Der glühende Feuerball hing tief über dem Horizont vor einem Hintergrund aus orange- und rosafarbenen Tönen, die den Himmel in ein großartiges Schauspiel verwandelten, während die Wellen leise an den Strand schlugen.

Ian aß mit großem Appetit seine Fisch-Tacos und erklärte vor jedem Bissen, er sei halb verhungert. Zwischendurch schnappte er sich die Kamera und fotografierte das Panorama vor unseren Augen, das sich von einem Moment zum nächsten veränderte. Ich stocherte lustlos in meinem Salat herum, schob die Bohnen und Avocadostücke von einer Seite zur anderen und hatte überhaupt keinen Appetit.

»Diese Tacos sind unglaublich. So etwas solltest du im *Aimee's* anbieten. Es ist die Soße, glaube ich. Die geräucherten Jalapeños geben ihr den besonderen Kick«, sagte Ian.

Fragend sah er mich an, als ich den Deckel meines Styroporbehälters zuklappte. »Willst du denn gar nichts essen?«

»Später vielleicht.« Ich lehnte das Kinn auf die Knie und vergrub meine Füße im Sand. Die obere Schicht Sandkörner war von der Sonne angewärmt, während es etwas weiter unten schon deutlich kühler wurde. Der Sand kitzelte mich zwischen den Zehen.

Ich versuchte, James' Berührung im Rieseln des Sands zu erspüren und seine Stimme im leisen Rauschen des Windes zu erkennen. Doch zum allerersten Mal seit dem Tag seiner Beerdigung empfand ich überhaupt nichts bei dem Gedanken an ihn. Noch nie im Leben hatte ich mich so allein gefühlt.

Ian deutete mit der Hand in Richtung Ozean. »Die Wellen sind hier nicht besonders hoch. Was glaubst du? Ein halber Meter? Vielleicht zwei? Etwas weiter unten, am Zicatela-Strand vor unserem Hotel, dort, wo morgen die Regatta stattfindet, werden die Wellen angeblich bis zu zehn, fünfzehn Meter hoch.« Er steckte sich ein Drittel seines Tacos in den Mund und sagte: »Das ist der Wahnsinn, absoluter Wahnsinn.«

»Hm.« Ich schloss die Augen und versuchte, die letzten wärmenden Sonnenstrahlen des Tages in mich aufzunehmen. Mein Herz fühlte sich an wie ein Eisblock.

Kurz darauf spürte ich, wie er den Arm ausstreckte, der einen Schatten über mein Gesicht warf. »Siehst du dort drüben den Strand, die *Playa Principal*, mit all diesen Fischerbooten? Eine Marktfrau hat mir erzählt, dass man den Fisch dort direkt von den Booten kaufen und dann den Fischern beim Ausnehmen des Fangs zuschauen kann. Anschließend geht man mit ihnen zusammen in ein Restaurant, wo sie ihren Kunden eigenhändig das Abendessen zubereiten. Frischer geht es nicht. Wir könnten das herausfinden, bevor wir zurück nach Hause fahren.«

Nach Hause. Ohne James.

Schweigend verspeiste Ian seinen letzten Taco, während ich die Ereignisse des Abends im Geiste Revue passieren ließ. Als er mit dem Essen fertig war, hörte ich, wie er sich die Hände abwischte und die Essensschachteln beiseiteschob. Und dann spürte ich, wie er mich ansah.

»Bist du dir ganz sicher, dass es James war?«, fragte er zum x-ten Mal.

»Ja.« *Nein.* Ich hob unschlüssig die Schultern und murmelte gegen meine Knie: »Ich weiß es wirklich nicht. Carlos sieht aus wie er. Na ja … irgendwie. Er hat eine große Narbe im Gesicht.« Mit dem Finger fuhr ich mir über die Schläfe hinunter bis zum linken Wangenknochen.

Ian richtete seine Kamera auf den silbernen Lichtstreif an der Stelle, wo die schwarze Wasseroberfläche auf den immer dunkler werdenden Himmel traf, und drückte auf den Auslöser. »Wenn er tatsächlich James wäre, hätte er dich erkannt. Er hätte doch eine Reaktion zeigen müssen.«

»Das sollte man meinen«, erwiderte ich tonlos. »Vielleicht hat er eine Amnesie.«

»Dann hätte er wenigstens neugierig sein müssen. Er würde sich fragen, ob du jemand bist, den er in der Vergangenheit gekannt hat.«

»Er hat überhaupt nicht wie jemand gewirkt, der sein Gedächtnis verloren hat. Es war, als sei er ein vollkommen anderer Mensch.«

Ian sagte nichts. Nachdenklich ließ er seinen Blick auf mir ruhen.

Ich beugte mich zurück. »Was ist?«

Er schüttelte den Kopf. »Nichts.«

Erneut wandte er sich dem Horizont zu und hob die Kamera vor die Augen, aber er machte keine Fotos mehr. Er schien vollkommen in Gedanken verloren, meilenweit entfernt von den traumhaften Sandstränden von Puerto Escondido.

Kapitel 20

Das *Estudio del Pintor* würde erst in zwei Stunden wieder aufmachen, aber ich beobachtete Carlos von meinem Standort aus schon seit zwanzig Minuten, als wäre er eines seiner Gemälde.

Von der gegenüberliegenden Straßenseite aus konnte ich ihn durch das große Schaufenster der Galerie sehen, wie er die Bilder an den Wänden umhängte. Zwischendurch blieb er immer wieder stehen und blickte prüfend von einem zum anderen, dabei hielt er die Hände im Nacken verschränkt oder rieb sich gedankenverloren die Unterarme. Genau wie James.

Schließlich verschwand er im Hinterzimmer, und ich lehnte mich an einen Laternenpfahl, um zu warten, bis die Galerie geöffnet würde. Touristen strömten in Scharen zum Strand, beladen mit Handtüchern und dick eingecremt mit Sonnenmilch.

Ich tat, als sei ich in die Lektüre meines Taschenbuchs vertieft.

Weitere zwanzig Minuten vergingen, ohne dass Carlos noch einmal auftauchte. Ich hatte meinen 285-Seiten-Roman im Schnelldurchgang durchgeblättert, und meine Geduld war ebenfalls am Ende. Also steckte ich das Buch ein und ging quer über die Straße direkt auf die Galerie zu.

Das Schild mit der Aufschrift »GESCHLOSSEN«, das

uns schon gestern begrüßt hatte, hing immer noch an der Eingangstür, trotzdem trat ich ein. Die Türglocke bimmelte, und ich hielt den Atem an, während ich auf Carlos wartete. Da von ihm nichts zu sehen war, fing ich an, umherzugehen und mich umzuschauen. Ob ich hier James' gestohlene Kunstwerke finden würde?

Vor einem Acrylbild an der hinteren Wand blieb ich stehen, um nach den Initialen des Künstlers zu suchen: *JCD* stand dort. Der Sonnenuntergang auf dem Gemälde erinnerte mich an James' *Half Moon Bay*, aber die Signatur war anders als die von James. Der Winkel der Buchstaben war steiler als bei ihm.

Ich beendete meinen Rundgang an dem Tisch im hinteren Teil des Ladens. Bücher stapelten sich an der Wand, aus den verschiedensten Genres und Jahren, angefangen bei Stephen King bis hin zu Shakespeare, spanische Romantitel und Handbücher für Künstler in englischer Sprache. *Runner's World*, *Outside* und das *Sport Fishing Magazine* lagen verstreut auf dem Tisch.

Ebenfalls dort fanden sich Auftragsvordrucke, einige Ausgaben der lokalen Tageszeitung sowie eine Sammlung schmutziger Kaffeetassen. Eine Broschüre zeigte eine Übersicht über Carlos' Kunst-Workshops, vom Anfängerkurs bis hin zu anspruchsvollsten Pinseltechniken für Fortgeschrittene.

»Ya cerramos«, hörte ich eine Stimme hinter mir. *Wir haben geschlossen.*

Ich fuhr herum und sah mich Carlos gegenüber.

Er stand in der Tür zum Hinterzimmer. Langsam erschien ein Lächeln auf seinem Gesicht. *»Hola, señorita.«* Vorsichtig kam er auf mich zu. »Ich habe mich schon gefragt, ob ich Sie wohl wiedersehen würde. Aimee, richtig?«, sagte er und wechselte zu Englisch.

Ich nickte und steckte die Broschüre in die hintere Hosentasche meiner Jeans.

Ein Geruch von Terpentin und Ölfarben hing in der Luft,

stieg aus dem schmutzigen Lappen, den Carlos in der Hand hielt und mit dem er sich die getrocknete Farbe von den Fingern rieb. Er trug eine tief sitzende Hose, dazu ein T-Shirt mit dem Aufdruck des Surfturniers vom vergangenen Jahr, und er war barfuß.

Barfuß, sonnengebräunt und sexy.

Eine Welle der Erregung stieg mir von der Brust hinauf bis in den Nacken und breitete sich aus wie ein Flächenbrand.

Zwar hatte ich ihm eine Dreiviertelstunde lang hinterherspioniert, aber ich war nicht darauf vorbereitet, ihn so vor mir zu sehen: sein leicht gewelltes Haar, den kühnen Schwung seiner Brauen und seine markante Nase. Er hatte sie sich beim Sport einmal gebrochen, deshalb war die Linie nicht ganz gerade.

»Glauben Sie immer noch, ich sei James?«, fragte er leichthin.

Ich blinzelte. »Tut mir leid. Aber Sie sehen ihm sehr ähnlich.«

In Carlos' Augen funkelte es. »Dann muss er ja wirklich attraktiv sein.«

»Ja, das war er. Ich meine … ist er.«

Besorgt sah er mich an und fragte: »Wie geht es Ihnen heute?«

»Besser. Vielen Dank.« Ich blickte mich in der Galerie um. »Sie haben Talent. Wo haben Sie das gelernt?«

»Das habe ich mir hauptsächlich selbst beigebracht. Und vor einiger Zeit habe ich ein paar Kurse an einer Kunstakademie im Norden belegt.«

»Seit wann gibt es diese Galerie?«

»Seit zwei Jahren.« Angestrengt rieb er an einem hartnäckigen Farbfleck auf seiner rechten Handfläche herum.

Sieh mich an! Erinnere dich an mich!

»Wie lange bleiben Sie noch in Puerto Escondido?«, fragte er.

»Noch ein paar Tage.«

»Was führt Sie hierher?«

»Ich suche einen Freund. Wir haben uns aus den Augen verloren.«

Er zog den Lappen durch die Gürtelschlaufe an seiner Hose. »Und? Haben Sie ihn gefunden?«

Genau diese Frage war mir die ganze Nacht lang im Kopf herumgegangen und hatte mir den Schlaf geraubt. »Nein. Noch nicht.«

Er lächelte freundlich. »Ich hoffe, es gelingt Ihnen noch.«

Ich hoffe, er erinnert sich an mich.

»Ich auch.«

Über Carlos' Schulter hinweg entdeckte ich ein Bild, das aussah wie eines von James' nicht fertiggestellten Gemälden. Eine Frau, die völlig entrückt am Ozean stand. Carlos' Szene war hell und bunt im Vergleich zu dem Bild bei mir zu Hause. James hatte für sein Acrylbild hauptsächlich Grau- und Brauntöne verwendet, die Frau war offensichtlich verzweifelt.

»Darf ich Ihnen etwas zeigen?«

Ich kramte in meiner Handtasche nach meinem Handy. Ich wollte eines von James' Bildern heraussuchen und den Stil mit Carlos' Malweise vergleichen. Deshalb scrollte ich durch meine Fotogalerie und landete zufällig bei unserem Verlobungsbild. Ich stockte, als das Foto mich unvermittelt anstarrte.

»Was ist mit Ihnen?«, fragte Carlos und blickte mir über die Schulter.

Was zur Hölle? Ich hielt ihm das Display hin. »Das ist James. Können Sie sehen, wie ähnlich er Ihnen ist?«

Carlos runzelte die Stirn und zog meine Hand mit dem Handy näher zu sich heran. Aufmerksam betrachtete er das Foto, und ich beobachtete ihn dabei, um seine Reaktion abzuschätzen. Ein Stirnrunzeln, eine hochgezogene Augenbraue, ein leichtes Weiten seiner Pupillen. Irgendeinen Hinweis darauf, dass ich ihn dabei erwischt hatte, wie er versuchte, etwas vor mir zu verbergen.

Ich sah nichts von alledem.

Oh, James. Was ist mit dir passiert?

Er hob den Blick, gab mir das Handy wieder und lächelte traurig. »James hat Ihnen viel bedeutet.«

Ich nickte und hatte einen Kloß in der Kehle.

»Es gibt schon eine Ähnlichkeit, oder? Allerdings sind unsere Nasen unterschiedlich. Und ich habe eine höhere Stirn.« Die Fältchen um seine Augen vertieften sich. »Aber vielleicht ist es auch nur mein allmählich zurückweichender Haaransatz.«

Ich blickte zwischen dem Foto und Carlos hin und her. Es stimmte. James hatte eine schmalere Nase – trotz des Bruchs. Wenn es nach der Nase, seinem Haaransatz und der großen Narbe im Gesicht ging, dann war Carlos niemand anders als er selbst.

Er nickte in Richtung Hinterzimmer. »Jetzt muss ich leider mit dem Rahmen weitermachen. Sonst werde ich mit meinen Aufträgen nicht fertig. Also … es sei denn, Sie wollen noch ein paar andere Arbeiten von mir …?« Er brach ab und runzelte die Stirn. »Werde ich Sie noch einmal sehen?«

Das hoffte ich doch. Ich wollte ihn beim Malen beobachten, so wie ich James immer zugeschaut hatte, also brauchte ich einen Grund, um noch länger hierzubleiben.

Seine Malkurse! Die Idee kam mir blitzartig in den Sinn, und ich zog die Broschüre aus der Hosentasche. »Ich würde sehr gern an einem Ihrer Malkurse teilnehmen.«

Sein einer Mundwinkel zuckte. »Wirklich?«

»Das klingt spannend.«

»Haben Sie schon einmal gemalt?«

Ich kaute auf meiner Unterlippe herum. »Zählen auch Fingerfarben?«

»Nein«, lachte er, »tun sie nicht. Außerdem sind meine Kurse werktags. Morgen ist Samstag, und Sie haben mir ja schon erzählt, dass Sie nur ein paar Tage hier sind.«

Mutlos ließ ich die Schultern sinken. Ich brauchte unbedingt einen Grund, ihn wiederzusehen, irgendetwas Glaubhaftes und Überzeugendes. Ich wollte nicht wie eine völlig verrückte Stalkerin rüberkommen, die dem Double ihres verstorbenen Verlobten nachstellt.

Carlos zog den Lappen aus seiner Gürtelschlaufe und drehte die Zipfel zwischen seinen Fingern. »Hören Sie. Kommen Sie morgen früh um zehn. Da gibt es einen Grundlagen-Workshop. Wenn Sie mir versprechen, hinterher mit mir essen zu gehen, dürfen Sie teilnehmen. Ist das ein Angebot?«

Ich strahlte. »Das klingt wunderbar.« Angenehme Wärme breitete sich in mir aus. Spätestens morgen beim Mittagessen würde ich erfahren, ob Carlos wirklich James war.

* * *

Suchend blickte ich mich in der Menschenmenge um, die sich in der Strandbar unseres Hotels drängte. Ian hatte gesagt, er würde dort auf mich warten, aber ich konnte ihn nirgends entdecken. Mein Telefon vibrierte und zeigte eine Textnachricht an.

Schau dich um.

Ich drehte mich um. Ian winkte von seinem Platz an einem Zweiertisch auf der anderen Seite der Terrasse.

»Du bist direkt an mir vorbeigelaufen«, sagte er, als ich ihm gegenüber Platz nahm.

Ich rückte mir den Stuhl zurecht und sah mich um. Der Strand unter uns war voller Menschen, besonders dort, wo die

Sonnenanbeter dicht an dicht lagen und dabei den mutigen Helden auf ihren Boards zusahen, die in der berühmten Mexican Pipeline, der großen Welle an der *Playa Zicatela*, ihr Können ausprobierten.

»Ich hatte keine Ahnung, dass wir mitten in diesem Chaos hier ankommen würden.«

»Ich auch nicht. Aber ist es nicht großartig?«

Mit einer Kopfbewegung zeigte ich auf seinen Laptop, der auf dem Tisch stand. »Wie schaffst du es, hier zu arbeiten?«

»Ich habe die unerklärliche Fähigkeit, alles um mich herum auszublenden. Sieh dir das an.« Er tippte auf ein paar Tasten und drehte seinen Laptop so zu mir herum, dass ich den Bildschirm erkennen konnte. Darauf war eine unglaublich hohe Welle zu sehen, die sich wie ein Rohr über einem Surfer zusammenrollte und ihn erst in allerletzter Sekunde aus dem immer enger werdenden Tunnel entkommen ließ. Ian hatte das Foto durch Veränderungen im Pop-Art-Stil bearbeitet. Funkelnd brach sich das Sonnenlicht in den kräftigen Farbtönen aus Blau und Türkis. »*The Mexican Pipeline* habe ich das Bild genannt, wie sonst?«

»Das ist unglaublich! Wann hast du das Foto gemacht?«

»Heute Morgen, als die Sonne noch nicht so intensiv war. Du hättest das Wasser sehen sollen, Aimee. Diese Wellen sind der Wahnsinn! Mindestens fünf bis sechs Meter, schätze ich. Und die Wellentunnel sind wahnsinnig lang, darauf kann man einen irren Ritt machen.«

Ians Augen strahlten vor Begeisterung, und er unterstrich seine Worte mit lebhaften Gesten. Er ahmte mit den Händen die Bewegung der Wellen nach und zeigte, wie sie brachen. Dann drehte er seinen Laptop wieder zu sich und begann, rasend schnell zu tippen.

»Ich habe die Fotos bereits bearbeitet und schon mal ausprobiert, welche ich für meine nächste Serie verwenden kann.«

Ein paar kalte Pommes waren auf seinem Teller liegen

geblieben. Ich nahm eine und biss hinein. Ian schaute von seinem Bildschirm hoch und sah mich an. »Und was hast du gemacht? Sag nichts …« Er hob die Hand und kehrte mir die Handfläche zu. »Du hast Carlos gefunden und ihn dazu gebracht, dir zu gestehen, dass er James ist.«

»Haha. Sehr lustig. Aber ja, ich habe ihn getroffen.« Ich bediente mich noch einmal von seinen Pommes.

Ian schob mir den Teller hin. »Du hättest mir Bescheid sagen sollen. Ich wollte doch mitgehen.«

Er war schon unterwegs zum Strand gewesen, als ich am Morgen aufgewacht war. Als er, nachdem ich gefrühstückt hatte, immer noch nicht aufgetaucht war, hatte ich nicht länger warten wollen und war allein zur Galerie aufgebrochen.

»Es ist nicht gefährlich.«

Er blickte mich finster an. »Woher willst du das wissen? Gestern Abend hast du zugegeben, dass du gar nicht sicher bist, ob Carlos wirklich James ist. Er könnte genauso gut ein Massenmörder sein.«

Ich verdrehte die Augen. »Wenn es nach dir und Kristen geht, bin ich spätestens morgen früh mausetot.«

»Wenn du weiterhin durch die Gegend läufst und dich mit fremden Leuten triffst …«

»Ian …«

Er warf die Hände in die Luft. »Soll ich mich dafür entschuldigen, dass ich mir Gedanken um deine Sicherheit mache? Versprich mir, dass du vorsichtig bist. Oder sag mir wenigstens Bescheid, wenn du weggehst … nur vorsichtshalber.«

Ich kaute auf einem fetttriefenden Kartoffelstäbchen herum. »Okay.«

»Danke.« Ian seufzte erleichtert. »Also, dann erzähl mal. Wie war es?«

»Ich habe eine Dreiviertelstunde lang auf der anderen Straßenseite Mäuschen gespielt, und am Ende bin ich reingegangen und habe mit Carlos gesprochen.«

»Und?«

»Und nichts. Ich kann ihn nicht einschätzen. Carlos ist schlanker, und er hat dunklere Haut. Und seine Haare sind heller als die von James.«

»Dafür gibt es eine einfache Erklärung: Sonne und Alter.«

»Stimmt. Sein Geruch ist mir vertraut, und auch einige seiner Gesten und Bewegungen. Aber sein Gesicht ist anders, die Nase und die Wangenpartie.« Als würde er eine Maske tragen. »Wie auch immer«, fügte ich achselzuckend hinzu, »ich habe noch ein paar Tage Zeit, um ihn besser kennenzulernen. Ich habe mich nämlich für einen Mal-Workshop bei ihm angemeldet.«

Ian gab ein verächtliches Schnauben von sich.

»Was ist?«

»Du willst … malen?« Er lachte und spielte weiter mit seiner Tastatur herum.

»Sei still«, brummte ich und stopfte mir noch ein Kartoffelstück in den Mund. »Wenn er wirklich James ist, muss es einen Grund geben, weshalb er mich nicht erkennt, meinst du nicht? Er muss Amnesie haben. Was sonst? Mein Instinkt sagt mir …«

»Hast du Hunger?« Er winkte einer Kellnerin, die sofort zu uns an den Tisch trat, und zeigte auf mich.

»Einen Hamburger, bitte. Und eine große Portion Pommes.« Ich grinste Ian an.

»Und zu trinken?«, fragte sie leicht gestresst, während sie mit einem Stift etwas auf ihren Notizblock kritzelte.

»Sie nimmt Bier«, antwortete Ian.

»Ich nehme einen Mai Tai«, korrigierte ich.

»Gute Idee.« Er schlug mit einer Hand auf den Tisch. »Machen Sie zwei daraus, bitte.«

»Noch etwas für Sie?«, fragte die Kellnerin, doch dann blieb ihr Blick auf Ians Laptop hängen. Mit der Spitze ihres Stifts zeigte sie auf den Bildschirm. »Ist das Lucy?«

Ian stutzte einen Moment, während er zwischen mir und der Kellnerin hin- und herschaute. ANGELINA stand auf ihrem Namensschild. »Sie kennen sie?«, hakte er nach und setzte sich gerader hin.

»Sie erinnert mich an die Freundin von Imelda Rodriguez. Mrs Rodriguez ist die Hotelmanagerin«, erklärte sie, als Ian sie fragend anblickte.»Lucy war vor ein paar Wochen hier, und die Frau auf dem Bild sieht aus wie sie. Sie kommt oft hierher.« Jemand rief von der Bar, und Angelina drehte sich um. »Ich bringe Ihnen gleich Ihre Drinks.«

»Was war denn das?«, fragte ich Ian, als sie weg war.

Ian zeigte mir den Bildschirm seines Laptops. Darauf war das Bild von Lacy, das ich ihm geschickt hatte. Er hatte das Foto bearbeitet und Lacy-Laney-Lucy, wie auch immer sie heißen mochte, groß herausgeholt. Ian kannte sich nicht nur mit der Bearbeitung von Surfbildern aus. »Vertraue nur immer auf dein Bauchgefühl.«

Statt einer Antwort grummelte es in meinem Magen, als wollte er ihm da zustimmen.

Kapitel 21

Gleich nach dem Mittagessen ging ich an den Strand. Ian hatte vor, Imelda zu suchen, um sich bei ihr nach Lacy zu erkundigen. Er wollte allein mit ihr reden und beabsichtigte auch nicht, ihr zu erklären, weshalb er Lacy ausfindig machen wollte – er sprach von ihr immer noch als Laney –, außer dass sie ihm dabei helfen sollte, etwas zu finden, das er verloren hatte.

Wenn er etwas über Lacys Aufenthaltsort erfuhr, das hatte Ian mir versprochen, dann würde er mir sagen, wo ich sie erreichen konnte. Ich wollte unbedingt wissen, wie sie an James' Bild *Meadow Glade* gekommen war und wer sie gebeten hatte, mich aufzusuchen.

Ein junges Pärchen stand gerade von den Liegestühlen auf, als ich näher kam. Sie waren offenkundig auf Hochzeitsreise. Die Frau trug einen Brillantring am Finger, der im Sonnenlicht funkelte. Sie lächelte mich im Vorübergehen an und hatte ihrem Mann den Arm um die Hüften gelegt. Ich sah den beiden nach und merkte, dass ich die ganze Zeit mit dem Verlobungsring an meinem Finger gespielt hatte, dessen kostbares Metall inzwischen stumpf geworden war.

Ich legte meine Strandtasche und ein Handtuch auf eine zweite Liege, die ich für Ian frei halten wollte, dann richtete ich den Sonnenschirm so aus, dass mein Gesicht im Schatten war und nur meine Beine in der Sonne lagen. Jetzt im November war es zu Hause schon empfindlich kalt, hier in Mexiko dagegen herrschten sommerlich warme Temperaturen.

Etwas weiter unten am Strand hatte sich eine Menschenmenge gebildet. Alle wollten beim Surfturnier zusehen. Aus einem Lautsprecher waren Ankündigungen zu hören, und im Hintergrund spielten die Red Hot Chili Peppers. Noch lauter war jedoch das gewaltige Rauschen der Wellen, die sich mit aller Macht am Strand brachen. Es klang wie Donnergrollen.

Ein Kellner erschien und versperrte mir die Sicht auf den Pazifik. Ich bestellte einen Krug Eiswasser mit zwei Gläsern und einen Mai Tai. Dann machte ich es mir auf dem Liegestuhl bequem und vertiefte mich in mein Buch. Ian würde sicherlich jeden Augenblick von seiner Besprechung zurückkommen, und Carlos würde ich erst am nächsten Morgen wieder treffen.

Das Wasser und der Cocktail wurden gebracht, und ich stellte alles auf den Holztisch zwischen den beiden Stühlen. Noch während ich die auf meine Zimmernummer ausgestellte Rechnung unterschrieb, hörte ich, wie mein Handy den Eingang einer Nachricht ankündigte.

»*Gracias, señorita*«, bedankte sich der Mann und nahm die Quittung in Empfang. Mühsam bahnte er sich seinen Weg durch den weichen Sand bis zum nächsten Gast, der sich in der Nähe sonnte.

Ich nahm einen kleinen Schluck von meinem Mai Tai und sah auf mein Handy. Schon wieder eine Nachricht von Kristen.

> Vergiss bloß nicht, mich anzurufen, sonst komme ich persönlich nach Mexiko. Buchung in 3, 2 …

Ich rief zurück, und sie nahm gleich beim ersten Klingeln ab. »Gott sei Dank! Du bist am Leben.«

»Quicklebendig und quietschfidel. Steht mein Café noch?«

»Na klar. Was denkst du?« Sie schnaubte beleidigt. »Alles in bester Ordnung. Mir geht's gut, Nadia geht's gut. Also ja, es geht allen gut, sogar Alan.«

Der Mädchenkaffee-Mann. Ich rieb mir die Stirn. »Was ist mit ihm?«

»Er kam heute Morgen, wie üblich, und wollte seinen Kaffee bestellen, doch dann war er sehr enttäuscht, als er hörte, dass du nicht da bist. Er hat wirklich ernste Absichten.«

»Sehr schön«, sagte ich gedehnt. »Zu schade, dass ich nicht interessiert bin.«

»Könnte es daran liegen, dass du ein Auge auf Ian geworfen hast? Und, o mein Gott!« Sie stieß einen kleinen Schrei aus. »Er ist ja auch noch mit dir zusammen verreist. Wie konnte das nur passieren?«

»Kristen …«, warnte ich.

»Er liegt dir zu Füßen, und du tust, als würdest du nichts davon bemerken …«

»Ich bemerke das sehr wohl«, verteidigte ich mich.

»Ach ja? Dann tu etwas.«

»Ich kann nicht. James …«

Kristen stöhnte dramatisch auf. »Hör mal, Aimee, Scherz beiseite. Ich bin mir sicher, dass Lacy lügt. Komm nach Hause. Nur weil sie dir James' Bild aus Mexiko geschickt hat, heißt das noch lange nicht, dass er selbst auch dort ist.«

»Aber er ist hier. Ich habe ihn gefunden.«

»Was?«, keuchte sie.

»Also, ich glaube es jedenfalls. Es ist Carlos, der Galeriebesitzer, aber er sieht ganz anders aus als früher.«

»Das macht doch keinen Sinn.«

»Genau deshalb brauche ich noch etwas Zeit. Nur ein paar Tage.«

Kristen sagte nichts. Ich beobachtete die Surfer, wie sie einer schwer zu fassenden Welle hinterherjagten und immer wieder umkehrten, um es noch einmal zu probieren.

»Wann kommst du nach Hause?«, fragte Kristen.

»Mein Flug geht Montag früh.«

Ob James mit mir fliegen würde? Könnten wir an demselben Punkt in unser Leben zurückkehren, wo wir es verlassen hatten? Einfach so?

Unmöglich. Tief in meinem Herzen wusste ich, dass die Dinge mit James nie wieder so sein würden wie früher, und das machte mich fast ebenso traurig, wie ich gewesen war, als ich gedacht hatte, dass er tot wäre.

»Pass auf dich auf«, sagte Kristen.

Ich seufzte. »Das tue ich.«

»Ach, übrigens«, rief sie, kurz bevor die Verbindung abbrach. »Fast hätte ich es vergessen. Thomas ist heute Morgen ins Café gekommen. Er hat nach dir gefragt, und ich habe ihm geantwortet, dass du in Puerto Escondido bist.«

Ich fühlte, wie sich jede Faser meines Körpers anspannte. Schnell richtete ich mich auf und stellte meine Füße auf den Boden. Am liebsten hätte ich mich geohrfeigt. Warum hatte ich ihnen nicht gesagt, dass sie Thomas gegenüber nichts von meiner Reise erwähnen sollten? »Hast du ihm auch erzählt, weshalb ich hier bin?«

»Nur dass du Urlaub brauchst. Er war sehr komisch und hat mich alles Mögliche gefragt. Er wollte wissen, warum du ausgerechnet dorthin gefahren bist und ob du die Reise schon länger geplant hattest oder aus einer Laune heraus hingeflogen bist.«

»Meinst du, er hat aus reiner Neugier gefragt?«

»Das könnte sein, aber du kennst ja Thomas. Er war in letzter Zeit sehr merkwürdig.«

Ian kam auf mich zu und grinste, als er mich am Telefon sah. Ich gab ihm ein Zeichen, sich hinzusetzen, worauf er das

Handtuch beiseitelegte und sich auf der Liege neben mir ausstreckte.

»Ian ist hier. Wir hören besser auf«, sagte ich zu Kristen und versprach, sie vor meinem Rückflug noch einmal anzurufen.

Die Sonne stand mittlerweile tief am Horizont, und auch die Hitze ließ allmählich nach. Ich warf Ian einen kurzen Blick zu. »Und? Hast du Glück gehabt mit Imelda?«

Er schüttelte den Kopf und goss sich Wasser in das zweite Glas. Von der Außenseite des Krugs perlten kleine Tröpfchen ab und fielen in den Sand.

Ich wollte ihn über Lacy ausfragen und darüber, was er verloren hatte. Ich wollte ihm zur Seite stehen, so wie auch er mir geholfen hatte, und ich wünschte, er würde mir vertrauen. Ich würde seine gut gehüteten Geheimnisse sicher in meinem Herzen bewahren.

Ich wollte ihn.

Unwillkürlich stieß ich die Luft aus. Woher kam dieser Sinneswandel? Was zum Teufel war bloß los mit mir? James war der Mann, den ich liebte. Wegen James war ich hier.

»Imelda hatte keine Zeit, sich mit mir zu treffen«, erklärte Ian. »Wir haben uns für morgen Vormittag verabredet.« In zwei großen Schlucken trank er das halbe Glas leer. »Sie hat übrigens nach dir gefragt.«

Erstaunt hob ich die Brauen. »Nach mir?«

»Sie wollte wissen, wie dir Carlos' Galerie gefallen hat.«

»Woher weiß sie denn, dass wir zusammen hier sind, du und ich?« Nervös drehte ich mein Haar zu einem unordentlichen Knoten auf dem Kopf zusammen. »Vielleicht hat sie uns zusammen gesehen.«

Ian zuckte die Schultern. »Frag sie doch. Sie hat angeboten, dich morgen zum Mittagessen einzuladen.«

»Morgen Mittag bin ich mit Carlos zum Essen verabredet.«

Er sah mich mit finsterer Miene an. »Dann kannst du ja hinterher etwas mit ihr trinken gehen.«

»Merkwürdig, dass sie mich einladen will.« Mit einer Ecke meines Handtuchs wischte ich mir den Schweiß von der Stirn. »Ich habe gestern kaum ein Wort mit ihr wechseln können.«

»Na ja, sie ist die Hotelmanagerin. Vielleicht ist sie einfach eine aufmerksame Gastgeberin.«

Spöttisch sah ich ihn an. »Das glaubst du doch selbst nicht.«

»Nicht einen Augenblick«, antwortete er, ohne zu zögern.

Forschend blickten wir uns an. Irgendwie hatte ich das Gefühl, Ian wollte mir etwas sagen, aber er schwieg. Nach einer Weile rückte ich den Sonnenschirm zurecht, und Ian machte seinen Laptop an. Er wolle ein paar Dinge recherchieren, erklärte er mir. Also vertiefte ich mich wieder in mein Buch.

Ungefähr eine halbe Stunde später verkündete er, es sei ihm zu heiß, und wischte sich den Schweiß aus dem Nacken.

»Das Meer ist mir hier ein bisschen zu gefährlich. Ich gehe lieber in den Pool«, brummte er und stand auf, um sein Handtuch zusammenzufalten. Er schaute zu den Surfern hinüber und stellte fest: »Sieh mal da, sogar die Profis müssen durch die Brandung an den Strand geschleppt werden.«

Mit einer Hand schirmte ich mir die Augen gegen die grelle Sonne ab und beobachtete, wie Jet-Skis mit Rettungsschlitten im Schlepptau etwas weiter draußen über die Wellenkämme sprangen. Sie steuerten auf die Surfer zu, die mit ihren Brettern darauf warteten, zurück an den Strand gebracht zu werden.

Ian klappte seinen Laptop zu und verstaute ihn in der Tasche. Mit einem Schwung warf er sich das Handtuch über die Schulter. »Kommst du mit an den Pool?«

»Vielleicht etwas später.«

Als er weg war, rieb ich mir die Beine mit Sonnenmilch ein. Der Kellner kam mit einem frischen Krug Wasser zurück, und ich bestellte noch einen Mai Tai. Genüsslich lehnte ich mich in meinem Liegestuhl zurück und schloss die Augen, das offene Buch auf einem Oberschenkel.

»Aimee.«

Ich schreckte auf. Blinzelnd versuchte ich, gegen das grelle Sonnenlicht zu erkennen, wer da am Fußende meines Liegestuhls stand. »Sie haben einen Sonnenbrand.«

Es war Carlos.

Er beugte sich so vor, dass sein Schatten auf mich fiel, und rückte das Handtuch zurecht, das er mir über die Knie gelegt hatte.

Ich setzte mich auf und zog die Beine in den Schatten des Sonnenschirms. Carlos drehte sich um und rief den drei Männern, die unten am Wasser auf ihn warteten, etwas auf Spanisch zu. Mit Gesten bedeutete er ihnen, sie sollten schon einmal ohne ihn vorgehen. Sie winkten und verschwanden den Strand entlang in Richtung Stadt.

Carlos zeigte auf meinen Tisch. »Pedro macht großartige Mai Tais. Wie ist Ihrer?«

Mein Drink stand in einer kleinen Pfütze auf dem Tischchen neben mir. Ich runzelte die Stirn. Wie lange mochte ich geschlafen haben? In jedem Fall lange genug, um mir einen Sonnenbrand zu holen. Die Haut an meinen Schienbeinen glühte.

»Pedro ist der Barkeeper in der *Casa del Sol*«, erklärte Carlos, der mein verwirrtes Schweigen missverstand. Er zeigte auf das Fußende meines Liegestuhls. »Darf ich?«

»Ja, natürlich.« Ich rückte ein wenig zur Seite, bemüht, die Liege im Gleichgewicht zu halten. Lächelnd beugte er sich vor, um mein Buch aufzuheben, das in den Sand gefallen war, während ich schlief. Vorsichtig klopfte er es ab, markierte die Seite, an der es aufgeschlagen war, und legte es auf den Tisch.

Inzwischen waren die meisten Leute gegangen, der Wettbewerb war für heute zu Ende. Carlos trug immer noch das T-Shirt vom Vorjahresturnier, hatte die Jeans aber gegen eine

Surfer-Badehose eingetauscht, und seine Stirn glänzte in der Hitze.

»Waren Sie auch beim Wettkampf?«, fragte ich.

»Nur ganz kurz. Dieses Jahr sind gute Teilnehmer dabei.«

»Surfen Sie auch?«

»In den letzten beiden Jahren nicht mehr.« Er deutete auf die Narbe, die sich um sein linkes Auge zog. »Ich war ganz schön übel zugerichtet und musste mir das Jochbein und die Nase richten lassen. Die ärztliche Versorgung in dieser Gegend ist vorsintflutlich, und es hat ziemlich lange gedauert, bis ich wiederhergestellt war.« Ein schiefes Grinsen erschien auf seinem Gesicht.

Das war es also! Der Schlag auf den Kopf war vermutlich so stark gewesen, dass er alle Erinnerungen verloren hatte. Totaler Gedächtnisverlust. Der Unfall und die Gesichtsoperationen waren eine plausible Erklärung für die Veränderungen in seinem Gesicht, nicht aber für den Verlust seines Erinnerungsvermögens. Hätte er nicht versucht, herauszufinden, wer er war? Warum war er nicht zurück nach Hause gekommen? Er schien keinerlei Bewusstsein für seine frühere Identität aus der Zeit vor dem Unfall zu haben.

Gerade als ich Carlos danach fragen wollte, tauchte Ian auf. Statt seines Laptops hatte er jetzt die Kamera dabei. Carlos erhob sich, als Ian neben meinem Liegestuhl stehen blieb. Mit dem Oberschenkel streifte Ian meinen Arm, und ich musste mich zurückhalten, um nicht absichtlich näher an ihn heranzurücken.

»Ich wollte nicht stören«, sagte er.

»No problemo.« Mit dem Daumen zeigte Carlos in die Richtung, in die seine Freunde weggegangen waren. »Ich muss jetzt sowieso weiter.«

Ian hielt Carlos die Hand hin. »Ich bin übrigens Ian.«

»Sí. Ian. El amigo.« Er nahm Ians Hand und schüttelte sie. »Carlos.«

»Nett, Sie kennenzulernen.« Aus den Augenwinkeln blickte Ian zu mir herüber, bevor er sich wieder an Carlos wandte. »Ich habe die Flyer von Ihrer Galerie gesehen. Gute Bilder.«

»Gracias.«

»Sind alle Arbeiten von Ihnen?«

Carlos steckte die Hände in die Hosentaschen. »Nur die Bilder. Die Skulpturen sind von meinem Freund Joaquín.«

Ian verschränkte die Arme vor der Brust. »Mich würde interessieren, warum Sie Ihre Bilder mit *JCD* signieren. Wofür steht das J?«

»Ian …«

Carlos verzog den Mund zu einem leichten Grinsen. »Eine berechtigte Frage. Mein vollständiger Name ist Jaime Carlos Dominguez.«

Ich holte tief Luft. *James Charles Donato.* Das Blut rauschte in meinen Ohren. Es konnte kein Zufall sein, dass sogar die Initialen übereinstimmten.

Carlos sah mich lächelnd an. »Morgen um zehn?«

Ich nickte mit versteinerter Miene. Er lächelte noch einmal und lief los, um seine Freunde einzuholen.

»Bist du okay?«, fragte Ian und musterte mich forschend. »Lass uns lieber aus der Sonne gehen, du bist ganz blass.«

Geistesabwesend blickte ich ihn an. »Mir geht es gut.« Ich stand auf, um mir mein Strandkleid überzuziehen, und schwankte.

Ian hielt mich an der Schulter fest. »Setz dich, und trink einen Schluck Wasser.« Er füllte mein Glas und schaute mich besorgt an. »Langsam«, mahnte er, als er sah, wie gierig ich die von der Sonne lauwarme Flüssigkeit herunterstürzte.

Während ich darauf wartete, dass der Schwindel sich legte, faltete Ian meine Handtücher zusammen und packte sie in die

Strandtasche. Auf dem Weg zum Hotel legte er den Arm um mich. »Es ist bald Zeit zum Abendessen. Hast du Hunger? Lass uns hochgehen auf unsere Zimmer. Wir machen uns ein bisschen frisch, und dann essen wir zusammen etwas. Ich lade dich ein.«

Hätte er mir in diesem Moment vorgeschlagen, mit ihm auf den Mond zu fliegen, ich hätte Ja gesagt. Carlos, die Sonne – das alles war ein bisschen viel für mich gewesen. Hilfe suchend lehnte ich mich an Ian, und er stützte mich, während wir langsam zurück ins Hotel liefen.

Kapitel 22

Als Ian in mein Zimmer kam, um mich abzuholen, wartete ich in meinem blauen Sommerkleid auf ihn, von dem ich wusste, wie sehr es ihm gefiel.

Als ich mir das eng geschnittene Oberteil zuknöpfte, zitterten meine Hände immer noch. Die oberen beiden Knöpfe ließ ich offen, dann beschloss ich, auch noch den dritten aufzumachen. Ein letztes Mal betrachtete ich mich im Spiegel und wunderte mich selbst, wie ruhig ich aussah, obwohl mein Herz immer noch viel zu schnell klopfte.

Einerseits war ich von dem ausgiebigen Sonnenbad am Nachmittag noch leicht benommen, andererseits hatte ich das Gefühl, heute Abend zu einem Date verabredet zu sein – das erste richtige Date in meinem Leben. James und ich hatten einander schon viel zu gut gekannt, als er mich zum ersten Mal ins Kino einlud und wir anfingen, richtig miteinander auszugehen. Damals waren wir schon seit ewigen Zeiten befreundet gewesen und hatten unzählige Filme zusammen angeschaut.

Als es klopfte, zuckte ich zusammen und eilte zur Tür. Ich öffnete sie mit viel zu heftigem Schwung, sodass sie krachend gegen die Wand knallte.

»Holla.« Ian hielt die Tür mit der Handfläche auf, um zu

verhindern, dass sie mir gegen den Rücken schlug. Er hatte ein schmal geschnittenes schwarzes Shirt mit V-Ausschnitt angezogen, dazu Khakis und Flip-Flops. Und er duftete umwerfend gut – frisch rasiert mit einem Hauch Meeresbrise.

Er musterte mich mit einem schiefen Lächeln. Das ließ ihn sexy aussehen, viel zu sexy für ein ganz normales Abendessen unter Freunden.

Mein Blick fiel auf den Kameragurt über seiner Brust, der sich etwas verdreht hatte. Mit unsicheren Fingern drehte ich ihn gerade.

Er nahm meine Hand und drückte sie sich mit der Handfläche gegen die Brust. »Entspann dich.«

»Ich kann nicht.« Das Zimmer rings um mich her fing an, sich zu drehen. Ich heftete meinen Blick auf seine Brust und lehnte mich gegen ihn.

»Sieh mich an«, sagte er mit rauer Stimme, und ich tat es. »Lass uns das Café und meine nächste Ausstellung vergessen. Vergessen wir Laney-Lacy und den Grund, weshalb wir hier sind. Heute Abend gibt es nur uns beide und sonst nichts. Kriegen wir das hin?«

Ich nickte. Es war mir unmöglich, meinen Blick von ihm zu lösen. Da war etwas in seiner Stimme, die weiche Kadenz seiner Worte … Ich dachte an mehr als daran, ihn nur zu küssen. Ich fragte mich, wie es sein mochte, wenn er auf mir läge, nackt. Wie fühlte sich die Haut unter seinem Shirt an? Meine Finger gruben sich in den dünnen Baumwollstoff.

Mein Gott, ich musste einen Sonnenstich haben, dass ich auf solche Gedanken kam.

Ian nahm meine Hand und zog mich hinaus auf den Flur. »Du siehst hungrig aus. Zeit, dass du etwas in den Magen bekommst.«

Er hatte im Restaurant unseres Resorts einen Tisch auf der Strandterrasse im ersten Stock reserviert, mit Blick auf den

Poolbereich. Wir gaben unsere Bestellungen auf und saßen, als die Kellnerin wieder weg war, eine Weile schweigend da.

Ich beobachtete, wie er sich mit seinem Besteck beschäftigte, die Gabel auf der Serviette zurechtlegte und prüfend mit dem Finger sein Messer betastete. Offenbar war er genauso aufgeregt wie ich – das ließ mich nicht unberührt. Ich wusste, wie sehr er mich mochte – nicht umsonst war er mir um die halbe Welt gefolgt, während ich auf der Jagd nach einem anderen Mann war.

Ich würde jeden Winkel der Erde absuchen.

Ians Worte hallten in meinem Kopf wider. Entweder war er sehr dumm oder sehr verliebt. In mich.

Ich wandte den Blick ab.

»Woran denkst du?«, fragte er ruhig.

Glühend heiß stieg mir das Blut in die Wangen, und ich räusperte mich verlegen. »Ich denke an dich. An uns. Und ich frage mich, warum du hier bist«, gestand ich mutig. »Warum bist du mitgekommen?«

Eine gefühlte Ewigkeit lang sah er mich an. »Ich habe einen geliebten Menschen verloren, weil ich ihm nicht gefolgt bin. Ich war wütend und verletzt. Deshalb ließ ich sie gehen. Aber als mein Ärger verflogen war, erkannte ich, dass es nicht ihre Schuld gewesen war, als sie mich verletzt hatte. Sie konnte nichts dafür. Aber dann war es zu spät. Sie war verschwunden, und ich hatte keine Ahnung, wo ich nach ihr suchen sollte.«

Er sah hinaus auf den Ozean, ein schwacher Windhauch fuhr ihm durchs Haar. Ich verspürte keine Eifersucht auf diese Frau, der sein Herz gehörte. Sein Schmerz schien zu tief und zu alt zu sein. Stattdessen strich ich ihm mit den Fingern übers Haar.

»Wer war sie?«

»Meine Mutter.« Er beugte sich zu mir über den Tisch und umfasste meine Hand. »Durch sie habe ich gelernt, dass es nicht gut ist, die Menschen, die mir im Leben etwas bedeuten, einfach gehen zu lassen. Freunde, Menschen, die mir am Herzen liegen.« Mit dem Daumen streichelte er mir die Hand. »Du liegst mir am Herzen, Aimee. Mehr, als du ahnst.«

Ich konnte die volle Bedeutung seiner Worte in Form eines heftigen Vibrierens spüren, das an meinem Arm hochlief, ausgehend von der Stelle, wo er mich berührte. Es war, als würde meine Haut elektrisch aufgeladen. »Ich bin so froh, dass du hier bist. Und ich bin froh, dass du mich zum Essen eingeladen hast. Es ist schön.«

Liebevoll schob er mir eine lose Haarsträhne hinters Ohr. »Ich gehe jede Wette ein, dass dieses Essen nicht im Entferntesten so gut ist wie deins, aber ich bin einfach glücklich, mit dir zusammen hier zu sein.«

»Unser Essen ist noch nicht mal da, und du kritisierst es schon?«

Er lachte. »Auf meinen Reisen muss ich ständig in Restaurants essen. Aber in den letzten Monaten hast du mir jeden Tag nach der Arbeit ein von dir gekochtes Essen für zu Hause mitgegeben. Wenn man einmal das Beste vom Besten bekommen hat, vergeht einem die Lust, jemals wieder etwas anderes zu probieren.«

Sein Gesichtsausdruck umwölkte sich, und ich konnte im Kerzenschein eine Spur von Traurigkeit in seinen Augen erkennen. »Es wäre ein Jammer, wenn du nicht in dein Café zurückkehrst. So ein großes Talent darf man nicht vergeuden, es muss öffentlich unter Beweis gestellt werden.«

»So wie deine Fotos?«

Er nickte. »In deinen Gerichten liegt ein Zauber. Ich glaube, du hast schon erreicht, was du dir vorgenommen hast. Du hast einen Ort für einmalige Kaffee-Erlebnisse geschaffen, und deine Kunden kommen immer wieder, weil sie sich gut fühlen, wenn sie bei dir essen und trinken. Es ist ein bisschen so ähnlich wie mit *Belize Sunrise*. Das Bild hat dir Lust darauf gemacht, einmal selbst dort hinzufahren. Wirkliche Künstler schaffen es, mit ihrer Arbeit Gefühle in den Menschen zu wecken. Du, Aimee, bist eine Künstlerin.«

Ich wurde rot und schaute verlegen auf meinen Teller. Ians Komplimente machten mich so froh. Ich hatte ganz plötzlich den Wunsch, aufzuspringen und zu tanzen und zu singen. Doch seine Sorge ließ mich auch nicht unberührt. »Ich habe doch nicht vor, mein Café aufzugeben, Ian.«

»Und was ist mit Carlos?«, fragte er. »Höchstwahrscheinlich ist er James. Was ist, wenn er Mexiko nicht verlassen will? Wirst du mit ihm hierbleiben?«

Ian versuchte gar nicht erst, seine Angst zu verbergen. Sie war deutlich zu erkennen, in seinem Gesichtsausdruck, den angespannten Schultern. Er hatte Angst, mich zu verlieren.

»Ich hoffe, dass es dazu nicht kommt.« Dennoch war mir klar, dass ich mich am Ende würde entscheiden müssen.

Die Kellnerin brachte unser Essen. Als wir fertig waren, bezahlte Ian die Rechnung, nahm seine Kamera in die Hand und stellte das Objektiv scharf.

Ich sah, wie das Mondlicht auf den Wellen spielte. Im Hintergrund hörte ich das Klicken und Piepsen der Digitalkamera. Ein winziges Lächeln erschien auf meinem Gesicht. Diese Geräusche würde ich ab jetzt immer mit ihm verbinden.

Obwohl wir uns für heute Abend darauf geeinigt hatten, weder über mein Café noch über seine Fotos zu sprechen, redeten wir dennoch über unsere Jobs, aber es war mir egal. Ich mochte die Begeisterung, mit der er von seiner Arbeit erzählte. Ich mochte …

In dem Moment machte Ian einen Schnappschuss von mir. Der Blitz löste sich aus und riss mich aus meinen Gedanken.

Blinzelnd fragte ich: »Warum tust du das?«

»Du bist so wunderschön.« Aufmerksam begutachtete er

das Foto auf dem Display der Digitalkamera. »Du hast den Ozean bewundert, und mir gefiel dein Gesichtsausdruck. So voller Ruhe und Schönheit.«

»Oh.« Verlegen faltete ich die Serviette auf meinem Schoß zusammen.

»Diesen Blick habe ich noch nie an dir gesehen, ich musste ihn einfach festhalten.« Er hielt mir kurz die Kamera hin, bevor er sie ausmachte. Mir kam es so vor, als sei die Frau auf dem Foto eine Fremde.

»Wie geht es voran mit deinen Bildern?« Bis jetzt hatte er noch nicht viele Landschaften fotografiert, sondern vielmehr Aufnahmen von den Menschen vor Ort und ihrem bunten Treiben gemacht. Er hatte Menschen fotografiert.

»Gar nicht mal so schlecht.«

»Das kommt daher, dass du richtig gut bist.«

Er zuckte die Achseln. »Ich habe diese Arbeit nicht immer gemocht.«

Widerstreitende Gefühle spiegelten sich auf seinem Gesicht. Deutliches Unbehagen stand in seiner Miene geschrieben.

Mit dem Daumen streichelte ich sanft seine Finger. »Aber deine Arbeit mag dich. Du findest Schönheit dort, wo andere sie nicht sehen können. Oder besser gesagt: wo andere es vorziehen, sie zu ignorieren. Du hast Talent.«

Ian gab einen unverbindlichen Laut von sich. Dann steckte er den Deckel auf die Linse seiner Kamera. »Ein paar Leute hier haben mir erlaubt, dass ich sie fotografiere und ihre Bilder ausstelle. Würde es dir etwas ausmachen, wenn ich auch ein paar Fotos von dir zeige?«

Ich lehnte mich nach hinten. »Von mir?«

»Nicht um sie zu verkaufen. Dich könnte ich niemals verkaufen«, setzte er hinzu. Er legte die Kamera zur Seite. »Wenn wir wieder zu Hause sind, werde ich Wendy sagen, sie soll dir eine Einverständniserklärung schicken.« Fragend zeigte er auf meinen leeren Teller. »Bist du fertig?«

Ich nickte.

»Gut. Dann lass uns mal sehen, wo wir hier noch etwas aufmischen können.« Er grinste mich unternehmungslustig an, und ich musste lachen.

Wir gingen nach vorne in die Lounge, um dort einen Cocktail zu trinken. Eine Mariachi-Band spielte auf einer kleinen Bühne, die an den Poolbereich grenzte. Das Wasser glitzerte unter der mit bunten Lichtern besetzten Pergola.

Ian fasste mich am Arm und führte mich auf die Tanzfläche. Ich gab einen Protestlaut von mir. »Zu spät, um mir zu sagen, dass du nicht gerne tanzt«, erklärte er mit erhobener Stimme, um die Trompeten zu übertönen.

»Ich habe nie behauptet, dass ich nicht gern tanze«, rief ich ihm ins Ohr. »Ich tanze für mein Leben gern. Diese Musik! Das ist so … so …«

»Schwungvoll?«

»So … Polka-Style!«

Ian hob die Arme und klatschte erst an seiner linken Schulter, dann auf der anderen Seite, seine Bewegungen übertrieben. Kichernd ahmte ich ihn nach und tanzte mit erhobenen Armen um ihn herum. Mein Rock flog mir um die Beine, ich sah gerade noch, wie er ein Foto von mir machte, als ich wieder vor ihm stand.

»Nicht!«, rief ich und streckte die Hand nach der Kamera aus.

Er entzog sich elegant, und ich stemmte die Hände in die Hüften. »Hey, wir hatten eine Abmachung. Tu das Ding weg.«

»Warte hier auf mich.«

Er ging nach hinten an die Bar und redete kurz mit dem Barkeeper, dann reichte er ihm die Kamera und ein paar Geldscheine. Der Barmann verstaute die Kamera unter dem Tresen und stopfte sich das Geld in die Hosentasche.

Die Musik wurde langsamer. Trompeten spielten lang gezogene, verführerische Töne. Gitarrenklänge gaben einen Rhythmus vor, der meine Hüften wie von selbst in Schwung brachte. Ian kam näher, und unsere Blicke fanden sich wie zwei Magneten über die Tanzfläche hinweg. Meine Lippen öffneten sich. Sein intensiver, entschlossener Blick hielt mich in hypnotischer Spannung gefangen.

Er kam näher und nahm mich in die Arme. Ein Schauer durchlief mich vom Kopf bis zu den Zehenspitzen, und ich verspürte so etwas wie einen unstillbaren Hunger. Eng schmiegte ich mich an ihn.

Mit beiden Händen fuhr Ian mir langsam über den Körper, schmerzhaft langsam, bis er schließlich mein Gesicht umfasste. Er streichelte sanft meine Lippen, und dann küsste er mich. Sein Kuss war heiß und verzweifelt und zärtlich – alles in einem.

In perfektem Einklang glitten unsere Körper über die Tanzfläche. Die Musik wurde lauter, unsere Lippen kühner, und auch unsere Zungen begannen zu spielen. Plötzlich wurde mir bewusst, wo wir waren und warum wir hier waren.

»Was tun wir?«, flüsterte ich. »Was machst du mit mir?« Ich hatte Mühe, einen klaren Gedanken zu fassen.

»Ich küsse dich«, murmelte er an meinen Lippen. »Ich liebe dich.«

Er küsste mich, wie mich nie zuvor ein Mann geküsst hatte. Bis zu diesem Moment war ich überhaupt nur von einem einzigen Mann geküsst worden, der mir etwas bedeutet hatte. Aber das war Ewigkeiten her, und ich hatte Mühe, mich zu erinnern, wie sich diese Küsse angefühlt hatten.

In meinem Kopf herrschte ein heilloses Durcheinander. Ich war verwirrt von dem, was Ian gerade mit mir anstellte, verwirrt über das, was ich für ihn empfand, und verwirrt wegen ihm. Ich hätte ihn wegstoßen sollen. Stattdessen machte ich weiter.

Seine Hände strichen immer hektischer über meinen

Rücken. Seine Lippen waren überall, auf meinen Wangen, meinem Kinn, meinem Hals. Er berührte die Stelle, an der mein Pulsschlag zu spüren war, mit seiner Zunge und brachte mir jeden einzelnen Millimeter meines Körpers zu Bewusstsein. Es war zu viel. Ich löste mich von ihm.

»Warum tust du das?«, keuchte ich. »Warum jetzt?«

Mit den Lippen streifte er meine Wange, zärtlich nahm er mein Ohrläppchen zwischen die Zähne. »Mit jemandem, der tot war, konnte ich nicht konkurrieren. Du hattest ihn auf ein Podest gestellt.«

»Damit ich ihn nicht vergesse«, erwiderte ich heftig. Ich hatte das Gefühl, komplett die Kontrolle verloren zu haben.

Ian grub seine Hände in mein Haar und versank in meinen Augen. »Er ist am Leben, Aimee. Es gibt ihn, in Fleisch und Blut. So kann ich es mit ihm aufnehmen.«

»Das ist kein Spiel, Ian. Ich bin keine Trophäe!«

Sein Blick wurde hart. »Für mich wirst du niemals eine Trophäe sein. Du bedeutest mir so viel mehr. Und du verdienst viel mehr als das, was du dir selbst an Gefühlen zubilligst.«

Ich hatte an meinen Gefühlen nichts auszusetzen. Das Erdbeben, das Ian in mir auslöste, allein durch seine Blicke, die Art, wie er mich berührte, seinen Mund auf meinen Lippen – ich glaubte, gleich zu explodieren. Wie war das möglich?

Schick ihn fort. Konzentriere dich darauf, weshalb du hier bist.

»Du bist doch mein Angestellter«, protestierte ich schwach.

»Dann kündige ich hiermit.« Hart landete sein Mund auf meinem. Er stöhnte. Oder war ich es, die stöhnte?

Ich ließ meine Finger über seine Brust abwärtsgleiten und merkte, wie ich losließ, ins Bodenlose fiel. Weit weg von allem, was mir bisher lieb und vertraut gewesen war. *O Gott, ich bin doch wegen James hier.* Abrupt machte ich mich los, brach den Kuss ab.

Ians Blick war dunkel und aufgewühlt, als er mich ansah.

Er ließ mich tief in seine Seele schauen.

»Ian …«

»Ich liebe dich.«

»Nicht …«

»Liebe mich, Aimee.«

Meine Welt fiel in sich zusammen. »Ich kann nicht.« Damit brach ich in Tränen aus und rannte davon.

In einer dunklen Ecke der Lobby sank ich in einen Rattansessel. Das Blut dröhnte mir in den Ohren, mein Herz raste. Ian hatte den Schutzwall, den ich mühsam um mich herum errichtet hatte, aufgebrochen. Nein, es war nicht allein das: Er hatte ihn in die Luft gesprengt, wie mit einer Ladung Dynamit, in tausend Stücke. Ich hatte *ihn* gesehen, bis in sein Innerstes.

Eine Bewegung auf der anderen Seite der Lobby riss mich aus meinen Gedanken. Ian steuerte mit grimmiger Miene geradewegs auf den Fahrstuhl zu. Er war auf dem Weg nach oben in sein Zimmer, und er hatte vergessen, seine Kamera abzuholen.

Ich sprang von meinem Stuhl auf und ging hinüber zur Bar. Mit etwas Mühe konnte ich den Barkeeper überreden, mir die Kamera auszuhändigen. Dann setzte ich mich wieder in meine Ecke hinten in der Lobby und konnte der Versuchung nicht widerstehen, mir die Aufnahmen anzuschauen. Sie waren sensationell. Sekundenbruchteile prallen Lebens in den prächtigsten Farben. Jede einzelne erzählte eine eigene Geschichte, auch die, auf denen ich abgebildet war.

Gebannt starrte ich auf das Foto, das Ian beim Essen von mir gemacht hatte. Die Frau darauf war mir vollkommen fremd. Ich erblickte einen Menschen, den ich seit einer halben Ewigkeit nicht mehr gesehen hatte: mich selbst. In mir ruhend und entspannt. Eine liebende Frau.

Ich atmete aus und spürte ein Ziehen im Magen. Widerwillig schüttelte ich den Kopf, doch die Wahrheit starrte mir entgegen. In dem Moment hatte ich daran gedacht, wie sehr ich Ians Leidenschaft für seine Arbeit liebte. Und wie sehr ich ihn liebte.

O Ian.

Schnell schaltete ich die Kamera aus und eilte nach oben zu seinem Zimmer. Ich klopfte laut an die Tür, und im nächsten Moment öffnete er. Mir verschlug es den Atem. Er stand vor mir und sah mich einfach an, mit nacktem Oberkörper, die Pyjamahose tief auf den Hüften.

»Darf ich reinkommen?« Ich streckte ihm die Hand mit der Kamera entgegen.

Er machte die Tür weit auf und ließ sie hinter mir offen stehen, als ich ins Zimmer trat. Ich zog mir den Gurt über den Kopf, reichte die Kamera aber nicht an ihn weiter. Noch nicht.

»Ich habe mir deine Bilder angesehen.«

Lautes Gelächter drang aus der Lobby bis zu uns nach oben. Späte Partygäste kehrten ins Hotel zurück und begaben sich auf ihre Zimmer. Ian drückte die Tür zu und verschränkte die Arme. Ich konnte das Spiel seiner Oberarmmuskeln beobachten, aber er sah alles andere als glücklich aus.

Ich schluckte. »Es tut mir leid, aber als ich einmal angefangen hatte, konnte ich nicht wieder damit aufhören, mir deine Fotos anzuschauen. Ich weiß, dass du nur sehr ungern Porträts ausstellst. Irgendetwas daran ist dir unangenehm. Das habe ich verstanden. Aber deine Arbeiten sind einfach großartig. Sie sind unglaublich gut.« Ich fuhr mir mit der Zunge über die Lippen und wagte mich einen Schritt näher zu ihm. »Diese Bilder berühren mich.«

Ian streckte die Hand nach seiner Kamera aus.

Ich machte noch einen Schritt auf ihn zu. »Du berührst mich.«

»Aimee«, presste er hervor. »Ich kann das nicht. Ich kann nichts mit dir anfangen, wenn du mich gleich darauf wieder zurückstößt. Lass mich einfach weiterhin dein Freund sein, wenn du mich nicht auf die andere Art willst. Und gib mir die Kamera.«

Ich legte sie auf den Stuhl, der gleich neben mir stand. »Ich werde dich nicht mehr zurückstoßen.«

Unsere Blicke verfingen sich. Ich sah, wie er den Kiefer anspannte. Das war die einzige Vorwarnung. In der einen Sekunde stand er an der Tür, in der nächsten kam er auf mich zu und zog mich an sich. Er grub die Finger in mein Haar, sein Mund landete auf meinem. Der Sturm, den ich schon zuvor in ihm angefacht hatte, war wieder entfesselt.

Meine Hände glitten über seine Brust weiter nach oben zum Hals und um den Kopf. Er sollte nicht aufhören, mich zu küssen. Seine Hände fuhren über meine Schultern, dann den Rücken hinunter. Er öffnete den Reißverschluss an meinem Kleid. Der weiche Stoff landete auf dem Boden zu meinen Füßen, und auch Ian ließ sich auf den Boden hinab, zog mir den Slip aus.

Dann stand er wieder vor mir, und ich konnte nicht aufhören, ihn zu berühren. Die glatte Haut auf seiner Brust, das kleine Grübchen an seinem unteren Rücken. Er fühlte sich hart an und ich weich, er war stark, ich war wie Wachs in seinen Händen. Er war mein Freund, aber nichts konnte mich mehr daran hindern, mich in ihn zu verlieben.

Sanft umfing er meine Brüste, und ich stöhnte auf. Dann führte er mich hinüber zum Bett. Ich setzte mich auf die Kante, er ging vor mir auf die Knie, legte seine Hände auf meine Schenkel und schob sie sanft auseinander.

Ich öffnete mich für ihn, lieferte mich ihm aus, dabei suchte er meinen Blick. Dies war die allerletzte Chance, aufzuhören. Eine letzte Möglichkeit, ihm zu sagen, dass ich das hier gar nicht wollte. Dass ich ihn nicht wollte.

Aber ich wollte ihn. Ganz und gar.

Ich nickte.

Er stöhnte und beugte sich vor.

Ich schrie auf, als ich seine Zunge spürte. Unwillkürlich umfasste ich seinen Kopf, zog ihn noch näher zu mir heran und explodierte. Dann spürte ich ihn nicht mehr.

Als ich die Augen öffnete, stand er vor mir und streifte sich die Hose ab. Es war nicht zu übersehen, wie sehr er mich begehrte.

Er legte sich aufs Bett und zog mich zu sich hinunter. Im nächsten Augenblick spürte ich sein Gewicht auf mir. Mit einem Griff langte er zum Nachttisch und öffnete die Schublade.

»Ian«, keuchte ich.

»Ich bin hier, Baby«, flüsterte er mir ins Ohr.

Ich hörte das Reißen von Folie, spürte, wie er in mich eindrang und mich ausfüllte. Es war vollkommen.

»Ich liebe dich«, flüsterte er und fing an, sich zu bewegen.

Ich wurde eins mit ihm, überwältigt von dem Ansturm der Gefühle.

»Lass dich fallen, Aimee, ich halte dich.« Er stieß fester zu, und ich spürte, wie er meine Seele berührte. »Lass los, Baby.«

Ich tat es, ließ mich endgültig gehen, erschauerte. Und Ian war da und fing mich auf.

***

Ganz langsam öffnete ich die Augen und versuchte, mich zu orientieren. Das hier war Ians Zimmer. Ich lag bäuchlings auf dem Bett und lauschte seinem Atem. Das gleichmäßige Auf und Ab war beruhigend, und ich stellte mir vor, wie es wäre, jeden Morgen an seiner Seite aufzuwachen. Bei dem Gedanken glitt ein kleines Lächeln über mein Gesicht.

Es war noch sehr früh. Nur ein matter Lichtstrahl drang durch die halb geöffnete Balkontür, aber ich war hellwach. Ich hatte tief und fest geschlafen, so tief wie seit Monaten nicht mehr. Ian und ich hatten uns die halbe Nacht lang geliebt, und er hatte Dinge mit mir und mit meinem Körper angestellt, die ich nie für möglich gehalten hätte, Dinge in meinem Herzen angerührt, von denen ich nicht zu träumen gewagt hatte. Beim Gedanken daran wurde mir ganz heiß unter dem dünnen Laken.

Doch dann, mit einem Schlag, kehrte die Wirklichkeit zurück, und die Erinnerung an den Taumel unserer Liebesnacht verpuffte wie Wassertropfen auf einem heißen Stein. Ich hatte meine Liebe zu James verraten. Und ich hatte mich selbst verraten.

Tränen stiegen mir in die Augen, und ich schlüpfte aus dem Bett – so leise wie möglich, um Ian nicht zu wecken. Ich wagte nicht, ihn noch einmal anzuschauen. Ich verbot mir diesen Anblick, aus Angst, schwach zu werden, wenn ich ihn jetzt noch einmal sähe: schlaftrunken, mit zerzaustem Haar und so sexy. Verletzlich.

Eilig zog ich mich an, nahm meine Sandalen in die Hand und verließ das Zimmer. Doch kurz bevor ich die Tür hinter mir zumachte, drehte ich mich noch einmal um. Ian lag mit offenen Augen da und beobachtete mich mit verständnisloser Miene. In dem Augenblick spürte ich, wie mein Herz in zwei Stücke zersprang: eins für James, und die andere Hälfte ließ ich bei Ian zurück.

Kapitel 23

Eine Viertelstunde bevor der Kurs anfing, kam ich im *Estudio del Pintor* an, müde und erschöpft von dem langen Spaziergang am Strand.

Ich war losgegangen, noch ehe Ian mich hatte suchen können. Ich hatte ihn zutiefst gekränkt, aber ich wollte und konnte jetzt nicht über ihn und über das, was in der letzten Nacht geschehen war, nachdenken.

Dennoch erinnerte mich alles an das, was wir getan hatten. Mein Rock strich über die Stellen, die er berührt hatte und die von der Nacht noch empfindlich waren. Die salzige Luft schmeckte nach ihm, und die zärtliche Brise an meinem Hals fühlte sich an wie seine Küsse.

Ian hatte mich in schwindelerregende, nie gekannte Höhen geführt, die ich mit niemand anderem zu ersteigen gewagt hatte. Ich hatte losgelassen, wie er es verlangt hatte, und ihm mein Herz geöffnet.

Aber er gehörte nicht dorthin, obwohl mir insgeheim klar war, dass ich ihn schon lange vor unserer Reise nach Mexiko eingelassen hatte. Mein Herz sollte immer noch für James reserviert sein. James war der Grund, weshalb ich hier war.

Eine junge Frau begrüßte mich am Eingang zur Galerie.

Sie sah mich aus ihren dunklen Augen an und legte den Roman zur Seite, in dem sie gerade gelesen hatte. *»¡Hola! ¿Cómo está?«*

»Muy bien, gracias«, antwortete ich und lächelte entschuldigend. »Es tut mir leid, ich spreche kein Spanisch.«

Sie sah mich groß an. »Sie sind die wunderschöne Amerikanerin, von der Carlos mir erzählt hat.«

Ich hob fragend die Augenbrauen und tippte mir auf die Brust. »Ich?«

Sie kicherte. *»¡Sí!* Wahrscheinlich hätte ich nichts sagen dürfen, aber Carlos hat schon mehrfach erwähnt, dass Sie heute kommen würden.«

Sie lief um den Tisch herum und schüttelte mir die Hand. »Ich bin Pia. Samstags übernehme ich die Schicht, weil er da normalerweise nie hier ist.« Sie unterstrich das »nie« mit einer Handbewegung. »*Sí*, sieht aus, als würden Sie ihm etwas bedeuten.«

Interessant.

»Warum glauben Sie das?« Ich schob mir die Tasche auf die andere Schulter. Meine Finger zitterten vor Aufregung und Ungeduld, Carlos zu sehen.

»Die Samstage sind fürs Malen und …«, sie kräuselte die Nase, »fürs Laufen reserviert. Er läuft. Andauernd.«

»Er trainiert für einen Marathon, stimmt's?«

»Hat er Ihnen das gesagt?«, fragte sie ungläubig und musterte mich vom Kopf bis zu meinen Füßen in den Riemchensandalen. »Carlos weiß nicht recht, was er von Ihnen halten soll. Sie haben sich für einen Malkurs angemeldet, obwohl Sie gar nicht malen wollen. Ich glaube, er versteht nicht, warum Sie ihm einfach nicht aus dem Kopf gehen.« Sie tippte sich mit dem Finger an die Stirn. »Wie kommt's?«

Verständnislos sah ich sie an. »Ich weiß nicht, was Sie meinen.«

Sie musterte mich aus halb zusammengekniffenen Augen.

»Weshalb wollen Sie malen lernen? Sie mögen Carlos, oder?«

»Er ist ein hervorragender Künstler.« Ob ich ihn mochte? Nein – ich liebte ihn.

Hätte ich doch gestern Ians Kamera einfach an der Bar liegen gelassen, dann wäre ich nicht in sein Zimmer gegangen. *Himmel!* Ich trug noch immer James' Verlobungsring am Finger.

»Ja, Carlos ist ein hervorragender Künstler«, erklärte Pia gerade. »Außer samstags. Und ja, er mag Sie. Das freut mich für ihn. Er war so traurig, nach dem Verlust von …« Sie schlug sich mit der Hand gegen die Stirn und kicherte wieder: »*Ei, ei, ei* … Jetzt hab ich mich verplappert, wie immer, aber ich mag Sie, also sage ich nichts mehr. Carlos ist oben.« Sie zeigte auf die Tür. »Gehen Sie über den Hof, dann durch die Tür links die Treppe hoch.«

»Danke«, antwortete ich, »es war nett, Sie kennenzulernen.«

»Viel Spaß!«, rief sie mir nach, während die Tür hinter mir zufiel.

Ich nahm den Eingang, auf den Pia gezeigt hatte, und stieg eine schmale Treppe hoch. Oben gelangte ich in einen offenen, lichtdurchfluteten Raum mit großen Dachfenstern. An den Seiten überblickten riesige Fenster die Straße mit dem blauen Ozean als schnurgerader Linie im Hintergrund.

Bilder in verschiedensten Techniken – Pastell, Öl, Acryl, Tinte und Kohle – hingen überall an den Wänden. Mehrere Staffeleien waren in Reihen im Raum aufgestellt wie in einem Klassenzimmer. Eine Staffelei, die vermutlich Carlos gehörte, stand vorne.

Ich rief seinen Namen, erhielt aber keine Antwort. Wo mochte er sein?

Ich hatte keine Ahnung, was mich erwartete. Malen gehörte ganz und gar nicht zu meinen Lieblingsbeschäftigungen, aber ich wollte einfach etwas Zeit mit Carlos verbringen, ihn beobachten und ihm beim Malen zusehen. Ob er auch Linkshänder war? Sortierte er seine Pinsel nach Borstenstärke und -material? Das hatte James nämlich immer so gemacht.

Entlang der einen Wand befanden sich drei Türen. Die erste stand weit offen und gab den Blick frei auf einen Materialschrank mit Farbpigmenten, Pinseln, Terpentinflaschen und Leinwänden. Ich probierte die mittlere Tür aus und fand sie verschlossen.

Wie Goldlöckchen auf der Suche nach dem richtigen Zimmer – Carlos' Zimmer – versuchte ich es an der dritten Tür. Sie war offen. Der Raum war noch heller als der für die Kurse, und ich blinzelte, während meine Augen sich an das Licht gewöhnten.

In der Mitte stand eine Staffelei neben einem Tisch voll mit Farbtuben und schmutzigen Lappen, dazwischen Blechdosen, Marmeladengläser und Becher mit Pinseln und Palettenmessern. Zahlreiche Gemälde, manche schon fertig, andere mit halb fertigen Szenen darauf, lehnten neben- und hintereinander an der Wand. Der Stil erinnerte mich ungeheuer an James. Ich wusste sofort, dass Carlos sie gemalt hatte. Dies hier war sein privates Atelier.

Ich ging weiter bis zur Mitte des Raums und blieb wie angewurzelt stehen. Mir stockte der Atem, und eine eisige Kälte erfasste mich. An der hinteren Wand standen, halb verborgen hinter dem Tisch und außer Sichtweite von der Tür, James' fehlende Bilder.

Heilige Scheiße!

Wie waren sie hierhergekommen? *Wann* waren sie hierhergekommen?

Ich blickte mich hektisch im Raum um. Abgesehen von Carlos' neueren Werken gleich neben mir waren ausnahmslos alle Bilder hier von James. Alle, bis auf ein Gemälde in der hintersten Zimmerecke: das Bild einer Frau, die mich aus karibikblauen Augen anstarrte.

Meinen Augen.

Es gab sicher ein Dutzend Gemälde von dieser Frau, die man erst sah, wenn man im Zimmer stand. Ich bezweifelte, dass Carlos hier Besucher hereinließ. Niemand sollte sie zu Gesicht bekommen.

Aufmerksam musterte ich die Frau auf dem ersten Bild. Ihre mandelförmigen Augen unter den klar geschwungenen Brauen sahen genauso aus wie meine, nur der Blauton war nicht exakt gleich. Neugierig ging ich zum nächsten Gemälde, auf dem dieselbe Frau aus einer anderen Perspektive gemalt war, als hätte Carlos sie von oben betrachtet. Ihre Haare und Augen erinnerten immer noch sehr an meine.

Mit fliegenden Fingern ging ich die Leinwände durch wie Ordner in einem Aktenschrank. Je weiter ich den Stapel durchwühlte, desto weniger Ähnlichkeiten konnte ich feststellen, besonders bei den Bildern älteren Datums. Dabei sah jedes anders aus als das vorherige, so, als wäre Carlos malend seiner inneren Vision von dieser Frau nachgejagt, ohne jemals die perfekte Farbmischung auf der Leinwand hinzubekommen.

Alle diese Bilder waren nur ein blasser Abklatsch meiner selbst. Ebenso wie die Farbe, die er für die Signatur verwendet hatte, diesem besonderen Blauton, den James damals hergestellt hatte, nur noch entfernt ähnelte.

Warum hatte Carlos mich gemalt, wenn er sich nicht an mich erinnerte? Warum hatte er geleugnet, James zu sein?

Mir brach der Schweiß aus. Ein paar feuchte Haarsträhnen klebten mir im Nacken. In meinem Kopf herrschte Chaos, meine Blicke irrten durch den Raum und blieben an der Leinwand hängen, die vorne auf der Staffelei stand. Noch eine Version meiner selbst, allerdings hatte er diesmal Form und Farbe meiner Augen exakt getroffen.

Weil er mich gesehen hatte!

Ich dachte an seine Verwirrung, neulich, als ich die Sonnenbrille abgenommen und ihn angefleht hatte, sich an mich zu erinnern.

Auf dem Tisch stand eine Plastikdose mit einer Farbmischung. Als ich den Deckel abschraubte, stieß ich einen Schrei aus. Carlos hatte es geschafft: Das hier war James' Karibikblau.

O James! Ich habe dich gefunden!

Als ich mich umsah, entdeckte ich eine Vielzahl von Gegenständen, überall im Raum verstreut, darunter Farbtuben, die von der Mitte her ausgedrückt waren wie Zahnpastatuben, und saubere Pinsel, ordentlich sortiert nach Borstenstärke und -art. Das gesamte Werkzeug und Zubehör lag links von der Staffelei – weil er Linkshänder war, genau wie James.

Im Nebenzimmer, dem Raum mit der verschlossenen Tür, hörte ich Wasser rauschen. Dann bewegte sich die Türklinke, der Fußboden knarrte, und Carlos erschien auf der Türschwelle. Er zögerte und sah mich überrascht an.

Ich zeigte auf das Bild, das auf der Staffelei stand. »Wollen Sie mir das hier bitte erklären?«

Er presste die Kiefer aufeinander, und sein Blick fiel auf die Farbdose, die ich noch in der Hand hielt. Wahrscheinlich war es seinen Schülern nicht erlaubt, dieses Atelier zu betreten, und meine Anwesenheit brachte ihn aus dem Konzept.

Die unverschlossene Tür war für mich jedoch wie eine Einladung gewesen, einen Blick auf dieses Bild zu werfen, das ihn aus einem anderen Leben, an das er sich nicht mehr erinnerte, verfolgte oder das er vielleicht einfach nur vergessen wollte.

Krampfhaft hielt ich mich an dem Farbtopf fest. Was, wenn James mich gar nicht hatte heiraten wollen? Was, wenn er sich zwischen mir und der Kunst entschieden hatte – für die Kunst? Was, wenn die hohen Ansprüche seiner Familie, dass er das elterliche Geschäft erfolgreich führte, ihn dazu gebracht hatten, alles aufzugeben – sogar mich? Er hatte seine eigenen Bilder gestohlen, seinen Tod inszeniert und war einfach verschwunden. Ein kompletter Neuanfang.

An einem bestimmten Punkt, das merkte ich selbst, führten meine Gedanken ins Leere. Es ergab alles keinen Sinn, bis auf die eine Gewissheit: James hatte mich nicht gewollt.

Meine Augen weiteten sich, als mir das klar wurde, und im nächsten Moment strömten neunzehn Monate extremer Belastungen in dicken Tränen meine Wangen hinunter.

Carlos rieb sich mit den Händen über das Gesicht. Dann blickte er durch den ganzen Raum und landete schließlich wieder bei mir. »Was ist los?«

»Nichts.« Ich stieß einen heftigen Fluch aus. »Alles! Ich bin völlig durcheinander.« Ungeschickt versuchte ich, mir die Tränen an den Schultern abzuwischen. »Ich freue mich, dass ich dich gefunden habe, und ich bin traurig, dass du abgehauen bist. *Verdammt!*« Ich funkelte ihn an. »Was zum Teufel tust du hier, James?«

Sein Körper verspannte sich. »Ich bin nicht James.«

»Dann erklär mir das hier.« Ich wies mit dem Finger auf das Bild auf seiner Staffelei. »Und diese hier?« Ich deutete auf James' Gemälde, die an der Wand lehnten. »Kannst du mir sagen, warum kein einziges dieser Bilder hier etwas aus Mexiko zeigt? Wusstest du, dass das Kalifornien ist? Und findest du das nicht seltsam?«

Wütend antwortete er: »Erstens ist das hier mein Atelier. Das ist privat. Zweitens gehen diese Bilder Sie überhaupt nichts an.«

»O doch, denn du hast mich gemalt!«, fuhr ich ihn an.

»Das sind nicht Sie!«, erwiderte er aufgebracht. »Bis vor zwei Tagen habe ich Sie überhaupt nicht gekannt. Das ist …«

Er stieß einen Fluch aus, ging um die Staffelei herum und zeigte mit dem Finger auf die Leinwand. »Ich träume fast jede Nacht von dieser Frau. Es ist immer derselbe grauenhafte

Traum, immer und immer wieder, und …« Seine Stimme versagte, und er wandte sich ab.

Er schien verlegen, vielleicht schämte er sich sogar. Vielleicht war er wütend über sich selbst und dachte, dass das alles mich überhaupt nichts anging.

»Ich habe nie jemandem von ihr erzählt. Nicht einmal …« Er brach ab und schüttelte den Kopf.

»Hast du dich nie gewundert, warum du immer wieder von ihr träumst?«, fragte ich.

»Ständig.«

»Hast du versucht, sie zu finden?«

Seine Nasenflügel bebten. »Es gibt sie nicht.«

»O doch. Es gibt sie.« Ich schlug mir gegen die Brust. »Sie steht hier vor dir.«

Seine Augen wurden eiskalt. Ich spürte die Gefühle, die unter dieser harten Fassade brodelten, seinen Zorn darüber, dass ich einfach so in seine Privatsphäre eingedrungen war, gemischt mit Ratlosigkeit. Ich hielt mich an dieser Emotion fest und folgte seinem Blick zu dem Bild auf der Staffelei. Diese Frau verwirrte ihn.

Ich hielt die blaue Farbdose hoch. »Diese Farbe hast du das erste Mal in Stanford gemischt, es ist genau die Farbe meiner Augen. Du wolltest, dass dich auf jedem Bild etwas an mich erinnert. Ich weiß, es ist albern, aber wir sind nie länger als ein paar Tage voneinander getrennt gewesen. Und es war schwer für uns, als du zur Uni gegangen bist. Du hast diese Farbe immer zum Signieren deiner Bilder benutzt, genau wie du es mit den Bildern unten gemacht hast. Das hier ist die Farbe, die du die ganze Zeit zu mischen versucht hast.«

Ich schüttelte die Dose leicht hin und her, und ein klebriges Glucksen war zu hören. »Der Grund, weshalb du diesen Farbton gefunden hast, ist, dass du, als Carlos, endlich meine Augen gesehen hast.«

Er schaute mich an, als wäre es das erste Mal. Sein Blick glitt über jeden Zentimeter meines Körpers bis hoch zu meinem Gesicht. Er schwieg. Ich ließ die Farbdose auf den Tisch fallen.

Carlos schluckte. »Was ist mit ihm passiert?«

Ich kratzte mit dem Fingernagel an der hölzernen Tischplatte und holte tief Luft. »James ist zu einer Dienstreise nach Cancún aufgebrochen und dort mit einem Kunden zum Angeln rausgefahren. Dann hat er einen Bootsunfall gehabt und galt seitdem als vermisst. Sein Bruder hat seine sterblichen Überreste nach Hause gebracht, nachdem man ihn endlich gefunden hatte. Die Trauerfeier fand an dem Tag statt, der unser Hochzeitstag hätte sein sollen – vor siebzehn Monaten.« Ich drehte mich zum Fenster und starrte auf das Meer hinter den Hausdächern.

»Warum suchen Sie immer noch nach ihm, wenn er doch tot ist?«, fragte Carlos hinter mir. »Und warum ausgerechnet hier, wenn er auf der anderen Seite des Landes gestorben ist?«

»Ich hatte Grund zu der Annahme, dass du nicht tot bist, und ich habe … Informationen bekommen, dass du hier sein könntest.«

Ich drehte mich wieder zu ihm um. »Ich weiß nicht genau, was mit deinem Gesicht passiert ist, du siehst irgendwie anders aus, und ich weiß auch nicht, was mit deinem Gedächtnis los ist, dass du dich nicht mehr an mich erinnerst, aber ich habe dich gefunden. Ich habe deine fehlenden Bilder gefunden, und ich habe die gesehen, die du von mir gemalt hast. Du bist James. Ich weiß nur nicht, wie ich dir helfen kann, dich selbst wiederzufinden. Hast du denn gar keine Erinnerung an uns? Überhaupt nichts mehr?«

Er schüttelte den Kopf.

»Willst du mit mir zurück nach Hause kommen? Vielleicht hilft dir die vertraute Umgebung, dein Gedächtnis wiederzufinden.«

Er sagte nichts und presste die Lippen fest zusammen. Aber ich merkte, wie es in seinem Kopf arbeitete. Versuchte er sich zu erinnern? Suchte er nach irgendetwas Vertrautem in meinem Gesicht?

»Bitte sag doch etwas«, flehte ich.

Er schloss kurz die Augen, und damit verschwanden auch die Unsicherheit und die Fragen, die ihm ins Gesicht geschrieben standen. »Es tut mir sehr leid wegen Ihres Verlusts, aber ich bin nicht James. Ich kann es nicht sein. Ich habe hier mein Leben, meine Freunde. Familie. Meine Schwester Imelda …«

Ich stutzte. »Imelda Rodriguez?«

»Sie kennen sie?«

»Ich weiß, wer sie ist«, erwiderte ich, fassungslos darüber, wie sich der Kreis schloss. Was war hier nur los?

Denk nach, denk nach, denk nach. Verzweifelt rieb ich mir die Schläfen.

Carlos verschränkte die Arme vor der Brust und atmete deutlich hörbar ein. »Ich glaube, Sie sollten jetzt gehen.«

»Wie bitte? Warum?«

»Sie müssen gehen. Sofort«, verlangte er.

Für die Dauer eines Herzschlags stand ich wie angewurzelt da. Er rührte sich nicht, änderte auch nicht seine Meinung, stur, wie er immer gewesen war.

Als er nichts mehr sagte, durchquerte ich den Raum und blieb in der Tür stehen. »Ich weiß nicht, was Imelda dir erzählt hat, aber sie ist nicht deine Schwester. Du hast einen Bruder, sein Name ist Thomas. Und du hast eine Verlobte.«

»Da irren Sie sich.«

»In diesem Punkt bin ich mir absolut sicher.«

Ich hastete hinaus und lief und lief, weg von Carlos, und ich hörte nicht auf zu rennen, bis ich den Strand erreichte. Ich musste unbedingt den Kopf freibekommen.

Völlig außer Atem ließ ich mich in den Sand fallen, drehte mein Gesicht in den Wind und hoffte inständig, dass er den Schmerz fortwehen könnte. Den Schmerz der Ablehnung, den Schmerz des Verrats und den Schmerz über all das, was wir verloren hatten.

Kapitel 24

Kurz darauf kehrte ich ins Resort zurück, bestellte an der Strandbar einen Mai Tai und zwei Tequila, stürzte alles hinunter und legte mich auf einen Liegestuhl am Wasser, um auf die betäubende Wirkung des Alkohols zu warten.

Mit Carlos hatte ich alles versaut, mit Ian hatte ich tollen Sex gehabt und es ebenso vermasselt. Carlos wollte mich nicht mehr sehen, und ich war mir absolut sicher, dass Ian verrückt vor Sorge war und mich überall suchte. Schlaf war jetzt eindeutig besser, als sich mit dem Chaos zu befassen, das ich angerichtet hatte.

Ich rollte mich auf den Bauch und grub meine Fingerknöchel tief in den Sand, bis ich die kühleren Schichten weiter unten spüren konnte. Kraftvoll knetete ich die winzigen Körnchen in demselben Rhythmus wie beim Kuchenbacken, und mein vom Alkohol umnebeltes Hirn entführte mich in die Küche des *Aimee's*.

Ich stand lachend neben Mandy, während wir das Menü für den Tag planten und nebeneinander das Frühstücksgebäck zubereiteten. Die herbe Seeluft erinnerte mich an das köstliche Meersalz, das wir immer auf unsere Backwaren streuten, der Sand zwischen meinen Fingern war seidig weich wie Teig zwischen meinen Handflächen. Genau wie der, den Mom mir als Kind als Allerersten beigebracht hatte.

Und mit der Erinnerung an Mom reisten meine Gedanken noch weiter zurück in die Vergangenheit. Zurück in Moms Küche, von wo aus der Duft nach frisch gebackenem Apfelkuchen durch alle Räume drang und wo ich auf einem Stuhl neben dem Jungen saß, den ich einmal gekannt hatte und der mir Zuckerkörnchen aufs Haar streute: »Magic Memory Dust«. Damals hatte er mir prophezeit, dass ich ihn niemals vergessen würde.

Warum kann das nicht auch umgekehrt gelten!

Ich weinte, ballte meine Hände zu Fäusten, sodass mir der Sand zwischen den Fingern hindurchquoll wie dickflüssiger Hefeteig. Bald schon ließ mein Schluchzen nach, und große Müdigkeit setzte ein, bis ich schließlich vom Schlaf übermannt wurde.

Als ich erwachte, mit flauem Gefühl und vollkommen orientierungslos, begab ich mich benommen die Stufen zum Hotel hoch, um noch ein paar Stunden in meinem Zimmer weiterzuschlafen. Ich konnte keinen klaren Gedanken fassen, und in diesem Moment schien es mir die beste Strategie zu sein, einfach nicht an meine Probleme zu denken.

Quer durch den Poolbereich lief ich auf die Hotellobby zu.

»Aimee!«

Erschrocken zuckte ich zusammen. Es war Ian, der über den Innenhof auf mich zukam. Ich ging schneller, doch er fing an zu rennen und verstellte mir den Weg. »Du bist einfach abgehauen.«

Ich starrte auf seine Brust. »Letzte Nacht hätte nicht passieren dürfen.«

»So ein Quatsch!« Sichtlich aufgebracht fuhr er sich mit den Händen durch das Haar und senkte die Stimme. »Sieh mich an. Bitte!«

Vorsichtig hob ich den Kopf. Er wirkte so verletzt, dass es mich innerlich schier zerriss. Das alles war meine Schuld! Um ein Haar hätte ich die Hand nach ihm ausgestreckt, doch ich hielt mich zurück. »Es war ein Fehler, Ian. Es tut mir leid. Vergiss, was passiert ist.«

»Das war die beste Nacht …« Er schluckte und sah an mir vorbei. Seine Nasenflügel bebten, dann schaute er mir direkt ins Gesicht. Mit ernster Miene sagte er: »Ich werde das niemals vergessen.«

Ich auch nicht. Aber ich musste erst einmal zu Ende bringen, was ich angefangen hatte. Ich brauchte Antworten und Klarheit über James.

»Warst du bei ihm?«

»Ich kann jetzt nicht, Ian.« Ich deutete mit dem Zeigefinger von ihm zu mir und zurück. »Ich bin doch wegen James hier. Es geht mir allein um James.«

»Und wann wird es um Aimee gehen?«

Ich biss die Zähne zusammen. Hier *ging* es um mich.

»Komm her. Ich muss dir etwas zeigen.« Er nahm meine Hand und führte mich an einen Tisch, der im Schatten unter einem Sonnenschirm stand. Sein Laptop war offen. Er zog einen Stuhl für mich heran und setzte sich auf den daneben. Dann schob er den Laptop zur Seite und rückte seinen Stuhl so, dass er mir gegenübersaß.

»Ich habe James' fehlende Bilder gefunden«, platzte ich heraus.

Er atmete scharf ein.

»Sie waren oben in Carlos' privatem Atelier.« Mit dem Fingernagel kratzte ich an der losen Farbe auf der Stuhllehne herum. »Er erinnert sich nicht an mich und verhält sich, als gäbe es keinen Gedächtnisverlust. Ich habe angeboten, ihm zu helfen, und er hat mich weggeschickt. Er hat auch gesagt, Imelda sei seine Schwester. Ich verstehe nicht, was mit ihm los ist.«

Mit dem Handrücken rieb Ian sich das Kinn. »Was habe ich dir eigentlich von meiner Mutter erzählt?«

Ich lehnte mich zurück. »Was hat sie denn mit James zu tun?«, fragte ich. Ian sah mich ernst an, und ich rutschte tiefer in meinen Stuhl. »Du hast mir nur wenig von ihr erzählt«, sagte ich, »außer dass sie irgendein psychisches Problem hatte.«

»Sie litt unter DIS, das bedeutet so viel wie Dissoziative Identitätsstörung, auch bekannt als multiple Persönlichkeitsstörung. Mom hatte zwei Persönlichkeiten. Sarah, die stärkere der beiden, war meine Mutter. Und dann gab es noch Jackie.«

Ian strich sich seine Shorts glatt und rutschte unbehaglich auf seinem Stuhl hin und her. »Ich hatte schreckliche Angst vor ihr. Auf eine Art war meine Mom so etwas wie Dr. Jekyll und Mr Hyde. Ich wusste nie, wen ich zu Hause vorfinden würde, wenn ich aus der Schule kam.«

»Hat Jackie dir wehgetan?«

»Körperlich nicht, aber sie hat mich gehasst, und sie hasste meinen Vater. Jackie hielt sich nicht für verheiratet, deshalb war sie oft weg, manchmal tagelang. Dann musste ich mich selbst versorgen, wenn Dad geschäftlich unterwegs war.«

»Aber für deine Mutter muss es doch schrecklich gewesen sein, dich so allein zu lassen.«

»Ja, es war schrecklich, wenn ich ihr erzählte, was sie getan hatte, oder wenn ich ihr die Bilder davon zeigte.«

Erstaunt fragte ich: »Sie konnte sich an nichts erinnern?«

»Sarah hatte keinerlei Erinnerung an die Phasen, in denen sie Jackie war, und Jackie wusste nichts über Sarah. Totaler Erinnerungsverlust, in beide Richtungen. Es war einfach so, dass Sarah und Jackie zwei verschiedene Menschen waren. Sie haben auch unterschiedlich gesprochen.«

Ich nahm Ians Hand. »Das muss furchtbar gewesen sein.«

Er lächelte traurig. »Meine Mutter ist der Grund, weshalb ich keine Porträtaufnahmen mehr mache. Sie hatte mich gebeten, sie zu fotografieren, sobald Jackie auftauchte. Sie wollte wissen, wie Jackie aussah, wie sie sich kleidete und was für eine Frisur sie hatte. Und was sie tat.

Auf meinen Bildern war Jackie immer in ihren schlimmsten Zuständen zu sehen. Mom hasste diese Bilder, und ich hasste den Menschen darauf. Auf einem vergrößerten Bild an der Wand kann man viel mehr Einzelheiten erkennen als auf einem daumennagelgroßen. Einschließlich all des Mists, den die Menschen zu verbergen versuchen. Man sieht es in ihren Augen.«

»Was ist aus ihr geworden?«

»Ich weiß es nicht.« Er schaute blicklos an mir vorbei. »An dem Tag, als Laney mich fand, war ich schon eine Woche weg. Mom und ich waren zum Einkaufen unterwegs gewesen. Wir haben damals in Idaho gelebt. Man fährt meilenweit und sieht nichts als Felder. An einer Kreuzung in der Mitte vom Nirgendwo verschwand Sarah, und plötzlich war Jackie da. Sie sah mich im Rückspiegel an und sagte nur ein einziges Wort: ›Raus.‹ Mehr brauchte es auch gar nicht. Mit einem Satz war ich aus dem Auto, ohne lange zu überlegen, ob und wie ich jemals nach Hause kommen sollte. Ich wollte einfach nur weg, weg von ihr.

Laney hielt sich gerade in dem Restaurant an der Landstraße auf, in dem mein Dad sich mit der Polizei getroffen hatte, um mit ihnen die Landkarte der Umgebung anzusehen. Sie wollten sich einen Überblick verschaffen, wo sie bis jetzt schon nach mir gesucht hatten und wo nicht. Laney war zufällig mit ihrer Familie dort, und sie hat meinem Vater ihre Hilfe angeboten.

Die Polizisten haben sich über sie lustig gemacht, als sie sagte, sie habe übersinnliche Fähigkeiten, aber mein Dad war offen für alles, solange es dazu beitrug, mich zu finden. Sie hat ihn auf direktem Weg zu mir geführt. Völlig verdreckt und halb tot vor Hunger hockte ich in einem Abwassergraben am Straßenrand, wo ich mich versteckt hielt. Ich wollte um jeden Preis verhindern, dass Jackie mich fand. Mom kam zwei Tage später nach Hause.

Danach hat Dad einen Spezialisten aufgetrieben, in der Hoffnung, Jackie Einhalt zu gebieten. Der hat uns erklärt, dass Mom als Kind schwer missbraucht worden war, und er glaubte, dass das die Ursache für ihre Krankheit war. Sie hat sich emotional völlig von diesem Trauma abgekapselt. Doch ein paar Monate nach meiner Geburt ist Jackie zum ersten Mal aufgetaucht. Mit der Zeit kam es immer häufiger vor, dass sie zwischen ihren beiden Identitäten hin und her wechselte. Und dann hat der Arzt zu meinem Vater gesagt, es sei für meine Mutter eine zu große Belastung, ein Kind großzuziehen. Wenn es noch irgendeine Hoffnung für sie geben sollte, müsste sie uns verlassen. Seitdem habe ich sie nie wieder gesehen.«

»Und aus diesem Grund suchst du nach Lacy … ich meine, Laney«, rief ich aus. »Sie soll dir helfen, deine Mutter zu aufzuspüren.«

Ian nickte. »Ja, sie fehlt mir.«

Ich drückte seine Hand. »Ich hoffe, du findest sie.«

»Irgendwann, vielleicht.« Er zog seine Hand weg und klopfte mit den Fingerspitzen auf den Tisch. »Jedenfalls habe ich darüber nachgedacht, was du neulich gesagt hast, als du davon gesprochen hast, dass Carlos von seinem Gedächtnisverlust nichts zu wissen scheint. Das hat mich an meine Mutter erinnert.« Er drehte den Laptop zu sich. »Ich glaube nicht, dass er Amnesie hat.«

»Glaubst du, er hat eine … wie hast du das genannt? Dissoziative Identitäts…?«

»Nein, ich …«

»Was soll denn sonst mit ihm los sein?« Langsam riss mir der Geduldsfaden. »Es kann doch nur eine Amnesie sein. Er erinnert sich einfach nicht an mich.«

»Nicht an dich, nicht an seinen wirklichen Namen und an nichts aus seinem früheren Leben. Freunde, Familie … nichts. Ich wette, Carlos weiß rein gar nichts über James, stimmt's?«

»Ja, gut möglich.«

Ian fuhr fort, mit den Fingern auf den Tisch zu trommeln. »Ich glaube, er hat eine Dissoziative Fugue.«

»Dissoziative was?«

Er hob die Hand. »Hör zu. Ich kann dir nicht beweisen, ob es das wirklich ist. Es ist eine reine Vermutung. Du wirst es mit einem Arzt besprechen müssen oder vielleicht Carlos fragen, aber es könnte wirklich eine sogenannte Fugue sein. Diese Störung kann durch ein schweres seelisches Trauma ausgelöst werden. Irgendetwas ist mit James passiert, als er nach Mexiko kam. Und was auch immer das gewesen sein mag, er hat es vollkommen aus seinem Gedächtnis gelöscht.«

Ian zeigte auf seinen Laptop. »Es ist so ähnlich wie beim Computer: Wenn die Festplatte kaputtgeht, sind alle Daten futsch.«

»Und wie kann ich ihm helfen?«

Ians Blick wurde weicher. »Ich glaube nicht, dass du das kannst.«

Ich dachte an mein Gespräch mit Carlos. »Zurück in die vertraute Umgebung, das könnte doch funktionieren, oder nicht?«

»Bei einer Dissoziativen Fugue gibt es keine Garantie auf Heilung. Meistens erlangen die Betroffenen ihr Erinnerungsvermögen schon nach ein paar Stunden wieder zurück. Manchmal dauert es Tage, aber dann sind alle Erinnerungen so schnell wieder da, wie sie verschwunden waren.« Er schnippte mit den Fingern.

»Aber bei ihm sind es jetzt schon fast zwei Jahre.«

»Es gibt auch Fälle, wo die Störung über Jahre angehalten hat. Und in ganz extremen Fällen dauern die Symptome … na ja, für immer eben. Tut mir leid, Aimee.« Er schob mir seinen Laptop hin.

Ich sah, wie der Bildschirm dunkel wurde und den Ruhezustand des Computers anzeigte. »Es könnte sein, dass seine Erinnerungen nie mehr zurückkehren?«

Ian seufzte. »Es wäre gut, wenn du dich darauf einstellst, dass James unter Umständen für immer weg ist.«

Verzweifelt schüttelte ich den Kopf.

»Bei der sogenannten DIS, der Dissoziativen Störung, gibt es zwei oder mehr Persönlichkeiten, die sich abwechseln«, erklärte er. »Bei der Fugue ist das anders: Die ursprüngliche Identität geht verloren und wird durch eine neue ersetzt. Wenn niemand dem Betroffenen erzählt, was mit ihm los ist, wird er unter Umständen nie erfahren, dass seine Identität nicht seine ursprüngliche ist. Das könnte erklären, warum James – ich meine, Carlos – nie versucht hat, seine Erinnerungen zurückzuerlangen. Er weiß nicht, dass er James ist, und ich vermute, dass ihm das bisher auch noch niemand gesagt hat.«

Sanft legte er mir die Hand aufs Knie. »Aimee, es ist sehr wahrscheinlich, dass es James nicht mehr gibt. In gewisser Weise ist er tot.«

Energisch schob ich seine Hand zur Seite. Er spreizte kurz die Finger und legte dann die Hand auf den Tisch. Er rang sichtlich mit seinen Gefühlen. Das erkannte ich an der Art, wie er die Hand zur Faust ballte und ein paarmal tief ein- und ausatmete. Er wollte mich berühren, zwang sich aber, Distanz zu halten. Ich brauchte diese Distanz, um klar denken zu können.

Angestrengt rieb ich mir die Stirn. »Wie kann James verschwunden sein, wenn es doch in Carlos so deutliche Spuren von ihm gibt?« Ich erzählte Ian von der Farbmischung für die Signaturen und von Carlos' Visionen. Monatelang hatte er versucht, mich zu malen.

»Ich bin kein Fachmann. Ich kann dir diese Fragen nicht beantworten.«

Ians Theorie klang zu unwahrscheinlich und zu tragisch. Ich war noch längst nicht bereit, die Hoffnung aufzugeben. »Und was ist, wenn er seine Erinnerungen wiedererlangt?«

»Da fängt es an, kompliziert zu werden. Wenn er sie wiedererlangt – und das bleibt ein großes Fragezeichen, denn sein Zustand hält jetzt schon sehr lange an –, dann wird er extrem verwirrt sein, vor allem wegen der großen zeitlichen Lücke.«

»Welche zeitliche Lücke?«

»Die Lücke, die sich ergibt, wenn James zurückkommt. Wenn er wieder da ist, muss Carlos verschwinden, und mit ihm auch alle Erinnerungen an Carlos.«

Ich stöhnte auf. »Er wird sich dann überhaupt nicht mehr an sein Leben in Mexiko erinnern können?«

»Für ihn wird es sein, als hätte er dich gestern das letzte Mal gesehen. Ich weiß nicht, was ich dir sonst noch sagen soll, am besten beschäftigst du dich einmal selbst mit der Materie. Versuche, etwas darüber zu lesen. Ich habe dir ein paar Webseiten offen gelassen.« Er wischte mit dem Finger über das Touchpad, um den Laptop wieder zu aktivieren. »Und, bitte, Aimee …«

Ich schaute vom Monitor auf. Ian blickte mit unergründlicher Miene zur Hotellobby. »Geh behutsam damit um. Eine Fugue ist wie eine Strategie, um sich selbst vor etwas zu schützen, das man nicht verarbeiten kann, oder vor etwas, das zu schmerzhaft wäre. Aus diesem Grund hat man James hier zurückgelassen, weitab von seinen Freunden und seiner Familie. Irgendjemand will nicht, dass er sich erinnert, aber ich glaube, er hat schon angefangen, Fragen zu stellen.«

»Was willst du damit sagen?«

»Mein Gespräch mit Imelda vorhin wurde unterbrochen. Carlos ist bei ihr.«

Er stand auf und verabschiedete sich.

Auch ich sprang auf die Füße. »Wo willst du hin?«

Er zeigte mit dem Daumen hinter sich. »In die Lobby. Vielleicht habe ich Glück und erwische Imelda, wenn sie mit Carlos fertig ist.«

Kurz entschlossen griff ich nach meiner Tasche. »Ich komme mit.«

Doch er stellte sich mir in den Weg. »Das ist keine gute Idee.«

»Warum nicht?«

Er fasste mich am Arm. Es fühlte sich an, als wollte er mich zurückhalten. »Ich habe dir eine Menge Informationen geliefert. Die solltest du erst einmal verarbeiten.«

»Ich will aber mit Imelda sprechen, wenigstens kurz.«

»Nichts überstürzen. Du bist noch viel zu aufgeregt.«

»Blödsinn! Sie hat ihm praktisch Gewalt angetan!«

Erschrocken blickte er mich an. Meine Empörung schien ihn zu schockieren. Doch mir war das völlig egal. Imelda hatte James mindestens zwei Jahre seines Lebens gestohlen, unseres gemeinsamen Lebens.

Ian lockerte seinen Griff. »Du weißt nicht, was sie getan hat.«

»Und du weißt es auch nicht!«, erwiderte ich heftig und versuchte, ihn abzuschütteln.

»Du bist im Moment nicht klar im Kopf, Aimee. Denk doch einmal nach. Ich bezweifle, dass Imelda die Einzige ist, die James manipuliert hat.«

Fest presste ich die Lippen aufeinander. »Thomas.«

Mit Sicherheit steckte er dahinter, und ich hätte das *Aimee's* darauf verwettet, dass er die ganze Zeit von James' Aufenthaltsort und dem Verbleib seiner Bilder gewusst hatte.

Ian sah mich direkt an. Offensichtlich hatte er denselben Gedanken wie ich.

Adrenalin schoss mir in die Adern. Ich bebte am ganzen

Körper. Ich brauchte Antworten. »Ich muss mit Imelda sprechen. Sofort.«

»Du könntest sie verschrecken. Rede mit ihr, sobald du dich etwas beruhigt hast.«

Er grub seine Finger in meine Schultern, und ich sah den Kampf der widerstreitenden Gefühle auf seinem Gesicht. Ich spürte, dass er kurz davor war, mich an sich zu drücken und von hier fortzubringen. Weit weg von diesem Mann, der immer noch zwischen uns stand.

Doch es gelang ihm, wieder auf Abstand zu gehen. Er presste die Arme fest an seine Seiten und wirkte, als sei er bereits meilenweit von mir entfernt.

»Ich weiß, wie schwer das ist, aber gib Carlos etwas Zeit mit ihr«, bat er. »Bevor du hier aufgetaucht bist, hatte er vermutlich nie Grund zu der Annahme, dass er hintergangen wurde. Nutze die Zeit, um zu verstehen, was hier eigentlich vor sich geht. Lies die Artikel, und mach dir eine Liste mit Fragen, die du Imelda stellen kannst. Überleg dir, was du Thomas sagen wirst, wenn du ihn das nächste Mal siehst.«

Rastlos lief ich im Kreis herum, und er beobachtete mich aufmerksam. »Möchtest du ein Glas Wasser? Ich hole dir eins.«

»Nein. Kein Wasser.« Widerstrebend blickte ich auf Ians Laptop. Der vernünftige Teil von mir riet mir, seinem Vorschlag zu folgen. Erst mal runterkommen, mich informieren und dann Fragen stellen.

»In Ordnung. Also …« Er fuhr sich mit den Fingern durch das wild abstehende, von der Sonne gebleichte Haar. »Sag mir Bescheid, wenn du fertig bist. Dann gehe ich mit dir in Imeldas Büro.«

Ich sah Ian nach, wie er die Lobby durchquerte, und musste mich zurückhalten, um nicht einfach hinter ihm herzulaufen. Plötzlich wünschte ich mir nichts sehnlicher, als mich einfach in das Mitgefühl fallen zu lassen, das er mir so freigiebig anbot, und mich vor dem Wahnsinn von dem, in was auch immer James da geraten war, zu retten. Gleichzeitig musste ich mich zusammenreißen, um nicht in Imeldas Büro zu stürmen und sie zu fragen, was in aller Welt sie mit James angestellt hatte.

Doch das würde nichts bringen, wie ich ja bereits am Morgen erfahren hatte. Ich würde tun, worum Ian mich gebeten hatte, und nichts überstürzen. Meine Reise nach Mexiko war schon ohne jegliche Vorbereitung erfolgt, ich war Hals über Kopf abgereist, und jetzt sollte ich etwas vernünftiger vorgehen. Ich wollte alle Hintergründe verstehen, bevor ich mit Imelda sprach und womöglich Thomas gegenübertreten musste. Vor allem aber wollte ich darauf vorbereitet sein, Carlos zu begegnen, um zu verhindern, dass er mich zum Teufel jagte.

Ich setzte mich hin und öffnete Ians Laptop. Erstaunt sah ich, wie eine Vielzahl offener Browserfenster auf dem Bildschirm erschien, mehr, als ich zählen konnte, eins vor dem anderen – wie ein großer Bilderbogen.

Nach dem, was Ian mir beschrieben hatte, war James' Erinnerungsverlust nicht die Folge eines physischen Traumas, sondern eine psychische Angelegenheit, irgendetwas so Unvorstellbares, dass er damit nicht hatte fertigwerden können. Sein Gehirn hatte ihn in Sicherheit gebracht, indem es einfach alles ausgelöscht hatte. Und dann, wie bei einer leeren Festplatte, hatte er neue Daten in Form einer neuen Identität bekommen.

Carlos.

Oder, um genau zu sein: Jaime Carlos Dominguez.

Irgendjemand musste dieses neue Leben für ihn entworfen haben. Die Initialen konnten kein Zufall sein. Ich dachte an Imelda und daran, was sie James erzählt haben mochte, als er so verloren und verwirrt gewesen war, ein unbeschriebenes Blatt ohne Vergangenheit. Er hatte offenbar jede einzelne Information gierig aufgesogen und angenommen. Dann dachte ich an Thomas. Warum sollte er etwas so abgrundtief Böses tun und den Tod seines eigenen Bruders inszenieren?

Was ist mit dir geschehen, James?

Ich schaute die Fachartikel durch und bemühte mich, den Inhalt so schnell wie möglich zu erfassen. Dabei klickte ich Links an, um noch weitere Seiten zu öffnen, und versah einige davon mit Lesezeichen. Ich würde Ian bitten, mir die Links und Adressen später per Mail zuzuschicken, damit ich sie in Ruhe durchgehen könnte.

Ich las auch das, was Ian mir über die Fugue erklärt hatte, Informationen darüber, wie es sein konnte, dass James während einer Fugue-Periode eine vollständige Amnesie erleiden konnte und dabei alles vergessen würde, was er als Carlos gewusst hatte, sobald seine ursprüngliche Erinnerung zurückkehrte.

Wenn sie wieder zurückkehrte.

Ich las, dass manche Patienten, die über Jahre hinweg solch eine Fugue erlitten hatten, unaufhörlich daran arbeiteten, ihre ursprüngliche Identität wiederzuerlangen. Sie wussten, dass sie an einer Fugue erkrankt waren. James hingegen hatte keine Ahnung gehabt.

Jedenfalls, bis ich aufgetaucht war.

Er wusste noch nichts darüber, wer er in Wahrheit war. Ich nahm an, dass man ihm erzählt hatte, er sei Mexikaner und habe sein bisheriges Leben in Puerto Escondido verbracht, und dann sei er schwer verletzt worden.

Bei einem Surfunfall, zum Beispiel.

Warum sollte man ihm etwas vormachen? Und wie kam es, dass er Hunderte von Meilen entfernt von dem Ort aufgetaucht war, wo er eigentlich hätte sein sollen? Aus seinen Reiseunterlagen ging hervor, dass er die Nacht in Playa del Carmen verbracht hatte, etwas südlich von Cancún.

Die Papiere mussten gefälscht gewesen sein, sodass seine Familie und seine Freunde glaubten, James sei auf einer Geschäftsreise ums Leben gekommen, weit entfernt von dem

Ort, an dem er jetzt lebte. Und niemand würde ihn finden.

Eine neue Benachrichtigung poppte auf und zeigte an, dass nur noch zehn Prozent Akku zur Verfügung standen. Im nächsten Augenblick wurde der Bildschirm schwarz. Ich klappte den Laptop zu und ging hinüber in die Hotellobby. Wahrscheinlich war Ian immer noch bei Imelda. Jedenfalls konnte ich ihn nirgends entdecken. Der Angestellte an der Rezeption gab mir einen kleinen Übersichtsplan des Resorts, auf dem er das Gebäude mit den Büroräumen der Hoteldirektion eingekreist hatte.

Am Ende eines langen Flurs, der von der Hotelhalle wegführte, fand ich ihn. Er stand neben Imelda, die in Tränen aufgelöst war. Ich sah, wie sich Ians Lippen bewegten, konnte aber nicht verstehen, was er sagte, weil Imeldas Schluchzen alle anderen Geräusche übertönte.

Carlos stand etwas abseits – allein. Er hatte Kopf und Arme gegen die Wand gelehnt und erweckte den Anschein, als versuchte er, in einem Zustand des absoluten Chaos wieder Boden unter den Füßen zu gewinnen.

Ich eilte zu ihm. Ruckartig hob er den Kopf, und ich stand stumm da, unfähig, der Wut, die ihn erfasst hatte, etwas entgegenzusetzen. Es tat mir in der Seele weh, ihn so zu sehen. »James?«

»Das ist nicht mein Name«, fuhr er mich an, richtete sich auf und versuchte, sich an mir vorbeizudrängen, stieß dabei gegen meine Schulter.

Ich lief ihm nach. »Es tut mir so leid, Carlos. Hör mir doch bitte zu, nur einen Moment …«

Jemand fasste mich am Ellbogen und zog mich zurück. »Lass ihn, Aimee …«

Verärgert drehte ich mich um und versuchte, mich zu befreien. »Ian! Was tust du da? Lass mich los!«

»Jetzt nicht.« Er ergriff auch noch meinen anderen Arm.

»Das ist jetzt nicht der richtige Moment.« Mit einer Kopfbewegung wies er auf Imelda, die immer noch an der Wand lehnte. »Sie hat Carlos alles erzählt.«

»Alles?« Was sollte das jetzt heißen, alles? Zornig funkelte ich Imelda an. »Sagen Sie, was Sie mit ihm gemacht haben.« Noch einmal versuchte ich, mich aus Ians Klammergriff zu befreien. »Verflucht noch mal, Ian, lass mich los.«

Hätte er das getan, wäre ich ihr mit ziemlicher Sicherheit an die Gurgel gegangen. Doch so griff ich nur ins Leere, und in einem versteckten Winkel meines Hirns begriff ich, dass ich selbst kurz davor war, den Verstand zu verlieren.

James, Imelda, Thomas, Lacy … James' verschwundene und wieder aufgetauchte Bilder, die Inszenierung seines Todes, die Nacht mit Ian, die Tatsache, dass ich ihm mein Herz geöffnet hatte … das alles war einfach zu viel.

Doch Ian ließ nicht locker. Ich spürte seine Fingernägel, die sich durch den dünnen Stoff in meine Arme bohrten, und schrie frustriert auf.

Imelda erschrak und verbarg gleich darauf wieder ihr Gesicht an der Wand.

»Jetzt beruhige dich endlich«, redete Ian auf mich ein. »Sch … sch …«, machte er, doch es nutzte nichts.

»Verdammt! Ich habe nicht den weiten Weg auf mich genommen, um mich zurückzulehnen und abzuwarten, bis sich alle wieder beruhigt haben«, schrie ich. »Für Höflichkeit ist die Zeit vorbei. Sie hat genug Gelegenheit gehabt, um James die Wahrheit zu sagen – neunzehn verdammte Monate lang! Ich will endlich wissen, was zur Hölle hier vor sich geht!«

Wieder riss ich meine Arme hoch, um endlich loszukommen. Ian wollte mich wegziehen, weg von Imelda. »Ian! Zum Teufel! Lass mich los!«

»Sie hat recht.«

Schlagartig hörten Ian und ich auf und starrten Imelda an. Ians Griff lockerte sich, und ich konnte mich endlich befreien, rieb mir die roten Striemen, die sich an meinen Armen gebildet hatten.

Imelda trat ein paar Schritte von der Wand weg. »Es stimmt. Schon vor Monaten hätte ich ihm die Wahrheit sagen müssen. Ich habe ihm wehgetan, und das ist furchtbar für ihn. Deshalb hasst er mich jetzt.« Sie blickte zu Ian.

Dessen Hand lag immer noch auf meiner Schulter, bereit, jeden Augenblick wieder zuzupacken und mich zurückzuhalten, falls ich Anzeichen verriet, mich auf Imelda stürzen zu wollen.

Sie nickte ihm zu und sagte: »Es ist schon gut. Sie muss es wissen, und übrigens …«, dabei schwang ihr Blick von Ian zu mir, »habe ich Sie schon seit Langem hier erwartet.«

»Was?«, riefen wir im Chor.

Ian ließ mich los, und ich trat von ihm weg. Dabei spürte ich Imeldas traurigen Blick auf mir ruhen.

»Kommen Sie bitte mit.«

Sie schob sich an uns vorüber, und ich drückte Ian seinen Laptop in die Arme, wobei ich ebenso ruppig vorging, wie er vorher mit mir umgesprungen war, sodass der Computer gegen seinen Brustkorb knallte – meine Revanche für die Fingerabdrücke auf meinen Armen.

»Der Akku ist leer«, knurrte ich und eilte hinter Imelda her.

»Aimee«, rief er mir nach.

Ich blieb stehen, ohne mich zu ihm umzudrehen.

»Falls du mich suchen solltest – ich bin im Strandcafé.«

Statt einer Antwort nickte ich nur kurz, ohne ihn anzusehen, und ging weiter.

Kapitel 25

Imelda ging voraus und hinunter an den Strand. Ich folgte ihr durch die Menge der Zuschauer des Surfturniers und hatte Mühe, sie nicht aus den Augen zu verlieren.

Sobald wir den Wettkampfbereich hinter uns gelassen hatten, kam ich dichter an sie heran und war schließlich neben ihr. Wir liefen die *Playa Zicatela* entlang, und ich fragte mich, ob sie wohl vorhatte, den ganzen Weg bis La Punta zu gehen, einer felsigen Stelle am anderen Ende des Strands, doch ganz plötzlich blieb sie stehen und sah hinaus aufs Meer.

»Hier habe ich ihn gefunden.«

Ich folgte ihrem Blick über die aufgepeitschten Wellen. »Da draußen?«

»Nein, hier.« Sie zeigte auf den Sand vor ihren Füßen. Ihre Stimme mit dem fremdartigen Akzent klang belegt. »Hier bin ich fast über ihn gestolpert – bei meiner abendlichen Joggingrunde. Er war nass bis auf die Haut und wankte über den Strand. Völlig benebelt und desorientiert und zu Tode erschöpft.«

Mit gequälter Miene sah sie mich an. »Sein ganzer Körper war mit Schnittwunden und Abschürfungen übersät, sein Gesicht geschwollen und blutig, so als hätte er einen Kampf hinter sich. Allerdings glaube ich nicht, dass es so war.«

»Hatte er keinen Surfunfall?«

Sie schüttelte den Kopf. »Die Wellen vor Zicatela haben eine ungeheure Kraft. Sie können Surfboards und unter Umständen auch mal ein Rückgrat zertrümmern. Man sollte das Meer hier nicht unterschätzen.« Dann zeigte sie in Richtung La Punta. »Aber ich glaube, er ist von der Strömung gegen diese Felsen geworfen worden, als er versucht hat, schwimmend ans Ufer zu gelangen – wo auch immer er hergekommen sein mag.«

Mir lief es kalt den Rücken herunter. In meiner Vorstellung sah ich James, wie er gegen die Wellen kämpfte und dabei immer und immer wieder gegen die Felsen geschleudert wurde, während er sich bemühte, an Land zu schwimmen.

Plötzlich fielen mir die eigenartigen Visionen ein, die ich damals im Waschraum gehabt hatte, bevor ich ohnmächtig geworden war, direkt nach der seltsamen Begegnung mit Lacy. Vielleicht waren diese Bilder real gewesen?

»Was ist ihm passiert?«, fragte ich.

»No sé.« Imelda zog die Mundwinkel nach unten. »Ich weiß es nicht.«

Mit einem Blick zurück zum Resort fing sie an zu erzählen.

»Das Grundstück hier war über mehrere Generationen im Besitz der Familie meines verstorbenen Mannes. Er hat das Land geerbt, kurz nachdem wir geheiratet hatten, und dann fing er an, Pläne für ein Hotel zu machen. Das Resort war sein Traum, und schließlich wurde es auch zu meinem. Drei Jahre haben wir damit zugebracht, Kredite zu beantragen und Rücklagen zu bilden. Es war so wunderschön. *Magnífico.*«

Sie verzog die Lippen zu einem verträumten Lächeln, dann wurde ihr Blick wieder traurig. »Sechs Monate nach der Eröffnung hatte mein Mann einen Herzinfarkt. Er ist in meinen Armen gestorben. Und ich habe alles von ihm geerbt: ein Hotel, von dem ich keine Ahnung hatte, wie ich es allein führen sollte, und die Gläubiger, die sofort hinter mir her waren.«

Sie verschränkte die Arme vor der Brust und rieb sich die Ellbogen. »Vier Monate nach seinem Tod habe ich einen Entschluss gefasst: entweder das Hotel verkaufen oder den Stier bei den Hörnern packen. Also bin ich hergekommen, um nachzudenken. Ich war kurz davor, aufzugeben und unseren Traum zu opfern. Aber das Hotel war das Einzige, was mir von ihm geblieben war. Und dann bin ich über Carlos gestolpert.«

»Was hat er gesagt, als Sie ihn gefunden haben?«

»Er wusste weder seinen Namen noch wo er herkommt oder wie er an diesen Strand gelangt ist. Vor Monaten hat er mir erzählt, das Erste, woran er sich erinnert, ist, wie er mich gesehen hat.

Ich habe ihn sofort in unser Krankenhaus gebracht. Seine Nase und sein Jochbein waren gebrochen. Sein Gesicht musste chirurgisch wiederhergestellt werden. Doch unseren Ärzten hier fehlte es in allem an der nötigen Erfahrung. Sie wussten nicht, was sie mit ihm machen sollten. Und er erinnerte sich einfach an nichts.«

»Aber es gab doch eine Vermisstenmeldung«, sagte ich. »Irgendjemand hätte doch herausfinden können, wer er war.«

Sie senkte den Blick und rieb sich wieder nervös die Ellbogen. »Er war an der Küste von Cozumel als vermisst gemeldet, deshalb brachte niemand den Mann in unserer Klinik mit dem Mann in Verbindung, der fast tausend Meilen entfernt von hier verschollen war. Als dann die Meldung eintraf, hatte man schon längst sowohl das Klinikpersonal als auch mich mit beträchtlichen Summen bestochen, damit wir Stillschweigen wahrten.«

»Wer hat Sie bestochen?«, fragte ich, obwohl ich es insgeheim längst ahnte.

Sie fuhr sich mit der Zunge über die Lippen. »Wenige Stunden nachdem ich Carlos bei mir aufgenommen hatte, traf ein Amerikaner hier ein. Er behauptete, er sei ein Freund von

Carlos, aber ich dachte gleich, dass er ein Verwandter war. Sie haben die gleichen Augen.«

Ich begann zu zittern, obwohl ich eigentlich nicht überrascht war. »Thomas.«

»Er hat mir ein Angebot gemacht, das ich unmöglich ablehnen konnte.«

Ich fiel auf die Knie, in den Sand. Thomas hatte Imelda bestochen, so wie er es auch mit mir gemacht hatte, damals, als er mir ein fröhliches Leben gewünscht hatte. »Löse den Scheck ein«, hatte er mir immer wieder ans Herz gelegt. »Eröffne ein Restaurant«, hatte er mich gedrängt. Und das hatte ich getan. Dadurch war ich von der Wahrheit abgelenkt worden, die er so sorgfältig verborgen hielt.

Imelda setzte sich neben mich. »Das muss sehr schmerzhaft für Sie sein. Sie waren kurz davor, zu heiraten, oder?«

»Die Beerdigung fand an unserem Hochzeitstag statt.«

»Ah, *lo siento*«, murmelte sie, und es klang fast wie eine Entschuldigung.

Wortlos starrte ich in den Sand.

»Anfangs hat Thomas mich gebeten, auf Carlos achtzugeben«, fuhr sie fort. »Ich sollte für seine Sicherheit sorgen und Thomas verständigen, falls es irgendetwas Verdächtiges gäbe.«

Ich hob den Kopf. »Was denn zum Beispiel? Er war auf einer Geschäftsreise.«

»Sein Leben war in Gefahr. Jemand hatte versucht, ihn umzubringen.«

Mein Herz klopfte wild. Lacy hatte in ihrer Nachricht irgendetwas von einer Gefahr erwähnt, doch der Gedanke schien widersinnig. James hatte ein ganz normales Leben geführt. »Wer sollte hinter ihm her gewesen sein?«

»Das weiß ich nicht. Es war Teil unserer Abmachung, dass ich Thomas keine Fragen stellen durfte.«

»Warum sollten Sie sich auf so eine Abmachung mit einem

Fremden einlassen?« Als ich sah, wie Imeldas Lippen zitterten, stieß ich hervor: »Er hat Ihnen das Hotel bezahlt, stimmt's? War es das wert? Das Leben meines Verlobten gegen ein schuldenfreies Leben?«

»Ich habe ihm ein neues Leben ermöglicht«, verteidigte sie sich. »Ein besseres Leben.«

»Hat Thomas Ihnen das gesagt? Zu schade, dass Sie James nicht fragen können, was er davon hält. Er *hatte* ein gutes Leben!«, rief ich. »Es war wunderschön.«

»Hier ist er frei. Hier muss er seine Geheimnisse nicht mehr hüten.«

»Was für Geheimnisse? Er hatte keine Geheimnisse.«

Sie warf mir einen kurzen Blick zu. »Sind Sie sicher?«

Ich schaute hinaus auf den Ozean. In meinem Kopf rauschte es so laut wie das Tosen der Brandung dort draußen. Zweifel regten sich in meinem Hirn, kleine Pflänzchen zuerst, die sich alsbald zu einem dicken Gestrüpp verdichteten, das mir die Sicht verstellte.

Nein, ich war nicht sicher. Nicht mehr. Wenn James es nicht einmal fertiggebracht hatte, mit mir über Phil und über die Geschehnisse in der Nacht unserer Verlobung zu sprechen, dann musste es noch andere Dinge geben, die er nicht mit mir geteilt hatte.

»Mein Freund Ian glaubt, dass James eine Dissoziative Fugue hat«, erklärte ich.

Beeindruckt hob Imelda die Augenbrauen. »Da hat er vermutlich recht. Die Ärzte glauben, dass sein Gedächtnisverlust psychisch bedingt ist. Thomas wollte ganz sichergehen, dass sich Carlos an nichts aus seinem früheren Leben erinnert, deshalb haben wir ihm ein neues gebastelt.

Thomas hat Spezialisten hinzugezogen, die sich um Carlos' Gesicht gekümmert haben. Sie haben es so wiederhergestellt, dass ihn niemand erkennen würde. Und jeder Einzelne hat ein nettes kleines Schweigegeld von ihm bekommen. Geld wiegt hier mehr als Worte, besonders amerikanische Dollars.

Während ich mich zu Hause um Carlos kümmerte, hat Thomas ihm ein vollständig neues Leben konstruiert. Er hat ihm alle nötigen Unterlagen besorgt, Geburtsurkunden, Ausweise …«, sie sah mich kurz an, »alte Bilder von Carlos, aus seiner Zeit in Amerika. Thomas hat es so gedreht, dass es aussah, als sei Carlos erst vor Kurzem in die Stadt gekommen, um hier seine Kunstgalerie zu eröffnen. Er galt als mein lange verschollener Adoptivbruder. In den Augen der Leute war er mexikanischer Staatsbürger.

Thomas glaubte, je umfassender und gründlicher wir Carlos' Geschichte und sein Leben konstruierten, desto geringer wäre das Risiko, dass seine Erinnerungen zurückkehren würden. Ja, es gab ein paar Löcher in unserer Story, aber da Carlos mich, seine Adoptivschwester, erst vor Kurzem wiedergefunden hatte, brauchte ich seine Fragen nicht zu beantworten, denn das hätte ich sowieso nicht gekonnt. Angeblich waren wir uns erst wenige Wochen vor seinem Surfunfall wieder begegnet.« Mit einem Anflug von Ekel stieß sie das Wort »Surfunfall« aus, so als verabscheute sie die Unwahrheiten, die sie erzählt hatte, selbst.

Mühsam versuchte ich, aus diesem hässlichen Netz von Lügengeschichten schlau zu werden. Ich konnte mir nicht vorstellen, so zu tun, als wäre ich jemand anderer als ich selbst. »Wie haben Sie es geschafft, das alles so lange aufrechtzuerhalten?«

Sie presste die Lippen zusammen. »Am Anfang war es unglaublich schwer. Ich habe ständig gedacht, dass Carlos mich doch durchschauen müsste, aber die Schecks von Thomas trafen weiter ein.« Noch einmal sah sie mich unsicher an, bevor sie ihren Blick wieder auf den Sand unter ihren Zehen heftete. »Und ich bekomme weiterhin Geld von ihm.«

Entsetzt barg ich mein Gesicht in den Händen. Mein Gott.

Thomas bezahlte sie also immer noch.

»Haben Sie jemals versucht, James die Wahrheit zu sagen?«

Sie wurde rot und betrachtete ihre Hände, und ich glaubte, ihren Blick zu verstehen.

»Sie haben sich in ihn verliebt.«

»Nur wie eine Schwester ihren Bruder liebt. Verstehen Sie mich bitte nicht falsch. Ich hatte niemanden mehr auf der Welt«, verteidigte sie sich und hob die Handflächen. »Mein Mann war tot. Meine Eltern sind ein Jahr vor ihm gestorben, und ich habe meinen Adoptivbruder verloren, als er noch ein Kind war. Ich war mutterseelenallein auf der Welt und hatte ganz plötzlich jemanden gefunden.

Das allein ist der Grund, weshalb ich ihm den Namen meines Bruders gegeben habe: Carlos Dominguez. Carlos bedeutet übrigens ›freier Mann‹. Ich fand, der Name passte zu ihm. Thomas bestand darauf, dass sein Vorname mit J anfangen sollte, wegen der Bilder. Mein Vater hieß mit Vornamen Jaime.«

»Aber warum sollte Thomas seinen Bruder James um seine Vergangenheit bringen wollen? Warum das alles?« Thomas war mir eine Menge Erklärungen schuldig. Wenn ich ihn nicht vorher umbrachte …

»Seien Sie ihm nicht böse. Er wollte nur seinen Bruder beschützen.« Imelda stand auf und drehte sich zu mir, das Meer im Rücken. Ein Windstoß wehte ihr das Haar ins Gesicht. Die Strähnen lagen auf ihrer sonnengebräunten Haut, sie schob sie zur Seite und drehte sich das Haar um die Hand. »Kümmern Sie sich um Carlos. Er ist sehr wütend auf mich, und er braucht jetzt jemanden. Ich habe ihm gesagt, wer Sie sind und dass Sie genau wie er ein Opfer dieses üblen Spiels sind.«

Mir fiel ein, in welchem Zustand ich ihn das letzte Mal gesehen hatte und wie er mich auf dem Flur angeschaut hatte, als ich ihn James genannt hatte. »Ich glaube, mir möchte er auch nicht unbedingt begegnen.«

»Geben Sie ihm etwas Zeit. Sie sind hier im Hotel herzlich willkommen und können auf unsere Kosten so lange bleiben wie nötig. Das ist das Geringste, was ich als Wiedergutmachung für mein Fehlverhalten tun kann.«

»Sie haben gesagt, dass Sie schon auf mich gewartet haben«, erinnerte ich sie, als wir uns auf den Rückweg machten.

Sie blieb stehen und sah mich an. »Ich bin Christin, und ich habe gesündigt. Ich fürchte um meine Seele, aber noch mehr fürchte ich das, was Thomas noch tun wird. Ihm gehört die Hypothek auf dem Hotel, und ich will nicht, dass er es mir wegnimmt, aber ich fühle mich schuldig, weil ich Carlos hintergangen habe, deshalb habe ich Lucy gebeten, jemanden ausfindig zu machen, der Carlos früher gekannt hat.«

»Lucy?«, fragte ich überrascht. Dann fiel es mir ein: Lacy.

»Ich hatte gehofft, sie würde einen Freund oder einen Angehörigen davon überzeugen können, dass Carlos am Leben ist, ohne dass die Spur zu mir zurückführt. Ich wollte nicht, dass Thomas etwas davon erfährt.« Sie zog den Kopf ein und drehte sich weg von mir.

»Wer ist Lacy … ich meine, Lucy?«

Imeldas Blick hellte sich auf, und sie legte sich die flache Hand auf die Brust. »Sie ist Stammgast in der *Casa del Sol* und scheint immer dann aufzutauchen, wenn ich sie am dringendsten brauche, manchmal schon, bevor ich überhaupt weiß, dass ich ihren Rat benötigen werde. Sie ist meine Freundin.«

Als sie nicht weiterredete, brachen die Fragen, die sich in mir aufgestaut hatten, aus mir heraus: »Woher kommt sie? Wo kann ich sie finden?« Das würde vor allem Ian interessieren, und ich wollte es ebenfalls wissen.

»Sie ist … Wie sagt man das? Ein Enigma? Ein Rätsel. *Sí*, das ist sie.« Imelda drehte sich um und ging in Richtung La Punta. Ein unsicheres Lächeln erschien auf ihrem Gesicht, ein Lächeln, das auf ein langes Sündenregister schließen ließ, ohne

Hoffnung, etwas davon ungeschehen machen zu können. »Lucy ist eine sehr geheimnisvolle Frau, nicht wahr?« Damit ließ sie mich allein am Strand stehen.

Der Rückweg zum Hotel kam mir viel länger vor als der Hinweg. Mit schweren Schritten stapfte ich durch den Sand. Dann sah ich Ian, wie er auf der Sonnenterrasse an seinem Tisch saß und zu mir herüberschaute. Der Kummer stand ihm ins Gesicht geschrieben.

Mir zog es das Herz zusammen. Ein Teil von mir wünschte sich nichts sehnlicher, als zu ihm zu gehen und all die schrecklichen Dinge hinter mir zu lassen, die Thomas angerichtet hatte. Aber ich konnte James nicht einfach aufgeben, nicht nach allem, was ich gerade erfahren hatte. Ich wandte den Blick ab und ging am Café vorbei.

Als ich in mein Zimmer kam, klingelte das Telefon. Ich eilte zum Nachttischchen und griff zum Hörer. »Hallo?«

»Endlich! Ich habe den ganzen Nachmittag versucht, dich anzurufen.«

»Kristen?«

Sie schnaubte. »Wer sonst? Warum bist du nicht ans Telefon gegangen?«

Ich sah auf mein Handy. Vier verpasste Anrufe. »Tut mir leid, es war stumm gestellt.«

Kristen lachte. »Wie war es beim Malen? Erzähl, ist Carlos …«

»James?«, beendete ich den Satz für sie. »Ja, er ist es. Und Thomas steckt dahinter.«

Sie atmete scharf ein und fluchte. Ich klemmte mir den Hörer zwischen Schulter und Ohr und rieb mir fröstelnd die Arme. Ich dachte daran, wie Thomas mich angerufen hatte und wie er im *Aimee's* einen Kaffee bei mir bestellt hatte, wie er mich gefragt hatte, wie mein Tag gewesen war – ganz normale Gespräche, obwohl er uns die ganze Zeit über angelogen hatte, einschließlich James. Mir wurde übel.

»Ich bin sprachlos«, erklärte Kristen. »Kein Wunder, dass Thomas so neugierig gewesen ist.«

»Imelda hat gesagt …«

»Wer ist Imelda?« Sie stieß ein ungeduldiges Geräusch aus. »Von Anfang an, bitte. Erzähl mir alles.«

Und das tat ich.

»Was meint Ian dazu?«, fragte sie schließlich.

Ich kaute auf meinem Daumennagel.

»Warum sagst du nichts?«

»Ich habe mit ihm geschlafen.«

»Mit wem?«, fragte sie entgeistert. »Mit Ian?« Als ich nicht gleich antwortete, brach sie in Gelächter aus. »Du hast echt ein Problem.«

»Das weiß ich selbst«, antwortete ich und wandte mich dem nächsten Fingernagel zu.

»Er ist ein toller Typ. Er kümmert sich um dich, und ich wette, er liebt dich.«

»Stimmt«, gab ich zu.

»Hat er das gesagt?«, fragte sie erstaunt. »Tu ihm bitte nicht weh.«

»Zu spät.«

Sie gab einen Laut der Enttäuschung von sich. »Willst du einen Rat?«

»Blöde Frage. Wenn ich Nein sage, gibst du ihn mir trotzdem.«

»Im Ernst, Aimee, hör mir zu«, bat sie, »ich weiß, dass du alles daran gesetzt hast, James zu finden, aber es kann sein, dass Ian recht hat und dass James seine ursprüngliche Identität niemals wiedererlangen wird. Du musst auf das Schlimmste gefasst sein.«

»Soll ich ihn etwa aufgeben? Ich habe ihn gerade erst wiedergefunden, und ich muss ihm helfen, sich zu erinnern.«

»Dein Flug geht in zwei Tagen. Wie willst du ihm in achtundvierzig Stunden helfen?«

Ich kaute auf meiner Unterlippe herum, und sie fluchte, als ich nichts antwortete.

»Du willst doch nicht etwa dortbleiben, oder? Was ist mit deinem Café? Mit deiner Familie? Und mit mir?«, rief sie. »Wir sind alle hier.«

»Und James ist hier.«

Ich griff mir ins Haar und wickelte mir eine Locke um den Finger. Jetzt, seitdem ich wusste, dass er das Opfer einer ausgefeilten Intrige geworden war, konnte ich ihn nicht einfach zurücklassen. Ich musste ihm helfen. »Imelda hat mir ein Zimmer angeboten, damit ich so lange hierbleiben kann wie nötig.«

»Aimee …«, flehte Kristen. »Willst du das wirklich?«

»Wenn du glauben würdest, Nick sei tot, und dann aber erfahren würdest, dass er am Leben ist und sich nicht an eine einzige Minute eures gemeinsamen Lebens erinnert, könntest du dann einfach so fortgehen?«

»Wahrscheinlich nicht«, gab sie nach kurzem Überlegen zu. »Nein, das könnte ich auch nicht.«

»Verstehst du, warum ich bleiben und versuchen muss, ihm zu helfen?«

»Ich verstehe gut, warum du das willst, aber du kannst Carlos nicht zwingen, jemand zu sein, der er nicht ist. Du darfst jetzt nicht dasselbe mit ihm machen, was James' Eltern sein ganzes Leben lang mit ihm getan haben. Du und James, ihr habt zusammengehört, aber du und Carlos, das ist etwas anderes. Finde heraus, was du wirklich willst, bevor du mit ihm redest«, riet sie mir. »Vielleicht will er sein Leben in Mexiko nicht aufgeben. Und während du versuchst, ihn davon zu überzeugen, dass er in Kalifornien besser aufgehoben ist, verlierst du unter Umständen den Mann, der dich liebt.«

Irgendwie hatte ich mich bereits damit abgefunden, dass ich Ian verloren hatte. Meine Sehnsucht galt ihm ebenso wie James. Aber James brauchte mich.

Ich verabschiedete mich von Kristen und legte auf. In dem Moment klopfte es an der Tür, und ich erschrak. Ian. Er wollte mit mir reden, und es war nicht fair von mir, dieses Gespräch immer weiter hinauszuzögern.

Also ging ich zur Tür und spähte durch den Spion. Als ich sah, wer draußen stand, ließ ich die Türklinke los, als wäre sie aus glühendem Metall. Es war nicht Ian – sondern Carlos.

Kapitel 26

Was will er hier?

Ich holte zweimal tief Luft, strich mein T-Shirt glatt und öffnete die Tür.

Carlos stand ganz allein im Flur. Er hob den Kopf, und im Schein des Deckenlichts sah ich seine angespannte Kiefermuskulatur. Er räusperte sich kurz und blickte sich nervös um. »Es tut mir leid … wegen vorhin.«

Ich merkte, wie mir die Tränen kamen. Sein Schmerz war so offensichtlich. Er war auf die schlimmstmögliche Art betrogen worden. »Oh, ähm … Das ist nicht so schlimm.«

Er rieb sich den Nacken, und ich sah, dass sein Arm zitterte.

»Sagen Sie mir, wie ich Ihnen helfen kann.« Ich trat hinaus auf den Gang und hörte, wie die Tür hinter mir ins Schloss fiel. »Bitte, ich möchte Ihnen helfen.«

Er ballte die Fäuste in seinen Hosentaschen und zog den Kopf ein. Noch immer trug er die ausgewaschene Jeans, das taillierte Leinenhemd und die Flip-Flops, die er am Morgen angehabt hatte. Auch ich war noch immer in derselben Bluse und dem Rock, die ich mir nach dem Duschen angezogen hatte, als ich von Ian gekommen war.

Schnell schob ich den Gedanken beiseite und bemühte

mich, meine Gesichtszüge unter Kontrolle zu bekommen. »Sie können mir vertrauen.« Ich trat einen Schritt näher an ihn heran.

Ein Muskel in seiner Wange zuckte. Er sah aus, als würde er im nächsten Moment aus der Haut fahren.

»Vertrauen Sie mir«, wiederholte ich. So vorsichtig, wie ich konnte, berührte ich sein Handgelenk.

Er senkte den Blick und schaute auf meine Finger, dann entspannte sich sein Kiefer.

Vielleicht hatte Imelda recht. Carlos wusste, dass wir beide einer Intrige zum Opfer gefallen waren. Thomas hatte uns wie Figuren auf einem Schachbrett hin und her geschoben, und ich fürchtete, dass das Spiel noch lange nicht aus war. Ich musste James zurückgewinnen, indem ich Carlos davon überzeugte, dass sein Platz bei mir war.

Er trat einen Schritt zur Seite und wich meinem Blick aus. Unruhig grub ich meine Fingernägel in meine Handfläche. Carlos schluckte und sagte: »Wir waren heute Mittag zum Essen verabredet.«

»Oh!«, erwiderte ich erstaunt. »Das ist …«

»Ich möchte mit Ihnen essen gehen.«

»Ah, okay, äh …« Nervös trat ich von einem Fuß auf den anderen. »Ich will nur meine Tasche holen.« Schnell griff ich zum Türknauf, doch die Tür war zu. So ein Mist.

»Ich organisiere eine Schlüsselkarte von der Rezeption«, bot er an.

»Nein«, wehrte ich ab. »Ist schon in Ordnung. Ich kann sie auch später holen.« Ich wollte auf keinen Fall, dass er wegging und womöglich seine Meinung wegen des Mittagessens änderte. »Ich gebe Ihnen das Geld heute Abend zurück.«

Seine Mundwinkel hoben sich, doch das Lächeln blieb kalt, wie eingefroren. »Keine Sorge. Ich lade Sie ein.«

Er ging los, doch auf einmal drehte er sich um und nahm

meine Hand. Ich verschränkte meine Finger mit seinen und war den Tränen nah. Es schien eine Ewigkeit her, dass wir zuletzt so gegangen waren, Seite an Seite.

Im Fahrstuhl drückte Carlos auf den Knopf zur Hotellobby. Mit vor der Brust verschränkten Armen lehnte er an der Aufzugwand und sah mich an. Ich stellte mich an die gegenüberliegende Seite und erwiderte seinen Blick. Die Luft war aufgeladen, eine brisante Mischung aus unausgesprochenen Worten und unbeantworteten Fragen. Ich knetete meine Hände und fühlte mich unwohl unter seiner prüfenden Musterung.

Mühsam unterdrückte Wut ging von ihm aus und machte sich als feines Prickeln auf meiner Haut bemerkbar. Obwohl seine Gefühle nicht mir galten, wurde ich unruhig und vergrub meine Finger im Saum meiner Bluse, obwohl ich den Stoff in diesem Moment viel lieber um Thomas' Hals gelegt und fest zugezogen hätte.

So leichthin wie möglich fragte ich: »Wohin gehen wir zum Essen?«

»Ich hatte vor, mit Ihnen zur *Rinconada* zu fahren, aber jetzt …«, er hielt einen Moment inne und rieb sich die Unterarme, »wäre es vielleicht besser, etwas hier in der Nähe zu suchen.«

Zwei tiefe Falten erschienen zwischen seinen Augenbrauen, und er machte den Mund auf. Doch er blieb stumm und betrachtete seine überkreuzten Knöchel. »Ähm … Na ja, ich denke, wir können auch an der *Playa Principal* direkt am Strand essen. Dorthin kommen wir zu Fuß.«

Ein kurzer Klingelton zeigte an, dass wir das Erdgeschoss erreicht hatten, und die Fahrstuhltür öffnete sich. Carlos ging voraus, und ich folgte ihm durch die Lobby zum Strand. Der Wind, der am Nachmittag stärker gewesen war, hatte sich gelegt. Die Sonne stand bereits tief am Horizont und ließ den Himmel in tiefroten Flammen erstrahlen.

»Wie wunderschön!«

»Das ist meine liebste Tageszeit«, bemerkte er neben mir. Er hatte denselben Gang wie James und lief mit langen, lässig-entschlossenen Schritten. Beim Sprechen allerdings war er ganz Carlos. Sein Englisch hatte einen starken Akzent und war immer wieder mit spanischen Brocken versetzt.

Er erklärte mir die Arbeit der Fischer, die ihre Boote nachts auf dem Meer verankerten und die vorbereiteten Haken mit ihren Ködern seitlich über die Reling hängen ließen. Am nächsten Tag kamen ihre Frauen, um die Fische zu säubern und fertig zu machen und sie dann direkt am Strand, unter den Palmen, an die umliegenden Restaurants und Wochenmarkthändler zu verkaufen. Er zeigte auf eine Reihe Palmen, deren Stämme sich über den Sand wölbten.

Angeregt sprach er über dies und jenes, klammerte aber sorgfältig uns beide und das, was wir am Nachmittag erfahren hatten, aus. Dabei untermalte er seine Worte mit eleganten Handbewegungen und Gesten.

Wieder ertappte ich mich dabei, wie ich ihn mit James verglich – es wäre allerdings auch unmöglich gewesen, das nicht zu tun. Alles an Carlos, die Art, wie er sich bewegte, wie er meinen Arm berührte, um seine Worte besonders zu unterstreichen, wenn er mir etwas beschrieb – all das war James, wie er leibte und lebte.

Als er davon schwärmte, wie sehr er Puerto Escondido liebte und dass er sich niemals vorstellen könnte, irgendwo anders zu leben, fragte ich mich, ob man gleichzeitig glücklich und traurig sein konnte.

»Habe ich irgendetwas Falsches gesagt?«, fragte er.

Ich drehte mein Gesicht in die Dämmerung und wischte mir eine Träne ab. »Nein, Sie haben nichts Falsches gesagt. Es ist nur …«, ich stieß einen Fluch aus, »das alles ist so …«

»Überwältigend?«

Ich brachte ein hilfloses Lächeln zustande. »Ja, genau das ist es.«

Er lachte, und ich war ein bisschen verwundert über seine Selbstbeherrschung. Er war hier mit mir und führte eine Frau zum Essen aus, die einmal seine Verlobte gewesen war, obwohl er nicht die kleinste Erinnerung an diese Verlobung hatte. Das war schon ziemlich verrückt.

Hatte er denn gar keine Fragen dazu? War er nicht wütend? Schließlich war er von den Menschen, denen er in den letzten zwei Jahren blind vertraut hatte, auf das Übelste belogen und manipuliert worden.

»Ich kann mir nicht vorstellen, was Sie gerade durchmachen«, sagte ich.

»Ich versuche, nicht daran zu denken«, gab er zu. »Nicht jetzt, jedenfalls.«

Das Restaurant war auf einer hölzernen Plattform in den Sand gebaut worden. Lichterketten mit bunten Glühbirnen hingen zwischen den Palmen, die Tische standen unter großen Schirmen rings um eine Tanzfläche. Seitlich spielte ein Latin-Jazz-Quartett leise Musik.

Carlos schien hier Stammgast zu sein, denn die Kellnerin begrüßte ihn und wies uns sogleich unsere Plätze etwas abseits von den anderen Gästen zu. Sie lächelte freundlich und führte uns an einen Tisch, von wo aus wir eine herrliche Aussicht auf den Sonnenuntergang hatten. Carlos schob mir einen Stuhl zurecht und setzte sich neben mich. Stumm schauten wir hinaus auf den Ozean, der hier wesentlich ruhiger war als an der *Playa Zicatela* mit ihrer rauen Brandung.

Die Kellnerin brachte uns die Speisekarte und ließ uns wieder allein. Ich sah mich um. Im Restaurant ging es lebhaft zu. Exotische, fremdartige Stimmen mischten sich mit der flotten Musik. Ich sog die warme Abendluft ein, eine tropische Mischung aus gegrillten Meeresfrüchten, Mangos und der Ozeanbrise. Die leichten Rhythmen der Band zauberten mir ein Lächeln aufs Gesicht, und ich wiegte mich leicht im Takt der Musik. »Was für ein herrlicher Ort. Es ist wunderschön.«

»Ich habe mir gedacht, dass es Ihnen hier gefallen würde«, erwiderte er. Dann runzelte er die Stirn.

Ich hielt inne. »Was ist los?«

Er starrte mich so unverhohlen an, dass ich mir verlegen durchs Haar fuhr und eine Locke um meinen Finger wickelte. »Woran denken Sie?«, fragte ich, als er noch immer nichts sagte.

Unruhig rutschte er auf seinem Stuhl hin und her, dann rieb er sich mit beiden Händen die Oberschenkel. »Sie haben bestimmt schon vermutet, dass ich eine Menge Fragen an Sie habe.«

»Natürlich, fragen Sie mich, was immer Sie wollen. Ich möchte Ihnen gerne helfen«, bot ich ihm nochmals an. Ich würde alles tun, was uns helfen könnte.

»Gracias.«

Er richtete den Blick wieder aufs Meer, wo die Sonne jetzt aussah wie eine neonfarbene, am Horizont glühende Orangenscheibe. »Eigentlich hatte ich vor, heute Abend zu reden, aber jetzt will ich das plötzlich doch nicht. *¡Dios!*«, stöhnte er und verschränkte die Hände hinter dem Kopf, so wie James es immer gemacht hatte, wenn er sich bemüht hatte, Ordnung in seine Gedanken zu bringen.

Ich konnte ihn nicht weiter ansehen. Ich musste endlich damit aufhören, ihn mit dem Mann zu vergleichen, der er einmal gewesen war.

»Das alles ist krank. Alles, was Imelda gesagt hat … Ach, verflucht …« Er stockte und rieb sich mit dem Finger die Augenbraue. »Es tut mir leid.«

Ich wusste nicht, ob er sich für seine Ausdrucksweise entschuldigte oder dafür, dass er gedacht hatte, ich wollte heute Abend über uns beide sprechen.

Das wollte ich in der Tat, aber noch mehr wünschte ich mir, einfach nur bei ihm zu sein. Ich wollte hier neben ihm sitzen, dem verblassenden Sonnenlicht zusehen, das scharf gezeichnete Schatten auf sein Gesicht warf. Fast hätte es scheinen können, als sei das Leben einfach. Normal. Als gäbe es nur uns beide.

»Was wollen Sie denn?«

Ich musste mich zurückhalten, um ihn nicht zu berühren und die verlockende Wärme seiner Haut zu spüren. Das konnte ich unmöglich tun, denn wir waren Fremde. Stattdessen betrachtete ich seine Züge, die Form von Kiefer und Wangenknochen. Sein Profil hatte sich verändert, die Gesichtslinien waren leicht anders angeordnet, aber ich fand ihn immer noch überaus attraktiv.

Nachdenklich schürzte er die Lippen. »Ich will einfach nur mit Ihnen zu Abend essen. Macht es Ihnen etwas aus, wenn wir das Gespräch auf morgen verschieben? Ich brauche … Zeit – Zeit zum Nachdenken.«

»In Ordnung«, stimmte ich zu. Seine Fragen konnten warten. Vor uns lag noch ein ganzes Leben.

Die Kellnerin kam zu uns an den Tisch, und wir gaben unsere Bestellung auf. Während des Essens erzählte Carlos mir von seinem Leben in Puerto Escondido, seiner Leidenschaft für die Malerei und davon, wie er sich das Malen nach dem Unfall selbst wieder beigebracht hatte. Außerdem liebte er es, seine jungen Schüler zu unterrichten.

Ich erzählte ihm von den Dingen in meinem Leben, die nichts mit ihm zu tun hatten, von meinem Café, meinen Eltern und meinen Freunden, von meiner Leidenschaft für das Backen und davon, wie ich es geschafft hatte, mir mit meinen speziellen Kaffeemischungen eine eigene Nische zu erobern.

Er fragte nicht nach, was mich in diese Stadt geführt hatte und warum ich hier war. Und ich fragte nicht, was mit ihm passiert war und wie er sich seine Genesung vorstellte. Im Grunde war es, als hätten wir unser allerererstes Date. Wir erzählten uns Geschichten, lächelten und lachten miteinander.

Die Band spielte ein neues Stück. Das Saxofon ließ einen langen Ton erklingen und wurde dabei vom Schlagzeuger begleitet, dessen Hände sich schnell über die Felle bewegten. Mehrere Paare kamen auf die Tanzfläche und fingen an zu tanzen. Auch ich klopfte leicht mit den Händen und Füßen den Rhythmus mit und lachte Carlos an.

Er betrachtete mich aufmerksam und rührte in seinem Cocktail herum. »Tanzen Sie gern?«

»Ja, sehr. Und Sie?«

Er schaute zur Band hinüber und presste die Lippen zusammen. »Ich tanze nicht.«

Doch, das tust du!

»Tanzen Sie mit mir«, bat ich.

Er drehte den Kopf zu mir. »Wie bitte?«

»Na los, tanzen Sie mit mir.« Ich stand auf und hielt ihm auffordernd die Hand hin.

Wortlos starrte er auf meinen ausgestreckten Arm. Meine Finger fingen an zu zittern, als er nicht reagierte. Dann wanderte sein Blick an meinem Arm aufwärts, bis er mir schließlich in die Augen sah. »Ich habe gesagt, ich tanze nicht. Nicht mehr.«

Einen Moment lang stand ich reglos da. Er schaute weg, starrte hinaus aufs Meer. Ein Zucken erschien in seiner Wange, und er umklammerte mit den Händen die Stuhllehnen.

Enttäuscht ließ ich den Arm sinken und setzte mich wieder hin. Irgendetwas in mir veränderte sich, und zum ersten Mal konnte ich ihn als den Mann sehen, der er jetzt war: Carlos.

Die Kellnerin brachte die Rechnung, die er in bar bezahlte. Achtlos warf er ein paar Geldscheine auf den Tisch, dann stand er so schnell auf, dass die Stuhlbeine hart über den Holzboden schrammten. »Kommen Sie. Ich bringe Sie zurück zum Hotel.«

Kapitel 27

Wir liefen die *Playa Marinero* entlang in Richtung *Casa del Sol.* Carlos hatte seine Daumen in die Hosentaschen gesteckt und hielt seinen Blick auf den durch das auflaufende Wasser fest gewordenen Sandboden unter unseren Füßen gesenkt. Gedankenverloren kratzte er mit den Fingern über den Stoff seiner Jeans, seine Augenbrauen waren zu einer strengen Linie zusammengezogen.

Wieder wickelte ich mir eine Haarsträhne um den Finger und sah ihn verstohlen von der Seite an. Was war im Restaurant geschehen? Es war doch alles gut gelaufen? Ich hatte das Gefühl, dass wir uns nähergekommen waren. James wäre sofort von seinem Stuhl aufgesprungen und hätte mich auf die Tanzfläche gezerrt, Carlos hingegen war zurückgeschreckt.

Ich kämpfte mit mir, wollte ihn fragen, warum, andererseits hatte ich versprochen, die großen Fragen für heute Abend ruhen zu lassen.

Carlos war so in Gedanken, dass er kein Wort gesagt hatte, seit wir losgegangen waren. Plötzlich hielt er inne und sah sich um.

»Was ist?«, fragte ich.

»Mein Jeep ist noch am Studio geparkt.« Er kratzte sich am

Kinn und blickte mich an. »Aber zuerst bringe ich Sie zurück ins Hotel.«

Schnell ging er weiter, blieb aber wieder stehen, als er merkte, dass ich ihm nicht folgte.

Ich zeigte mit dem Daumen zurück über meine Schulter. »Wenn Sie wollen, komme ich einfach mit. Dann haben Sie den Weg nicht zweimal.«

Er zögerte. »Sind Sie sicher?«

»Natürlich. Es ist so ein schöner Abend.«

Davon abgesehen wollte ich nicht in mein Hotelzimmer gehen und die Nacht allein und vermutlich schlaflos verbringen. Ich hatte keine Ahnung, was morgen geschehen würde, wenn Carlos die Antworten auf seine Fragen erhielt. Würde ich mit ihm in Mexiko bleiben oder zurück nach Hause fliegen? Würde Ian weiter mein Freund bleiben? Ich hatte ihn abgewiesen, trotz meines Versprechens, das nicht zu tun.

Carlos' Jeep Wrangler stand in einer Straße gleich hinter der Galerie. Er half mir beim Einsteigen und hielt die Tür auf, während ich auf dem Beifahrersitz Platz nahm, dann stieg er auf der anderen Seite ein. Er fuhr uns zurück zur *Casa del Sol* und hielt vor dem Haupteingang des Hotels am Bordstein an. Schon eilte ein Hotelangestellter herbei, um das Auto zu parken, doch Carlos schickte ihn fort. Ohne den Motor abzustellen, saß er einfach da und umklammerte mit beiden Händen das Lenkrad.

Es widerstrebte mir, aus dem Auto auszusteigen, und auch Carlos machte keine Anstalten, mich zu verabschieden. Unsicher schaute ich zu ihm hinüber. »Ich habe gehört, in der Stadt ist heute ein Fest …«

Er nickte, und ich sah, wie sein Bein unruhig auf und ab wippte.

»Das Wetter ist so schön.« Ich blickte hinauf zum Himmel. Die grellen Lichter des Resorts überstrahlten die Sterne über uns. »Ich liebe diese warmen Sommernächte.«

Er nickte wieder. »*Sí*, ich auch.«

Ich fragte mich, was er wohl tun würde, wenn wir nicht mehr zu dem Festival gingen, also fügte ich hinzu: »Wohnen Sie hier in der Nähe?«

Mit einer Handbewegung zeigte er nach Süden. »Knapp zwei Kilometer in Richtung Zicatela.«

Während ich sein Profil musterte und das stete Heben und Senken seines Brustkorbs wahrnahm, wurde mir klar, dass ich diesen Abend nicht allein verbringen wollte, ebenso wenig wie auf einem überfüllten Straßenfest mit viel zu lauter Musik. »Ich würde gerne sehen, wo Sie wohnen«, sagte ich leise.

Prüfend blickte er mich an, dann legte er den Gang ein.

Wir fuhren die *Calle del Morro* entlang, die parallel zur *Playa Zicatela* verlief, und kamen an Restaurants, Surfläden, Nachtclubs und Hotels vorbei, bis wir schließlich eine kleine Siedlung mit Häusern erreichten, die direkt am Wasser lagen.

Carlos bog ab, hielt vor einem schmiedeeisernen Tor und drückte auf eine Fernbedienung, bis das Tor sich öffnete. Der Wagen glitt leise die Auffahrt hoch und blieb vor einem schmalen, dreistöckigen Haus stehen, das mehr hoch als breit war.

Mir verschlug es die Sprache. Beeindruckt musterte ich das Gebäude von oben bis unten.

Carlos machte den Motor aus. »Im dritten Stock befindet sich eine Dachterrasse. Von dort hat man bei klarer Sicht einen unglaublich schönen Blick auf das Meer und die Berge.«

Das Geräusch des Ozeans, der hinter den Palmen auf den Strand rollte, war bis hierher zu hören. »Sie wohnen direkt am Meer«, staunte ich und konnte einen Anflug von Neid nicht unterdrücken.

Sein Mund zog sich zu einem lässigen Grinsen in die Breite. »Kommen Sie, ich zeige es Ihnen«, sagte er und sprang aus dem Jeep.

Wir gingen an einem kleinen Swimmingpool vorbei über einen kurz geschnittenen, etwas sandigen Rasen und traten durch eine Öffnung in der halbhohen Ziegelmauer, die diesen Garten vom öffentlichen Strand trennte. Er drehte sich zu mir um und umfasste meine Taille, dann hob er mich lachend auf die Mauer und setzte sich neben mich – so nah, dass sich unsere Oberarme berührten.

Mühsam unterdrückte ich den Wunsch, mich an ihn zu schmiegen. Stattdessen zeigte ich mit dem Kinn auf die sensationelle Aussicht. »Okay, ich gebe es zu. Ich bin ein bisschen neidisch.«

»Ich kann mir überhaupt nicht vorstellen, irgendwo anders zu leben.« Er blies die Backen auf und stieß geräuschvoll die Luft aus. »Na ja, jedenfalls bis heute Nachmittag. Ehrlich gesagt, weiß ich immer noch nicht genau, was ich denken soll.«

Ich blickte hinaus auf das aufgewühlte Meer und hinauf zum Sternenhimmel und wünschte mir, der Abgrund zwischen uns wäre nicht so riesig wie dieser Pazifische Ozean, der sich vor unseren Augen erstreckte. Immerhin konnte ich hier den Horizont erkennen. Ob es allerdings auch einen Horizont für James gab, das wusste ich nicht. Würde er sich von seiner Fugue erholen? »Nicht daran denken«, bat ich ihn. »Nicht jetzt.«

»Genau das ist das Problem.« Er setzte sich gerade hin. »Ich kann nicht aufhören. Es ist so unglaublich verwirrend. Ich bin total durcheinander.« Er nahm meine linke Hand und betrachtete aufmerksam den Verlobungsring. »Imelda hat mir gesagt, dass Sie … ähm … meine Verlobte sind.«

»Ja, du hast mir diesen Ring geschenkt, als du mir den Heiratsantrag gemacht hast.«

Skeptisch sah er mich an. »Sollte ich mich daran nicht erinnern?«

»Die Fugue sorgt dafür, dass du …«

»Ich müsste doch *irgendetwas* für dich empfinden.« Er

schwieg einen Moment, dann zog er die Lippen ein. »Da ist nichts. Gar nichts.«

Mein Herz wurde eng. »Ich kann dir helfen. Ich helfe dir, damit du dich erinnerst«, bot ich ihm an, und Panik ließ meine Stimme zittern. Oder *wollte* er sich womöglich gar nicht an mich erinnern?

»Es ist nicht allein der Gedächtnisverlust, Aimee. Dieser Mann, den du geliebt hast, das bin nicht ich. Er ist fort.«

»Sei still«, weinte ich leise. »Sag das nicht. Bitte nicht …« Ich drückte seine Hand. »Was ist mit den Träumen? Du hast doch von mir geträumt.«

»Ich habe ein altes Bild von dir in meinem Studio gefunden. Die Träume könnten dadurch ausgelöst worden sein.«

»Das glaube ich nicht.« Wut flammte in mir auf. »Nach allem, was du heute erfahren hast, wie kannst du da so kalt sein? Fühlst du denn überhaupt nichts?«

Er lachte bitter. »Ich fühle etwas, okay? Ich fühle eine Scheißwut auf meinen Bruder … Thomas, stimmt's? Und auf Imelda.« Er schüttelte den Kopf. »Sie hat gesagt, sie sei meine Schwester, und ich habe ihr geglaubt. Ich habe ihr geglaubt, verdammt noch mal. Aber für dich …«, er sah mich ratlos an, »für dich empfinde ich höchstens Neugier. Es tut mir leid.«

Ich entzog ihm meine Hand und sprang auf. Dann kehrte ich ihm den Rücken zu.

»Meine Erinnerungen reichen genau neunzehn Monate zurück. Das ist alles. Ich hebe jetzt so viel auf. Zeitschriften, Bücher. Ich rahme jedes Bild. Für den Fall, dass ich noch einmal mein Gedächtnis verlieren sollte. Dann gibt es jedenfalls irgendwelche Spuren aus meiner Vergangenheit.«

Ich dachte an die Galerie und an die Stapel mit den Zeitschriften und Büchern, die halb fertigen Gemälde, die noch auf ihre Signatur oder auf den letzten Schliff warteten, signierte Bilder, die er niemals ausgestellt hatte. Er hatte alles aufbewahrt, alles, was zu Carlos gehörte. Aber ich hatte alles, was zu James gehörte.

»Du hast sehr wohl eine Vergangenheit, und ich habe Bilder, die ich dir zeigen kann. Ich habe deine Kleidung und noch mehr Gemälde von dir. Dein Atelier ist immer noch bei uns zu Hause. Wir haben ein Zuhause.«

»Mein Zuhause ist hier.«

Ich umschlang meine Taille mit den Armen und stolperte davon, in die Dunkelheit. Als ich hörte, wie er meinen Namen rief, blieb ich stehen. »Ich weiß nicht, ob ich mich an meine Vergangenheit erinnern will.«

Es versetzte mir einen Stich. »Könntest du es nicht wenigstens versuchen?«

»Warum sollte ich? Es könnte passieren, dass ich alles, was mir lieb und vertraut ist, verliere. Die Menschen, die ich liebe.«

Ich schloss die Augen. Offenbar war ihm durchaus bewusst, welche Konsequenzen seine Lage für ihn haben konnte. »Du wirfst neunzehn Monate gegen neunundzwanzig Jahre in die Waagschale. Woher nimmst du das Recht, James von mir fernzuhalten? Du gehörst nicht in diesen Körper. Du bist nicht er.«

Er zuckte zusammen. »*Sí*, das stimmt. Ich bin nicht er. Nicht mehr. Du kannst sagen, was du willst, aber du wirst mich nicht dazu bringen, alles hinter mir zu lassen. Ich werde nicht mit dir fortgehen. Ich kenne dich nicht.«

Ich wirbelte herum. »Du erinnerst dich nicht an mich. Das ist etwas anderes.«

Er stemmte seine geballten Fäuste in die Hüften. »Ich kann hier nicht weg. Ich werde gebraucht.«

»Aber du kannst doch überall malen.« Ich hob die Arme zu einer allumfassenden Geste. »Was hält dich hier? Imelda bestimmt nicht. Sie ist nicht wirklich deine Schwester. Deine Familie ist in Kalifornien. Ich bin in Kalifornien. Was um alles in der Welt ist denn hier so wichtig für dich?«

Sein Unterkiefer mahlte, und er sah an mir vorbei.

Ich schaute mich um. »Der Ozean?«, fragte ich ungläubig. Als er nicht antwortete, stellte ich mich ihm in den Weg. »Kann sein, dass du nichts für mich empfindest, aber ich empfinde *alles* für dich. Du bist nicht der Einzige, für den das hier die Hölle ist«, schrie ich mit rauer Stimme. »Das schlimmste Gefühl auf der Welt ist, wenn sich der wichtigste Mensch in deinem Leben, der, den du niemals vergessen wirst, nicht mehr an dich erinnert. Der einzige Mann, den ich nicht habe loslassen können.«

Meine Stimme versagte, und ich fing an zu husten – ein tiefes, heiseres Bellen. Als der Anfall nicht aufhörte, beugte ich mich vornüber.

Plötzlich fühlte ich seinen Arm um meinen Rücken. »Du solltest einen Schluck Wasser trinken. Gehen wir ins Haus«, schlug er vor und bugsierte mich zum Eingang.

Ich ging hinter ihm durch eine Schiebetür in die Küche und blinzelte in das helle Neonlicht, das er eingeschaltet hatte. Noch immer kam mein Atem stoßweise, während ich mich bemühte, den Husten in den Griff zu bekommen. Außerdem wollte ich mir das tränenverschmierte Gesicht waschen, deshalb fragte ich: »Wo ist das Badezimmer?«

»Hinten in der Diele, auf der linken Seite«, antwortete er, ohne aufzublicken, während er zwei Gläser aus einem Schrank holte.

Ich ging durch die dunkle Diele in die Richtung, in die Carlos mich geschickt hatte, schloss mich im Badezimmer ein und machte das Licht an. Dann drehte ich den Wasserhahn auf und spritzte mir Wasser ins Gesicht, um die Mascaraspuren, die bis hinunter zu meinen Wangenknochen verlaufen waren, abzuwaschen. Blind tastete ich nach einem Handtuch, trocknete mir das Gesicht ab und starrte mein Spiegelbild an. Rot geränderte Augen schauten mich aus einem totenblassen Gesicht an.

Wie konnte Carlos nur glauben, neunzehn Monate seines Lebens seien wichtiger als die neunundzwanzig Jahre von James? Er hatte James seine Existenz gestohlen und raubte ihm nun die Jahre, die er noch mit mir verbringen könnte, und der Mann, den dies am meisten betraf, hatte dabei nichts zu sagen. James konnte nicht für sich selbst sprechen. Jetzt war es an mir, Carlos davon zu überzeugen, dass er James' Erinnerungen eine Chance geben musste.

Ich faltete das Handtuch zusammen und strich es glatt, legte es auf die Ablage, direkt neben ein Bilderbuch. Ich hielt inne und spürte, wie mir der Atem stockte. Als ich mich umdrehte, entdeckte ich einen ganzen Stapel Bilderbücher neben der Toilette, außerdem einen Haufen Kinderspielzeug in der Badewanne.

Ein Wimmern entfuhr mir, Buch und Handtuch fielen zu Boden. Fluchtartig verließ ich das Badezimmer und stolperte in den hell erleuchteten Flur. Gerahmte Bilder hingen in Reih und Glied an den Wänden, wie auf einem Schachbrett. Auch auf den Regalen im Wohnzimmer standen Dutzende von Fotos. Darauf waren Carlos, Imelda und andere Menschen, die ich nicht kannte, darunter eine Frau mit kastanienbraunem Haar und olivfarbener Haut. Sie wirkte glücklich und schmiegte sich eng an Carlos, der liebevoll den Arm um sie geschlungen hatte.

Die meisten Bilder zeigten zwei kleine Jungen, einer der beiden ein Baby, der andere im Kindergartenalter. Auf einem anderen Bild hielt Carlos den Säugling im Arm, auf dem nächsten war der ältere Junge zu sehen, wie er an einer Kinderstaffelei malte. Es war dieselbe Staffelei, die ich in der Galerie bemerkt hatte. Daneben gab es eine Menge Bilder der beiden Jungen zusammen, auf einigen hatte der ältere Junge die Arme um seine Eltern gelegt. Und ich sah Carlos mit seinen rot hervortretenden Narben im Gesicht, neben ihm die unbekannte Frau mit Babybauch.

Entsetzt wirbelte ich herum und fuhr mir durchs Haar. Meine Kopfhaut brannte, doch dieser Schmerz war nicht im

Entferntesten vergleichbar mit der Empfindung, die mir förmlich mein Innerstes zerriss. Ich griff nach einem der gerahmten Bilder, einer Aufnahme des älteren Jungen. Er sah überhaupt nicht aus wie James auf seinen Kindergartenfotos. Wer war dieses Kind, und warum standen hier überall diese Bilder von ihm?

»Er ist fünf, und er geht für sein Leben gern angeln«, hörte ich Carlos hinter mir sagen. »Er ist mein Sohn.«

»Wie ist das möglich? Du bist doch noch keine zwei Jahre weg von zu Hause?«

Ich hörte, wie er von einem Fuß auf den anderen trat. »Er ist adoptiert.«

Meine Hände fingen an zu zittern. »Und das Baby?« Ich bekam nur ein heiseres Flüstern heraus.

»Er ist mein Sohn.«

Die Bedeutung seiner Worte fing an, sich in meinem Bewusstsein breitzumachen.

Ich werde hier gebraucht.

»Wo ist die Mutter der Kinder?«

»Meine Frau. Sie heißt Raquel. Sie …« Er brach ab und stieß einen Fluch aus.

Mir lief eine Träne über die Nase. Ungeduldig wischte ich sie ab.

»Sie starb bei Marcus' Geburt«, sagte er nach einer kleinen Weile. »Es kam … ganz plötzlich. Ein Aneurysma. Die Ärzte konnten nichts mehr für sie tun.«

Langsam drehte ich mich zu ihm um. Er stand mitten im Raum, mit den beiden Wassergläsern in den Händen, und wirkte völlig am Boden zerstört. Sein Gesichtsausdruck, da war ich mir sicher, glich meinem eigenen in den Tagen nach James' Beerdigung. »Du hast sie geliebt«, stellte ich wie betäubt fest.

»Sehr.«

Mit der Zunge fuhr ich mir über meine aufgesprungenen Lippen. »Wo sind die Jungen jetzt?«

»Bei Freunden. Es sind gute Kinder.«

»Natürlich sind sie das.« Ich stellte das Foto zurück an seinen Platz im Regal und ging im Zimmer auf und ab, während ich nervös den Verlobungsring an meinem Finger drehte. Meine Hände zitterten unkontrolliert, und schließlich griff das Zittern auf meinen ganzen Körper über.

»Es tut mir leid«, sagte Carlos mit rauer Stimme und schluckte. In seinen Augen schimmerten Tränen. »Ich wollte nicht … Ich wusste nicht, wie …« Er räusperte sich und stellte die Gläser auf ein kleines Tischchen. »Es muss seltsam für dich sein, meine Kinder zu sehen.«

»Wer war sie? Wie habt ihr euch kennengelernt? Wann hast du …« Ich presste die Lippen zusammen und hasste mich selbst für den verzweifelten Ton in meiner Stimme.

»Sie war meine Physiotherapeutin. Als wir geheiratet haben, habe ich Julian adoptiert. Marcus ist noch ganz klein …« Er unterbrach sich und rieb sich den Nacken. »Raquel und ich waren nur kurze Zeit verheiratet, aber ich …«

Er wandte den Blick ab. Dann drehte er sich wieder zu mir und sah mich ernst an. »Ich kann mit niemandem tanzen, außer mit ihr. Das Tanzen war ihre große Leidenschaft. Ich bringe es nicht übers Herz … *¡Dios!*«, stöhnte er erschüttert. »Sollte ich jemals dieselben Gefühle für dich gehabt haben wie für Raquel, dann kann ich verstehen, durch welche Hölle du gegangen bist. So ein Verlust ist … unerträglich.«

Ein kläglicher Laut kam mir über die Lippen, und ich drehte noch verzweifelter den Ring an meinem Finger, unter dem die Haut schon ganz wund wurde. Carlos schaute auf meine Hände hinunter und heftete den Blick auf den Ring. »Ich habe meinen vor ein paar Monaten abgenommen«, murmelte er.

»Ich kann es nicht«, schluchzte ich aufgelöst.

Zögernd trat er einen Schritt näher an mich heran. »Oder willst du es nur nicht?«

Heftig schüttelte ich den Kopf. Plötzlich wurde der Raum um mich herum kleiner, es war, als rückten die Wände auf mich zu. Carlos kam noch näher heran. Sanft legte er seine Hand auf meine, in dem Versuch, meine aufgewühlten Gefühle zu beruhigen. »Ich habe Raquel sehr geliebt. Es war … schwierig … sie zu verlieren, aber ich musste weiter funktionieren. Ich hatte keine andere Wahl. Da waren zwei wunderbare, aufgeweckte Kinder, die mich brauchten.«

Meine Unterlippe zitterte. »Aber du bist hier, James. Du bist nicht tot. Du bist am Leben. Und ich brauche dich.«

Traurig schüttelte Carlos den Kopf. »Er ist fort. Lass einfach los, Aimee.«

Lass los, Baby. Lass einfach los. Ians Worte kamen mir in den Sinn.

Carlos führte mich zum Sofa und half mir dabei, mich hinzusetzen. Dann zog er für sich selbst einen Stuhl heran, nahm mir gegenüber Platz und umklammerte meine Hände. »James hat Glück gehabt, dass er eine Frau hatte, die ihn so leidenschaftlich liebt. Erzähl mir von ihm. Erzähl mir, warum du ihn so sehr geliebt hast.«

»Was ist, wenn du anfängst, dich zu erinnern?«

Eine Spur von Reue erschien auf seinem Gesicht. »Es wird keinen Anfang geben. Wir beide wissen, dass es ganz plötzlich geschehen wird – *falls* es jemals geschieht, denn ich glaube nicht daran.«

Das nahm ich Carlos nicht ab. James war immer noch bei uns, irgendwo in ihm. Aufmerksam schaute ich auf unsere ineinander verschlungenen Hände und spürte die warme Berührung seiner Haut. Würde ich stark genug sein, um ohne ihn nach Hause zu fahren? Konnte ich in mein Leben zurückkehren und nach vorne schauen, obwohl ich wusste, dass er weit weg war und ohne mich lebte?

Ich seufzte tief. Und dann erzählte ich Carlos mit grimmiger Resignation unsere Geschichte.

Kapitel 28

Seit dem Tag, an dem James als vermisst gemeldet worden war, hatte ich zu Hause alles unverändert gelassen: sein Atelier, die Bilder an den Wänden, seine Kleidung in unserem Schrank. Wie Nadia richtig bemerkt hatte, bevor ich nach Mexiko gereist war, gab es im ganzen Haus noch überall James' Spuren.

Und ich klammerte mich an alles: die Träume von einer Zukunft mit ihm an meiner Seite, die Hoffnung, er möge noch am Leben sein und bald nach Hause kommen, Erinnerungen an unser bisheriges gemeinsames Leben, einschließlich dieser einen Erinnerung, von der ich geschworen hatte, sie niemals einer Menschenseele zu erzählen.

Dieses Versprechen war mir nicht leichtgefallen, aber ich hatte es für James getan. Sobald er dazu bereit wäre, würden wir das Trauma gemeinsam bearbeiten und auflösen. Bis dahin hatte er sich dagegen gesträubt, diese Zerreißprobe jemals wieder zu erwähnen, oder, wie ich allmählich ahnte: Er hatte sich davor gefürchtet.

Nach der Beerdigung hatte ich mich gefragt, ob ich irgendwann nicht mehr allein und im Stillen darunter würde leiden müssen. *Irgendetwas schleppst du immer noch mit dir herum*, hatte Kristen vor ein paar Monaten zu mir gesagt. Wenn sie wüsste, was für ein Geheimnis ich James mit ins Grab gelegt hatte.

So sehr hatte ich mir eine letzte Chance gewünscht, James sagen zu können, wie es für mich an jenem Abend auf der Wiese gewesen war und wie ich mich damals gefühlt hatte. Alleingelassen und völlig verängstigt. Und jetzt war er hier – und irgendwie auch wieder nicht. Er saß vor mir und war bereit, mir zuzuhören.

Carlos hielt meine Hände, der Kontakt tröstete mich, und ich erzählte ihm, wie wir uns kennengelernt hatten. Es war seltsam, noch einmal in die Erinnerungen einzutauchen, in denen James eine Rolle gespielt hatte und von denen er überhaupt nichts mehr wusste.

Ich erzählte ihm, dass es meine Familie gewesen war und nicht seine, die sein Talent gefördert hatte. Ich erzählte ihm von unserem ersten Kuss und dem ersten Tanz. Ein Lächeln umspielte meine Lippen, als ich daran dachte, wie James vom College zu Besuch gekommen war. Wir hatten uns unter dem Sternenhimmel auf unserer Wiese geliebt. Und dann sprach ich davon, wie James mich gefragt hatte, ob ich ihn heiraten wollte.

Ich starrte auf unsere ineinander verschränkten Finger und löste vorsichtig meine Hand aus Carlos' Griff.

»Da ist noch etwas, oder?«

Ich nickte und drehte nervös meinen Ring.

»Was ist passiert?«, fragte er.

Die Erinnerungen kamen aus dem dunklen Loch hervorgekrochen, wo ich sie bis dahin versteckt hatte.

»Wir waren auf unserer Wiese auf dem Hügel, an unserem Geheimplatz«, sagte ich nach kurzem Zögern. »James hatte eine Decke im Gras ausgebreitet. Wir haben zugesehen, wie die Sonne hinter den Bergen unterging, und dann hat er um meine Hand angehalten.«

* * *

»Ich werde diesen Sonnenuntergang für dich malen und noch tausend andere, wenn du das hier trägst«, sagte er und hielt mir ein mit schwarzem Samt gefüttertes Kästchen entgegen. In der Mitte prangte ein in Platin gefasster viereckiger Diamant.

»Oh«, rief ich. »Wie wunderschön!«

Ich spreizte die Finger ab, und James küsste sanft die Haut zwischen den Fingerknöcheln. Dann streifte er mir den Ring über. Er passte perfekt. Wir passten perfekt.

»Heirate mich, Aimee Tierney. Willst du meine Frau werden?«

»Ja!« Meine Augen wurden feucht. Ich schlang die Arme um ihn. »Ja, und tausendmal ja!«

»Na, Gott sei Dank.« Er lachte, hob mich hoch und schwenkte mich im Kreis.

Ich stieß einen kleinen Schrei aus. »Hast du etwa daran gezweifelt?«, fragte ich neckend, als er mich wieder herunterließ, und zitterte bei der engen Berührung mit seinem Körper.

»Überhaupt nicht«, sagte er und küsste mich. »Ich habe Champagner im Auto. Warte hier.«

Ich sah ihm nach, wie er zum Auto rannte und in dem kleinen Wäldchen hinter uns verschwand. Dann hörte ich einen leisen Knall und das Splittern von Glas. »Alles in Ordnung?«, rief ich in seine Richtung.

»Alles gut«, antwortete er mit angespannter Stimme. »Warte einfach auf mich.«

Ich stand da und drehte den Diamanten hin und her, der in den letzten Sonnenstrahlen funkelte. »Der ist wunderschön, James«, sagte ich gerade, als ich Schritte hinter mir hörte. Ich drehte mich um und stieß gegen … Phil.

Mit schmalem Lächeln begrüßte er mich. »Hallo, Aimee.«

Erschrocken sprang ich zurück. »Was machst du hier?«

»Ich feiere mit euch.«

»Ich verstehe nicht. Wo ist James?« Suchend sah ich über

Phils Schulter in die Richtung, in die James verschwunden war.

»Er ist … Er hat zu tun.« Seine Hand schnellte nach vorn, und er packte mich am Kinn, dabei drückte er mit dem Daumen hart meine Wange und hielt mich so fest.

Ich spürte die Angst wie heißes Öl in alle Fasern meines Körpers dringen, langsam und stetig. »Was tust du?«

Phil sah anders aus als sonst. Seine Augen waren glasig, und auf seiner Stirn glänzten Schweißtropfen. Er presste mich gegen seine Brust und grub seine Finger tief in mein Fleisch. Er stank nach Alkohol. »Du bist wunderschön.«

»Phil, du tust mir weh!«, keuchte ich.

»Tut mir leid.« Sein Mund presste sich hart auf meinen. Er schmeckte nach Gin.

Tränen schossen mir in die Augen, und die Angst schnürte mir die Kehle zu. Ich riss mich los und stolperte rückwärts. »James!«, schrie ich, so laut ich konnte.

»Vergiss den verfickten James!« Phil lief vor Wut dunkelrot an. Wie von Sinnen stürzte er sich auf mich und stieß mich mit dem Gesicht nach unten zu Boden, dann landete er hart auf meinem Rücken, sodass ich keine Luft mehr bekam.

»Dein Freund und sein verfluchter Bruder haben mir alles gestohlen. Absolut alles«, zischte er mir ins Ohr. »Donato Enterprises gehört mir. *Mir!*«

Er hielt meinen Hinterkopf umklammert und drückte meine Nase in den Boden. Ich konnte nicht schreien. Und ich konnte nicht atmen. Verzweifelt krallte ich meine Finger in die feuchte Erde.

»Von Thomas habe ich mir geholt, was mir zusteht. Er ist so ein Idiot. Er hat keinen Schimmer davon, was ich mit seiner wertvollen Ware angestellt habe.« Das Geräusch eines Reißverschlusses begleitete seine Worte. Er stieß seine Füße zwischen meine Knöchel und drückte mir die Beine auseinander. »Jetzt ist James an der Reihe. Donato ist ihm ja sowieso scheißegal.

Aber du! Du bist verdammt noch mal alles für ihn.«

Ich spürte seinen stoßweisen Atem in meinem Ohr. Speichelfäden landeten seitlich auf meinem Gesicht. Er riss meinen Rock nach oben und zerrte an meinem Slip. Das Gummi schnitt mir schmerzhaft in die Haut. »Er hat mir etwas genommen, was mir zustand, und jetzt hole ich es mir zurück.«

Er stieß seine Finger in mich, schmerzhaft, grob und übermächtig. Es tat weh. Es tat so höllisch weh. Mein Gesicht wurde in den rauen Erdboden gepresst, während ich um Atem rang. Der Druck auf meinem Rücken, das gewaltsame Eindringen in meinen Körper und der eiserne Griff, der meine Lungen einschnürte – das war zu viel. Ich glitt hinüber in eine tiefe Bewusstlosigkeit. Mir wurde schwarz vor Augen, und dann spürte ich gar nichts mehr.

Mit Mühe kehrte ich zurück, krampfhaft nach Luft ringend – ein paar kurze, schnelle Atemzüge. Hustend und keuchend versuchte ich, auf Hände und Knie zu kommen. Spucke und Schmutz liefen mir aus dem Mund.

»Aimee.« James fiel vor mir auf die Knie. »Liebste.« Seine Stimme war heiser vor Zorn. Er streichelte mich, versuchte, meine Kleider zu richten, und strich mir das Haar aus dem schweißnassen Gesicht. »Ich bin hier.«

Mir kam die Galle hoch. Ich schob seine Hände weg und kroch ein Stück fort von ihm. Mit letzter Kraft schaffte ich es, mich aufzurichten, und dann spie ich alles aus – alles bis auf Phils ekelerregende Berührungen. Noch immer spürte ich überall den widerlichen Griff seiner Hände.

James stellte sich neben mich und half mir auf die Füße. Seine Hände zitterten. »Komm. Wir müssen hier weg.«

Ich sah ihm über die Schulter und erblickte Phil, der reglos im hohen Gras lag. »Ist er …?«

»Nein. Er ist am Leben. Schau nicht hin.« Er packte die Decke, und wir rannten zum Auto.

»Willst du ihn einfach so hier liegen lassen?«

»Ja.« Er bugsierte mich auf den Beifahrersitz und knallte die Tür zu, rannte um den Wagen herum und drehte den Zündschlüssel im Schloss, noch bevor seine Tür zugefallen war. Das Auto fuhr mit quietschenden Reifen los und raste den Hügel hinunter.

Ich begann zu zittern, anfangs nur schwach, doch gleich darauf breitete es sich zu einem Beben aus, das meinen gesamten Körper ergriff.

»Es ist vorbei, Aimee.«

Trockene Grashalme und kleine Zweige hingen an meinem Rock. Meine Fingernägel starrten vor Schmutz. Ungeschickt versuchte ich, sie sauber zu machen. »Ich bin schmutzig. Ich fühle mich so schmutzig. Wir müssen nach Hause. Bring mich nach Hause.« Der Ekel klebte wie eine widerliche Schleimschicht an mir.

»Wir können nicht … *Scheiße!*« Er schlug mit der Hand auf das Lenkrad. »Meine Eltern erwarten uns. Sie werden Fragen stellen, wenn wir nicht dort auftauchen – vor allem Mom. Ich will zu Hause sein, bevor Phil dort eintrifft.«

Ich war sprachlos. »Phil wird auch da sein?«

»Gnade ihm Gott, wenn er dort auftaucht, das sollte er besser bleiben lassen, aber wir dürfen kein Risiko eingehen. Wir fahren erst bei deinen Eltern vorbei. Ich habe deinem Dad versprochen, dass wir kurz bei ihnen reinschauen, nach dem … nach meinem Heiratsantrag.«

Ich blickte in den Rückspiegel und fing an zu weinen. Blätter und Gras hingen in meinem Haar. Mein Gesicht war voller Kratzer, ein Bluterguss verunstaltete mein Kinn. Von meinem Make-up war nichts mehr übrig. Ich kramte in der Tasche nach meiner Mascara und versuchte, mir die Wimpern zu tuschen. Die schwarze Farbe landete auf meiner Wange.

James hielt auf dem Seitenstreifen an und holte ein Handtuch aus seiner Sporttasche. Seine Hände zitterten, als er etwas Wasser daraufschüttete. »Sieh mich an.«

Vorsichtig säuberte er mir das Gesicht. »Du darfst niemandem von Phil erzählen. Weder deinen Eltern noch meiner Familie oder unseren Freunden. Keiner darf wissen, was passiert ist, hörst du?« Er tupfte den Schmutz von einer großen Schramme an meinem Kinn.

»Sch«, machte er beruhigend, als ich vor Schmerz zusammenzuckte. »Bei Donato braut sich was zusammen, und Phil steckt da irgendwie mit drin.«

Er nahm meine Handtasche und holte Puderdose und Concealer heraus. Behutsam tupfte er mir Puder auf die Wange, der sich mit meinem Make-up vermischte. »Um Phil kümmere ich mich. Ich werde dafür sorgen, dass er dir nie wieder wehtun kann.« Er drehte die Mascara auf, sagte: »Schau nach oben«, und fing an, mit ruhiger Hand meine Wimpern zu tuschen. »Es ist meine Aufgabe, dich zu beschützen, und ich werde ab jetzt immer dafür sorgen, dass dir nichts passiert. Hörst du?«

Ich kaute auf meiner Unterlippe herum und nickte stumm.

»Sieh mich an, Liebling.«

Wir schauten uns an, und ich erschrak, als ich das Ausmaß seines Zorns in seinem Blick erkannte. Seine Augen waren hart wie Stahl, das Gesicht unbewegt wie eine Maske. »Du kannst dich darauf verlassen, dass Phil nicht mehr in deine Nähe kommt. Er wird dich nicht mehr anrühren.«

Blut tropfte von James' Schläfe, und ich schrie auf. »O James, du bist verletzt!« Ich betastete die Wunde an seinem Kopf, und er verzog vor Schmerz das Gesicht.

»Nicht so schlimm. Es ist nur ein kleiner Schnitt.«

Ich nahm ihm das Handtuch ab und schüttete noch etwas mehr Wasser darauf. Während ich behutsam sein Gesicht säuberte, sah ich, wie das Blut auf dem weißen Frotteestoff rosafarbene Flecken hinterließ. »Ich liebe dich.«

»Ich weiß.« James schloss einen Moment lang die Augen. »O Gott! Es ist furchtbar, aber wir können jetzt nichts machen. Wir müssen los. Deine Eltern warten auf uns, und wenn wir zu spät kommen, werden sie uns Fragen stellen.«

»Aber ich habe Fragen, James«, schluchzte ich. »Phil hat das gemacht, um dir wehzutun. Das hat er gesagt. Warum, James? Was ist zwischen euch vorgefallen?«

James versuchte, mich zu beruhigen. Er umfasste meinen Kopf und lehnte seine Stirn gegen meine. »Sobald ich kann, werde ich alle deine Fragen beantworten. Ich erzähle dir alles, das verspreche ich«, flüsterte er mit tränenerstickter Stimme. »Bis dahin musst du mir einfach vertrauen. Ich sorge für deine Sicherheit. Und ich weiß, was ich tue. Bitte, hab Vertrauen zu mir.«

»Okay«, willigte ich ein und zwang mich, nicht mehr an Phil zu denken. Ich verdrängte ihn in die hinterste, unerreichbarste Ecke meines Bewusstseins.

Wir fuhren auf direktem Weg zu meinen Eltern und setzten unsere fröhlichsten Gesichter auf. Sie hatten Champagner kalt gestellt, und wir stießen an, bis wir die Flasche zu viert geleert hatten. Je mehr ich trank, desto leichter fiel es mir, zu vergessen, was auf unserer Wiese geschehen war.

Danach gingen wir zu Fuß zu James nach Hause. Als wir ankamen, war alles still.

»Ist überhaupt jemand zu Hause?«, fragte ich James, als wir ins Wohnzimmer traten. Eine Flasche Champagner steckte in einem silbernen Sektkühler auf dem Sideboard. Immerhin hatten sie uns erwartet.

Sorge stand James ins Gesicht geschrieben. Er schaute sich im Zimmer um. Sein Vater war krank gewesen. Ich nahm seine Hand. »Komm, wir sehen nach, wo deine Eltern sind.«

In dem Moment kam Claire Donato mit ausgestreckten

Armen um die Ecke. »Meinen Glückwunsch«, flötete sie und umarmte James.

Als sie sich zu mir wandte, nahm sie als Erstes meine Hände. »Willkommen in der Familie. Wir freuen uns so, dich als neue Donato zu begrüßen.«

Ich zwang mich zu einem Lächeln und spürte, wie meine Wange schmerzte.

»Wirst du unseren Familiennamen annehmen?«, fragte sie. Offenbar hatte sie meine Reaktion missverstanden. »Du wirst doch um Gottes willen nicht deinen Namen behalten wollen oder, noch schlimmer, einen Doppelnamen annehmen wollen.«

»Nun ja, ich …« Meine Stimme zitterte, und ich blickte Hilfe suchend zu James hinüber.

Er sah mich an und ging zum Champagnerkübel, um die Flasche zu entkorken. Mit einem dumpfen *Plopp!* löste sich der Korken. Das Geräusch durchbrach die ungemütliche Stille. Ich seufzte, und Claire zuckte zusammen. Sie schaute James von der Seite an.

»Es wäre mir eine Ehre, den Namen der Donatos zu tragen«, beeilte ich mich zu antworten. »Ich liebe James.«

»Natürlich tust du das, Aimee.«

James füllte zwei Champagnerflöten. »Wo ist Dad?«, fragte er.

»In seinem Zimmer. Er fühlt sich nicht gut.« Entschuldigend sah Claire mich an. »Seine Lungen waren heute wieder sehr in Aufruhr.«

James schaute seine Mutter kurz an, während er ein weiteres Glas füllte. »Wann hat er die nächste Untersuchung?«

»Du kennst doch deinen Vater. Er ist noch dickköpfiger als du und dein Bruder Thomas zusammen.«

James schüttelte den Kopf. Er hatte keine Lust, sich von seiner Mutter in eine Diskussion verwickeln zu lassen. Stattdessen reichte er ihr ein Glas.

Sie zuckte die Achseln. »Wenn dein Vater nicht endlich seine Zigarren aufgibt, wird er auch nicht zum Arzt gehen. Er wird es bis zum letzten Moment immer wieder aufschieben. Er hat schon zwei Termine abgesagt, die fest vereinbart waren.«

James wirkte unglücklich. Seufzend gab er mir ein Glas.

»Wann ist die Hochzeit?«, fragte Claire.

»Wir haben den Termin noch nicht festgelegt. Vielleicht nächsten Sommer, im Juli?« Ich sah James fragend an.

»Das wäre schön. Ihr müsst in unserer Kirche heiraten.«

»Das haben wir vor.« James verschränkte seine Finger mit meiner Hand und zog mich näher zu sich heran. »Wir planen einen Empfang im *Old Irish Goat.*«

Claire verzog das Gesicht. »O nein. Das wird nicht gehen. Das Restaurant ist viel zu klein.«

»Dieses Restaurant gehört Aimees Eltern. Sie haben das großzügige Angebot gemacht, den Empfang für uns auszurichten.«

»Für die vielen Gäste ist es dort viel zu eng. Wo sollen denn alle sitzen?«

Nervös drehte ich das schmale Glas in meiner Hand. »Eigentlich wünschen James und ich uns eine kleine Hochzeit. Nur die engsten Freunde und die Familie.« Familie – das schloss jedoch nicht seinen Cousin Phil ein. Ich fühlte, wie sich mein Magen zusammenzog.

Mit einem leisen Knall schlug die Haustür zu. Ich erstarrte und wechselte einen entsetzten Blick mit James. Aus der Diele war ein lautes »Aber hallo« zu hören. »Läuten da etwa bald die Hochzeitsglocken?«

Thomas stand in der Tür. Ich konnte nicht verhindern, dass mir ein erleichterter Seufzer entschlüpfte, und James drückte mir aufmunternd die Hand.

Thomas kam auf uns zu, umarmte mich und gab mir einen Kuss auf die Wange. »Herzlichen Glückwunsch und willkommen in der Familie, Schwesterchen.« Scherzhaft fasste er mein

Kinn und erwischte dabei eine der unter dem Make-up versteckten Schürfwunden.

Ich zog die Luft durch die Zähne, und James schlug die Hand seines Bruders beiseite. Darauf schubste ihn Thomas weg, und aus dem Gerangel entwickelte sich eine freundschaftliche Umarmung. Doch schon im nächsten Augenblick machte James sich los. Seine Geduld mit der Familie war für heute am Ende.

»Aimee hat uns gerade von ihren Hochzeitsplänen berichtet«, erklärte Claire und gab Thomas ein Glas Champagner. »James, ich finde, du solltest Phil als Trauzeugen nehmen.«

Ich spürte, wie alle Farbe aus meinem Gesicht wich.

Thomas sah mich intensiv an, und James spannte den Unterkiefer. »Ich will Phil nicht dabeihaben.«

»Er gehört zur Familie, James.«

»Wir sprechen später über die Hochzeitsfeier, Mom«, sagte er knapp.

Thomas stellte sein noch fast volles Glas auf das Sideboard. »Nun, Aimee, die Einzelheiten kannst du ja mit Mom klären.« Dann gab er James ein Zeichen. »Hast du mal eine Minute? Ich muss etwas mit dir besprechen.«

James' Gesicht wurde ernst. »Ja, Moment.« Er küsste mich auf die Stirn und fragte, ob ich zurechtkäme. Ich nickte, und er versprach, bald wieder da zu sein und mich nach Hause zu bringen.

Claire stellte ihr Glas neben das von Thomas und fuhr mir mit ihren sorgfältig manikürten Fingernägeln durchs Haar, um die dichten Wellen zu ordnen. Sie entfernte ein trockenes Blatt und zog die Brauen in die Höhe. »Du wirst eine sehr schöne Braut sein, wenn wir erst dieses widerspenstige Haar gezähmt haben. Es ist so unordentlich«, murmelte sie kopfschüttelnd und fügte indigniert hinzu: »Außerdem trägst du entschieden zu viel Make-up.«

* * *

Zwanzig endlose Minuten später gelang es mir endlich, Claire und ihren Hochzeitsplänen zu entkommen, indem ich mich unter dem Vorwand entschuldigte, auf die Toilette zu müssen. Zum Glück klingelte das Haustelefon, und Claire nahm den Hörer ab.

Ich machte mich auf die Suche nach James. Seine Stimme kam aus dem Arbeitszimmer und war bis in die Diele zu hören. Ein Lichtstrahl drang durch den Spalt unter der Flügeltür, und ich hörte Thomas' gedämpftes Murmeln.

»Ich kann Phil nicht einfach feuern. Onkel Grant hat es so festgelegt«, sagte er warnend.

Durch den Türspalt sah ich James mit wutverzerrtem Gesicht im Zimmer stehen, während Thomas nervös auf und ab ging.

»Ich werde mit Phil schon fertig«, erwiderte James.

»Das ist nicht deine Angelegenheit.«

»Hör zu, ich habe einen Plan.«

Ihre Stimmen wurden leiser. Ich hielt den Atem an und versuchte zu verstehen, was sie sagten, konnte aber nur ein paar Gesprächsfetzen auffangen.

»Wenn du die DEA ins Spiel bringst, können wir alle einpacken«, schimpfte Thomas, als James mit seinen Ausführungen fertig war.

»Dann lass mich mit ihm verhandeln. Ich verspreche dir, dass mein Plan funktionieren wird.«

»Unsinn«, explodierte Thomas. »Dein Plan ist völliger Schwachsinn. Phil ist viel zu unberechenbar. Du wirst dabei draufgehen.«

Ich keuchte auf und schlug mir die Hand vor den Mund.

»Um Himmels willen! Schrei doch nicht so!« James' Blick zuckte in Richtung Tür.

Schnell zog ich mich zurück. Was ging hier vor?

»Lass mir ein Jahr Zeit, um Phils Geschäfte zu beenden«,

bat Thomas ihn. »Zwei Abschlüsse noch, und dann ist es vorbei mit ihm.«

»Nein, wir müssen jetzt mit Phil verhandeln. Ich habe es satt, noch länger zu warten«, widersprach James. »Und ich habe es satt, immer wieder wegzuschauen, wie jeder andere in dieser Familie, wenn Phil Waren exportiert, die mit schmutzigem Geld bezahlt worden sind. Diese illegalen Machenschaften hören sofort auf, oder ich bin raus.«

Thomas rieb sich das Gesicht. »Ich brauche Zeit, James. Du lässt mir keine …«

Eine schwere Hand landete auf meiner Schulter. Ich schreckte hoch und fuhr herum. Edgar Donato hielt sich an mir fest und durchbohrte mich förmlich mit seinem Blick. Dann legte er den Zeigefinger an die Lippen und lächelte. Dabei sah er fast fröhlich aus. »Komm mit.«

Der Champagner und das, was ich eben erfahren hatte, hatten mir das Hirn umnebelt. Verwirrt schaute ich zwischen James und seinem Vater hin und her.

Mit seinem enormen Übergewicht humpelte Edgar mühsam durch den Flur, in der einen Hand den Krückstock, mit der anderen zog er ein Sauerstoffgerät hinter sich her, dessen Räder auf den Marmorfliesen quietschten.

Nach einem letzten Blick durch den Türspalt folgte ich ihm. Ich würde James später fragen, was Thomas gemeint hatte. Eines stand jedenfalls fest: Nicht nur ich wünschte mir sehnlichst, dass James aus dem Familiengeschäft ausstieg – er selbst wünschte es sich mindestens genauso.

Edgar ging voraus in die Bibliothek und wandte sich als Erstes zur Hausbar. Er entkorkte eine mit einer goldfarbenen Flüssigkeit gefüllte Flasche, goss zwei Fingerbreit davon in ein Glas und die doppelte Menge in ein zweites.

»Meinen Sie wirklich, Sie sollten das trinken?«, fragte ich, als er mir den kleineren Drink reichte.

»Meine Liebe«, fing er an und räusperte sich feucht. »Mit meiner Gesundheit kann es gar nicht mehr weiter bergab gehen. Mir bleibt nichts anderes mehr zu tun, als ein bisschen nachzuhelfen.« Er hob das Glas an die Lippen und schmunzelte. »Hoch die Tassen!« Er trank es mit einem Zug leer und fügte hinzu: »Willkommen in der Familie.«

Ich schnupperte an dem Getränk und nahm zögernd einen kleinen Schluck. Edgar hielt eine Hand unter das Glas und hob es so schnell an, dass ich nicht anders konnte, als fast alles auf einmal herunterzuschlucken. Der Whiskey brannte wie Feuer in meiner Kehle und schien ein glühendes Loch in meinem Magen zu hinterlassen. Japsend schnappte ich nach Luft.

Edgar lachte so sehr, dass seine Schultern bebten. »Davon wirst du noch eine Menge brauchen, wenn du in dieser Familie überleben willst, in die du demnächst einheiratest. Da kannst du ruhig schon mal anfangen zu üben.«

Der Whiskey auf den Champagner, den ich kurz vorher getrunken hatte, machte meinen Kopf leicht und etwas wirr. Mein Magen rebellierte.

Edgar ging durch den Raum zu einem Schaukelstuhl und setzte sich umständlich hin, dann rückte er seinen Krückstock und das Sauerstoffgerät zurecht. Ein Hustenanfall schüttelte ihn, laut und rau. Schleim rasselte in seiner Brust, und sein ganzer Körper schien zu erbeben.

»Keine Sorge«, keuchte er. »Daran wirst du dich gewöhnen. Je mehr du trinkst, desto besser schmeckt es. Eines Tages …«, er zeigte mit dem Stock auf den Whiskey, »wird Johnnie Walker das Einzige sein, was dich in dieser Familie davor bewahrt, den Verstand zu verlieren.«

Flüchtig blickte ich zur Tür. Ich schluckte und fühlte mich schrecklich unwohl. In all den Jahren, seit ich James kannte, war ich niemals mit seinem Vater allein gewesen. Bis heute Abend hatten Edgar und ich kaum ein Wort miteinander gewechselt.

»Na, komm schon, setz dich hin.« Er klopfte aufmunternd auf den Stuhl, der neben ihm stand.

Ich gehorchte und nahm noch einen Schluck von dem Feuer aus meinem Glas. Den letzten, sagte ich zu mir selbst.

»Ich habe dich gern, Aimee, immer schon. Und deine Eltern sind auch sehr nette Leute.«

Erstaunt zog ich die Brauen hoch.

»Du bist gut für James. Er braucht dich.« Er lächelte, doch sein Blick wurde traurig. »Thomas ähnelt seiner Mutter so sehr. Er ist starrsinnig und vom Ehrgeiz zerfressen, hart an der Grenze zur Skrupellosigkeit. Thomas glaubt, dass er die Welt mit links erobern kann. Aber James …«, Edgar senkte den Kopf, »James erinnert mich an meinen kleinen Bruder. Er hat Temperament, und er ist ein Träumer.«

»Ich würde mich seinen Träumen nicht in den Weg stellen. Niemals könnte ich ihn dazu bringen, jemand zu werden, der er nicht sein will …« Ich brach ab, als mir klar wurde, mit wem ich sprach – er war der Mann, der James daran hinderte, das Leben zu führen, das er sich wünschte. Ich räusperte mich und schaute angestrengt in mein Glas.

»Diesen Rat hätte ich schon vor Jahrzehnten gebraucht. Ich fürchte …« Seine Stimme brach ab, und er ließ nachdenklich seinen Blick durch das Zimmer schweifen.

Ich war überrascht über seine Offenheit. Vielleicht war es eine Folge der Medikamente, die er einnahm. Das würde seine unerwartete Ehrlichkeit erklären. Dann verstand ich mit einem Schlag alles: seinen ziellosen Blick und das widerstandslose Hinnehmen seines Gesundheitszustands. Das Temperament wird ruhiger, wenn der Mensch alt wird und bedauernd auf ein Leben voller unerfüllter Träume zurückschaut.

Edgar Donato war allein, mutterseelenallein in einer Welt, deren Regeln ich erst jetzt zu verstehen begann, weil James mich so sorgfältig davon abgeschirmt hatte.

Als er noch immer nichts sagte, fragte ich: »Wovor haben Sie Angst, Mr Donato?«

Er fuhr auf. »Hm? Ach, nichts.« Er hustete heftig in seine Faust und versuchte, sich unter Kontrolle zu bekommen, doch der Anfall hörte nicht auf und wurde immer schlimmer.

Ich ging an die Bar und füllte ein Glas mit Wasser. Während er versuchte, sich zu beruhigen, sah ich mich im Zimmer um und entdeckte das gerahmte Familienwappen der Donatos an der gegenüberliegenden Wand.

»Ich weiß noch, wie James an einem Projekttag dieses Wappen mit in die Schule gebracht hat«, sagte ich, bemüht, das Gespräch nicht abbrechen zu lassen. »Das ist viele Jahre her. Er hat mir alles über den Adler erzählt.«

»Welcher Adler?«, fragte Edgar mit vom Husten halb erstickter Stimme.

»Der da oben. Ihr Familienwappen.«

Edgar drehte sich um und blickte hoch. Dann brach er in bellendes Gelächter aus. »Das ist nicht mein Familienwappen, sondern Claires.« Er griff nach seinem Glas und trank es in einem Zug leer.

Mir blieb der Mund offen stehen.

»Aimee? Können wir los?«

Ich fuhr herum und sah James in der Tür stehen.

Kapitel 29

»Alles in Ordnung, Aimee?«

Ich sah Carlos an, der blass und angespannt auf seinem Stuhl auf der anderen Seite des Raumes saß. Unsicher schaute ich mich um. Wie von selbst griffen meine Finger nach dem Verlobungsring.

»Aimee …?«, fragte er etwas lauter.

Ich nahm alles auf, was um mich herum war: die in einem kräftigen Orangeton gestrichenen Wände, den Mahagonifußboden und die ausladenden Möbel mit den bunten Kissen – das konnte nur das Werk einer Frau sein. In einer Zimmerecke war Kinderspielzeug gestapelt, ordentlich aufgeräumt für den nächsten Tag, dann gab es zahlreiche Porträts einer einstmals vollständigen Familie, die nun ihre Mutter verloren hatte. Carlos wurde hier mehr gebraucht, als ich James brauchte.

Ich fing an zu verstehen. Im Rückblick auf unsere Beziehung sah ich, wie blind und ungestüm ich ihn geliebt hatte, aber ich erkannte jetzt auch unsere Fehler. James war sehr geschickt darin, alles, was ihm unbequem war, von sich abzuschütteln, und ich war einfach viel zu nett gewesen. Wir hätten seiner Familie das mit Phil erzählen müssen.

Während Carlos mich noch erschrocken ansah, wurde mir

klar, dass die Heirat mit James nicht unbedingt das Beste für mich gewesen wäre. In den neunzehn Monaten, seitdem er nach Mexiko abgereist war, so schwer diese Zeit auch immer gewesen sein mochte, war ich stärker geworden. Ich war selbstbewusster als zuvor. Und ich würde dieses Leben, das ich mir selbst aufgebaut hatte, nicht wieder aufgeben wollen.

Eine winzige Stimme, die ich lange nicht gehört hatte, flüsterte mir zu: *Es ist okay, Aimee, lass es.*

Ich stutzte. Es war also gar nicht James' Stimme gewesen, die ich die ganze Zeit über gehört hatte. Nicht er hatte im Wind oder durch meine Tränen zu mir gesprochen, sondern das war ich selbst gewesen. Es war der Teil von mir, der den Mut aufgebracht hatte, nach vorne zu schauen. Der Teil, der wusste, dass ich sehr gut in der Lage war, allein zurechtzukommen.

Carlos kam quer durch den Raum auf mich zu. Mit einem Ruck zog ich mir den Ring vom Finger – zum ersten Mal, seit James ihn mir angesteckt hatte. Es hatte alles so wunderbar gepasst, aber vielleicht war es lediglich eine Illusion gewesen – zu perfekt, um wahr zu sein. Ich starrte auf meinen nackten Ringfinger, den schmalen Streifen, wo meine Haut hellrosa und ganz zart war. Dann griff ich nach Carlos' Hand und legte den Ring hinein.

»Was tust du da?« Er ballte die Faust über dem Ring zusammen.

»Etwas, das ich schon vor langer Zeit hätte tun sollen. Ich habe James einmal versprochen, mich niemals zwischen ihn und seine Träume zu stellen. Ehrlich gesagt habe ich es immer schon gehasst, ihn vor seinen Eltern katzbuckeln zu sehen. Ich hatte mir gewünscht, dass er Donato Enterprises verlassen, eine Galerie eröffnen und malen würde. Sein Leben wäre dadurch um einiges reicher und erfüllter geworden. Und genau das hatte er vorgehabt, kurz bevor …«, ich schluckte und holte tief Luft, »kurz bevor er starb.«

Als ich zu Carlos aufblickte, konnte ich endlich James in ihm sehen. »Aber schau dich nur an, du hast es getan. Jetzt lebst du das Leben, das du dir immer gewünscht hast. Das werde ich dir nicht wieder wegnehmen. Ich werde dich nicht dazu zwingen, jemand zu sein, der du nicht bist. Nie würde ich dich zu etwas zwingen, wie deine Eltern es getan haben.«

»Aimee …«

»Nein … nein, es ist gut so. Du wolltest deine eigene Familie, denn die Familie, in der du aufgewachsen bist, war so … so …«

»Dysfunktional?«, schlug Carlos vor.

»Milde ausgedrückt.« Verständnisvoll sah ich ihn an. »Deine Söhne brauchen dich.«

Und auch ich wurde gebraucht. Zu Hause. Ich vermisste mein Café, den frisch gebrühten Kaffee und die warmen Gewürze. Den süßen Duft nach Kuchen und Scones. Das helle Klingeln der Türglocke, wenn ein neuer Gast hereinkam oder ein Stammgast. Ich vermisste meine Servicechefin Mandy und die Tricks von Emily, immer darauf aus, sich mit einer albernen Wette ein paar Cents zu verdienen.

Am meisten aber fehlte mir Ian. Ohne ihn wäre das *Aimee's* heute nicht das, was es war. Ich wäre nicht da, wo ich heute mit ihm stand, emotional und körperlich und auch auf allen anderen Ebenen. Ich wollte ihn nicht verlieren.

»*Dios*, Aimee … Nach allem, was du mir erzählt hast.« Carlos fluchte wieder und rieb sich den Nacken. »Wirst du es hinkriegen?« Er runzelte die Stirn und schien nicht überzeugt, als ich nickte. Ich hatte Stunden damit verbracht, mit ihm Erinnerungen auszutauschen, schöne und nicht so schöne. »Bist du sicher?«

Ich dachte nach. Jetzt, da die Dunkelheit ihren Schrecken verloren hatte, erkannte ich, dass ich meine Situation akzeptieren konnte. Dieses Gefühl hatte schon eine Zeit lang im Hintergrund darauf gewartet, dass ich mich endlich darauf besinnen würde. Nadia wäre beeindruckt – ich war einen Schritt weiter.

»Ausnahmsweise bin ich fest davon überzeugt, dass es mir gut gehen wird. Sehr gut sogar.«

* * *

Es war halb vier Uhr morgens, als Carlos mich an der *Casa del Sol* absetzte. Ich blieb allein an der Auffahrt stehen, als er wegfuhr, und wartete, bis die Schlusslichter seines Autos verschwunden waren. Ich hatte keine Ahnung, wann oder ob wir uns überhaupt jemals wiedersehen würden. Das Ende unserer Beziehung schien mir in diesem Moment realer und endgültiger als am Tag seiner Beerdigung.

Imelda fing mich ab, als ich müde und erschöpft die Hotellobby betrat. Ihr Kostüm war zerknittert, das Haar unordentlich. Auch sie sah erschöpft aus. »Thomas ist hier«, verkündete sie.

Überrascht blickte ich sie an. »Wo?«

»An der Bar.«

Ich spähte durch den Eingang zur Lounge. Unter der gedämpften Beleuchtung wischte der Barkeeper auf seinem Tresen herum. Die Bar war leer, bis auf einen einzigen Mann, der allein an einem Tisch an der hinteren Wand saß. Nur ein Glas und eine Flasche leisteten ihm Gesellschaft.

Der Barkeeper schaute auf, als ich hereinkam, und folgte mir zu Thomas' Tisch. Er stellte ein sauberes Glas auf die polierte Tischplatte, als hätte er auf mein Kommen gewartet. Anschließend zog er sich wieder hinter seine Bar zurück.

Ich setzte mich Thomas gegenüber auf den Stuhl, und er hob langsam den Kopf. Sein Hemdkragen stand offen, die Krawatte hatte er aufgebunden, und der Anzug war voller Falten. Er war um Jahre gealtert, seit ich ihn zuletzt gesehen hatte. Das war erst ein paar Wochen her. Er war in mein Café gekommen, um einen Kaffee zu trinken.

Jetzt wies sein Gesicht tiefe Furchen auf. Er goss mehrere Fingerbreit einer bernsteinfarbenen Flüssigkeit in ein Glas.

»Er hat dich wirklich sehr geliebt. Wir alle, meine beiden Brüder und ich, wir haben dich immer gemocht, auf unsere ganz eigene, etwas gestörte Art«, sagte er mit ausdrucksloser Stimme.

Ich zog scharf die Luft ein.

Er schüttelte langsam den Kopf. »Schluss mit den Geheimnissen.«

Das ist nicht mein Familienwappen, sondern Claires.

Irgendetwas rückte sich in mir zurecht und brachte mir plötzlich Klarheit. »Phil ist dein Bruder.«

»Ja, er ist Onkel Grants und Moms Sohn. Sie und ihr Bruder Grant waren unzertrennlich, bevor er meinen Dad eingestellt hat und Mom sich in ihn verliebte. Dad hat ihren Familiennamen angenommen, als sie geheiratet haben. Ich schätze, das war hilfreich für ihn in seiner Stellung als Präsident von Donato Enterprises.«

Kein Wunder, dass James immer versucht hatte, mich aus seinen Familienangelegenheiten herauszuhalten. Er hatte sich vermutlich geschämt wegen seiner Mutter, die sich mit ihrem eigenen Bruder eingelassen hatte. Und Phil war aus dieser Verbindung hervorgegangen. Dieses Geheimnis wurde in der Familie Donato sorgfältig gehütet.

Ich schlug die Augen nieder und betrachtete eingehend den Whiskey in meinem Glas. Dann schaute ich wieder Thomas an. Er hatte recht: Schluss mit den Geheimnissen. »Ich glaube nicht einen Augenblick daran, dass ich Phil jemals etwas bedeutet habe. Er hat mich brutal vergewaltigt, am selben Tag, als James um meine Hand angehalten hat.«

Thomas fuhr zurück. »Verdammt, Aimee. Das habe ich

nicht gewusst.« Er wagte nicht, mich anzusehen, und richtete seinen Blick auf die Wand. »Jetzt verstehe ich. Deshalb wollte James ihn um jeden Preis loswerden.«

»Wo ist er?«

Er drehte sich wieder zu mir. »Phil? Der wird dich nicht länger belästigen.«

Seine Worte klangen endgültig.

»Was ist mit James passiert? Warum hast du uns angelogen?« Neunzehn Monate voller Schmerz und Verlust steckten in dieser Frage. Tränen stiegen mir in die Augen.

»Ich habe ihn vor Phil versteckt, der in Geldwäschegeschäfte verwickelt war und Donato Enterprises für seine üblen Machenschaften missbraucht hat. Er hat die Möbel mit Drogengeldern gekauft und den Export nach Mexiko organisiert. Das Kartell hat die Möbel gegen Pesos verkauft und das Geld so sauber wiederbekommen«, erklärte er mit ernster Stimme. »Phil wollte uns zugrunde richten. Onkel Grant hat meinem Vater die Firma hinterlassen, und mein Vater hat sie mir überschrieben – nicht Phil. Phil hingegen war davon überzeugt, er allein hätte Anspruch auf das Unternehmen.«

Sie haben mir alles gestohlen. Mit einem Schlag kamen mir Phils Worte ins Gedächtnis. Und ich hatte gedacht, er sei geistesgestört.

»Dad und ich haben mit der DEA kooperiert, für die Phil nur ein kleiner Fisch war. Wir mussten so tun, als wüssten wir nicht, was er veranstaltete, damit er seine Geschäfte so lange weiterbetrieb, bis die DEA an die eigentlichen Drahtzieher herankam. Und die Leute, für die Phil arbeitete? Die hätten skrupellos jeden umgebracht, der Phil auf die Schliche kam.«

Ich erinnerte mich an den Streit zwischen James und Thomas. James hatte die DEA ins Spiel bringen wollen, aber Thomas hatte zu dem Zeitpunkt bereits mit ihnen zusammengearbeitet.

»James wusste also gar nicht, dass die Drogenfahndung dahintersteckte?«, fragte ich.

Thomas schüttelte den Kopf. »Nein. Dad und ich hatten uns darauf geeinigt, dass es besser wäre, wenn so wenig Leute wie möglich eingeweiht wären. Nur so konnten wir das Risiko für uns und die Firma klein halten. Im Rückblick denke ich, dass ich es James hätte sagen sollen. Er ist ja nicht auf den Kopf gefallen. Als Verantwortlicher für unsere Finanzen hat er schnell herausgefunden, was Phil trieb.«

»Und du hast nichts unternommen, als James dir davon erzählt hat?«

»Das konnte ich nicht. Zu dem Zeitpunkt gab es bereits einen Plan. Aber James wurde ungeduldig, weil ich nichts tat und weil er glaubte, ich interessierte mich überhaupt nicht für die Angelegenheit. Er ist dann auf eigene Faust nach Mexiko geflogen, um Phil zur Rede zu stellen. Und jetzt, nachdem du mir berichtet hast, was Phil dir angetan hat, glaube ich auch, dass James unfassbar wütend auf ihn war.«

In der Tat. James war fuchsteufelswild geworden, als ich versucht hatte, das Bild von unserer Wiese abzuhängen. »Wir werden nicht zulassen, dass dieser Geisteskranke unser Leben kontrolliert«, hatte er gesagt.

»Ich habe keine Ahnung, was passiert ist, als James und Phil sich hier begegnet sind«, fuhr Thomas fort. »Vielleicht werden wir das nie erfahren, es sei denn, er erinnert sich. Phil hat gesagt, sie seien zum Fischen rausgefahren, und James sei über Bord gefallen. Das ist die Story, die er mir aufgetischt hat und die ich euch mit nach Hause gebracht habe. Ich glaube vielmehr, dass Phil versucht hat, ihn umzubringen.«

Ich war fassungslos. Es war zu viel. Was hatte James nicht alles mit seiner Familie ausstehen müssen, während er doch immer nur darauf bedacht gewesen war, mich zu beschützen?

»Wegen der DEA-Sache musste ich es so einfädeln, dass alle dachten, James sei tot. Sie wollten Phil weiterhin als Strohmann benutzen, und er wäre für sie wertlos gewesen, wenn er weiter Jagd auf James gemacht hätte, falls er erfahren hätte, dass der noch am Leben war. Einen zweiten Angriff hätte James möglicherweise nicht überlebt. Und wenn das mexikanische Kartell Phil ausgeschaltet hätte, wäre der DEA-Fall endgültig verloren gewesen.« Er zeigte auf seine Brust. »Ich habe James versteckt gehalten, um ihn zu beschützen.«

»Aber du hast ihn einfach hier zurückgelassen«, rief ich.

»Ursprünglich sollte er nur ein paar Wochen hierbleiben, allerhöchstens drei Monate. Doch aus den Wochen wurden Monate, und dann war es schon ein ganzes Jahr. Die DEA brauchte mehr Zeit, um den Fall abzuschließen, und in der Zwischenzeit war James schon ganz und gar in sein neues Leben als Carlos eingetaucht.«

»Er ist seiner Frau begegnet.«

»Er war inzwischen verheiratet, und sie erwarteten ein Kind. Er hatte sich Hals über Kopf in Raquel verliebt.«

Thomas trank meinen Whiskey, den ich nicht angerührt hatte. Dann starrte er in das leere Glas. »Natürlich habe ich gedacht, du würdest bald dahinterkommen. Dein Privatdetektiv hat mich nach allen Regeln der Kunst ausgenommen. Er hat mich damit erpresst, er würde dir sagen, wo James ist. Ich musste ihn bezahlen, damit er den Mund hielt.«

Ebenso wie er Imelda bestochen hatte. Und auch mich.

Das war zu viel. Außerdem hatte ich genug erfahren. Es war Zeit, heimzukehren. Ich stand auf und strich mir den Rock glatt.

Thomas sprang auf und packte mich am Handgelenk. »Es tut mir leid, Aimee.«

Langsam hob ich die Augen von seinen Fingern, mit denen er meine Hand umklammert hielt, bis hinauf zu seinem Gesicht. »Bei mir musst du dich nicht entschuldigen.«

»Wie geht es James? Kommt er mit nach Hause?«

»Nein. Er muss hierbleiben. Aber er hat eine Menge Fragen. Du musst dich mit ihm treffen, bevor du abreist.«

»Und du? Fährst du nach Hause?«

»Da gehöre ich hin. Mein Café …«

Er hielt mich noch etwas fester. »Ich wusste, dass du es schaffen würdest. Ich habe Joe gesagt …« Er sah, wie ich erstarrte, und grinste. »Das war ich. Ich habe während der Bauphase für dich gebürgt. Nur so konnte ich Joe davon überzeugen, dass er …«

Zornig machte ich mich aus seinem Griff los.

»He, ich wollte dir nur helfen.« Er stemmte sich aus seinem Stuhl hoch, stolperte in Richtung Bar und ließ sich schwer auf einen Barhocker fallen.

Ich wollte gerade gehen, doch dann blieb ich noch einmal stehen und fragte: »Ist James wirklich nach Cancún geflogen?«

Thomas schüttelte den Kopf. »Wir sollten alle glauben, dass er dort und nicht hinter Phil her war.«

»Und der Sarg? Was war in dem Sarg?«

Er sah mich mit leerem Blick an.

»James' Beerdigung«, fügte ich hinzu, »was war in seinem Sarg?«

»Sandsäcke.« Er zuckte mit den Schultern, als hätte das alles wenig Bedeutung.

Ich drehte mich um und schloss einen Moment lang die Augen. Als ich mich nach Thomas umschaute, sah ich ihn an der Bar sitzen, den Kopf schwer in die Hände gestützt.

Ohne einen weiteren Blick zurück und ohne ein Wort des Abschieds ging ich und ließ ihn und die Familie Donato hinter mir.

Kapitel 30

»Mach auf, Aimee!«, hörte ich Ian rufen. Er hämmerte mit der Faust an die Tür.

Ich warf die Bluse, die ich in der Hand hielt, neben den offenen Koffer und eilte zur Tür, um zu verhindern, dass er alle anderen Gäste im Hotel aufweckte. Es war halb sechs Uhr morgens.

Als ich ihm aufmachte, stürmte er ins Zimmer.

»Meine Güte! Ich habe die ganze Nacht versucht, dich anzurufen. Wo warst du?«

»Bei Carlos.«

Er schluckte. »Du hättest Bescheid sagen sollen. Ich habe mir Sorgen gemacht.«

»Ich habe aus Versehen mein Handy im Hotel vergessen. Ich hatte nicht damit gerechnet, die ganze Nacht wegzubleiben. Es tut mir leid.«

»Du hast also mit Imelda gesprochen?«

Ich nickte. »Und mit Carlos. Er ist hergekommen, und wir haben zusammen gegessen. Danach haben wir …«

»Hast du mit ihm geschlafen?«, fragte er mit gepresster Stimme.

»Nein! Zwischen uns ist nichts geschehen.« Ich machte

einen Schritt auf ihn zu, doch er wich zurück. Also blieb ich stehen. »Wir haben nur geredet. Sonst nichts.«

»Fährt er mit dir nach Hause?«

Ich schüttelte den Kopf. Aus alter Gewohnheit griff ich nach meinem Ringfinger, bis mir einfiel, dass der Ring nicht mehr da war. Die kleine Bewegung fiel auch Ian auf. Erstaunt sah er zuerst auf meine Hand und dann in mein Gesicht. »Wo ist dein Ring?«

»Ich habe ihn zurückgegeben.«

Ian straffte sich und schaute mir voll ins Gesicht. Sein Blick wanderte an meinem Körper herab. Verlegen trat ich von einem Fuß auf den anderen und versuchte ein kleines Lächeln.

Er zog die Brauen hoch. »Und wie geht es dir damit?«

»Ich … Es geht schon«, erwiderte ich lächelnd. Ich wünschte, er würde jetzt etwas über »uns« sagen. »Sind wir … Ist alles okay zwischen uns?« Dabei zeigte ich mit dem Finger auf uns beide.

Er blickte zu meinem Rollkoffer. »Du packst?«

»Es gibt keinen Grund, noch länger hierzubleiben.« Ich ging zur Kommode.

»Überhaupt keinen?«, fragte er.

»Überhaupt keinen. Zeit, meine Zelte abzubrechen.« Ich nahm einen Stapel Schmutzwäsche vom Stuhl. »Wenn du dich mit dem Packen beeilst, könnten wir heute mit der ersten Maschine nach Hause fliegen.«

Ian rührte sich nicht vom Fleck, als ich die schmutzigen Sachen in den Koffer fallen ließ. Ich lief ins Badezimmer und raffte meine Schmink- und Waschsachen zusammen, dann schaute ich mich kurz um und ging zurück nach nebenan.

Ian stand an der offenen Balkontür, die Hände in die Seiten gestemmt. Er blickte hinaus in den dunstigen Morgenhimmel.

Fragend sah ich zwischen ihm und dem Koffer hin und her. »Willst du nicht packen?«

Er schüttelte den Kopf. »Imelda hat versprochen, mir bei meiner Suche nach Laney zu helfen. Ich fliege erst morgen zurück, wie geplant.«

Ich biss mir auf die Unterlippe und atmete scharf ein. Ich hatte ganz vergessen, dass er noch die Laney-Lacy-Angelegenheit klären wollte. Ruhig verstaute ich meine Kosmetikartikel im Kulturbeutel und rieb mir den nackten Ringfinger. »Möchtest du, dass ich dir dabei helfe?«

Er schaute mich lange an und schüttelte dann den Kopf.

Mein Brustkorb zog sich zusammen. »Ähm … okay. Dann also bis Mittwoch im Café?«

Mit festem Blick sah er mich an und erwiderte: »Ich habe gekündigt. Hast du das vergessen?«

»Ach ja, stimmt«, antwortete ich matt. »Na dann, viel Glück. Ich hoffe, du findest deine Mutter. Wenn ich dir irgendwie helfen kann … dann sag Bescheid, ja?«

Er nickte langsam und betrat den Balkon. Es waren nur ein paar Schritte, doch mir war es, als lägen plötzlich Welten zwischen uns.

Ian wollte nicht, dass ich mit ihm hierblieb, also unterdrückte ich auch den Wunsch, ihn noch einmal zu fragen, wie es mit uns beiden weitergehen würde. Er hatte nichts gesagt, also war es wahrscheinlich zu spät, den Schaden wiedergutzumachen, den ich unserer Freundschaft zugefügt hatte.

Er hatte mir sein Herz geöffnet, und ich war einfach gegangen, hatte ihn allein in seinem Bett zurückgelassen. Danach hatte ich behauptet, das, was zwischen uns geschehen war, hätte niemals passieren dürfen. Etwas Schlimmeres hätte ich ihm nicht antun können. Er hatte mir nur aus Liebe helfen wollen.

Still packte ich die letzten Sachen in den Koffer und klappte ihn zu. Als der Reißverschluss sich in meinen Sachen verhakte, fluchte ich leise.

»Komm, lass mich das machen.« Ian drückte sanft meine Hände weg, schob den störenden Stoff aus dem Weg und schloss den Koffer. Er richtete sich auf und streichelte mir mit der Rückseite seiner Finger leicht die Wange. Ich holte tief Luft. Er ließ den Arm sinken und hob den Koffer vom Bett. »Komm, ich bringe dich zum Taxi.«

Als wir an der Auffahrt standen, umarmte er mich zum Abschied. Keine Küsse und keine Versprechen für ein Wiedersehen. Er bezahlte den Taxifahrer und schloss die Wagentür hinter mir.

Ich kurbelte das Seitenfenster herunter. »Ian«, rief ich ängstlich, als er sich umdrehte und wegging. »Wann sehen wir uns wieder?«

Mit verschlossener Miene blickte er mich an und fuhr sich mit den gespreizten Fingern durchs Haar. »Du weißt, wo du mich findest.«

Wendys Galerie, seine nächste Ausstellung. Und wir würden einander höflich und nüchtern begegnen. Es versetzte mir einen Stich.

Das Taxi fuhr los, und ich lehnte mich aus dem Fenster, bis ich sah, wie Ian immer kleiner wurde und schließlich ganz aus meinem Blickfeld verschwand. Erst als ich am Flughafen ankam, begriff ich, dass ich nicht nur James hier zurückließ. Ich hatte auch Ian verloren.

* * *

Nach neunzehn Stunden – ich hatte nur einen Flug mit zwei Zwischenlandungen ergattern können – traf ich mitten in der Nacht in San José ein. Am Terminal waren wenige Reisende zu sehen, als ich allein am Gepäckband stand und auf meinen Koffer wartete.

Zitternd vor Kälte zog ich den Mantel über meinem dünnen Sommerkleid fester um mich und blickte auf die regennassen Fenster. Das Kofferkarussell fing an, sich zu drehen. Schon bald erschien mein Rollkoffer und kam holpernd und ruckelnd auf mich zu. Ich hob ihn hoch, drehte mich um und stieß mit Nadia zusammen.

Sie fasste mich an den Schultern. »Willkommen zu Hause!«

»Woher …?«

»Ian hat mich angerufen.« Liebevoll legte sie mir den Arm um die Taille. »Komm, lass uns nach Hause fahren. Du siehst furchtbar aus.«

»Pff … Danke.« Brav folgte ich ihr und ging hinter ihr her zum Parkhaus.

Während Nadia den Wagen durch die Nacht lenkte, erzählte ich ihr von James, von Thomas' Geständnis, Ians Liebeserklärung und davon, wie ich sie alle drei zurückgelassen hatte.

»Puh«, machte sie und hielt die Augen fest auf die Straße gerichtet. Doch dann warf sie mir einen kurzen Seitenblick zu. »Was für ein aufregendes Wochenende! Und James ist ein für alle Mal verschwunden? Nichts mehr übrig von ihm? Unfassbar!«

»Carlos hat dort sein eigenes Leben, komplett mit Kindern und Karriere. Es hat ein paar Tage gedauert, bis ich akzeptieren konnte, dass James nicht mehr er selbst ist. Irgendwie habe ich gemerkt, dass etwas an ihm anders war. Seine Berührung fühlte sich nicht richtig an. Es ist zwar James' Körper, aber er ist nicht in seinem Körper. Kannst du das verstehen?«

Sie zog die Brauen in die Höhe. »Auf irgendeine Art schon. Das ist völlig abgefahren. Wie geht es dir ohne ihn?«

Ich drückte ihre Hand. »Abgesehen davon, dass er seine Frau verloren hat, ist er glücklich in Mexiko. Am Ende ist es mir leichter gefallen als gedacht, ihn gehen zu lassen.«

Nadia lächelte zufrieden. »Scheint, als hättest du den Abschluss gefunden, nach dem du gesucht hast. Versprich mir, dass du mich anrufst, wenn du reden willst. Ich kenne dich doch. Du wirst unaufhörlich über das nachdenken, was während der letzten paar Tage geschehen ist. Schluck es bloß nicht runter. Rede darüber. Ich bin immer für dich da.«

»Versprochen.« Noch einmal drückte ich ihr die Hand. Ich hatte selbst die Nase voll davon, meine Vergangenheit immer und immer wieder zu verdrängen.

Vor meiner Haustür ließ Nadia den Motor laufen, während ich mein Gepäck vom Rücksitz holte. »Und was willst du wegen Ian unternehmen?«

Ich verzog den Mund. »Nichts. Ich habe ihn verletzt. Er ist nicht mehr an mir interessiert.«

»Vertrau mir. Der Mann ist mehr als interessiert. Er hat sich riesige Sorgen um dich gemacht, deshalb hat er mich angerufen, und jeder kann sich an zwei Fingern abzählen, dass er unsterblich verliebt in dich ist. Er hat dir doch selbst gesagt, dass er dich liebt. Gerade du solltest wissen, dass man sich nicht von einer Sekunde zur nächsten entliebt.« Sie schnipste mit den Fingern. »Gewöhn dir nicht an, zu schnell das Handtuch zu werfen. Gib dem Mann noch eine Chance.«

»Mal sehen«, antwortete ich ausweichend und machte die Tür zu.

Nadia fuhr davon, nachdem sie gewartet hatte, bis ich im Haus war. Dort hatte sich seit dem Tag vor fast zwei Jahren, als James gegangen war, nichts verändert. Ich rollte den Koffer in mein Schlafzimmer und öffnete die Schranktüren. Seine Kleider starrten mich an.

Langsam ließ ich meine Finger über die Anzüge und Oberhemden gleiten, nahm einen Ärmel und hielt ihn mir vor das Gesicht. Ich atmete tief ein, und meine Nase fing an zu kribbeln. Da war nichts als Staub.

Ich schnappte mir eine Handvoll Kleiderbügel und fing an, James' Sachen aus dem Schrank zu räumen. Ich trug sie hinüber ins Gästezimmer und legte sie aufs Bett. Morgen früh würde ich alles verpacken und Thomas bitten, vorbeizukommen, um die Kisten abzuholen. Sollte er doch entscheiden, was mit James' Kleidung geschah.

Auf dem Weg in mein Zimmer blieb mein Blick an den gerahmten Bildern über dem Sideboard hängen. Ich nahm sie alle ab und legte sie auf den Kleiderstapel. Wenn er wollte, konnte Thomas die Bilder an Carlos schicken.

Während der folgenden Stunde beförderte ich James' gesamte Habseligkeiten in das Gästezimmer: die Bilder, seine Malsachen, Kleider und Fotos. Nur eine einzige kleine Aufnahme behielt ich für mich, einen Schnappschuss von uns beiden, auf dem wir an James' altem BMW lehnten. Den wollte ich auf meinen Schreibtisch stellen.

Als ich alles weggeräumt hatte, ließ ich mich auf das Chenillesofa fallen, das James und ich gemeinsam gekauft hatten. Mit den Fingerspitzen strich ich über den abgewetzten Stoff und beschloss, dass ich diese Couch ebenfalls weggeben würde. Eines Tages.

Dann merkte ich, wie mir die Augen zufielen. Ich rollte mich auf die Seite, schob mir ein Sofakissen unter den Kopf und schlief sofort ein. Und träumte.

* * *

Ein paar Wochen später, nach einem langen Arbeitstag, war ich gerade dabei, die fettigen Fingerabdrücke auf der Vitrine wegzuwischen, als ich hörte, wie die Türglocke bimmelte, und einen kühlen Luftzug spürte, der durch das Lokal wehte. Dann hörte ich Schritte hinter mir und sagte, ohne mich umzudrehen: »Wir haben geschlossen.«

»Ich bin es nur«, erwiderte Nadia.

Ich sah mich um, den Lappen in der einen und den Glasreiniger in der anderen Hand. Nadia trug ein bordeauxrotes Cocktailkleid unter einem Wollmantel. Das Haar hatte sie locker hochgesteckt, und sie hatte Lippenstift aufgelegt. Ihre Wangen waren von der eisigen Luft draußen gerötet.

»Wo willst du hin?«

Sie lächelte mich an. »Ich bin mit Mark verabredet.«

»Im Ernst?« Geistesabwesend rieb ich an einem hartnäckigen Fettfleck auf dem Glas herum. »Was hat dich dazu gebracht, deine Meinung über ihn zu ändern?«

»Du«, antwortete sie. Ich richtete mich auf, während sie ein paar Schritte weiter in das Café kam und sich lässig gegen den Tresen lehnte. »Normalerweise neige ich dazu, die Männer zu schnell wieder gehen zu lassen. Mark ist ein süßer Typ, und er hat sich endgültig von seiner Frau getrennt. Ich wollte ihm noch eine Chance geben.«

Überrascht sah ich sie an. »Du magst ihn wirklich gern.«

»Stimmt.«

Ich legte den feuchten Lappen zusammen. »Wo wollt ihr heute Abend hingehen?«

»Erst mal zum Essen und dann …«, sie zog eine Postkarte aus ihrer Clutch, legte sie auf den Tresen und schob sie zu mir herüber, »… dann wollen wir uns Ians Ausstellung anschauen.«

Ich blickte auf die Karte und entdeckte Ians Namenszug unter dem Logo von Wendys Galerie. Auf der Vorderseite waren zwei Bilder zu sehen, die ich noch nicht kannte, allerdings kannte ich den Ort, von dem diese Fotos stammten, ziemlich genau: Es war Puerto Escondido. Langsam fuhr ich mit dem Finger über das Bild der zwei Männer, die vor einem Schaufenster saßen und Zigarren rauchten.

»Es sind Menschen auf seinen Fotos«, murmelte ich vor mich hin.

»Du solltest auch hingehen. Gib ihm eine Chance.«

Ich schüttelte den Kopf.

»Hast du ihn wiedergesehen, seit du aus Mexiko zurück bist?«

»Nein.«

»Hast du ihn angerufen?«

»Er hat mich auch nicht angerufen.«

»Du weißt, welche Gefühle er für dich hat. Hast du ihm schon einmal gesagt, dass du ihn liebst?«

»Noch nicht«, antwortete ich, ohne nachzudenken.

Nadia grinste breit. »Hab ich's doch gewusst, dass ihm dein Herz gehört.«

Unschlüssig betrachtete ich die Postkarte.

»Ich muss jetzt los. Versuch doch, dazuzukommen. Wir warten in der Galerie auf dich. Kristen und Nick werden auch da sein.«

»Ich weiß nicht …« Meine Stimme zitterte, und ich steckte mir die Karte in die Schürzentasche. »Ich muss hier noch Regale auffüllen.«

Sie knöpfte sich den Mantel zu. »Die Regale laufen dir nicht weg.«

Aber jemand anders könnte das.

Diesen Satz ließ sie unausgesprochen zwischen uns und küsste mich auf die Wange. »Wir sehen uns heute Abend«, rief sie, bevor sie die Tür hinter sich zuzog. Dabei lächelte sie noch einmal vielsagend.

Ich schloss hinter ihr ab und nahm wieder den Putzlappen zur Hand. Energisch rieb ich auf dem Tresen herum, stellte die Spülmaschine an und packte einige Kartons mit Ware aus. Während ich die Zeitungen und Zeitschriften auf dem Regal ordnete, merkte ich, dass ich in Gedanken ganz woanders war.

Noch einmal nahm ich die Postkarte zur Hand. Seine Bilder waren wunderschön, und ich wollte sie sehen.

Ich wollte *ihn* sehen. Er fehlte mir.

Worauf wartete ich noch?

Ich trug meine Arbeitskleidung, der man den langen Tag anmerkte, und meine Frisur war die reinste Katastrophe. Aber wenn ich jetzt nach Hause lief, um mich umzuziehen, würde ich mit Sicherheit eine Ausrede finden, um doch nicht mehr hinzugehen. Also machte ich das Licht aus, stellte die Alarmanlage an, verließ das Café und machte mich zu Fuß auf den Weg zu Wendys Galerie.

Genau wie bei seiner vorherigen Ausstellung war es voll. Ich sah viele bekannte Gesichter, Ians begeisterte Fans. Anders als beim letzten Mal gab es jedoch keine Zusammenstellung der Bilder von verschiedenen Fototouren. Alle Bilder, die hier ausgestellt waren, stammten aus Puerto Escondido.

Fasziniert ging ich von einem Bild zum nächsten durch den Hauptausstellungsraum. Großformatige Porträts, die eine Millisekunde Leben festhielten, reichten vom Boden bis zur Decke: Surfer, in rasender Geschwindigkeit durch riesige, furchterregende Wellenrohre sausend, Liebespaare, die sich in den Armen hielten und von denen man im Gegenlicht der untergehenden Sonne nur die Umrisse erkannte, Carlos, an eine Palme gelehnt, wie er auf den Horizont am Ende des Ozeans blickte.

Carlos.

Ich legte mir eine Hand auf den Bauch. Keine Spur mehr von der früheren Angst und Aufregung. Einen Moment lang schaute ich auf meine Fußspitzen, ehe ich den Blick wieder auf das Bild richtete. Ein winziges Lächeln erschien auf meinen Lippen, als mir bewusst wurde, dass ich auf dem Bild Carlos sah und nicht James.

Die Bilder waren überwältigend und ließen den ganzen Raum in einer breiten Palette unterschiedlichster Farben erstrahlen. Das war neu und vollkommen anders als alles, was ich bisher von Ian zu Gesicht bekommen hatte.

»Das ist wirklich seltsam«, hörte ich Nicks Stimme neben mir. »Ich sehe James, aber seine Augen sind ganz anders. Und dann sehe ich plötzlich jemand anderen.«

Ich dachte an Ian und daran, was er mir erzählt hatte – von seiner Mutter und den Bildern, die er von Jackie gemacht hatte, wenn sie die dominante Person gewesen war. »Er heißt Carlos«, murmelte ich. »Jaime Carlos Dominguez.«

»Kann ich ihn besuchen?«

Ernst schaute ich Nick an. »Er würde dich nicht erkennen.«

Seine Miene verdüsterte sich. »Thomas hat uns alle zum Narren gehalten.« Gleich darauf sah er mich mit um Entschuldigung bittender Miene an. »Es tut mir leid wegen Ray.« Er stieß einen Fluch aus. »Ich kann den Schuft nicht erreichen.«

Ich grinste. »Ich bezweifle, dass du jemals wieder etwas von ihm hören wirst.« Dank Thomas' großzügiger Unterstützung weilte Ray, der Privatdetektiv, den Nick mir für meine Suche nach James empfohlen hatte, jetzt vermutlich auf einer idyllischen Insel, wo er auf einem kleinen Vermögen saß und Margaritas schlürfte.

Im hinteren Bereich der Galerie hatte sich eine kleine Menschenmenge um ein Bild versammelt. Ein Widerschein aus gelben und goldenen Farbtönen lag über ihren Köpfen. Ich entschuldigte mich bei Nick und begab mich dorthin, um mir den Weg nach vorne zu bahnen. Dann blieb ich mit einem Ruck stehen. Es war ein Bild von mir, und ich konnte den Blick nicht davon lösen, als sähe ich mich gerade zum ersten Mal.

Ian hatte mich beim Tanzen in der *Casa del Sol* fotografiert, als ich mich völlig losgelöst der Musik hingegeben hatte.

Meine blauen Augen zwischen den dunklen Wimpern waren verstärkt worden, sodass ich unweigerlich in die Tiefen meines eigenen Blicks hinabgezogen wurde. Eine Fülle brauner Locken umgab meinen Kopf wie ein Heiligenschein und schien in den blinkenden Lichtern zu tanzen. Es wirkte wie ein Schwarm funkelnder Glühwürmchen, die in einer Wolke aus Goldstaub herumschwirrten.

Sah Ian mich so? Das Porträt berührte mich tief. Es zeigte deutlich, dass der Künstler nicht nur von Liebe für den Gegenstand seiner Arbeit erfasst war, sondern dass er *verliebt* war. In diesem Moment hätte ich losheulen können.

Doch im selben Augenblick wurde ich mir Ians Gegenwart an meiner Seite bewusst, noch bevor ich seine Finger an meinem Arm fühlte. »Sie ist wunderschön«, sagte er gerade so laut, dass ich es hören konnte.

»Ian …«, begann ich.

»*Du* bist wunderschön«, flüsterte er mir ins Ohr, und mein Herz schlug schneller. »Du hast mir so gefehlt.«

Meine Augen brannten. »Deine Bilder sind …« Ich schüttelte den Kopf, unfähig, Worte zu finden, um zu beschreiben, wie meisterhaft die Arbeiten waren, die es auf dieser Ausstellung zu sehen gab. »Auf deinen Fotos sind Menschen.«

Er stellte sich neben mich. »Jemand hat mir gesagt, ich hätte Talent. Offenbar habe ich eine Gabe dafür, die guten Seiten der Menschen zu sehen und festzuhalten. Vielleicht musste ich akzeptieren lernen, dass nicht jeder Mensch etwas Hässliches zu verbergen hat.«

Ich spürte seinen Blick auf mir. »Du hattest Angst, James loszulassen, aber du hast es getan, und ich würde wetten, du bist deswegen jetzt stärker als vorher. Ich bin mit dir nach Mexiko gereist, weil ich eine Höllenangst davor hatte, dich an ihn zu verlieren. Dann hättest du niemals erfahren, wie sehr ich dich liebte. Und immer noch …« Er zögerte.

Blind tastete ich nach seiner Hand. Wir verschränkten unsere Finger miteinander. »Komm mit«, sagte er und zog mich in eine Ecke, abseits der Menge.

»Ich habe dich vermisst. Es tut mir leid, dass ich nicht mit dir in Mexiko geblieben bin«, begann ich, als wir allein waren.

Er legte die Arme um mich. »Ich verstehe dich, Aimee. Du hast Abstand gebraucht nach allem, was du durchgemacht hattest, und ich habe dir diesen Raum zugebilligt, weil ich hoffte, du würdest trotzdem den Weg zurück zu mir finden.«

Seine Stimme war wie eine Liebkosung an meinem Ohr. Mit den Lippen streichelte er mein Ohrläppchen. Ich bekam eine Gänsehaut.

»Was ist mit Laney? Hast du sie gefunden?«, fragte ich und benutzte diesmal den Namen, mit dem Ian über Lacy zu sprechen pflegte. »Hast du irgendetwas über deine Mutter erfahren?«

»Nein.«

Ich sah ihn traurig an. »Das tut mir leid.«

»Nicht nötig. Wenn sie am Leben ist, werde ich sie finden. Eines Tages.«

»Ich liebe dich, Ian.« Jetzt konnte ich diese Worte nicht länger zurückhalten. »Das hätte ich dir schon lange sagen sollen …«

Er küsste mich.

»Ich liebe dich«, flüsterte ich an seinen Lippen. »Aber ich habe noch eine Frage.«

Er hörte auf, mich zu küssen. »Was denn?«, erkundigte er sich vorsichtig.

»Gehst du mit mir essen?«

Er lächelte, langsam und sehr sexy. »Bittest du mich da gerade um ein Date?«

»Ja, genau.« Ich grinste.

»Also, in dem Fall lautet meine Antwort: Ja. Ja, ich will mit dir essen gehen, und am Morgen frühstücken«, versprach er und berührte wieder sanft meinen Mund mit seinen Lippen. »Und an jedem anderen Morgen.« Er küsste mich leidenschaftlich, ein Vorgeschmack dessen, was vor uns lag. Das war die Zukunft, die ich mir wünschte.

Epilog

Fünf Jahre später

Und wieder erschien sie ihm im Traum. Der strahlende Blick aus ihren unfassbar blauen Augen brannte sich in seine Seele. Eine Fülle brauner Locken streichelte seine Brust, während sie sich über ihm bewegte und seine überhitzte Haut küsste. In zwei Monaten wollten sie heiraten. Er konnte es kaum erwarten, endlich jeden Morgen neben ihr aufzuwachen und sie zu lieben, so wie jetzt in diesem Moment.

Aber da war noch etwas Wichtiges, das er ihr sagen musste. Irgendetwas Dringendes hatte er noch zu erledigen. Was auch immer es war – es blieb ungreifbar am Rand seines Bewusstseins. Er konzentrierte sich, kreiste um den Gedanken, bis …

Ich muss sie beschützen.

Er musste seine Verlobte beschützen, die sein Bruder angegriffen hatte, denn er würde es wieder tun.

Er sah seinen Bruder vor sich, mit einem Ausdruck wilder Entschlossenheit im Gesicht, der an Wahnsinn grenzte. Sie waren auf einem Boot. Er hatte eine Waffe und drohte ihm. Sein Bruder hielt die Pistole auf ihn gerichtet und würde nicht zögern, sie zu benutzen, deshalb sprang er. Das Meer war wild, aufgewühlt, die Wellen zogen ihn sofort nach unten. Er spürte, wie er unterging. Kugeln zischten durch die Wasseroberfläche, gingen direkt an seinem Kopf und seinem Oberkörper vorbei und verfehlten ihn nur knapp.

Er schwamm schnell, mit kräftigen Stößen und brennenden Lungen, angetrieben von einer Furcht, wie er sie nie zuvor erlebt hatte. Er musste sie beschützen.

Mächtige Wellen warfen ihn gegen die spitzen Felsen. Die Verletzungen im Gesicht und am ganzen Körper verursachten ihm Höllenqualen. Der Ozean wollte ihn verschlingen, doch sein Verantwortungsgefühl und sein Wille, die Liebe seines Lebens zu retten, waren stärker. Er musste zu ihr, so schnell wie möglich, bevor sein Bruder ihm zuvorkam.

Wieder zog die Strömung ihn unter Wasser. Er glitt nach unten, vor und zurück, nach oben, nach unten – bis es dunkel wurde.

»*¡Papá! ¡Papá!*«, hörte er eine helle Stimme rufen.

Er riss die Augen auf. Ein kleines Kind kletterte über ihn und brachte das Bettzeug in Unordnung. Er sah den Jungen an, der kichernd um ihn herumhüpfte.

»*¡Despiértate, papá! Tengo hambre.*«

Das Kind sprach Spanisch. Er durchsuchte sein Hirn nach den übrig gebliebenen Brocken aus dem Spanischunterricht in der Schule. Der Junge hatte Hunger, und außerdem nannte er ihn »Dad«.

Wo, um Himmels willen, war er?

Er sprang auf und ruderte mit den Armen, verlor das Gleichgewicht und stieß gegen das Kopfteil des Bettes. Das Schlafzimmer, in dem er sich befand, hing voller gerahmter Bilder. Er erkannte sich selbst auf einigen dieser Fotos, konnte sich aber nicht erinnern, wann und wo sie aufgenommen worden waren. Rechts vom Bett konnte er durchs Fenster auf einen Balkon sehen, hinter dem blau der Ozean schimmerte. *Was zur Hölle?*

Er spürte, wie ihm schwindlig wurde und wie ihm der kalte Schweiß ausbrach. Das Kind hüpfte näher, tanzte in kleinen Kreisen um ihn herum und wiederholte immer wieder seinen Singsang: *»¡Quiero el desayuno! ¡Quiero el desayuno!«*

»Hör auf, herumzuspringen«, krächzte er und versuchte, sich mit erhobenen Händen vor dem Jungen in Sicherheit zu bringen. Er hatte vollkommen die Orientierung verloren. Wie mit einem Klammergriff schien ihm die Angst die Kehle zuzuschnüren. »Aufhören!«, schrie er.

Das Kind erstarrte und sah ihn ein paar Sekunden lang erschrocken an. Dann sprang es vom Bett und rannte aus dem Zimmer.

Er schloss die Augen und zählte bis zehn. Wenn er die Augen wieder aufmachte, würde alles wieder beim Alten sein. Er war gestresst, klar, die Arbeit, die Hochzeit, der Ärger mit seinen Brüdern. Das war der Grund, und das hier war ganz sicher nur ein Traum.

Als er die Augen öffnete, war alles unverändert. Mühsam rang er nach Luft. Das war kein Traum. Es war ein Albtraum, und er befand sich mittendrin.

Auf dem Nachttisch neben dem Bett lag ein Handy. Er nahm es und schaute auf das Display. Sein Herz stockte, als er das Datum las. Es war doch Mai. Wieso zum Teufel stand dort Dezember? Dezember … sechseinhalb Jahre nach seinem Hochzeitstag?

Er hörte ein Geräusch an der Tür und drehte sich um. Ein etwas älterer Junge mit hellbrauner Hautfarbe stand da und sah ihn aus großen Augen an. *»¿Papá?«*

Er richtete sich gerade auf. »Wer bist du? Wo bin ich? Was ist das für eine Wohnung?«

Seine Fragen schienen den Jungen zu erschrecken, aber er ging nicht wieder hinaus. Stattdessen zog er einen Stuhl zum

Kleiderschrank, kletterte hinauf und nahm eine Kiste aus dem obersten Schrankfach. Er brachte ihm die Kiste und gab einen vierstelligen Zahlencode auf dem Tastenfeld ein, woraufhin der Deckel aufschnappte. Der Junge öffnete ihn vollständig, dann ging er mit tränenüberströmtem Gesicht rückwärts aus dem Zimmer.

In der Metallkiste lagen offizielle Dokumente: Pässe, Geburtsurkunden, eine Heiratsurkunde und daneben eine Sterbeurkunde auf den Namen einer gewissen Raquel Celina Dominguez. Außerdem gab es mehrere USB-Sticks und mobile Festplatten sowie einen Verlobungsring.

Diesen Verlobungsring kannte er. Sie hatte ihn getragen. Er hielt ihn gegen das Licht und sah ihn verständnislos an. Warum hatte sie ihn nicht am Finger?

Er legte den Ring zurück in die Schatulle und bemerkte einen Briefumschlag, der an ihn gerichtet war. James. Er riss ihn auf und nahm einen Brief heraus.

> Während ich dies schreibe, sind meine Tage gezählt. Ich fürchte, der Zeitpunkt wird kommen, an dem ich mich erinnern werde, wer ich war, und ich werde vergessen, wer ich jetzt bin. Mein Name ist Jaime Carlos Dominguez. Früher einmal hieß ich James Charles Donato. Wenn ich diese Nachricht lese und mich nicht erinnere, dass ich sie geschrieben habe, dann weiß ich eines:
>
> ICH BIN DU.

Danksagung

Genau wie Aimees Reise in »Alles, was wir waren« war auch meine eigene Reise bis zur Veröffentlichung dieses Buches voll eigentümlicher Wendungen und Verwicklungen. Dieser verrückte, aufregende Trip hat die unglaublichsten Menschen in mein Leben gebracht. Dank ihrer Begeisterung und ihrem Fachwissen und der steten Unterstützung durch meine Familie und meine Freunde habe ich jetzt die Ehre, Aimees Geschichte mit meinen Leserinnen und Lesern teilen zu dürfen.

Mein Dank und meine Anerkennung gelten meinem Agenten Gordon Warnock von der Fuse Literary Agency. Er hat sich Zeit zum Zuhören genommen, hat mich ermutigt und mich davon abgehalten, die Flinte ins Korn zu werfen. Vor allem danke ich ihm dafür, dass er den passenden Ort für die Veröffentlichung von »Alles, was wir waren« gefunden hat. Und Jen Karsbaek, die mein Manuskript aus den riesigen Stapeln unveröffentlichter Bücher herausgefischt hat. Danke, dass du dich für Aimees Geschichte genauso hast begeistern können wie ich.

Das gesamte Team von Lake Union Publishing war wunderbar, insbesondere Danielle Marshall und meine Herausgeberin Kelli Martin. Danke dafür, dass ihr diese Geschichte poliert und zum Strahlen gebracht habt. Ich bin euch unendlich dankbar, und es ist eine Freude, mit euch zu arbeiten.

»Alles, was wir waren« wäre nicht das geworden, was es heute ist, ohne die Unterstützung meiner Erstleser Elizabeth Allen, Bonnie Dodge, Vicky Gresham, Addison James und Orly Konig-Lopez, die geduldig eine Fassung nach der anderen durchgesehen haben. Euer ehrliches Feedback hat mir geholfen, eine bessere Geschichtenerzählerin und eine bessere Schriftstellerin zu werden. Und zur selben Zeit hatte noch jemand die verrückte Idee, einen Verein ins Leben zu rufen: Liebe Mitbegründerinnen der Women's Fiction Writers Association! Ihr seid meine Inspiration! Wir können Bücher schreiben und ganz nebenbei eine nationale Organisation gründen! Wie großartig ist das denn?

Ich möchte meinen Eltern danken, Bill und Phyllis Hall. Sie waren ab dem ersten Tag meine größten Helden, damals, vor vielen Jahren, als ich ihnen verkündete, ich wolle ein Buch schreiben. Danke dafür, dass ihr dem kleinen Mädchen gezeigt habt, wie man große Träume lebt.

Meine Kinder, Evan und Brenna, ich danke euch, dass ihr immer wieder nach meinen Büchern gefragt habt. Bitte verliert nie diese Neugier! Ich liebe es, zu schreiben, aber noch mehr liebe ich es, eure Mutter sein zu dürfen.

Und zu guter Letzt Dank an meinen besten Freund und den geduldigsten, wunderbarsten Ehemann: Henry. Ich liebe und bewundere dich für alles, was du bist und tust. Danke, dass du du bist.

18356382R00235

Printed in Poland
by Amazon Fulfillment
Poland Sp. z o.o., Wrocław